〔日〕**绫辻行人** 著

成洁 译

アナザー 绫辻行人
Another
yukito ayatsuji
替身

人民文学出版社
PEOPLE'S LITERATURE PUBLISHING HOUSE

著作权合同登记号　图字 01-2011-7926

Another

© Yukito Ayatsuji 2009
First published in Japan in 2009 by KADOKAWA SHOTEN Co.，LTD.，Tokyo
Chinese translation rights arranged with KADOKAWA SHOTEN Co.，LTD.，Tokyo
through Timo Associates Inc.，Japan
Cover illustration by Shiho Enta

图书在版编目(CIP)数据

替身/(日)绫辻行人著;成洁译 .—北京:人民文学
出版社,2012(2024.4 重印)
ISBN 978-7-02-008964-2

Ⅰ.①替…　Ⅱ.①绫…②成…　Ⅲ.①推理小说-日
本-现代　Ⅳ.①I313.45

中国版本图书馆 CIP 数据核字(2012)第 014848 号

责任编辑　　陈　旻
特约策划　　陶媛媛
装帧设计　　汪佳诗
封面插画　　远田志帆

出版发行　**人民文学出版社**
社　　址　**北京市朝内大街 166 号**
邮政编码　**100705**

印　　制　山东临沂新华印刷物流集团有限责任公司
经　　销　全国新华书店等

字　　数　**357 千字**
开　　本　**890 毫米×1240 毫米　1/32**
印　　张　**15**
版　　次　**2012 年 3 月北京第 1 版**
印　　次　**2024 年 4 月第 11 次印刷**

书　　号　**978-7-02-008964-2**
定　　价　**69.00 元**

如有印装质量问题,请与本社图书销售中心调换。电话:010-65233595

第一部

What?..........Why?

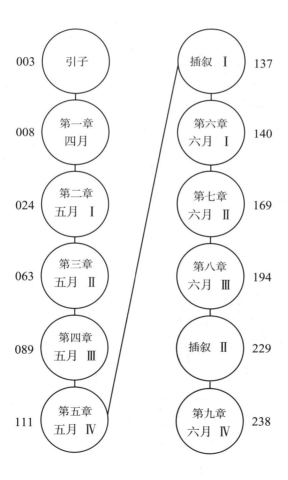

第二部

How?..........Who?

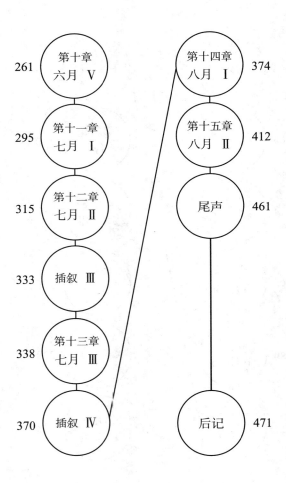

261　第十章　六月　V

295　第十一章　七月　I

315　第十二章　七月　II

333　插叙　III

338　第十三章　七月　III

370　插叙　IV

374　第十四章　八月　I

412　第十五章　八月　II

461　尾声

471　后记

献给亲爱的R.M.

这一切并不是谁的所作所为，
而是一种现象。

问题的症结可能在相关的人
即我们这些人的心里。

第一部

What? . . . . Why?

引　子

你听说过 Misaki 吗？就是**初三（3）班的** Misaki，还有关于她的传言。

Misaki……是人的名字吗？

嗯，虽然不清楚汉字怎么写。也有可能是姓氏，所以未必是女生 ①。总之，**二十六年前**，有一个名叫 × × Misaki 或 Misaki × × 的学生。

二十六年……那么遥远。是昭和年代的事了吧。

确切地说是一九七二年，也就是昭和四十七年。那一年好像也是冲绳回归之年。

冲绳回归？从哪里？

你也真是的。二战结束以后，冲绳不是一直都被美军占领吗？

啊，怪不得那里到现在还有军事基地呢。

说起来，札幌冬季奥运会也是在那一年举行的。我记得浅间山庄绑架事件好像也……

浅间山庄？

就是说……唉，算了。总之，**二十六年前，我们学校的初三（3）班里有个名叫 Misaki 的人**。然后……诶，我说，这件事情你真的没听说过吗？

你等等……那个人，该不会是 Masaki 而不是 Misaki 吧？要是

_____

① Misaki 在日语中作为人名，听起来像是女性的名字。

Masaki 的话，我还是知道一点儿的。

Masaki？嗯……还有这种叫法？你听谁说的？

社团的学长。

他是怎么说的？

他说，以前的初三年级有个名叫 Masaki 的人，是不是二十六年前就不知道了……啊，我凭感觉判断，那人应该是男生。**好像是那一年，在他的班上发生了一件非常奇怪的事**。但学长又说那件事情一直都是秘密，不能随便讲，所以也就没再说下去了。

就这些？

嗯。**学长还说，要是一时兴起说了出去，就会有不幸发生**。我觉得吧，这肯定就是那个，"七大怪事"之一。

你这么觉得？

不是说什么深更半夜在空无一人的音乐教室里能听见短笛声，还有血淋淋的手从学校中庭的荷花池伸出来之类的吗？这也是那其中之一，不是吗？

是不是还有理科实验室的人体模型里有真人心脏这么一说？

有！有！

那可多了去了！说起这"七大怪事"，我总共知道九个十个呢！不过我跟你说，不管是 Misaki 也好 Masaki 也好，这件事情可不能算在那类怪事里……因为这件事情非同一般哪。

这么说，你全知道喽？

那当然！

快说来听听。

难道你不怕发生不幸吗？

那不是迷信嘛。

倒也是。

你就快告诉我吧！

算了，我看还是……

哎呀，就当我这辈子求你了！

你这辈子都求了我好几回了。

你就快说吧。

真是受不了你！不过你听了之后，可不能跟别人乱说啊。

我发誓，绝对不说！

嗯，那好吧……

耶！

究竟是 Misaki 还是 Masaki 呢……我们就先叫 Misaki 吧。Misaki 这个人，从一年级开始，一直都是班里的优等生。她学习好，体育也强，既有音乐才能，又有绘画天赋。不仅如此，她还长得端正秀丽。若是男孩的话，应该叫眉清目秀吧。总之，你从她身上挑不出一点儿毛病……

这么优秀的学生，应该挺傲气吧？

没有，听说 Misaki 的性格也相当不错。她既不傲慢，也不讨人厌，对待同学十分友好，很好相处。所以无论老师还是同学都很喜欢她……是一名人见人爱的优等生。

嗯，这种人也不是没有啊。

可是，就在她升上初三、进入（3）班之后，却突然死了。

什么？！

就在第一学期，她刚过完十五岁生日后不久。

怎么会……是意外事故？还是突发疾病？

听说是飞机失事。她和家人一同前往北海道，回程途中，飞机失事了。当然关于这一点，还有其他的说法。

……

突然听到这样的噩耗，同学们个个惊愕不已。

可不是嘛。

大伙儿纷纷嚷道："我不相信！""这不是真的！"还有许多人甚至扑倒在课桌上失声痛哭。班主任老师一时也不知该说什么好，整个教室都沉浸在悲痛的气氛中……这时，忽然有人叫了起来："**Misaki 没死！你们看，她不正在这儿吗？**"

……

只见他指着 Misaki 的课桌说道："**你们看，她就在那里！就在那里呀！Misaki 还活着，就坐在那里！**"班里的同学见状，竟也陆续赞同道："**是真的！Misaki 没有死，她还活着！现在就坐在那里！**"……

这究竟是怎么回事？

可能是因为谁也不愿意相信、不愿意接受优等生的突然离去吧。不过这种做法并没有到此结束，**之后一直在班里持续着。**

什么意思？

也就是说，全班同学一致决定，在今后的日子里也**一直当Misaki 还活着。**据说老师们也给予了全面配合。**是的，正如大伙儿所说，Misaki 没有死。至少在这间教室里，作为班集体的一员，她仍然活着。今后她还要同大家一起学习、一起毕业**……可能就是这种感觉吧。

话听起来不错，可心里总有些发毛。

初三（3）班的同学们就这样度过了初中生活。Misaki 的座位也被原封不动地保留了下来，一有机会，同学们便前去和她说说话，一起游戏打闹，一起离校回家……**当然这一切全都是假装的。**毕业典礼的时候，在校长的安排下，还特意为 Misaki 准备了座位……

嗯，果然是一段佳话，对吗？

啊，基本上这算是美谈吧，却有一个十分可怕的结局。

什么结局？

听说毕业典礼结束之后，全班同学在教室里拍照留念。但当照片冲出来以后，大伙儿惊讶地发现，**在这张集体照的角落里出现了本不应该存在的 Misaki 的身影。**她那张死人般苍白的脸正同大伙儿一起笑着……

第一章　四月

1

这年春天，我十五岁了。谁料刚过完生日，左侧的肺就发生了破裂。

那正是我离开东京住到夜见山市外祖父母家后的第三天。本来次日要去转学的新学校报到上课，可偏偏就在那天夜里发生了这档子事儿。

一九九八年四月二十日。

那个周一本应是我去新学校上课的第一天，结果却成了我人生中第二次入院。上一次发生在半年前，同样由于左侧肺部的破裂。

"医生说，这次入院要住上个十天八天了。"

面对刚入院不久、独自躺在病床上忍受着持续胸痛和呼吸困难的我，一大早赶来医院探望的外祖母民江如是说道。

"医生还说，你的病虽然不至于动手术，但下午需要插根管子做治疗。"

"啊……去年也做过。"

"像这种治疗做多了，会不会变成常态啊……怎么样？还觉得闷吗，恒一？"

"嗯……闷。"

其实和几小时前坐救护车来医院时的剧烈疼痛及胸闷相比，静躺了一段时间之后，人确实一点儿一点儿地轻松起来，可即便如此，也着实难熬。那张显示半边肺部凹瘪变形的 X 光片在我脑海中时隐时现，挥之不去。

"真是的，才来这里就……唉。"

"对不起啊，外婆。"

"说什么呢！你可别往心里去，生病是没办法的事。"

外祖母微笑地注视着我，眼角皱纹倍增。她今年六十三岁了，身子仍不失硬朗，对我也爱护有加。不过两人像现在这般近距离说话，似乎还是头一回。

"那……怜子阿姨呢？上班没迟到吧？"

"不用担心，那孩子一向规规矩矩的。这不，她中间回来过一趟，然后又在平日的时间出门了。"

"替我转告她，说给她添麻烦了……"

昨日深夜，一阵似曾相识的异样感觉突然袭来：肺部深处犹如漏了气般躁动不安，特殊的剧痛伴随着呼吸困难。"莫非又犯病了？"当时陷入半恐慌状态、急于求救的我向客厅里的怜子阿姨求助。

怜子阿姨比我已过世的母亲小十一岁。了解情况后，她马上叫了救护车，还陪我一同去医院。

谢谢你，怜子阿姨！

很抱歉，真的。

本想当面说声感谢，无奈当时状况严重，没法表达感谢。加上我向来不擅长和她面对面地交谈……或许不是不擅长，而是过于紧张。

"我还带了些替换的衣服来。有什么需要，尽管说。"

"谢谢。"

看着外祖母将一只大大的手提袋放在床沿上，我用沙哑的声音道了谢。考虑到一不小心又会使疼痛加剧，我不得不保持头部靠在枕上的姿势，只是略微点了点下巴。

"外婆，那个……我爸爸他……"

"还没跟他说呢。阳介现在不是在印度嘛，我也不知道该怎么才能联系上他。今晚我就让怜子……"

"不用，还是我……自己来联系。手机……我忘在房里了……只要拿来就行。"

"哦，是嘛。"

父亲名叫榊原阳介，就职于东京某知名大学，从事文化人类学或社会生态学的研究。身为一名研究者，四十出头就当上教授或许称得上优秀，可作为一位父亲是否称职，就不得不打上问号了。

说来说去，皆因他长期漂泊在外。

因为需要实地考察，父亲常常奔波于国内外，将独生子抛在家中不顾。拜父亲所赐，我自小学时起便拥有了一份特殊的自信：若论家务本领，绝不输给班上的任何人。

上周，父亲仓促决定去印度，听说要留在当地开展近一年的调查研究。我这次突然寄宿到夜见山市的外祖父母家，很大程度上正是因为这事。

"恒一啊，你和你爸的关系还好吧？"

"嗯，还行。"我回答道。尽管心中对父亲有些许不满，但还不至于讨厌他。

"话说回来啊，阳介也是个重情重义的人哪，"外祖母自言自语道，"理津子走了这么多年，也不见他再成个家，还不时来帮助我们……"

理津子是我母亲，和父亲阳介相差十岁。十五年前，生我的那一年，年仅二十六岁的母亲早早地离开了人世。

从父亲的一位老友口中得知，父亲还在大学当讲师时就与作为学生的母亲相识并相恋了。"当时他出手可快了！"那位朋友来家中时，借着酒兴，狠狠把父亲调侃了一番。

母亲过世后至今，父亲身边倒也不乏追求者。虽然这话由儿子来说有些欠妥，不过父亲确实是一位优秀的研究工作者，以五十一岁的年龄来说，仍显得年轻英俊、温和大方，既有一定的社会地位，又有相当的经济实力，再加上单身一人，怎会没人追？

可无论是因为对亡妻尽情分也好，对我有所顾忌也罢，都是时候再婚了，别再把个人事情推到儿子身上了——这，一半也是我的真心话。

2

所谓的肺部破裂，是一种名叫自发性气胸的疾病，更确切的说法是原发性自发性气胸，多见于体形瘦高的青年男性。该病的病因尚不清楚，但从大量临床病例来看，是因原本体质虚弱，加上疲劳、压力而引起的。

发病时，肺的局部产生破裂，致使空气进入胸腔内，从而导致压力平衡被破坏。此时，肺部犹如一只破了洞的气球，凹瘪下陷，同时伴有剧烈的胸痛和呼吸困难。

就是这种单凭想象都让人不寒而栗的疾病，我在半年前——去年十月——已经不幸经历了一回。

起初，胸部感到莫名疼痛，咳嗽，稍一活动便觉得接不上气。原以为忍一忍就过去了，谁料几日过去了都不见好转，反倒越来越糟糕。和父亲说了之后，我去了医院。X光检查结果显示，左侧肺部发生气胸，已经到了中度虚脱状态，于是当日就住了院。

经主治医师诊断，我接受了一种名叫胸腔穿刺的治疗。

具体疗法是：对胸部进行局部麻醉后，将一根细软管插入胸腔，并将软管的另一头连上抽气设备。这样就能把积蓄在肺部与胸腔壁之间的空气排出体外了。

治疗一个周期后，下陷的肺部逐渐膨胀，恢复了原样，破裂的洞也长好了。出院时，医生说"已经完全治愈了"，可又说"复发概率有百分之五十"。

当时并没有深刻意识到这个数字究竟意味着什么，只是以为或许将来还有可能复发。万万没想到，复发居然来得这么快，还偏偏挑在这时候……

说实话，真叫人担忧。

外祖母回去之后，下午我被第一个叫入了门诊手术室，开始了同半年前一样的胸腔穿刺治疗。

幸好，这次的医生技术不赖，插入管子时没有太大痛苦，不像半年前疼痛难当。我暗想，等排完空气、肺部复原后，就能出院了吧。可听医生说，这种疾病一旦复发，今后再度复发的可能性会大大提高，如此反复下去，恐怕外科手术在所难免——于是我越发担忧起来。

傍晚，外祖母将手机送了来。不过我打算先不告诉父亲，等过了明天再说。一来即使火急火燎地告诉了父亲，病情也不会有任何改变。二来这病目前并非性命攸关，何必用我这虚弱无力的声音去平添他的忧虑？

放置在病床旁的抽气设备里不断传出轻微的"噗噗"声，那是抽出的空气被排到水中的声音。

忽然想起"手机电波会对医疗仪器造成不良影响"这条注意事项，便马上关闭了手机电源。疼痛和憋气丝毫没有减轻。我将视线移向了窗外。

市立医院。五层的住院楼。病房在四楼。

落日余晖下，繁星点点。哦，不，那是街道上的万家灯火。这里便是我素未谋面的母亲理津子出生、成长的山间小城——夜见山。

说起来，这是我第几次来这里呢？

一缕愁绪，悄然掠过心头。

不过数次吧。年幼时的事已经记不真切，小学时有三四次。上了中学后这是头一回吧……不对，应该是……

应该是……正当我迟疑之际，思绪突然停止了。"噌——"的一记重低音不知从哪儿涌出来，席卷了全身，似乎快把我压垮了……

不自觉的一声叹气。

麻醉过后，腋下插入软管的伤口的刺痛混杂在胸痛间，一下，又一下。

3

从第二天起，外祖母几乎每日都来医院探望。

从家里到医院还是有相当距离的，不过外祖母却轻快地笑道，自己开车来，并无大碍。嗯，外婆真能干哪。话虽如此，因为我的关系，到底会或多或少地不能照顾家里，加上最近开始犯迷糊的外祖父亮平也叫人牵挂……总之给您添麻烦了。谢谢您，外婆——我从心底里感激她。

胸腔穿刺逐渐见效，入院三日后疼痛症状大幅减轻。随之而来的问题便是如何打发时间了。身体仍通过软管与仪器相连，尚不能随意走动。除此之外，每日两次的补液也必不可少。连上厕所也成了件头疼事儿，淋浴自然就更不能了。

我所住的是一间狭小的单人病房，内设一台小型投币式电视机，不过播放的节目却索然无味。白天，我或是无奈地望着电视发呆，或是读读外祖母带来的书，用迷你光盘机^①听听音乐，熬过这段谈不上舒适惬意的时光。

入院第六天——四月二十五日周六下午，怜子阿姨来医院了。

"抱歉啊，恒一。这几天都没能来看你。"

怜子阿姨一脸歉意地解释道，因为平时下了班就挺晚了云云。这些我当然都知道，又怎会埋怨她呢？

于是我打起精神，向她描述了这几日的病情及恢复状况，还将上午主治医生"顺利的话下周初便能出院，最迟不过这月底"的话一五一十地转告了她。

"这么说来，过了黄金周就能去学校了？"

怜子阿姨说着，将视线"嗖"地投向了窗外。半坐在床上的我也随她一同望去。

"这家医院建在山脚下的高地上。山名夕见丘，位于整个城市的东边……所以你看，对面就是西边的群山了。那里还有个叫朝见台的地方。"

"夕见和朝见？"

"因为这里能看到夕阳，所以叫夕见丘，而那里能看到朝阳，所以叫朝见台。大概这就是名字的由来吧。"

---

① 流行于 20 世纪 90 年代的音乐随身机，英文简称 MD 机。

"但市名可是叫夜见山？"

"那是因为北面有座山叫夜见山。这里是盆地，地势从南向北呈一个平缓的斜坡……"

说起来，初来乍到的我对于这里基本的地理情况还真不甚了解。或许怜子阿姨正是想到了这一点，才借着凭窗远眺的机会向我作简要介绍。

"你看，那儿，"怜子阿姨举起右手指了指，"南北方向有一条长长的绿化带，下面就是贯穿整个市的夜见山河了。河的对岸，那儿，有一座操场，看见了吗？"

我从床上探出身子，朝怜子阿姨所指方向凝神望去。

"啊，是那个吧？那个白白的、四方的？"

"嗯，"怜子阿姨回头冲我微微一笑，"那就是夜见山北中学，也就是你要去的新学校。"

"啊，是嘛。"

"恒一，你在东京的时候念的是私立学校吧，初中高中连起来的那种？"

"嗯，对。"

"到了公立学校后，情况可能多少有些不同……没问题吧？"

"大概吧。"

"这次突然进了医院，倒是把四月份的功课落下了。"

"这倒没什么。我以前的学校已经把初三的课程教完一半了。"

"呵，真厉害呀！看来这儿的学习不在话下了！"

"还不知道呢。"

"我是不是该说，要时刻保持警惕呀？"

"怜子阿姨，你以前上的也是那所中学吧。"

"对，毕业十四年了。哎呀，被你知道我的年龄了。"

"那妈妈也是吗？"

"嗯，理津子姐也是北中毕业的。在我们这儿，还有所中学叫夜见山南中学。你看，那儿就是南中。北中有时也被叫作夜见北。"

"夜见北……"

眼前的怜子阿姨身着米黄色衬衫，搭配黑色西裤。她身材修长，面容白皙纤巧，一头秀发直垂到胸前。

无论是相貌也好、发型也好，她都与照片上的母亲有几分相似。意识到这一点之后，我的心竟犹如发低烧般难受起来。也许，与她交谈时感觉紧张而不知所措，原因八成就在于此吧。

"看来学习方面是不用担心了，问题还是在私立与公立学校上啊。刚开始可能会有些不适应，不过你肯定很快就能习惯……"

怜子阿姨又说，等我出院去了学校以后，再把"夜见北注意事项"告诉我。正说着，她的视线忽然落到了摆在床头柜上的书上。

"咦，恒一，原来你喜欢这类小说啊。"

"啊，还行吧。"

书共有四册，分别是斯蒂芬·金的《撒冷镇》和《宠物公墓》，每套都是分上下两册的大长篇。在怜子阿姨来之前，我刚好把《宠物公墓》的上册看完。

"到时候，顺便把夜见北的'七大怪事'也告诉你吧。"

"'七大怪事'？"

"虽然每个学校都有怪事，可夜见北的却不一般哦，尽管在我念书的时候就已经有八九个版本了——怎么样？有没有兴趣？"

尽管心里对此类现实中的怪事不屑一顾，但嘴上仍笑着敷衍道："有！有！一定要告诉我呀。"

4

次日，四月二十六日周日，正午前。

外祖母照例送来大包小包的慰问品，又照例留下一句"我明天再来"便回去了。就在她离开后不久，病房里来了两位意想不到的客人。

最先叩开房门的，是入院以来一直对我照顾有加的年轻护士水野小姐。在她的一声"快请进"的催促下，进来素不相识的一男一女。起初我吃了一惊，不过很快便猜出了他们的来历。因为两人都与我年龄相仿，且身着校服。

"你好！是榊原恒一吧。"

站在右侧的男生开口道。他中等身材，穿一件黑色立领校服，一张日本人特有的白净脸庞上架着一副文绉绉的银丝边眼镜。

"我们是夜见山北中学初三（3）班的学生。"

"啊……你们好。"

"我叫风见，风见智彦。她叫樱木。"

"樱木由香里。你好。"

女生身着藏青色的西服上装。两人穿的都是中规中矩的校服，和我在东京时的私立学校颇不相同。

"那个……我和樱木是（3）班的班长，今天代表全班同学来这里。"

"哦。"我倚在床头，歪着脑袋明知故问道：

"为什么来这里？"

"你不是转校来了吗？"樱木由香里说。她和风见一样，戴一副银丝边眼镜，略显胖乎乎的，有一头齐肩长发。

"听说你本来上周一就要来学校的，却突然生病了，所以我们代表全班同学看你来了。这个，是大家送你的。"

她举起一束颜色各异的郁金香。郁金香的花语是"体贴""博爱"……这是我事后查书才知道的。

"我们从老师那儿听说了你的病情，"风见智彦继续说，"是叫作气胸的肺部疾病吧？已经没事了吗？"

"嗯，谢谢。"

我一边道谢，一边竭力忍住笑。虽说他们的突然来访令我惊讶不已，心里却是甜滋滋的。再加上两人的样貌像极了漫画里的"班长"形象，也使得我越发想笑。

"哦，这种场合是不是该说'借你吉言'呀。我恢复得挺好，估计要不了多久就能把这管子也摘了。"

"啊，那就好，那就好。"

"你也吃了不少苦吧？"

说着，两位班长相互对视了一眼。

"对了，榊原，听说你是从东京搬来这里的？"樱木一边在窗台上放下郁金香一边问道，语气中似乎包藏了几分试探。

"嗯。"我点了点头。

"原来是 K×× 中学的吧。真厉害呀，那可是有名的私立学校。为什么会突然转学呢？"

"因为家里出了些事情，所以……"

"是第一次来夜见山住吗？"

"嗯……为什么这么问？"

"因为我在想，你以前会不会也在这里住过呢？"

"来是来过，住倒没住过。"

"那有没有来了之后待过很长时间呢？"风见接着问道。

真是个奇怪的问题啊。我心中泛起一丝疑虑，嘴上搪塞道：

"因为外婆家在这儿，所以很小的时候也许来住过一段时间，但我记不清了……"

两人连珠炮般的询问终于止住了。风见走到床边，从书包里取出一个大号信封递到我手里。

"给，拿着吧。"

"这是什么？"

"这学期的课堂笔记，我复印了一份给你。"

"你看你还特意……谢谢！"

接过信封，我迅速地瞄了一眼里头的笔记，果然都是在东京的学校学过的内容。不过对他们的这份心意我仍十分感激，于是又说了声"谢谢"。看来在这个新集体里，或许能很快忘掉去年的种种不快。

"我估计过了黄金周就能上学了……请多关照！"

"别客气。"风见朝樱木递了一个眼色，突然支吾起来，"那个……那个……榊原同学，"随即，怯生生地将右手伸到我面前，"可以握个手吗？"

什么？握手？第一次见面，身为班长的男生居然要求与我握手，这究竟是……

我一时不知所措。

这究竟是公立学校学生的"特色"？还是这里特有的风土人情？

无论如何，当面拒绝总是不合适。于是我佯装毫不介意，也将右手伸了出去。

明明是他先提出的，风见的握手却显得软弱无力，手心还像冒了冷汗般湿滑——也许只是我的心理作用。

5

入院第八天，周一。终于迎来了一个小小的"解放"日。

经医生诊断，肺部的破裂处已完全修复，插着的软管也能拔除了。这样一来，我终于可以摆脱医疗仪器，恢复自由之身。上午，软管拔除手术结束后，借着送外祖母的机会，我走出病房，呼吸到了久违的户外空气。

据医生说，我还需留院观察两日，若无大碍便可出院，只是出院后仍需静养一阵子。因为有过半年前的那次经验，这一点不用医生多说我也十二分地知晓。至于去学校，看来还是等五月六日长假结束后吧。

目送外祖母驾驶的黑色公爵牌轿车离去后，我在住院楼前的庭院里找了条长椅坐下。

今天还真是个适合出门的好天气啊！

春光融融，凉风习习。也许是附近有山的缘故，婉转的鸟啼声从四周传来，不绝于耳。连在东京不曾听过的黄莺鸣啭也夹杂在其中，虚虚实实……

我陶醉地闭上眼，慢慢地深呼吸。除了插入软管的伤口处略感疼痛之外，胸痛和呼吸困难的症状已经彻底消失了。好！真好！健康的感觉真是太好了！

沉浸在我这个年纪少有的一番感慨过后，我掏出了手机，想给父亲打个电话。身在室外，应当不会受到诸如"对医疗仪器造成不良影响"之类的劝阻吧。

日本和印度大约有三四个小时的时差。现在这里刚过上午十一点，那里应该是早晨七八点吧。

思前想后，最终我还是将一度打开的手机关上了。父亲一贯爱睡懒觉，他在异国他乡工作生活，一定累坏了。现在要用这样的事情硬把他从睡梦中吵醒，确实也于心不忍……

于是我又继续坐在长椅上发呆，直到快吃午饭时才站起身来。虽然医院的餐食并不美味，但对大病初愈的十五岁少年来说，饥饿才是更需要解决的实际问题。

回到住院楼，穿过大厅，我直奔电梯而去。刚巧看到电梯门正徐徐合上，便急忙侧身滑了进去。

电梯里只有一个人。

"啊，对不起对不起！"我低头向那人致歉道。随后抬头瞥了那人一眼，竟不禁"啊"地失声叫了出来。

对方是一位身穿校服的少女。

藏青色的西服上衣，和昨天来探望我的樱木由香里一模一样。由此推断，她应该也是夜见山北中学的学生。现在这种时候不去学校上学，来这里做什么……

这位少女身材纤细娇小，眉清目秀，留着一头乌黑浓密的"娃娃头"。相比之下，面色倒显得苍白无光……该怎么形容好呢，用老套的说法叫"面如白蜡"。除此之外……

她最引人注目之处，当属左眼上戴着的白色眼罩。是患了眼疾还是受了伤？

我只顾一个劲儿地瞎猜，竟没有留意电梯的运行方向。此刻，电梯并非上行，而是下行。不是去往楼上，而是前往地下。

我瞄了一眼电梯按钮：B2 层的灯亮着。于是顾不得按下自己要去的楼层，张口便问：

"你……是夜见北的学生？"

眼罩少女一声不吭，只是微微地点了点头。

"要去地下二层？有什么事吗？"

"嗯。"

"可我记得那里是……"

"我有东西要送去。"

淡定冰冷的语气中不含丝毫情感。

"她在等我。那可怜的另半个我，在那里等我。"

正在我满腹狐疑之际，电梯突然停下。门开了。

眼罩少女默默地从我身边走过，出了电梯。没有任何脚步声。擦肩而过的瞬间，我突然看到从她紧捂胸口的双手间露出了一个白乎乎的东西。白乎乎的，像是一只玩偶的手……

"喂，我说……"

我挡住电梯门，探出身子朝她喊道：

"你叫什么名字？"

在幽暗走廊上独自行走的少女听到我的喊声，停下了脚步，却头也不回地答道：

"Mei。"

语气同样冰冷。

"Misaki Mei。"

随后，少女如同滑行在亚麻油毡地板上般悄然而逝。我屏息凝神，目送她的背影离去。除了感到一抹阴郁外，更多了几分难以名状的心惊肉跳。

住院楼的地下二层。

这里别说病房了，连检查室、治疗室都没有——这是我入院后自然而然知道的。有的只是仓库、机械室，还有太平间……

无论如何，这便是我与那位奇妙少女——Mei——的第一次相遇。而得知"Misaki"写作"见崎"，"Mei"写作"鸣"，却是要等过了四月、五月初的时候了。

1

"小怜！早安！"

这声音倒还讨人喜欢，只是偶尔显得过于尖锐，令人不快。也不知是怎么搞的，这么一大清早就精神饱满地打招呼，真叫人吃不消。

"小怜！早安！小怜！"

小怜小怜，那不是你的名字吗？冲其发牢骚也无济于事，因为对方并不是人，而是鸟。

是外祖父母饲养的一只九官鸟。

外祖母说它体形偏小，或许是雌鸟，于是就给它起名为小怜。年龄嘛，"两岁"前也要加上"或许"二字。听说是前年秋天在宠物店里一时冲动买下的。

在面向院子的檐廊一角，安放着一只供它居住的四角形笼子。笼子用厚厚的竹篾编制而成，据说是专用来养九官鸟的，因此又叫做"九官笼"。

"早安！小怜！早安……"

五月六日，周三。清晨。

五点刚过。在这早得不能再早的时间里，我睁开了眼睛。

虽说为期十天的住院生活让我养成了早起早睡的好习惯，可再怎么说，五点起床也忒早了。昨晚睡下时已过了深夜，这对想要健康的十五岁少年来说可是严重的睡眠不足。

"至少再睡一小时吧。"我一边想一边合上眼，可是竟睡意全无。五分钟后，放弃努力的我怏怏地从被窝里爬出来，穿着睡衣朝盥洗室走去。

"哦，恒一，这么早起来啦。"

刚刷完牙洗完脸，就碰上外祖母从卧室里出来。她一看见我，连忙关切地问道：

"是不是身体有什么不舒服啊？"

"没有。就是醒了。"

"那就好。要是有什么不舒服，可别硬撑着啊。"

"都说没事了。"

我轻轻一笑，当着外祖母的面"咚"地捶了下胸膛。

随后，我一边考虑该如何打发早饭前的时间，一边朝二楼安排给我的书房兼卧室走去。刚进门，书桌上插着充电线的手机就响了。

谁？在这种时候……

不过这个念头转瞬即逝，因为会在这种非常时间打电话给我的，只有一个人。

"喂，早呀！最近好吗？"

从电话那头传来的果然是父亲阳介的声音。

"这里可是凌晨两点哪。印度真热！"

"怎么了？"

"没事儿……今天不是你第一天去学校吗？我特意打电话来给你鼓劲儿！还不快谢谢爸爸？"

"啊，嗯。"

"身体怎么样了？出院以后有没有在家好好休息？有没有……"

父亲的声音突然断断续续起来，听不真切了。我看了一眼手机屏幕，只见显示信号强弱的指示条勉强维持在一格，还闪闪烁烁，时有时无。

"听得见吗？恒一？"

"稍等，这里好像信号不佳。"

我一边应着父亲一边走出屋子，来回寻找信号较佳的地方……最后走到了一楼放置九官笼的檐廊上。

"身体还行，不用担心。"

我拉开檐廊上的玻璃门，回答了这个"等"了好久的问题。关于这次发病及治疗的经过，我是在出院那天才在电话里告诉父亲的。

"话说回来，你干吗这么早打电话给我？这里才五点半。"

"因为我想你在去新学校之前，肯定很紧张。加上大病初愈，就更紧张了。所以今天一定会醒得早，对吧？"

啊，全被父亲看出来了。

"怎么说呢，这就是你的性格吧。外表坚强，其实内心相当细腻。这一点像我啊。"

"是一不小心像了爸爸吧。"

"好，这话我们就不多说了……"

父亲换了副语气，略带严肃地继续道：

"其实气胸这病，你不必过分在意。我年轻的时候也得过呢。"

"咦？真的吗？从没听你提过啊。"

"半年前，我有所顾虑而没说。相信你也不愿听到遗传之类的。"

"遗传？"

"我当时是隔了一年，第二次发病的，不过自那以后就太平无事了。所以假如真是遗传，你的病也应该到此为止了。"

"假如是这样就好了。"

"气胸是肺部疾病，所以你少抽点儿烟。"

"都说过好多回了，我没抽烟！"

"总之，你就想着不会再发病了，好好干吧。啊，当然，也不需要抡胳膊甩膀子地蛮干。"

"知道了，我会轻轻松松地干。"

"哦，对了。替我向外公外婆问声好。这印度，热死我了。"

说完，父亲就把电话挂上了。

我长长地吁了一口气，在大门敞开的檐廊边刚要坐下，就听见一旁等候多时的小怜放声高叫道：

"早安！小怜！早安……"

我未加理会，望着院子发呆。

清晨，灌木丛中盛开的红色杜鹃花在薄雾的衬托下显得格外美丽。院子里有一处小池塘，听说外祖父曾在那里养过鲤鱼，不过现在已不见鱼的踪影。水面呈混浊的墨绿色，像许久未曾打理了。

"小怜！早安！小怜！"

"行了，知道啦！早安，小怜！"

对这只劲头丝毫不减的九官鸟，我只得举双手投降：

"一大清早的就这么精神啊，小怜。"

"精神！精神！"

它开始了自己的拿手好戏。

"精神！精神！……打起精神！"

不用说，这段人与鸟之间的对话不算完美，可我仍被逗乐了：

"嗯嗯，谢谢！"

2

昨天吃过晚饭，我和怜子阿姨说了会儿话。

她的房间在正屋后的偏房，小巧舒适，既当作卧室也作为工作室。下班回家后，她多半把自己关在房里，不过有时也会出来透透气。我气胸发作的那天晚上，她就在客厅里看电视……只是晚饭后一家人团聚之类的场景，她是不曾参加的。

"夜见北的'七大怪事'，想不想听？"

连休过后，明天就是我首次去学校的日子了。对于这一点，怜子阿姨当然不会不知道，于是便想起了病房里的那个约定。

"我曾说过夜见北的怪事不一般吧？"

"嗯，是说过。"

晚饭后，收拾完毕的外祖母给我们俩一人泡了杯咖啡。怜子阿姨接过未加糖奶的清咖啡，呷了一口道：

"怎么样？想听吗？"隔着桌子冲我微微一笑。

我内心紧张不已，顺着她的话说道：

"呃……嗯。只是一口气全知道就没多大意思了。"

说是"不一般"，但一定和那些司空见惯的怪事大同小异。不就是校舍的哪层楼梯时而多一格、时而少一格，美术室里的石膏像会流下血泪之类的吗？

"所以，就先告诉我一两件吧。"

反正知道了也没坏处，说不定还能当作话题和新同学聊呢。

"那我就先来说说我最早听说的那个吧。"

接着，怜子阿姨讲述了一个和动物饲养棚有关的怪事。

从前，在学校体育馆后面有一个动物饲养棚。某天早上，棚里的兔子和豚鼠一夜之间全都消失不见了。饲养棚的门遭到破坏，里面还留有大量血迹。当时学校通知了警方，引起很大骚动，但消失了的动物一只也没找着，也不知道究竟是谁干的。没过多久，饲养棚就被学校拆除了。可打那以后，在原先饲养棚的附近，不断有人看到浑身沾满血的兔子、豚鼠躺在那里。

　　"故事还没完呢，"怜子阿姨一脸严肃地继续说道，"后来，警方调查了残留在棚里的血迹，发现这既不是兔子的血，也不是豚鼠的血，而是人的血！还是极为罕见的 AB 型 RH 阴性……"

　　听到这儿，我不由得"啊"地叫出了声。

　　"当时附近有没有人受了重伤或失踪？"

　　"完全没有。"

　　"……"

　　"怎么样，不可思议吧？"

　　"嗯……不过，最后的部分与其说是怪事，倒不如说是个谜团。说不定还真有谜底呢。"

　　"谁知道呢！"

　　之后，怜子阿姨按照约定，又介绍了几条"夜见北注意事项"：

　　　一、若在屋顶平台上听到乌鸦叫声，返回大楼时应先迈左脚。
　　　二、升入初三后，切不可在后门外的斜坡上跌倒。

　　这两条听起来多少带有迷信色彩。学校里的传言说，若违反第一条，没先迈左脚，一个月内必定负伤。若违反第二条，则中考必失利。

紧随其后的第三条倒颇具现实意味，与之前两条迥然不同。

"班级决定要绝对服从。"怜子阿姨不改严肃的表情，"恒一，你在东京时念的 K×× 中学虽说是初高中连读的私立学校，可听说校风相当自由，学校尊重每个学生的个人意志。但像夜见北这样的地方公立学校，情况恰恰相反。和个人比起来，集体更重要，所以……"

阿姨莫非要说，即便遇上什么不称心的事儿也只要两眼一闭，和班级行动保持一致就好？若果真如此，也不是什么难事，反正在之前的学校，我或多或少就是这么一路过来的……

我微微低下头，喝了一口咖啡。怜子阿姨继续一本正经地说道："夜见北注意事项：四、……"

"恒一!"

外祖母爽朗的声音一下将我从回忆的思绪中拉了回来。此时，我身着睡衣，在檐廊上抱膝而坐。早晨恬静的空气、和煦的阳光让人心情舒畅，不知不觉忘了时间。

"恒一，吃饭了!"听声音，外祖母像是在楼梯口朝二楼喊。

已经到了吃饭时间？我抬头向墙上的挂钟望去：七点差几分。

什么？想这想那的，居然在这里发呆一小时! 我没事吧!

"叫你吃饭了，恒一。"

这次听到的不是外祖母、而是外祖父那沙哑的声音，而且是从离我很近的身后传来。

我吓了一跳，下意识地回头看去。

声音是从移门后大约八张榻榻米大小的屋子里传出的，刚才一味地沉浸在回忆里，对于外祖父的出现完全没有察觉。我轻轻地拉开门，只见他在睡衣外披了件茶色薄毛线衣，坐在屋内的佛龛前。

"啊，外公早!"

"早啊，"外祖父慢腾腾地应道，"今天还是去医院吧?"

"我已经出院了。今天是去学校，学校!"

"哦……学校啊。对，对。"

外祖父个头矮小，弓着背坐在榻榻米上，活像摆在佛龛前满身皱纹的寿猴。据说已年过七旬的外祖父在近两三年里愈显老态，举手投足处处流露出糊涂的迹象。

"恒一上初中了吧?"

"已经初三了。明年就高中了。"

"哦。阳介最近身体还好吧?"

"他在印度。刚才来电话说一切老样子。"

"身体好比什么都强啊。要是理津子没遇上那样的事……"

刚提起母亲的名字，外祖父就伸手抹起了眼角。可能是十五年前女儿过世的记忆又活生生地在脑海里浮现了。都说老年人多愁善感，这令仅在照片上见过母亲的我一时不知如何是好。

"啊，原来你在这里啊。"正在这时，外祖母进来了，将我从窘境里解救了出来，"吃饭了，恒一。快去换衣服，准备准备。"

"嗯，知道了。怜子阿姨呢?"

"刚才已经出门了。"

"出门了? 这么早。"

"那孩子，可认真了。"

我站起身，合上了檐廊的玻璃门。外祖母又说道:

"恒一啊，今天我开车送你吧?"

"不用不用，不用麻烦了。"

我事先察看了去学校的路线，步行大约一小时。若中途乘车，二三十分钟就够了。

"今天是你第一天去学校，而且病刚好……对吧，老头子？"

"啊？啊，对……对。"

"可是……"

"别再可是了，快去准备吧。饭也要好好吃啊。"

"哦。"

捡起搁在一旁的手机，我离开了檐廊。此时，安静了许久的九官鸟突然尖声高叫道：

"为什么？怜子，为什么？"

3

初三（3）班的班主任叫久保寺，是一位温文尔雅、有几分怯懦的中年男性，负责教学的科目是语文。

我走进办公室，简单地打完招呼，久保寺老师看着手上的资料说道：

"看来你在以前的学校品学兼优嘛，榊原同学，在 K×× 中学成绩不错啊。"

虽说是第一次见面，可是对一位学生，至于用如此客套的口吻说话吗？况且打从说话开始就没正眼瞧过我——我心中产生了些许不快。

"谢谢，不敢当。"

"身体没事了？"

"是的，借您吉言。"

"我们这儿的情况和你那边的不同，总之你要与同学们和睦相处。虽然我们是公立学校，却没有世人印象中的校园暴力、学风败坏等问题，这一点你大可放心。若遇上什么困难，尽管来找老师。我也好，副班主任……"说着，久保寺老师看了一眼始终在边上听我们交谈的年轻女教师，"三神老师也好，都行。"

我不由得紧张起来，"嗯"地点了点头。或许是转学前父亲托人新做的校服穿在身上有点儿窄小，还没习惯。

"请多关照！"

带着几分拘谨，我朝副班主任三神老师——美术课老师——鞠了一躬。三神老师莞尔一笑：

"我也是，请多关照。"

"啊，是。"

话说到这里便中断了，沉默的气氛叫人尴尬。

两位老师相互观察着对方的脸色，随即同时张嘴，似乎还想说些什么。可恰巧在这时，预备铃响了。两人见错失了机会，张开的嘴又闭上了。

"一起去教室吧，"久保寺老师拿着点名册站起来，"八点半开始早晨班会。我们去认识一下同学们。"

4

带我走到初三（3）班的教室前，两位老师又互相递了个眼色，刚要开口说话时，上课铃响了。于是久保寺老师故意咳嗽一声，推开了教室的门。

顿时，从里面传出了犹如收音机杂音般的说话声，还有脚步声、椅子声、挪动课桌声、开关书包声……

我在先走进教室的久保寺老师的眼神催促下，也踏入了教室。三神老师紧随身后，站到了我身旁。

"各位同学，早上好！"

久保寺老师在讲台上翻开点名册，徐徐环视教室，察看出席情况："赤泽和高林同学今天好像没来嘛。"

我曾习以为常的"起立""行礼""就座"等课前仪式在这里似乎并不存在。难道这也是私立与公立学校的不同？抑或是首都与地方的差异？

"同学们，黄金周已经结束了，大家都调整好状态了吗？今天，我先向大家介绍一位转校来的新同学。"

杂音渐渐消失了，教室里鸦雀无声。久保寺老师在讲台上向我招招手，三神老师也在我耳边小声吩咐道："快，快去吧。"

于是我朝着讲台迈开了步子，只觉得全班同学的视线全冲我射来，令我有些招架不住。放眼望去，班里约有三十来人，更详细的观察我就无力为之了。啊，真紧张！胸口像是被什么东西堵了，气也快透不过来了。尽管之前心里已有所准备，可对于肺部疾病才治愈一周的我那脆弱的神经来说，这场面仍然过于刺激。

"呃……大家好！"

面对一群不是穿黑色立领就是穿藏青色西服上衣的新同学，我向大家自我介绍。久保寺老师则将我的名字写在了身后的黑板上：榊原恒一。

无论结果如何，我都作好了心理准备。按捺住连自己都感到惭愧的紧张与胆怯，试探性地观察了一下同学们的反应——还好，他们并没有做出什么令我特别在意的举动。

"上个月，我从东京搬来夜见山。因为父亲工作变动，我要在这里和外祖父母住上一段时间……"

我再度松了一口气，继续自我介绍。

"本来，我应该在上月二十号来学校的，可突然发病住了院……今天，我终于能来学校了。请多关照！"

接下来是不是该说些自己的爱好、特长、偶像之类的话？不对不对，应当是感谢大家在我住院时送花探望吧……

正在我犹豫之际——

"所以，各位同学，"久保寺老师接过了我的话茬，"从今天起，我们要和这位初三（3）班的新成员榊原同学友好相处。他有什么不习惯的地方，大家多帮帮他。互帮互助，一起努力让余下的一年生活多姿多彩！一起努力在明年三月，全班同学都能够健健康康地顺利毕业！"

久保寺老师的结尾词再添上一句"阿门"就完美了。不知为何，他的话听得我后背直发痒，而班上的同学则格外专注。

这时，我忽然在最前排的座位上发现了一张熟悉的脸。原来是曾到病房探望过我的两位班长之一，风见智彦。

视线相遇时，风见的笑容略显僵硬。我不禁想起了在病房里握手时那湿滑的触感，不由得将右手悄悄插入了裤兜。

当时还有一个人——樱木由里香。她又坐在哪儿呢？正琢磨着，只听久保寺老师道：

"那么榊原，你就去那儿坐吧。"

顺着老师指示的方向，我看见讲台左手边最靠近走廊那排倒数第三张桌子空着，于是"嗯"了一声，朝指定的座位走去。借着卸下书包坐下的间隙，我又从那个角度重新审视了班级，这时……

直到这时我才发现讲台右手边靠窗最后一排有个人影。

如果从教室的前方看，那个位置恰巧有阳光从窗外射进来，形成逆光……所以刚才一直没注意到，我想。虽然现在是从后方的角度观察，可逆光的状态并没有发生多大改变，不过可以依稀分辨出那张课桌椅，还有个学生模样的人。

和"耀眼"一词给人一贯的印象不同，此时这片耀眼的阳光不知为何总让我觉得不祥。那个上半身隐藏在阳光里的身影虚虚实实，只能看清一个飘忽的轮廓。"潜伏在光芒中的黑暗……"我心中忽然蹦出这么一句。

怀着好奇与期待，我频频眨着眼睛。

每眨一次，身影的轮廓就似乎更清晰、更饱满一些……直到射入的光线有所减弱，那个身影才终于清晰地呈现在我眼前。

是她！是她在那儿！

正是那位在医院电梯里偶遇的眼罩少女！那个在地下二层幽暗的走廊里悄然离去、不发出任何脚步声的……

"Mei。"

我压低声音呢喃道：

"Misaki Mei。"

5

十分钟的班会结束后，副班主任三神老师离开了教室，班主任久保寺老师则继续留在讲台上，因为接下来是他的语文课。

久保寺老师的语文课果然不出所料，一言以蔽之，乏味。尽管他吐字清晰，可那始终和学生保持距离的口吻、缺乏变化的语调让人觉得绵软无力……总之就是乏味。

心里可以这样想，表露出来是万万不合适的，会给老师和同学们留下不好的印象。

于是我一边和席卷而来的睡意抗争，一边对着教科书瞪目。

正在上的篇目是明治时期某位文豪的短篇小说，并且是节选。虽然我的眼睛不断追逐着课本上的文字，可脑中全是关于斯蒂芬·金小说情节的种种猜想。啊，被疯狂的书迷监禁起来的当红作家保罗·希尔顿，不知道他的命运究竟会如何……

就是这样的一堂语文课，教室里却静得出奇。这和印象中的公立初中截然不同。也许是先入为主的印象本身就不正确，但我总认为课堂上的气氛应该再热闹些。

不过仔细看，也不是所有学生都在全神贯注地听讲。虽然没有交头接耳窃窃私语的，却不乏发愣的、打盹儿的，还有偷偷看杂志的、信手涂鸦的。好在久保寺老师不像是那种会挨个儿批评学生的老师。

可是，究竟是为什么？

这间教室里有着超乎寻常的安静……与其说是安静，不如说是压抑来得更恰当？压抑、不一般的紧张气氛……嗯，就是这种感觉。

这到底是为什么？

莫非是……我猜想着。

莫非是今天教室里来了个外人，也就是从东京来的转学生，所以全班同学多少觉得紧张不适？……不对不对，这么想不过是我过于主观罢了。

对了，那个人呢？

Misaki Mei 呢？

我连忙朝她的座位看去。

只见她正托着下巴，呆呆地望向窗外。但那只是惊鸿一瞥下的大致轮廓，具体神态就不得而知了，因为在逆光下，她仍是一个飘忽、淡薄的影子。

6

在之后的课堂上，我对班级的印象依旧没有改变。除了随着科目及教师的不同，程度上多少有些差异外，该怎么说好呢？凝固在底层的东西是不变的。

超乎寻常的安静、压抑、紧张感……对，就是这种东西。

虽然具体说不清到底是谁、怎么了，却能真真切切地感受到。

这种感觉就好比某个人（抑或是大家）一直介意某件事……难道当真是在无意识间，连自己都没有察觉到，就对某件事情……唉，也不能排除这纯粹是我的心理作用——也许习惯了就好了。

课间休息的时候，陆续有几名同学过来找我聊天。

每当听到有人叫我"榊原"或"榊原同学"时，心里就不免一哆嗦。但看见他们大都温和、友好，并无冒犯之意，我也渐渐放松了戒备。

"你已经痊愈了？"

嗯，全好了。

"这里和东京比，怎么样？"

没什么太大的区别。

"但还是东京好吧？像夜见山这种乡下地方，最近越来越不怎么样了。"

东京也有不好的地方，比如无论到哪儿都是人啦、街上吵吵嚷嚷没个消停啦……

"那要等住下以后才会觉得吧？"

可这里比东京安静多了，岂不更好？何况绿化也多。

夜见山比东京好。这一半是我的真心话，另一半则是努力说给自己听的。

"听说你爸爸是大学教授？现在出国搞研究了？"

你怎么会知道？

"久保寺老师说的，大家都知道。"

是嘛。这么说来，我以前学校的事，你们也知道了？

"知道啊。不过提议说要去病房送花给你的是三神老师。"

哦，是这样啊。

"早知道，要是让三神老师来做我们的班主任就好了。她人长得漂亮，身材又好，而且……喂，你不这么想吗？"

呃……难说。

"榊原，刚才的问题你还没回答我呢。"

哦，我爸爸啊，今年春天去了印度，要去一年。

"印度？去那么热的地方？"

嗯，听他说确实挺热的。

在这一来一去的谈话间，我时不时想起 Misaki Mei，便搜寻起她的身影来。可下课之后，她似乎立即从座位上消失了，整个教室里也不见她的踪影。一定是趁着课间休息到外面去了。

"瞧你东张西望的，是不是有什么事情让你不安啊？"

啊，没……没有。

"上次在医院给你送去的笔记，派上用场了吗？"

嗯嗯，帮了大忙呢。

"中午休息的时候，我们带你去校园里转转。不熟悉的话会很不方便。"

说话的是一个名叫勅使河原的男生。学校规定，在校期间，学生一律佩戴姓名牌，因此无需自我介绍，看一眼便知对方的姓名。他和风见智彦一同前来与我搭话，想必两人关系不错。

"那就谢谢你们了。"

说完，我又下意识地瞄了一眼 Misaki Mei 的座位。下一节课马上就要开始了，可仍不见她的影子。

正在这时，我突然注意到一件奇怪的事。

靠窗最后那排摆放的属于她的课桌和教室里其他课桌都不一样。她的那张陈旧不堪，与周围格格不入。

7

中午休息时，我三下五除二地将午饭解决了。

虽然班里拼桌吃饭的男生女生为数不少，我却不愿主动加入他们。拿出外祖母事先准备好的便当，像和人比赛似的飞快地吃了个精光。

在学校里吃到自己家做的便当，这还是头一回。因为以前的学校是供应伙食的，遇上郊游、体育节等活动，午饭都是在便利店里解决。这似乎从小学起就成了惯例。偶尔给没了母亲的儿子动手做便当之类的想法，父亲是绝对没有的。

出于这般缘由，面对外祖母亲手做的便当，我心里百感交集。

谢谢您，外婆！这便当好吃极了！照例，怀着满腔感激，我在心中双手合十。

对了——我环顾教室。

Misaki Mei 呢？

在这午休时间，她又在哪儿，做些什么呢？

"榊原！"

突然听到背后有人叫我，同时肩膀被轻轻地拍了下。我顿时警觉起来，莫名地冒出"终于来了"的念头。可当我回头看时……

身后站着的是勅使河原，还有风见智彦。二人脸上并无恶意。事到如今，我深深讨厌自己的神经过敏。

"按照刚才的约定，"勅使河原开口道，"我们去校园转转吧。"

"啊……好，好。"

犯得着特地带我去校园吗？我任性地想。学校的什么地方有什么东西之类的，有需要的时候问别人一声不就完了吗？不过，嗯，无视新同学的好意是行不通的，像这种时候，还是应当撑撑懒筋，听从他们的安排……

于是我们仨肩并肩，走出了初三（3）班的教室。

8

风见和勅使河原，乍看之下，还真是一对另类组合。

和文绉绉的班长风见相比，勅使河原——虽然他继承了一个挺正统气派的姓氏——显得顽皮、率性：染成褐色的头发、敞开的校服上衣领口。尽管如此，身上倒没有小混混那股痞气。

听说两人自小学三年级以来就一直是同班同学，而且两家离得非常近。

"我俩小的时候，凑在一块儿净淘气。后来这家伙，居然让他正儿八经地当上了班里的优等生……"

勒使河原不屑地嗤笑道。风见倒也不反唇相讥。后来，勒使河原更是说出了"孽缘"这样的话。喂，等一等，这句话不是该由风见来说的吗？——就这样，说着说着，连我也愉快、开朗起来。

其实我并不擅长与勒使河原这种初次见面就自然熟络的人相处，也不会对风见这类优等生主动示好。当然，我决不会将自己的好恶表露出来。

反正来年春天父亲回国后，我就回东京了。这段时间，我只想和新学校里的同学尽量和平、友好地相处——这是我在夜见山生活的最高准则。

"说起来，榊原，你信不信幽灵啊、鬼魂啊之类的？"

突然被勒使这么一问，我不禁"啊"地愣了一下。

"喏，就是那个……"

"幽灵？鬼魂？"

"即普遍的超常现象，"风见插进来道，"不单指鬼魂幽灵，还包括 UFO、超能力、诺查丹马斯预言等。那些当下的科学还无法解释的种种奇观异象，你是否相信它们背后真的有灵异？"

"就算你这么正儿八经地问我，"我瞥了一眼风见，他的目光严肃犀利，"但基本上那一类的东西我是不会当真的。"

"一点儿都不？完完全全不？"

"嗯，至少像学校'七大怪事'之类的，我完全不信。"

怎么会突然扯到这个话题上来？连我自己也有些纳闷。但感觉接下来他们就要引出这类话题了，于是我决定先发制人。

"兔子和豚鼠的失踪事件，我已经听说了。"

"'荷花池之手'你也听说了？"勅使河原问。

"没有。还有这么一说啊？"

"那座池塘，就在那儿。"勅使河原伸手一指。只见前方不远处有一座四方形的、用水泥围成的小池塘。

我们从教室所在的三层钢筋建筑物里出来后，一直沿着学校里院的沥青路散步。

挨着里院，还有一栋同样规模的教学楼：B号楼。我们所在的是C号楼，各楼层通过游廊连接到A号楼，即带有教师办公室及校长室的主楼。主楼对面则是特殊教学楼，简称T楼，里面集中了理科实验室、音乐教室等特殊用途的教室。

勅使河原所指的池塘就位于里院外侧的一角。当时我们已走过了A号楼的入口，正沿着沥青路朝远离它的方向而去。

"据说在那池塘的荷叶中间会看到一只血淋淋的手伸出来。"

他故意用夸张的语气吓唬我。可在我看来，反而显得傻乎乎的。不仅如此，他口中所谓的荷叶，等我走近一看，根本不是什么荷叶，而是睡莲。

"行了行了，'七大怪事'就聊到这儿吧，"风见说，"怎么样啊，榊原，其实超常现象也有很多种，无论哪种，你都持否定态度吗？"

我斜视着睡莲覆盖下的水面，轻轻"嗯"了一声。

"UFO的全称是'不明飞行物'，从这个语义看，它应当是'存在的实体'，至于是不是太空人的飞碟就另当别论了。而关于超能力，可以百分之百肯定的是，在电视、杂志上大肆宣传的那些全是骗人的鬼把戏。见识过这些玩意儿之后，难道你不觉得很难再相信有灵异这回事了吗？"

风见与勅使河原面面相觑，两人脸上都露出了难以形容的复杂表情。

"诺查丹马斯在他的《百诗集》中记载了这样那样的预言，但所谓世界末日就在明年。只要再等上一年零几个月，就能证明它到底是真是假……怎么样？你们觉得他说中了吗？"

听了我抛来的问题，风见歪着脑袋含糊地说了句"这个……"，而勒使河原立即答道："我是基本相信的。"他还故意撇了撇嘴，"所以说嘛，反正到了一九九九年的夏天，世界就毁灭了，还管升学考不升学考的做什么，傻不傻呀？要我说，应当趁现在多干点儿自己想干的事，对吧？"

他的这番话，究竟几句是真言几句是戏话，我无从得知。但我记得曾在哪里看过，说经历了奥姆真理教①的那场骚乱之后，我们这一代之中仍有不少人信奉世界末日论。

父亲也曾就这一现象当场表态：这些人未加思考就以世界末日为借口，来逃避当下正在面临的种种问题。对他的这一观点，我持赞成态度。

"话说回来，"走过睡莲池，正绕向 B 号楼的背面时，勒使河原问道，"像幽灵、鬼魂之类的东西，你是不相信的喽？"

"不相信。"

"不管面前发生了什么，都绝对不信？"

"那要看情况的，若眼前真的出现了类似的东西，并且能够拿出确凿的证据证明那就是幽灵，我就相信。"

"哦，证据。"

---

① 日本邪教之一，鼓吹世界末日论，1996 年被日本政府取缔。曾策划多起恐怖活动，如东京地铁沙林毒气事件等。

"要证据啊。"风见一本正经地推了推鼻梁上的银丝边眼镜。

啊，到底是怎么回事？

这两个人究竟想说什么？我心中顿觉不快，不由得加快了脚步。

"那是什么？"这时，我忽然看见在 B 号楼的后面还有一幢建筑物，于是指着它回头对两人说道，"原来这里还有校舍啊。"

"那是 0 号楼，大伙儿都这么叫。"风见说。

"0 号？"

"是老校舍了。十年前，初三年级的教室就在那儿。后来发生了一些事……导致学生减少了，班级也少了，于是那里渐渐不用了。之前看到的 A 号楼、B 号楼，听说都是自那以后才这么叫的，所以这幢老校舍被称作 0 号楼……"

正如他所言，眼前的这幢老校舍确实比如今校园里的任何一栋楼都破败陈旧。

这幢用厚重的红砖砌成的二层建筑，墙体已严重剥落。仔细一看，墙身还有一道道裂痕。二楼教室的那一排窗户紧闭，有几处还钉上了充当玻璃的木条。

若是继续刚才的话题，什么幽灵啦、鬼魂啦、"七大怪事"啦等鬼狐仙怪的传闻，这里还真是个应景的好地方。

"那么现在，这里已经完全不使用了？"我放慢脚步问道。

"作为普通教室，"并排走的风见答道，"二楼已然被废弃，禁止入内。一楼则是第二图书馆、美术室和其他文化社团活动室。"

"第二图书馆？还有这么个地方啊。"

"不过很少有人来。大家一般都是去 A 号楼的第一图书馆。像我就只去过这里一次。"

"里头都有些什么书？"

"乡土志之类的文献、校友们赠送的珍藏本等。这类书体量庞大。与其说它是图书馆，感觉更像是藏书库。"

"哦……"

真想去亲眼看一看。听了他的介绍，我兴致盎然。

"对了，我们学校还有美术社？"我忽然想到，连忙问。

风见迟疑了几秒后答道："嗯，现在有了。"

"现在有了……什么意思？"

"也就是说，之前美术社的活动一直处于中止状态，直到今年四月才重新恢复。"勅使河原说道。

"顺便提一句，美术社的指导老师是我们美丽的三神老师！要是我也有那方面的特长，肯定早就报名参加了……诶，我说榊原，你会去吧？"

我停下脚步，回头对那个褐色头发的淘气鬼夸张地耸了耸肩。勅使河原满不在乎，眯着眼睛坏笑道：

"我说中了吧，榊原？"

当我转身刚要再次迈开步子时，勅使河原又突然叫住了我。

"等等，其实我……"

话说到一半，他竟然吞吞吐吐起来。正在这时，我不禁"啊"地一声大叫，声音几乎是从喉咙里蹦出来的。

在 0 号楼与面前的 B 号楼之间散布着几处美丽的花坛，其中有几处盛开着黄色的蔷薇。春风拂过，花枝轻颤，而我此刻正是透过这片婀娜多姿的花丛发现了她——Misaki Mei 的身影。

顾不得多想什么，我径直朝她走去。

"喂，喂！榊原！"

"你怎么啦？榊原同学？"

身后传来两人不知所措的声音。我未予理会，加快了步伐，随后更是小跑起来。

她——Misaki Mei——此时正独自一人坐在花坛边树荫下的长椅上。周围似乎并没有其他人。

一阵风刮过，吹得周围花摇叶晃。顿时，阵阵甘甜的蔷薇花香扑鼻而来。

"喂!"我冲她打招呼。

听到我的声音，一双凝视长空、似乎正耽于冥想的眼睛——当然，左侧的被白色眼罩遮住了——转向了我，又停住了。

"喂——"

我装作若无其事，向她轻轻地挥了挥手。

"你，是叫 Misaki，对吧?"

我边说边朝长椅靠近。此刻，我紧张极了，心跳得比早晨作自我介绍时更厉害，甚至连呼吸都快停止了。

"我们在一个班……对吧? 初三（3）班。我是那个，今天刚转来的……"

"为什么?"

她嘴唇微微一动，语气中带着冷漠和淡然，跟在医院电梯里遇见的她一模一样。

"为什么?"她重复道，"没关系吗?"

"啊?"

我一头雾水。

"为什么?""没关系吗?"我完全不懂她究竟在问什么，心里越发惶恐不安起来。

"呃……所以说，那个……"

只见她将视线从急于要说些什么的我身上移开，悄无声息地站了起来。这时，我清楚地看到了挂在她胸前的姓名牌。

那是一张标志着初三年级的浅紫色底纸。也许是我的心理作用，那张纸看起来特别脏，还皱巴巴的。上面写着“见崎”二字。原来“Misaki”写作“见崎”……见崎 Mei。

见她要走，我嚅动着双唇想要劝阻，却又不知该说什么。“我们之前在医院见过吧？”

还没等我顺利地把话说出口，她抢先一步说道：“你还是小心为妙。”

说完，她静静地背过身。

“等……等等……”

我慌忙叫住她，她却仍背对着我。

“小心为妙。说不定已经开始了。”

说完，见崎 Mei 扔下愕然伫立的我，走出了长椅所在的树荫。

我的目光追随着她离去的背影。

只见她走到 0 号楼的入口，随后消失在了这幢古老、陈旧的建筑物之中，犹如一个飘忽的影子融化在一团寂静的昏暗中。

这时，清脆的铃声突然响起，宣告午休结束。凝固的时间也随之瞬间解冻。我这才醒悟过来，茫然若失地看着周围。

“喂！榊原，你在干什么！”

是勅使河原的声音。

“下一节是体育课。更衣室就在体育馆旁边，再不快点儿就迟到了！”

一回头，只见勅使河原把嘴噘得老高，样子十分滑稽。而一旁的风见则耷拉着脑袋，脸色煞白，不时地摇着头。

9

男女分班的体育课上。

我仍旧穿着校服，在操场北侧找了张有树荫的长椅坐下。按照医生建议，这段时间我不宜参加剧烈运动，所以不必像勅使河原那样急着赶来上课。

男生中在一旁见习的，只有我一个人。

大家都身着统一的白色运动服，在四百米跑道上奔跑。和午后明媚的阳光形成鲜明对比的是，偌大的操场上，只有寥寥十几个人影在晃动。这光景，看着都觉得凄凉。

说到跑步，无论长跑、短跑，我都喜欢。器械运动和游泳也喜欢。不喜欢的有足球、篮球……总之是一些团体项目。

真想去跑步啊！我试着深吸几口气，肺部并无任何异常。所以，也让我一起跑吧……我一个劲儿地想。

然而另一个胆怯的我不断提醒自己：若现在不注意，又跑又跳的，万一肺部某处又裂开了……

尽管父亲保证说"不会再复发"，可他的话缺乏让人深信不疑的说服力。我可不想一不当心再吃一次那样的苦头，暂时还是在一旁乖乖地看看吧——也只能看看了。

操场西侧的沙坑边，女生们正在跳远。

她——见崎 Mei——应该也在其中。我眯起眼睛，可惜离得太远，看不清。

不过，她左眼戴着眼罩，也有可能在一旁休息。这么说来，是不是在附近的长椅上……

我还真找到了这么一个人。

在离沙坑不远处的树荫下，有个穿校服的人影孤零零地站在那儿。是她？

距离太远，那个人影究竟是不是 Mei，还是看不清。

考虑到不方便盯着女生们左看右看的，我"唉"地一声叹气，将双手枕在脑后闭上了眼睛。不知为何，耳边竟然响起了九官鸟小怜那高亢的声音："为什么？"

五六分钟过去了。

"呃……榊原同学。"

忽然听到有人叫我，我吃了一惊，连忙睁开眼睛。只见一米开外站着一位身穿藏青色西服上衣的女生。

可她并不是见崎 Mei。

眼睛上戴的不是白色眼罩，而是银丝边眼镜。头发也不是娃娃头，而是齐肩长发。

是班长樱木由香里。

"还不能上体育课吗？"

我掩饰住内心的些许失落，答道："嗯，才出院一周嘛。医生说需要避免剧烈运动，观察情况。樱木你也不上课？是哪里不舒服吗？"

"我昨天摔了一跤，把腿弄伤了。"说着，她低下了头。我这才注意到，她的右脚从膝盖到小腿都缠着绷带。

"你……该不会是在学校后门的斜坡那儿摔的吧？"

我半开玩笑地问。樱木也放下矜持，微笑道："不幸中的万幸，不是在那儿。那些迷信，你已经知道啦？"

"嗯。"

"那……"

"前阵子谢谢你来医院看我。"

我俩几乎同时开口。

"啊，不用谢。那是应该的。"

"来这儿坐吧。"我站起身，将长椅让给了她。然后换了个话题，"对了，我们这儿的体育课，为什么不是两个班一块儿上？"

刚才我就注意到了这个问题。

"不是说像这类男女分班的课，尤其在公立学校，都是和隔壁班级一起上的吗？不然分班后要配备两位老师。况且一个班的话，学生只有一半……"

确实，就这点儿人，至少足球比赛是踢不起来了。

尽管我对此倒无所谓。

"其他班级并不是这样的，"樱木说，"（1）班和（2）班、（4）班和（5）班都是合在一块儿上，只有（3）班是单独上。"

"只有（3）班？"

但就算一个年级里的班级数正好是奇数，可为什么"单独"的偏偏是（3）班？一般说来，（5）班才该是那个余数，不是吗？

"午休的时候，你和风见、勒使河原他们在一起吧？"这回轮到樱木换话题了。

"嗯，是和他们一起。"

我的话音刚落，坐在长椅上的她忽然抬起头，歪着脑袋问道："那……你们说了些什么？"

"你指跟那两个人？"

"嗯。"

"他们带我逛了一圈校园，这里是 A 号楼啦、对面是特殊教室的

T 楼啦，等等。然后嘛，还聊了里院荷花池的传说。"

"就这些？"

"最后还去了 0 号楼，听说了一些关于老校舍的情况。"

"就这些？"

"嗯，基本上就这些了。"

"这样啊。"

樱木由香里低头嘟囔着，随后更是压低了声音：

"不做好的话，要被赤泽骂的……"

我只能断断续续地听到这些只言片语。赤泽？

好像今天没来学校上课的学生中有一个就是叫赤泽。

樱木随即一脸忧虑地从长椅上缓缓站起。看得出来，右腿的伤多少给她的行动带来了不便。

"呃，我说樱木，"我决定快刀斩乱麻，"那个……见崎同学呢？"

"啊？"她侧过头。

"我们班不是有个叫见崎 Mei 的女孩子吗？喏，就是那个左眼上戴眼罩的，她体育课是不是也不上……"

樱木一直侧着脑袋"啊？""啊？"地小声重复着，满脸困惑。

为什么？这么奇怪的反应，究竟是为什么？

"刚才午休快结束的时候，我正好在 0 号楼前遇到她……"

正说着，忽然从远处空中传来一记闷响，轰隆隆——

是飞机飞过？不，不是那声音。那难道是……打雷？

我抬头仰望天空。

仅从树荫下看，一尘不染的晴空与之前并无两样。可是将视线转向北方，却发现了几团弥漫的乌云。刚才听到的果然是雷声？

正琢磨着，轰隆隆……又从远方传来了同样的低吟。

啊，果然。是春雷吧？

看来傍晚时分免不了下一场雨。

我想着，再一次朝北方的天空眺望。

"咦？"

这时，我突然在一个意想不到的地方发现了一个人影，不由得失声叫道：

"有人……在那儿！"

只见操场北侧的三层校舍即 C 号楼的屋顶……

有个人在那儿。

有个人，靠着屋顶的铁栅栏，孤零零地站在那儿——那是？

是她！见崎 Mei！

直觉告诉我是她，尽管看不清那人的衣服，更别说脸了。

下一秒，我抛下满脸困惑的樱木由香里，朝 C 号楼狂奔而去。

10

跑上楼梯的时候，我还真有些上气不接下气。那张肺部破裂的 X 光片不停地在脑海里晃悠，可我顾不得那么多，心里只有那个人影。

没费太大周折，我便找到了屋顶的出入口。

那是一扇涂成奶油色的铁门，门上用胶布贴着一块硬板纸，上面写着"禁止擅自入内"。

我无视这似禁非禁的警告，一把推开门。门没有上锁，我终于来到了屋顶。

刚才的直觉是正确的。那个人影果真是见崎 Mei。

在钢筋水泥铸成的屋顶，只有她一个人。

只有她一个人站在朝向操场的铁栅栏前，面向我。见到我之后却一声不吭，只是轻盈地背转身。

我调整了一下凌乱的呼吸，迈步向她走去。

"喂，你是……见崎吧？"

我小声和她打招呼。

"那个……体育课，你也是在一旁见习的吧？"

没反应。

我一步又一步缩短着彼此间的距离。

"不要紧吗？我指你上课时来这里……"

"大概吧……"她依旧背对着我，"就算在旁边看着，也没多大意思。"

"不会挨老师骂？"

"怎么会呢。"她嘀咕了一句，终于回眸。我这才看到她胸前抱着一本八开大的素描簿。

"那你呢？"她反问道，"不要紧吗，上这儿来？"

"大概吧……"我学着她刚才的样儿，"就像你说的，体育课只在一旁看着的话，没多大意思。你刚才在画画？"

她没有作答，而是将素描簿藏到了身后。

"刚才午休碰到的时候我已经介绍过了，呃，我是今天转来、初三（3）班的……"

"榊原同学，对吧？"

"啊，嗯。你叫见崎……见崎 Mei。"

我瞄了一眼她胸前佩戴的姓名牌。"Mei 是写成哪个汉字？"

"啼鸣的鸣。"

"提名？"

"就是共鸣的鸣，悲鸣的鸣。"

是"鸣"啊——见崎鸣。

"对了，你还记得前段时间我们在市立医院见过吧？"

终于将这个问题问出了口。从刚才起，我的心脏就一直怦怦乱跳——简直就快失去控制了。扑通、扑通……心跳声可以清晰地传入耳中。

"就是上周一，在医院里，我们碰巧乘同一部电梯，当时你去的是地下二层……那时我问你叫什么，然后你告诉了我，还记得吗？"

"上周的周一……"

她小声嘟囔着，轻轻合上没戴眼罩的右眼。

"好像是有这么回事。"

"看，我说的没错吧。那天之后，我就一直想着这件事……一直。直到今天，突然在教室里见到你，我吓了一大跳。"

"真的吗？"

她的语气依旧冷淡，不过纤薄的嘴角扬起了一丝微笑。

"那天你去地下二层做什么？"我继续问道，"当时你说有东西要送去，是要送给谁？那时你手里还拿着一个白乎乎的、好像玩偶的物件，那就是你要送去的东西？"

"我不喜欢别人追着问我。"

同样冷淡的语气。鸣从我身上刷地移开了视线。

"啊，对不起！"我慌忙道歉，"我无意逼你。只是那天……"

"那天发生了一件很悲伤的事情。"

她在等我。那可怜的另半个我，在那里等我。

对，我记得当时在电梯里，她确实这么说过。

那可怜的另半个我……

尽管我很想一探究竟，可既然话已被她说到这份上，也只好作罢。而她也闭口不语。

远处又响起轰鸣的雷声。掠过屋顶的风似乎比刚才更冷了。

"你……"见崎鸣开口了，"你叫榊原恒一，没错吧？"

"啊，是。"

"你心里一定很在意吧？"

"啊？什么？"

等……等等！莫非她想说的是……

"为……为什么突然……"

鸣用平静的眼神注视着竭力假装平静的我。

"因为差不多就在去年这时候，整个日本都轰动了。算起来到现在，还不满一年呢。"

"……"

"Sakakibara[①]……没叫'圣斗'真是太好了。"

她的嘴角又露出了一丝微笑。

说实话，我真没想到。

来这儿以后，这件事一直未被任何人提及，哪怕在刚才的教室里，可现在偏偏是她见崎鸣，开了这个头。

"你怎么啦？"见了我的反应，鸣好奇地问道，"莫非你不愿别人谈起？"

我本想若无其事地来一句"怎么会呢"，可话到嘴边竟然噎住了。"因为有一段不愉快的经历。"手足无措的我只得老实承认。

---

① Sakakibara 是"榊原"在日语中的读音，与下文的"酒鬼蔷薇"发音相同。

"去年这时候我还在之前的学校里，后来神户发生了那起案件，'酒鬼蔷薇圣斗'① 就成了大家议论的话题，而且之后被逮捕的竟同样是十四岁的中学生……"

"所以你被同学欺负了？"

"那倒没有，还没到欺负这么严重的地步。只是……"

是的，是没那么严重。他们当然不会抱有任何险恶的用心，只是半开玩笑地或是把我的名字写作"Sakakibara""酒鬼蔷薇"，或是叫我"圣斗同学"……说起来只不过是些孩子气的调皮捣蛋。

可是，虽然每次我都以微笑来应付，可面对一而再、再而三的攻击，我在潜意识里竟如此反感，甚至超出了自以为能接受的程度。于是这渐渐构成了一种精神负担……

每日怀揣着这种精神负担，一直捱到去年秋天，第一次的自发性气胸便发作了。围绕着"Sakakibara"的种种煎熬与那次发作之间必定逃不了干系——这么想并非完全没有道理。

至于父亲在离开日本的一年间选择将我寄养在夜见山的外祖父母家，也正是出于这方面的考虑，难得表现出作为家长的关心。既然和学校的同学们相处得这么僵，不如索性换一个生活环境，一切从头开始。

把事情这么解释了一遍，见崎鸣并没有表露出特别的同情或歉意，而是问道："这么说来，到了这儿还没对任何人提过？"

"你是第一个！"我苦笑道。不知为何，心里顿时觉得轻松了。

就因为这件事，从一大早开始，每次听到有人喊我的名字，我

---

① 1997 年，在日本兵库县神户市须磨区发生多起杀人案件，共导致两人死亡，三人重伤，且被害者皆为小学生。最后警方逮捕的凶手是一位年仅十四岁的少年，他犯案后自称"酒鬼蔷薇圣斗"。

都会紧张得心里一哆嗦。啊，畅快地说出来之后才觉得自己怎么那么傻。

"可能大家都有所顾虑吧。"鸣说。

"是吗？"

"倒不一定是因为考虑到你的感受。"

"什么意思？"

"因为 Sakakibara 这个名字，无论愿不愿意，总会让人联想到死。而且不是一般的死，而是以学校为背景的、残忍的、没有缘由的死。"

"联想到死……"

"是的。"

鸣静静地点了点头，理了理被风吹乱的头发。

"大家对此都很反感，才……又或许是无意的，就好像人会自然捂住伤口的那种感觉。"

"那是？"

究竟是什么意思？

"死"这个词或者概念，并不吉利，原本就遭人忌讳。这一点我当然清楚，只是……

"这所学校呢，"鸣的语气依旧冷淡，"这所学校，尤其是初三（3）班，离死非常近。比其他任何一所学校的任何一个班级离死都要近。"

"离死很近……这又是什么意思？"

我用手抵住额头，完全不明白她在说什么。只见鸣直视我的右眼眯成了一条线。

"你什么都不知道吗，榊原？"

随后，她又转向操场，贴着褐色的铁栅栏抬头仰望天空。站在她身后的我也随她一道望去。天上的乌云更厚、更沉了。

远处又响起了一阵雷声。校园里，几只受了惊的乌鸦嘶叫着，拍打漆黑的翅膀从树梢扑向天空。

"原来你还什么都不知道啊，榊原。"望着天空，见崎鸣重复道，"原来谁都没跟你说啊。"

"说什么？"

"以后你自然就知道了。"

"……"

"所以，你还是不要接近我为好。"

我真是越听越糊涂。

"也不要跟我说话。"

"为……为什么？"

"以后你就知道了。"

"你……"

我不知所云，简直一头雾水。

还没等我把话说完，见崎鸣就抱着素描簿无声无息地转过身，经过我身旁，朝屋顶出口走去。

"那就再见了，SA、KA、KI、BA、RA 同学。"

瞬间，我的身体犹如被施了魔咒般僵直了。不过很快我又回过神来去追赶她。这时，从校园里再次传来了几声乌鸦的悲鸣。

不经意间，我忽然想起昨晚怜子阿姨介绍的"注意事项"。

若在屋顶平台上听到乌鸦的叫声，返回大楼时应该……

先迈右腿？先迈左腿？

到底是左还是右？我记得好像是左腿……正想着，只见鸣迅速打开门，身影消失在楼道里。

而她跨入时，迈出的却是右腿。

11

第六节课快结束的时候，终于下起了雨。雨势很猛，有几分夏日雷阵雨的味道。

没带伞，怎么办？我边收拾东西边犯愁，这时书包里调成会议模式的手机突然振动了起来。是外祖母的电话。

"我现在就出门来接你，你到主楼的大厅等我。"

真是雪中送炭，可我下意识地婉拒了外祖母的好意。

"没事儿，外婆。要不了多久雨就小了。"

"这孩子，尽说傻话。你病刚好，万一淋着雨感冒了怎么办？"

"可是……"

"别可是了，恒一。我到之前你就在大厅等我吧。"

挂上电话，我看了一眼周围，"呼"地叹了口气。

"哟，还有手机嘛，榊原。"

上来搭话的是勅使河原。只见他在校服的内兜里捣鼓一阵，掏出了一部挂有众多吊坠的白色手机。

"咱俩可是一条道上的。来，兄弟，你的号？"

拥有自己专属的移动电话，这在初三绝对是少数。即使是在东京的学校，算上小灵通也不过三分之一。

我一边和他交换着电话号码，一边朝靠窗的最后一排瞥去。见崎鸣的座位上已没了人影。

趁他将手机塞回口袋的间隙，我说："那个，问你件事儿。"

"什么？"

"那个座位上名叫见崎的女生。"

"什么？"

"还真是个怪人。她到底……"

"你没事吧，榊原？"

只见勅使河原一脸正经，似有不解。

"振作！振作！"说着，"咚"一巴掌拍在我背上，快步离开了。

出了教室，在通往主楼 A 号楼大厅的走廊上，我又遇见了副班主任三神老师。

"今天过得如何，榊原同学？觉得新学校怎样？"

面对三神老师自然亲切的笑容，我不由得紧张起来。

"呃，还行。"

三神老师微微一点头。

"外面在下雨，你带伞了吗？"

"呃，外婆……不是，外祖母说会开车来接我。刚才她来电话了。"

"那么看来不要紧。路上小心。"

大约十五分钟后。

雨势已逐渐转弱，外祖母驾驶的黑色公爵牌轿车终于出现在大厅外的候车处。

大厅里还有不少被这场不期而至的骤雨困住的学生。在他们的众目睽睽之下，我逃也似的慌忙钻进车里。

"累了一天吧，恒一。"外祖母手握方向盘问道，"身体没什么不舒服？"

"嗯，我挺好的。"

"和班上同学能友好相处吗？"

"呃……大概吧。"

车离开 A 号楼，沿着淋湿了的沥青路朝校门口缓缓驶去。一路上，我倚靠车门向外眺望，突然，她的身影跃入了眼帘。在势头渐渐收敛、但仍称不上小雨的细丝中，一个人，没有打伞，在路边行走。是她，见崎鸣。

"你怎么啦？"

车就要驶离校园的一刹那，外祖母问道。尽管我没出声，也没摇下窗，但她仍从我的表情中察觉到了异样。

"没，没什么。"

说完，我又扭过身朝后望去。

可是，鸣已经不见了。如同融化在落下的雨中，消失不见了。

1

"这是什么？"

是三神老师的声音。被问到的是坐在我左边的男生，名叫望月，望月优矢。

他个头不高，皮肤白皙，五官虽谈不上出众，倒也生得匀称标致……若一副女孩打扮走上涩谷街头，一定会被误以为是美少女而被搭讪。不过自昨天以来，我还没同他说过一句话。每当我刚要开口，他便立即转移视线。这究竟是单纯的害羞还是内向、不爱交际？不好说。

被三神老师这么一问，望月的脸上微微泛起红晕。

"呃，这个……"回答有些结结巴巴，"这个……画的是柠檬。"

"柠檬？就这个？"

望月迅速瞄了一眼无法理解的三神老师，小声答道：

"嗯。这是柠檬的呐喊。"

入校第二天，周四。第五节，美术课上。

教室位于那幢老校舍 0 号楼一楼的美术室。同学们共分六组，各自围坐在一张大大的工作台前。台子中央摆放着洋葱、柠檬、咖啡杯等物品，换言之，以这些物品为题材做静物写生是今天美术课的主题。

我选的对象是摆放在洋葱边上的咖啡杯，一上课就用 2B 铅笔在发下来的画纸上描画。看来望月选的是柠檬。

我伸长脖子，朝他手上的画纸窥去。

哦，原来如此。难怪三神老师会忍不住问他。

只见望月的画纸上画着一个形状怪异的东西，和台上摆放的物件大不相同。

要说这是柠檬，倒也勉强能看出点儿柠檬的样子。只是纵向上被拉长了两倍，整个轮廓弯弯曲曲，呈不规则波浪状。不仅如此，连周围的空白处也被打上了同样弯曲的波浪线……

什么呀，这是？

我刚要问，忽然想起望月那句"柠檬的呐喊"，莫非是……

说起《呐喊》，即便小学生也耳熟能详，乃是挪威画家爱德华·蒙克的著名代表作。这幅作品通过别具一格的构图及色彩，以曲线的方式勾勒出一位在栈桥上捂住耳朵的男子形象。如此想来，眼前这幅扭曲的柠檬与那幅画之间倒还真有些相似之处。

"望月同学，你觉得这么画行吗？"

望月面对双手抱肘的三神老师。"呃……其实，在我眼中，那只柠檬就是这样的。"又瞄了她一眼，战战兢兢地回答道，"所以，那个……"

"好吧。"老师撇了撇嘴，一副"真拿你没办法"的表情，苦笑道，"虽然和教学目的有出入……嗯，算了算了，只是以后希望你尽量在参加美术社活动的时候再尝试这样画。"

"啊，好。对不起。"

"倒也不必道歉。这幅画你就这么画完吧。"

淡淡地留下这几句，三神老师便离开了。等她走后——

"你喜欢蒙克啊？"

我又把头凑过去，小声问道。

"啊……嗯，差不多吧。"

望月看也不看我一眼，又重新握起铅笔。见他并没有表现出强烈的排斥，我于是又接着问：

"你为啥把柠檬画成那样？"

只见他同刚才三神老师一样撇了撇嘴。

"因为我就是这么看的，所以就这么画了。"

"你是说东西也会呐喊？"

"不是，蒙克的那幅画也常常遭人这么误解。其实，在画里呐喊的根本不是那个男人，而是他周围的世界。他是因为惧怕才捂住耳朵的。"

"这么说，你画中呐喊的也不是柠檬喽？"

"嗯。"

"柠檬只是捂住了耳朵？"

"也不能这么说……"

"嗯，好吧……对了，你是美术社的成员？"

"嗯，确切地说是升上初三之后再次加入的。"

经他这么一说，我忽然想起勅使河原昨天提到美术社的活动之前一直处于中止状态，另外，今年四月新来的指导老师是"美丽的三神老师"……

"你呢？"终于，望月第一次将目光投向我，像一只温顺的小狗般一歪脑袋，"你不加入美术社吗？"

"啊？为什么我要加入啊？"

"因为……"

"也不是我没兴趣，只是……我对画画不在行。"

"在不在行倒是其次，"望月的语气一下严肃起来，"其实画画是用心灵的眼睛来观察、描绘的。这才有意思呢。"

"用心灵的眼睛？"

"对。"

"这幅画也是？"

我看着他那幅《柠檬的呐喊》。

望月不在意，"嗯"地点点头，搓了搓鼻子。

尽管刚开始有些怕生，可一旦聊起来还真是个挺有趣的人。这么一想，我的心情似乎也放松了下来。

另外，说起美术社——脑海里突然一闪而过——昨天体育课上，在C号楼屋顶和见崎鸣聊天时，她手里好像就拿着本素描簿。莫非她也是美术社的……

这间位于0号楼的美术室比普通教室宽敞近一倍。虽然装潢和设备有些陈旧，照明也显得昏暗不足，但高高的天花板少了几分压迫感，让人更觉宽敞。

在这样的房间里，我似乎才想起来见崎鸣，连忙扫了一眼周围。

可是仍然没有见崎鸣的影子。

上午上课时还在呢——我产生了些许疑惑。

一直都没机会同她好好聊一聊。不过今天课间逮到她一次，稍稍说了两句。其实也只不过是"昨天一个人淋雨回家的吧"之类不疼不痒的闲话。

"我并不讨厌雨，"当时她这么说，"最喜欢隆冬时的冰雨了，马上就要结成雪的那种。"

中午休息时本打算找她聊聊，可惜同昨天一样，当我想起这茬的时候她已从教室里消失了，一直到第五节课开始，都没再出现过……

"喂，榊原。"望月的声音打断了我的思绪。

"干吗？"

"你觉得三神老师……怎么样？"

"怎么样？什么怎么样？"

"啊……算了……呃，也是。嗯……"

望月微微点头，脸颊上又泛起一片红晕。

什么呀，这家伙。我心里一慌。

喜欢上了美术课的女老师？没事吧？差了十几岁呢。

2

"《呐喊》这部作品，蒙克共创作了四幅。"

"嗯，我也听说过。"

"我喜欢的是藏于奥斯陆国家美术馆的那幅。天空的红色最叫人震撼，似乎真有血会从里头淌出来。"

"嗯。但你不觉得那幅画越盯着看越瘆人吗，或者说，越看越让人惶恐不安？你说你这么喜欢……"

要说易懂，蒙克的这幅作品还真挺容易理解的。只是乍看时强烈的视觉冲击削弱了作品原本的主题。不过单从该画作的滑稽仿作呈泛滥之势来看，其人气之旺可见一斑。当然，望月所谓的"喜欢"听起来并非这种层面上的喜欢。

"不安……是啊，一切皆不安，这幅作品深刻揭示了这一点，所以我非常喜欢。"

"因为不安，所以喜欢？"

"就算能视而不见，还是会陷入不安。榊原，你别说你不会啊。其他人肯定也是这样。"

"连柠檬和洋葱也是？"

我开玩笑道。望月不好意思地笑笑。

"因为画是认知的投影。"

"嗯。可我觉得吧……"

美术课后，我和望月优矢结伴出了教室，走在 0 号楼昏暗的走廊上，不知怎么的，聊起了这个话题。

"哟，榊！"

突然有人从背后拍了我的肩膀。无需回头我便知道，那是勅使河原。从今天起，他似乎将我的名字简略成了"榊"。

"你俩在这儿偷偷摸摸地聊三神老师吧？算上我，算上我！"

"可惜啊，我们聊的东西更阴暗。"我答道。

"那是啥？聊的是啥？"

"是笼罩全世界的'不安'。"

"啊？"

"我说勅使河原，你有过不安吗？"

我问道，料定他与这种心情无缘。可谁知这位褐色头发的淘气鬼竟夸张地点点头，出人意料地答道："不安啊，我已经受够了！"也不知他究竟是真是假，"这都得归功于升入初三、成了名副其实的'被诅咒的（3）班'。"

"什么？"

我不禁失声叫道。同行的望月则低头盯着自己的步伐，一声不吭，表情相当凝重，甚至还有些僵硬。在那一瞬间，仿佛连周围的空气都冻住了。

"那个，榊，"勅使河原道，"其实我从昨天起就一直想和你说来着……"

"喂！勅使河原！"望月突然开口了，"恐怕现在已经不方便了吧。"

不方便？什么不方便？怎么个不方便法？

"'已经'是'已经'了，可是……"

勅使河原犹豫着，把话咽了回去。我不明就里："这究竟是……"可话说到一半突然止住了。

此时我们碰巧走到 0 号楼的第二图书馆前。这扇鲜有人问津的图书馆大门正开着一条几厘米宽的门缝，从缝里可以窥见馆内的情形……

有人！

是她——见崎鸣！是她在那儿！

"你怎么了？"

面对勅使河原的惊讶，我含糊说着"没事儿，我去去就来"，便一把推开了门。

屋子里，鸣正孤零零地坐在一张大桌子前，回头望着我。"你好呀！"我向她举手示意，可她未做任何表示，又把头别了回去。

"喂，喂！榊！那个……"

"走吧，榊原！那有什么……"

我无视身后勅使河原和望月的声音，一步跨进了第二图书馆。

3

第二图书馆里，被书撑得满满当当的连顶式书架覆盖了整个墙面。但似乎还不不够用，一排排高大的书架又占据了大半空间。

图书馆与美术室差不多大，但风格迥然不同。在这里丝毫没有宽敞感，厚重的书籍带给人沉甸甸的压抑感。灯光也显得昏暗，抬头一看，有几盏荧光灯彻底不亮了。

鸣就坐在唯一的大书桌前，书桌周围散落着十来把椅子。左手边有一张小小的服务台，嵌在书架间的凹谷里，现在那里空无一人，按常规说来，应该是管理员老师的位置。

在旧书特有的书香熏陶下，这里仿佛连时间也定格了……

只有见崎鸣一个人在那儿。

我向她靠近，她却头也不回。桌上摊着的并不是书，而是那本八开大的素描簿。

翘掉美术课不上，一个人躲在这里画画啊。我想。

“没关系吗？就这么进来了？”鸣背对我说道。

“怎么了？”我反问。

“那两个人不是阻止你了吗？”

“好像是哦。”

我能隐隐约约地察觉到班上同学对她的态度有些异常。

“这幅画是？”看着素描簿，我问道。

画上是一位用铅笔勾勒的美少女。不同于漫画或动画片的笔触，整幅画更偏向写实，更具有真实感。

细细的手脚、长长的头发，从精致柔弱的体形勉强能辨出性别。脸部还没画上眼、口、鼻等五官，但即便如此，也足以看出是一位“美丽的少女”。

“这是……玩偶？”

这么问是有理由的。

因为她的肩膀、手肘、髋部、膝盖、脚踝……一切有关节的地方都呈现出某种玩偶独有的特征——"球体关节玩偶",形如其名。

对于我的问题,鸣没有作答,而是轻轻转起手中的铅笔。

"她有原型吗?还是你的原创?"

尽管鸣说过她不喜欢被追问,但我还是忍不住一问接一问。她终于回过头来。

"难说,也许两者兼有。"

"两者兼有?"

"我打算最后为她加上一双大大的翅膀。"

"翅膀……这么说她是天使喽?"

"嘻嘻,谁知道呢。"

说不定是魔鬼?忽然预感她会接这么一句,我不由得倒吸了一口气。鸣却就此打住,只从嘴角露出一丝微笑。

"对了,你的左眼怎么了?"于是我又换了个一直让我挂心的问题,"从我们在医院碰到时你就一直戴着眼罩。受伤了吗?"

"你想知道?"

鸣稍稍侧过脑袋,眯起右眼。我慌了神。

"啊,要是你不愿意,当然……"

"那我就不说了。"

这时,不知屋子的哪个角落突然响起了破锣般的铃声,像一只饱经风霜、伤痕累累的电铃发出的呻吟。

是第六节的上课铃。可是鸣依旧坐在椅子上一动不动。难道她又想翘课不成?

我应当放任不管还是硬拖着她一起走?犹豫之际,一个声音突然飞了过来。

"你还是去上课吧。"

一个我从未听过的男人的声音，低沉、浑厚、略带沙哑……

我大吃一惊，连忙搜寻声音的位置。

角落的那张服务台刚才明明还空无一人，现正立着一位黑衣男子。

"从没见过你嘛。"

这位男子又说道。只见他架着一副土气的黑框眼镜，蓬乱的头发呈花白状。

"那个，我是初三（3）班的榊原，昨天刚转来的，那个……"

"我是图书管理员千曳。"男子直勾勾地盯着我说，"以后你想来随时都可以，现在还是去上课吧。"

4

第六节是一周一次的班会课。若换作小学，则是以年级为单位的"级会课"。在班主任老师的监督下，想要进行活泼自由的讨论自然是没希望的。这一点，目前看来，无论私立公立，均是成立的。

这些且不说……一套流程过后，班会终于在下课铃响之前结束了。

最终，见崎鸣还是没有出现在教室里。

可是久保寺老师也好，三神老师也好，对于她的缺席似乎一点儿没放在心上。

这一天，仍是外祖母开车接送我上下学。尽管我一再强调"身体已经没事了"，可她坚持这周内一定要来护送。以我的立场，确实不便作过于强硬的抵抗……

其实说心里话，我更想留在学校里寻找鸣的下落，但现在不得不放弃。面对勒使河原"一起回家"的邀请，我也只好拒绝，一头钻进前来接我的车子。

5

吃过晚饭，趁怜子阿姨还没回到她的工作室兼卧室，我同她说了会儿话。

原本心里有一箩筐的事儿想问她，可当真面对面坐下后，又一如往常地紧张起来，净说些违背本意、无关痛痒的话题。

思前想后，我最终还是决定先从 0 号楼的第二图书馆入手。

"那间图书馆老早就有了吗？"

"嗯，差不多。我读中学那会儿就已经在那儿了。理津子姐那会儿大概也有了吧。"

"那时也叫'第二'吗？"

"怎么会呢？叫它'第二'，当然是在新校舍建成、有了新图书馆之后啦。"

"也是哦。"

怜子阿姨换了只手托腮，喝了一大口玻璃杯中的啤酒，随后发出"啊"的叹息。尽管她从未表露过，但看得出来，每日的工作和生活已让她精神疲惫。

"第二图书馆的管理员老师，你认识吗？今天我碰巧遇到他，给我的感觉俨然是那儿的'主子'……所以我想，他是不是很早就在那儿了？"

"你说的可是千曳老师？"

"对，就是那名字。"

"正像你所说，那人就给人这种感觉，像图书馆的'主子'。我上学那会儿，他就已经在了吧。总是穿黑色的衣服，待学生也不和气，样子神神秘秘的，所以当时女生们都怕他。"

"也难怪。"

"今天他和你说什么了？"

"好像没说什么。"

我一边摇头一边回忆当时的情形。

在他的命令下离开图书馆的只有我。不知道鸣怎么样了，是留在那里继续画画还是……

"对了，恒一，"怜子阿姨手握酒杯问道，"社团活动之类的，你打算参加吗？"

"呃……还没怎么考虑过。"

"你在以前的学校参加过吗？"

既然被问到了，我就照实回答："是料理研究社。"

说起来，当初之所以选择加入这个社，多少出于对父亲的嘲讽：谁让他把家务活全推在儿子一个人身上？也正因为他，我的烧菜水平上了好几级台阶，可惜他对此一无所知。

"夜见北好像没这个社。"怜子阿姨温柔地眯起眼睛。

"反正我只在这儿待一年，随便哪个社都行。啊，对了！今天还有人问我要不要加入美术社呢。"

"是嘛！"

"但我总觉得，还是……"

"这就要看你自己了。"一口喝尽剩下的啤酒，怜子阿姨两手托腮架在桌上，双眼直勾勾地看着我问道，"你喜欢美术吗？"

"不能说喜欢，只是有点儿兴趣。"

她的视线如一道耀眼的光芒，刺得我不得不低下头，将闪过脑海的想法道出。

"虽说有兴趣，但我对画画并不在行，可能是手笨，画不好。"

"嗯。"

"所以，我还从来没跟别人说过，将来有可能的话，我想进一所和美术有关的大学。"

"哦？是嘛，这倒是第一次听说。"

"我想尝试雕刻或造型设计。"

盛在我杯里的是外祖母特制的蔬菜汁。忍受着芹菜味儿，我轻轻地抿了一口，下决心问道：

"你觉得怎么样？我是不是太乱来了？"

怜子阿姨又发出"嗯"的一声，抱起双臂。

"建议一："终于，她开口了，"要我说的话，一般对于小孩子要去美大或艺大的想法，家长大多持否定态度。"

"果然。"

"不知道你父亲会是什么反应。也许会大吃一惊，然后责备？"

"很有可能。"

"建议二："怜子阿姨继续道，"即使你如愿以偿进了美大、艺大，将来毕业后找工作也是个大难题。当然个人才能是一方面，但和它相比，更多的要靠运气。"

原来如此，是这么回事啊。多么现实的问题……

"建议三：……"

已经够了！

内心脆弱的我此时已经放弃，但怜子阿姨最后那条建议，连同她那双温柔眯起的眼睛，又使我重新燃起了希望。

"话虽这么说，但如果你当真想做，就不要害怕。不管什么事，在着手做之前就放弃，我觉得是懦夫。"

"懦夫……"

"嗯，这很重要哦，究竟是英雄，还是懦夫。"怜子阿姨缓缓搓着酒劲上来后微微泛红的双颊说，"当然了，是英雄还是懦夫，这要看你自己怎么想了。"

6

第二天，五月八日，周五，从一大早就没见到见崎鸣的影子。

是生病请假了吗？可昨天她似乎并没有哪里不舒服……

难道是——我突然想起了一件事。

在周三的体育课上，我们在屋顶交谈结束之后……

若在屋顶平台上听到乌鸦叫声，返回大楼时应先迈左腿。

这是怜子阿姨曾经告诉我的"夜见北注意事项一"，据说若违反了该条，一个月内必定负伤……

当时，尽管鸣一再听到乌鸦叫声，可进入大楼时迈的仍是右腿。所以……难道她真因此受到了什么伤害？不会吧？

我半信半疑地猜想着，却当真担起心来。若从第三方的角度来看我自己，也够滑稽可笑的。

难道是……难道是……经历了一番胡思乱想的折磨之后，最终我仍提不起勇气去询问她缺席的理由。

7

与K××私立中学不同的是，公立学校每月的第二、第四个周六都是休息日。听说也有学校利用这两个休息日开展校外的"实践学习"，而夜见北倒没这规矩，这多出来的一天如何过，全由着学生了。

因此，第二天的九号即周六是休息日。原本可以舒舒服服地睡个懒觉，我却不得不早起，跑去夕见丘的市立医院，因为和医生约好上午做愈后的复诊。

当然，这趟医院之行，外祖母本要全程接送的，但当天又临时取消了，因为外祖父亮平一大早突发高烧，卧床不起。

虽然外祖父的病情不算特别危急，但他毕竟上了年纪，言语行动也不那么利索，留他一人在家总不放心。我也正是考虑到这一点，才向外祖母提出：

"没事，我自己去吧。"

"你行吗？对不起啊，恒一。"

果然，这种时候外祖母就不再坚持了。

"一路上小心啊。万一哪儿不舒服了，就打车回家，啊？"

"嗯，我知道了。"

"凡事都别硬撑着，啊？"

"嗯，知道啦。"

"钱带够了吗？"

"嗯，都塞得鼓鼓囊囊的。"

我们在一楼檐廊附近的这段对话碰巧被九官鸟小怜听见了。

"为什么？为什么？"

她精神饱满地发出尖锐的声音，送我出门。

"为什么？……精神，打起精神！精神……"

8

在荧光灯下反复端详肺部的 X 光片，四十多岁的主治医师一边说着"好的，好的"，一边点着头。

"片子上的肺部非常干净。好，已经没有任何问题了。"这么轻松地诊断道。

"可你还是不能胡来……嗯，再观察一两周，要是没什么，就能参加体育课了。"

"谢谢您！"

我礼貌地低头致谢，心里却揣着几分忧虑。记得去年秋天，也是出院后不久的复诊，医生也做出了同样的诊断，可是……

当然现阶段再怎么担心也无济于事。"你不要多想了。"还是姑且相信父亲的经验吧。

市立医院的门诊大楼似乎各个角落都拥挤不堪，待我结束复诊到柜台付完钱，早已过了午饭时间……现在，作为一名拥有健康体魄的十五岁少年，觉得饿是自然的，但医院食堂还是免了。要不，顺道找家汉堡店或甜甜圈店？出了医院，我朝着车站边走边琢磨，突然转念一想：

慢着！今天是十天之后再次来这家医院，而且难得外祖母没跟着，没理由不好好利用这次机会，就算不成功也没什么损失。对！和吃饭相比，我还有更重要的事情要做。嗯！

于是我决定返回医院，目的地是上个月下旬待过的地方：住院楼。

"咦，你怎么来啦，恐怖少年？"

坐电梯上到四楼，刚要往护士站去，恰巧迎面走来一位熟悉的护士。高挑、纤瘦，一双微凸的大眼睛与整个面部不大协调，叫人过目难忘……是水野小姐。

记得她说自己去年刚取得护士资格证，在这家医院工作没多久。而我在住院的十天中，与医院方面交谈最多的人便是她——水野沙苗小姐。

"啊，你好！"

虽不至于说是"穷则通"，但此时遇见她正可谓事随人愿。

"怎么啦？榊原……恒一，对吧？该不会是肺部又……"

"不是！"我慌忙摇头否认，"今天是来复诊的。医生说我已经没有任何问题了。"

"哦，那你怎么上这儿来了？"

"因为……因为我想你了呗。"

我随口说了句不像自己说的俏皮话。水野立马接道：

"真乖，我好开心啊！"并配以做戏般夸张的动作，"是不是在新学校里没找到同道之人，觉得寂寞了？也不会啊，到底是怎么了？"

"那个……呃，其实，我有件事想问你，所以……"

当初我之所以能和她拉近距离轻松交谈，靠的全是住院时阅读的斯蒂芬·金的小说。当时她看到书名后便问：

"你总是看这种小说吗？"

"不是'总是'啦。"

因为她那神情像是见到什么稀罕物似的，我便没好气地答道。

"那除此之外，你还看些什么？"她继续问。

"呃……迪恩·孔茨！"我突然蹦出这么个答案。

只听她"哦"了一声，像中年大叔一样抱起胳膊拼命忍住笑。这也是后来她给我起外号"恐怖少年"的由来。

"因为住院病人很少看那类东西。"

"很少吗？"

"你想啊，害怕、苦痛之类的情感，一般都想避开吧？更何况自己生了病或受了伤，已经够怕、够疼了。"

"嗯，可我觉得，反正都是书里的故事……"

"就是！所以说你厉害嘛，恐怖少年。"

之后不久我才知道，原来她自己也是"那类东西"的拥趸，无论古今、东西、小说、电影，她统统来者不拒，在职场上却找不到一位志趣相投的"同道之人"，不免有些寂寞苦闷。这导致她在后来我住院期间向我推荐了不少作家的作品，像约翰·索尔、迈克尔·斯莱德等，都是我不曾涉猎的。

言归正传。

考虑到将来还有机会一起聊共同爱好，我决定先向水野小姐询问那件"想问的事"。

"四月二十七日，也就是上周的周一，那天医院里有女孩去世吗？"

9

"四月二十七日？"

水野小姐眨着微凸的大眼睛，一定在想我怎么问这么奇怪的问题。

"上周的周一……那时你还在住院吧？"

"嗯，正巧那天是我拔除软管的日子。"

"你怎么突然想到问这个？"

她会反问也是理所当然，我却没自信能将整件事情解释清楚。

"因为……那个……我心里一直有件事儿。"找了个含糊的理由。

那天，上周一的中午时分，我正是在这栋楼的电梯里偶遇见崎鸣。当时她去的是地下二层。那里没有病房，没有检查室，除了仓库和机械室外，有的只是太平间了……

太平间。

这一特殊场所始终让我介怀。于是我由此产生一系列联想，问了水野那样的问题。

假设鸣当时去的是太平间，而空空如也的太平间，一般人是不会去的。所以凭常识来推断，当时那里一定安置着当天死于医院的某位患者的遗体……难道不是吗？

那位被认为过世的女孩又是谁呢？

这恐怕也是联想吧，从当时鸣口中的那句扑朔迷离的话（那可怜的另半个我……）联想到的。

"看来这件事好像还真有内情，"水野鼓着半边腮帮子斜视着我，"不过你放心，我不会逼你在这儿说出来。"

"你有没有想到些什么？"

"没有。至少在我负责的病人里没有，至于整家医院，就不清楚了。"

"那，没关系……"

我决定换一个问题。

"那天，你有没有在这栋楼里见过一个穿校服的女孩？"

"什么？又是女孩？"

"穿的是初中校服，藏青色西服上装，短发，左眼还戴着眼罩。"

"眼罩？"

水野侧过脑袋。

"眼科的病人？啊，等会儿！稍微等会儿！"

"你见过？"

"不是，是那天死去的人。"

"啊？"

"嗯，说起来……"

水野边小声嘟囔着边伸出右手中指一下下地按着太阳穴。

"也许还真有这么个人。"

"当真？"

"大概吧，我只记得好像听到过……"

接着，她提议我们从患者、家属、医生、护士等人员川流不息的走廊转移至人员稀少的候诊室，可能是觉得继续站在走廊上聊天有些不合适。

"虽然我也不是十分肯定，上周一……好像是在那个时候。"水野压低声音道，"是女孩吗？我想想……反正我听说有个刚入院不久的年轻病人突然死了……"

"你知道她叫什么名字吗？"

我顿时觉得心脏怦怦乱跳，全身涌起一阵抑制不住的骚动。

"你知道她的名字吗？或她生什么病？或其他更详细的情况？"

水野迟疑片刻，四处张望一番，把声音压得更低了：

"我去帮你调查一下吧。"

"这能行吗？"

"不是说去调查资料，问问身边的人总不是什么难事吧。你有手机，对吧？"

"嗯。"

"来，你的号？"

水野麻利地指挥着我，并从白衣兜里掏出自己的手机。

"等我有了消息就通知你。"

"真的吗？真没关系吗？"

"看在我俩有共同爱好的份儿上，你还特意为此跑这一趟，说明里头一定有秘密啊。"喜欢恐怖小说的年轻护士如是说，随后顽皮地挤了挤微凸的眼睛，"作为答谢，今后你可得将前因后果都告诉我啊。怎么样，恐怖少年？"

10

> 夜见的黄昏下
> 空洞的苍之眸

发现这块广告牌时，离夜见山市的黄昏还早。

那是从夕见丘回来的路上。

车大约开到医院与外祖父母家之间（根据我在脑海里对地图的粗略把握），我在一个叫红月町的地方下了车，随意进了家速食店解决吃饭问题，便在附近找了一条相对热闹的繁华街道，信步走走。虽说是周六的午后，街上倒不嘈杂喧闹，擦肩而过的都是素昧平生的路人。一路上，我既没撞见什么人，也没被什么人撞见，就这么悠然自得地漫步街头。逛过繁华街道，穿过一条远离交通的羊肠小道，走进一片花园洋房林立的小区，又走出来……就这样漫无目的地四处游荡。

即使迷了路，又怎么样？

对此我毫不担心。或许这就是在东京过了十五年没有母爱生活的少年所拥有的倔强。

细算起来，来夜见山已经三周了，但像今天这样随心所欲地——不必在意任何人——度过时光却还是头一回。要是傍晚时分还不到家，外婆肯定又要担心了。算了，反正到时候她会来电话的……

其实我内心并没有为终于获得的自由而欢呼雀跃，只是单纯地想一个人凭借自己的双脚走在这里的街上。

指针刚滑过下午三点……周围的世界却已黯淡无光。虽觉察不出要下雨的气息，但头顶笼罩着一团与当下时节不符的乌云。这不正是我此刻内心的真实写照吗……

忽然瞥见一旁电线杆上贴着的路名标识：御先町 ①。

又是"Misaki"啊，尽管音同字不同。我一边感慨，一边粗略地将这名字添加进大脑中的地图。大致推断，现正处于医院、外祖父母家、学校这三点构成三角形的正中位置。

就在这里。

在这条平缓的上坡路上，在这条零星分布着小店的恬静街道上，

---

① 此处的"御先"在日语中读作"Misaki"，同"见崎"的日语读音。

我的目光突然停留在了一块奇特的广告牌上。

> 夜见的黄昏下
> 空洞的苍之眸

黑漆木板上用奶油色涂料如是写道。

这是一幢三层的水泥建筑，冷峻的风格与周边民宅颇不相同。看似是一处商住楼，可二三层又不像有店铺、事务所之类的样子。

广告牌静静立在一楼入口处的侧面，旁边则设计成直达楼上的户外楼梯。在临街墙面上，与门相隔不远处，还镶着一块巨大的椭圆形玻璃。是展示橱窗吗？可里头没有一盏照明灯，与其说朴素，更像还没开张。

我不禁驻足停留，再看一遍广告牌上的文字，小声念道：

"夜见的黄昏下，空洞的苍之眸……什么？"

广告牌下还挂着一块白木板，有一定年岁了，上面用毛笔字写道：

> 过路请进——M 工作室

什么呀，这是？

是古玩店之类的还是……

突然，我觉得身后有人正看着我，连忙转身。可别说"有人"了，街上连个行人的影子都没有。

天空越发显得低沉、阴暗了。御先町这一带似乎比其他地方更早进入黄昏的黑暗——我陷入这种错觉中无法摆脱，不由得带着几分恐惧，战战兢兢地朝椭圆形展示橱窗走去。

太黑了，里头什么也看不见。我又挪到展示橱窗跟前，把脸贴近玻璃往里一看。

"哇！"

我吓得大叫一声，仿佛浑身都冻住了。刹那间，只觉得从颈后到两肩、两臂，一股寒冰的电流直击而过。

只见在展示橱窗里——

摆着一个异常古怪却美丽的物件。

铺满深红色织物的地板上放着一张黑色圆桌，桌上竟只有个头戴黑面纱、两手托腮的女人的上半身！

再细看，她光洁的肌肤白皙如雪，五官端正得如同被上天宠爱……原来是一位少女。乌黑的头发垂至胸前，眼睛是深邃的绿色，裹身的红裙同她的身体一样，在腹部被拦腰截断。

"真厉害。"

是个异常古怪却又美丽的……真人大小的少女玩偶。展示橱窗里只陈设着它的上半身。

这究竟是家什么店？

这究竟又是什么……

我心生疑窦，再次往入口旁的广告牌看去。

上衣兜里突然传来一阵振动。手机响了。

外婆现在就开始担心了？

我笃定地这样想，吐出一口气，取出手机。液晶屏上显示着"未知来电"四个字。

"喂？"

"啊，是榊原吧？"

我刚接电话，就听见一位女性的声音。这声音我熟悉——或者说，几小时前刚刚近距离地听过。是市立医院的水野小姐。

"刚才的那件事，我已经知道了。"

"啊？这么快。"

"正巧遇上一位消息灵通又大嘴巴的前辈，于是就向她打听了一下。不过那位前辈说她也是听说的，所以不能保证百分之百准确。但要是查资料的话就困难了，所以是小道消息，行吗？"

"嗯。"

不经意间，手中的电话握得更紧了，全身又涌起一阵骚动……

"你说吧。"

视线聚集在展示橱窗中的玩偶上，片刻不离。

"她说，上周的周一，确实有位病人过世了。"水野说道，"还是一位女中学生呢。"

"啊……"

"听说她之前在别的医院接受了一场大手术，然后转到我们这儿的。那场手术非常成功，术后恢复也相当顺利，可突然之间病情急剧恶化……连施救的时间都没有。还说她是家里唯一的独生女，父母得知消息后心慌意乱、悲痛万分。"

"名字呢？"

少女在昏暗中回视着我，从她的双眸中，我联想到了那句"空洞的苍之眸"。

"那个女孩子，她叫什么？"

"嗯，我看看啊……"

水野的声音因信号关系出现了微颤。

"是从那位前辈那儿听来的，不过她说得含糊不清……"

"嗯。"

"她说，那个死去的孩子，不是叫 Misaki 就是叫 Masaki。"

1

当我再次站在御先町的"夜见的黄昏下，空洞的苍之眸"广告牌前时，已是一周后的周五，正值黄昏时分。

上周的偶遇纯属巧合。

上一次是漫无目的地游走在街上，逛着逛着碰巧发现了这儿。这次则不同。但话虽这么说，也并非打一开始就计划着要来，而是有别的事，走着走着就来到了这里。

离日落还有些时间，但周围已称得上黄昏了。在夕阳的霞光中，即便此时迎面走来一位熟人，也难以一眼辨识……

当初的目标也已迷失了。算了，还是回家吧。可刚要抬腿转身时，突然发现咫尺之处正立着那块"夜见的黄昏下……"广告牌。

接着，双腿就像着了魔，不由自主地向它走去。椭圆形展示橱窗内仍放着上周那个美丽却古怪、只有上半身的少女玩偶。她那"空洞的苍之眸"此刻正模糊地映着我的身影。

这究竟是家什么店？

里头究竟是什么样子？

自从上次来过以后，这些就成了我心中的问号。

在好奇心的再三驱使下，我毅然抛开当初的目的，走到广告牌旁的入口前，推开了门。

"当啷——"门口生锈的风铃响了起来。怀着忐忑不安的心情，我抬腿跨进了门。

和外面的黄昏相比，这里更胜黄昏。室内采用基础照明，微弱得只能见到一丝光亮。屋子倒比我想象得更大更深，几盏昏暗的彩色聚光灯在房间各处抹上一圈圈淡淡的光晕。光晕下照出的是大小各异的玩偶，有身长超过一米的大型玩偶，还有更多小个头儿的……

"欢迎光临！"

忽听一声招呼。

只见进门左手边，正巧位于展示橱窗后方的细长条桌子对面站着一个人，穿一件几乎与店内的昏暗融为一体的深灰色衣服。从声音判断，应该是一位女性，且上了年纪。

"啊……您好！"

"哦，是位年轻的小伙子啊，不常见不常见。你是这儿的客人还是……"

"我碰巧路过，想进来看看这家店什么样……这儿，是家店吧？"

桌子一端摆着一架旧式收银机，收银机前立着一块小黑板，上面用黄色粉笔写着"入馆费用五百日元"。我将手伸进校服兜里，摸出零钱包。

"你是初中生？"老妇人问。

我挺了挺胸。

"是的，夜见北的。"

"那就半价。"

"好。"

我走到桌子前交钱，迎面果然伸来一只满是皱纹的手掌，同时，一张脸从黑暗里清晰地浮出来。

一头漂亮的白发，加上一只魔法师般的鹰钩鼻，戴着深绿色墨镜，看不到她的眼睛。

"这儿，是家玩偶店吧？"我试着问。

老妇人微微斜过脑袋，蠕动着嘴唇含糊道："差不多，一半是店，一半是展览馆。"

"哦。"

"我们这里也卖东西的，但不是中学生出得起的价钱。不过你来了就看看好了，反正也没别的客人……"

老妇人说着，两手撑住桌子慢慢探出身，把头凑到我面前。似乎只有这样，才能看得清楚。

"要是口渴了，我泡杯茶给你。"

她呼出的气直喷在我脸上。

"里头还有沙发，累了可以去坐坐。"

"好。啊，茶就不用了。"

"是嘛，那，你慢慢看吧。"

2

店内——抑或是馆内——所播放的音乐听着像是大提琴演奏的忧郁弦乐，同室内照明是一个格调。曲子似曾相识，但遗憾的是，我的音乐修养欠佳。在这方面，即便听人谈起古典音乐的巨匠名作，又或是一九九〇年后发表的当代作品，我都只有点头称是的份儿。

将碍事的书包往屋内沙发上一扔，我屏息凝神、蹑手蹑脚地参观起各处陈列的玩偶。

一开始我还不时地瞥向桌子后面的老妇人，留神她的一举一动，可后来就渐渐顾不得了。玩偶们把我深深迷住了。

在幽暗的室内黄昏中，它们有的站，有的坐，有的躺，有的惊讶得张大眼睛，有的微闭双睑似作沉思，有的打盹小憩似睡非睡……

这些玩偶大多是美丽的少女，也有少年、动物甚至半人半兽。除玩偶外，墙壁上还装饰着画，画上油彩所绘出的梦幻风景十分抢眼。

包括展示橱窗中的少女玩偶在内，这些玩偶近半数属于"球体关节玩偶"。它们的手腕、手肘、肩部、脚踝、膝盖、髋部……身体各部位关节都是以球体来连接，能随意活动，摆出各种造型，因而平添了一种独有的灵异。

该怎么表达才好呢，应该是一种冷艳的真实感，但其实它们并不真实。看上去像人，但其实不像；似乎存在于这个世界里，但其实不存在。它们似乎就是以这种方式微妙地嵌在了两个世界之间……

一直延续。

我反复深呼吸，无意识间仿佛陷入了一种奇怪的念头：为了不能呼吸的他们和她们，我必须多呼吸几口……

有关这类玩偶的知识，我还是略微了解的。

记得在上初中前的春季假期①里，我曾在父亲的书库中看过德国玩偶制作家汉斯·贝尔默的作品集。后来在他的影响下，日本也出现了玩偶制作的高潮，我也在几册作品集中见过不少此类玩偶……

但像现在这么近距离且大量地见到实物，是不曾有的。

我有意识地不断深呼吸，仿佛一旦停下来，连自己的呼吸也会停止。

---

① 日本学校在每年的四月开学。

这些玩偶身上大多挂着写有制作者姓名的牌子。墙上的画也是。我一个也不曾听说过。或许其中真有知名人士，而我不认得罢了。

这边请↘

就在我参观完陈列的玩偶、正要回到放书包的沙发那儿去时，忽然在屋子最深处的角落里发现了这张贴纸和一个箭头。

箭头指向斜下方。我正觉得奇怪，再定睛一看，原来那里还有一道通往地下室的楼梯。

我回头朝老妇人望去。

只见她坐在桌子后头的阴影里，低着头，一动不动。是打瞌睡还是在想事情？不管怎样……

既然贴纸上明确写着"这边请"，那就表示可以下楼。

于是我一边深呼吸，一边轻手轻脚地朝楼梯走去。

3

地下室与一楼相比，明显小了几圈，更像是地窖。温度似乎也低一些，一踩上楼梯便有一股冷飕飕的感觉。

"这里应该常年启用除湿设备吧。"我一边想着这类现实问题，一边沿楼梯往下走，或许是因为顺着脚底爬上来的冷气的缘故，每下一级台阶，总觉得身体里的能量就被吸去几分。等走到楼梯尽头，竟觉头晕目眩，似乎有个看不见的包袱沉甸甸地压在肩头。

随后……

如我所料，地下室里超尘脱俗的景象正等待着我。

在灯光略微明亮、但依旧昏暗的地下室里，古色古香的牌桌上、扶手椅里、老式皮箱旁、壁炉台上甚至地板上，都摆放着玩偶！或许不能称它们为玩偶了，而是玩偶的各个部件。

放眼望去，桌上摆着一个和展示窗少女一样只有上半身的玩偶，椅子上坐着一副躯体，柜子里陈列的是头部和手，壁炉里立着几条手臂，椅子、架子下伸着几条腿……

这么一描述，不免有怪诞、恶俗之嫌，但我绝无此意。不仅如此，在这个乍看杂乱无章的空间里，我甚至感受到一种内在而又统一的美——或许这只是一种错觉。

在白色水泥沙浆的墙壁上，除壁炉外，还开着几座西洋风格的壁龛。当然这里也成了放置玩偶的场所。

其中一座壁龛里立着一个长相与展示橱窗中的少女十分相似、唯独缺了右胳膊的玩偶。旁边的壁龛则是一个用蝙蝠翼般的薄薄物件遮住下半张脸的少年。还有一座壁龛，摆放的是一对身体相连的美丽双胞胎。

我慢慢走到地下室中央，更用力地深呼吸。

伴随着每一次呼吸，吸入的冷气直渗到肺里，随后扩散至全身。一瞬间，我忽然意识到，自己此刻不正离那些玩偶越来越近吗？

如果此刻地下室里播放的忧郁弦乐突然停止，我是不是就能听到这些身处寒冷地下室的玩偶相互之间窃窃私语的秘密？

为什么？

为什么现在我会在这里会被这些东西团团围住呢？

这并不是一个需要深究的问题。

啊，我这是怎么了……

说起当初的动机，用一个不太好听的词，就是"跟踪"。

第六节课结束后，我和家住同一方向、喜欢蒙克的望月优矢结伴出了教室，随后遇上了风见、勒使河原及娃娃脸的矮个儿男生前岛（听说在剑道社是个狠角色）。一群人正走着，突然，我从走廊的窗外发现了行走在校园中的见崎鸣。今天的她同以往一样，自下午的课起就行踪不明，再没有出现过。

之后我采取的行动，在他们那帮人看来有些出人意料，因为我突然甩下一句"那我先走了"，便在一片"你怎么又这样啊"的声音中转身跑开了。

这周的周一、周二，接连两天，鸣都没在学校出现。

难道她真受了什么重伤？我的担心不断增加。到了周三早上，鸣却带着一副若无其事的表情出现了，照例默默地往靠窗最后那排一坐，丝毫看不出有任何受伤或生病的迹象。

下午的体育课上，本以为能同上周一样和她在屋顶说说话，结果还是失望，屋顶根本没她的影子。这一天就这么过去了。其后的周四、周五，也就是昨天和今天，我都找了几次机会同她说了两句。但说心里话，我多想有时间能和她一起慢慢聊，却一直下不了决心跨出第一步……

就在这样那样的心境下，我在放学后正要回家时遇见了她。

现在回想起来还真有些不好意思，我当时的行动几乎出于一时冲动。飞奔出大楼，沿着她走过的方向跑去，刚好看到她独自一人正要出学校后门。尽管我大可以高声叫住她，但我并没有，而是选择默默地追着她。

简要来说，这就是当初的动机——"跟踪"——的开始。

对校外道路还不甚熟悉的我，几次不见了她的踪影，又几次重新找了回来。若两人的距离自然而然地缩短到可以打招呼，不如就打招呼吧。可不知为何，我们之间的距离不曾缩短过，走着走着，甚至连跟在她身后这件事本身竟也成了目的……

然后，黄昏悄然而至，终于，鸣的身影再也找不到了。这一路究竟是如何走过来的，我已完全不记得，等发现的时候已经来到了这儿——御先町的"夜见的黄昏下，空洞的苍之眸"广告牌旁了。

见崎鸣。

围绕着她的疑团，抑或说是"谜"，从我第一天进校至今，在一周多的时间里逐渐变大、变深，似乎即将在我的脑海里勾勒出一幅"图形"。

话虽如此，我却说不清它究竟是什么。因为不明白、难下判断的事情实在太多……哦，不，尚不明白的事占据了绝大多数，包括水野告诉我的那件。这一切的一切究竟该如何理解？任我绞尽脑汁也理不出个头绪……说实话，我还真没法子。

我知道，直接问本人是最佳途径。但知易行难……

"啊！"

我突然发出一声尖叫。在这间奇异地下室的最深处，我看到了一件刚才一直被忽视的东西。

那是……

立在那里的，是一个足足超过孩童身高、竖长形、漆成黑色的六边形箱子。

是棺材？是的，是棺材。静静安放在那里的是一副西式的大棺材，而躺在棺材里面的……

我使劲儿摇了摇晕乎乎的脑袋，两手搓了搓发冷的肩膀，目不转睛地盯着棺材，一步一步向它靠近。

棺材里收纳的是一个玩偶。但这个玩偶和地下室里的其他玩偶都不一样，有手有脚有头，是一个身体各部件都完好无缺的少女，还穿着一条青白色的薄裙。

和真人相比，稍稍小了一些。我之所以如此确信，是因为我认识一个和这个玩偶一模一样的人。

"呜？"

我发出的声音有些颤抖。

"为什么这么……"

确实很像，和呜。

除了垂至肩膀的红褐色头发，它的五官、它的身材……它的一切都和我所认识的见崎呜一模一样。

再细看，它凝视半空的右眼正是"空洞的苍之眸"，而左眼恰好被头发遮住。她的面色比呜更像白蜡，浅红色的嘴唇微微开启，像是要诉说什么……

说什么？

向谁说？

你究竟是……

我只觉得一阵阵头晕越来越厉害，举起双手轻轻抱住头，半茫然半痴醉地伫立在棺材前。

这时，不可能听见的她的声音，突然在耳边响起。

"哦，原来你喜欢这样啊，榊原同学。"

4

当然，棺材里的玩偶是不会说话的，也没这个可能。在那一瞬间，我却这么认为了，毫不夸张地说，吓得我差点儿肺又裂开了，双腿情不自禁地倒退一步，眼睛却死死地盯着玩偶的嘴唇。

"嘻嘻……"接着，我好像听到了轻微的笑声，但玩偶的嘴唇丝毫没有动弹。

"为什么……"

又是她的声音。

"为什么你会在这里？"

没错，是见崎鸣的声音。但怎么听都像是从眼前的玩偶身上发出的。

是幻听吗？难不成是……

我放开抱住头的双手，又大幅地摇了摇脑袋。当我再次向玩偶看去时——

只见从暗红色帘布前那口棺材的阴影里，她，真正的见崎鸣悄无声息地出现了。

尽管她穿着的不是裙子，而是夜见北的校服，但在我看来，她仿佛就是那玩偶的影子化作的人形。

"啊……"我惊恐地呻吟道，"你怎么……"

"我不是为了吓唬你而有意躲起来的，"鸣用一贯冷淡的口吻说，"只是因为刚才碰巧你在这儿。"

和我比起来，倒是你，怎么会在这种地方？还偏偏从那里一下子冒出来，真是的……

鸣静静地走到棺材前——她手里没拿书包——站定，看了一眼玩偶，突然回头问我：

"你觉得我们很像？"

"嗯。"

"确实很像啊……但我只是一半。不对，也许不是一半，连一半都不到。"

说着，她朝玩偶缓缓伸出右手，拢起它红褐色的头发。这么一来，那只被遮住的左眼就露了出来。那里没有鸣所戴的眼罩，而是一只同右眼一样的"空洞的苍之眸"。

"你怎么会在这儿？"

我终于发问了。鸣轻轻地刮着玩偶的脸颊。

"我偶尔会下来，因为并不讨厌这里。"

虽然她回答了，但这根本不能作为她为什么会出现在这栋建筑物里的答案。

"我倒有个问题想问你，"离开玩偶棺材，鸣一下子转向我，"为什么你——榊原同学——会来这里？"

"啊，那是……"

我不敢告诉她我是尾随她而来的。

"我以前就觉得这家店很有意思。因为上周路过时碰巧看到，所以今天决定进来看看……"

鸣脸上的表情没有任何变化，只是点点头，说了句"是嘛"。

"还真是个有趣的巧合……有人说这家画廊里的玩偶很可怕，但榊原你并不这么想吧？"

"嗯。"

"进来看了以后，有什么感想？"

"我觉得很棒啊。我也说不好，是很漂亮，漂亮得不像是这个世界的东西，看了以后觉得心里一阵一阵的……"

我拼命搜刮着肚子里的词句，但也只能做出这番笨拙的堆砌。鸣听后什么也没说，而是朝墙上其中一座壁龛走去。

"我最喜欢的就是它们了。"

鸣凑到壁龛前说道。壁龛内放着的就是刚才我见过的那对连体双胞胎。

"你看它们的表情，如此平静安详。身体连成这样，还能这么安心，真的很不可思议啊。"

"应该是因为它们连结在一起了，所以才安心。"

鸣小声嘟囔了句"怎么可能"。

"我觉得没连在一起，才会感到安心。"

"……"

一般不是反过来的吗？我这么想，但没说出口，而是注视着她的一举一动。只见鸣再次转向我，冷不丁说道：

"你是不是一直在想，为什么我的左眼戴着眼罩？"

"啊……没有。"

"我给你看看吧？"

"啊？"

"我给你看看吧，这眼罩下面的。"

说着，鸣抬起左手扶住眼罩，右手拉住了挂在耳后的细绳。

面对这突如其来的举动，我大吃一惊，不知所措，眼睛却一刻也不离开她手上的动作。周围播放的弦乐不知何时停止了。在这重归寂静的奇异地下室里，被不会说话的玩偶团团围住的我，顷刻间仿佛觉得自己像是在干着什么见不得人的勾当。一想到此，我慌忙予以否定……

于是……

鸣解下了眼罩。看着她露出的左眼，我不禁倒吸一口冷气。

"那……那个是……"

空洞的苍之眸。

"那个是……假眼？"

和棺材里的玩偶一模一样。

那只左侧的眼睛，完全不同于正直视着我的漆黑右眸。埋在眼窝里的是一颗如同玩偶般闪烁着无序光芒的苍之眸。

"我的左眼叫'玩偶之眼'。"

鸣低声细语道。

"因为会看到一些不必要看到的东西，所以我一般会把它遮起来。"

虽然她这么解释，但我仍不明白其中的意思，也不明白其中的缘由。

突然又是一阵晕眩。这一次连呼吸都不稳了，心脏似乎就在耳边怦怦直跳，身体感觉比刚才更冷了。

"不舒服吗？"鸣问。

我缓缓地摇摇头。鸣轻轻眯起不是"玩偶之眼"的眼睛。

"还没习惯的话，待在这里是不好的。"

"不好？"

"因为玩偶们会……"话说到一半，鸣突然缄口不语了，默默地将眼罩戴回去，又改口道，"玩偶是空洞的。"

夜见的黄昏下，空洞……

"玩偶是空洞的，身体也好，心灵也好，都是空洞的……是空的。那是一种与死相通的空洞。"

鸣仿佛在偷偷向我揭开这个世界的秘密。

"空洞的东西，总是想寻些什么来填埋，尤其是在这样封闭的空间里被摆放成这样的格局……所以，站在这里是不是有一种像被吸走了的感觉？从自己的身体里，各种东西被吸走了？"

"啊……"

"但也不是说，习惯了就没事了。我们走吧。"

说完，鸣经过我身旁，朝楼梯走去。

"上面比这里好。"

5

楼上，入口旁的桌子后头已不见了那位老妇人。去哪儿了？厕所吗？播放的弦乐关闭之后，昏暗的店内——馆内——寂静得可怕。这才像与死相通呢……

鸣似乎毫无惧色，在我放书包的沙发上坐下。我也不多说，效仿她的样儿，与她斜对面坐下了。

"你常来这里吗？"

我试着慢慢开口问她。

"差不多吧。"

鸣嘟囔着回答。

"你家……在这附近？"

"嗯，算是吧。"

"这里，外头的广告牌上写着'夜见的黄昏下……'的那个，是这家店，或者说画廊的名字吧？"

鸣默默地点点头。

我继续问："那'M 工作室'呢？就是挂在那块广告牌下面的？"

"二楼是制作玩偶的工作室。"

"哦，原来这里的玩偶都是在那儿做出来的呀。"

"嗯，不过仅限于 Kirika 的玩偶。"鸣补充道。

"Kirika？"

"汉字写作雾气的雾，果实的果，雾果。就是在楼上工作室里做玩偶的人。"

经她这么一说，我想起来，还真在几块玩偶的挂牌上见过这位制作者的名字——写成"Kirika"或"雾果"——好像墙上挂着的油画署名也是这个名字。

"地下室的玩偶也是吗？"

我瞥了一眼角落的楼梯。

"地下室里的都没挂牌子。"

"那些大概全是雾果的作品吧。连棺材里的也是吗？"

"嗯。"

"那个玩偶，为什么……"

终于，我再也忍不住了。

"为什么和你那么像？"

只见鸣微微歪过头，用一句"谁知道呢？"轻轻搪塞了。是在装傻吗？嗯，怎么看怎么像。

不用说，装傻的背后一定有理由。更不用说，这个理由她肯定知道。只是……

我轻叹一口气，将视线收回到自己的膝盖上。

想问她的事，除此以外还有许多许多，可是该如何问才好呢？该从哪儿入手才好呢？但即便进行一番深思熟虑恐怕也找不出好的对策，因为或许这根本就不是一个有最佳答案的问题……

"上次在屋顶平台聊天时我也曾问过你。"

思前想后，我还是开口了：

"我们第一次在医院电梯里相遇时，你手上拿着的那个东西，那也是玩偶吗?"

上一次,面对同样的问题,鸣当即无情地拒绝回答,可这一次她的反应不太一样。

"呃……好像是的。"

"那就是你所说的'要送去的东西'?"

"嗯。"

"那天你是在地下二层下电梯的吧?要去的地方,莫非是太平间?"

话音刚落,只见鸣逃也似的将视线刷地从我身上移开,随后陷入了一阵沉默。然而我并没有看到她作出任何否认。

"听说那天,也就是四月二十七号,那家医院有个女孩过世了。那个女孩……"

或许是灯光的缘故,我觉得鸣的脸色比平时更加苍白,色如白蜡,两片失去了血色的嘴唇在微微地颤抖。

啊……再这么下去,她岂不是要变成地下室棺材里的那个玩偶了?我心里不禁因为这个突然冒出来的胡思乱想而"咯噔"了一下。

"那个,呃……"

我一边支吾,一边想着该如何继续。

"呃,也就是说……"

上周六,根据水野在电话里透露的情况——

那一天,在医院过世的女孩名叫 Misaki 或者 Masaki。但这究竟又意味着什么?该如何解释?要展开合乎逻辑的想象似乎并不难,可这样一来……

"你……见崎同学,你有亲姐姐或亲妹妹吗?"

我试探地问。鸣停顿了一会儿,依旧没看我,默默地摇了摇头。

还听说她是家里唯一的独生女,父母得知消息时心慌意乱,悲痛万分。

在当时的电话里，水野确实这么说过。

死去的女孩是独生女，而鸣没有亲姐妹。但这似乎也不能说明什么。或许不是亲姐妹而是堂姐妹？又或许……其中的可能性就不止一个了。要说可能性，Misaki 或 Masaki 的名字本身也有问题。既可能确有关联，也可能纯属巧合，还有可能是以讹传讹造成的误会……

"那，为什么你……"

还没等我把问题问出口，鸣突然打断了我。

"是啊，为什么呢？"

她将视线重新转向我。不知为何，从那只不是"玩偶之眼"的漆黑瞳孔里，我竟感到了一股看穿一切的冷意。于是不经意地，我移开了自己的目光，只觉得两条手臂上直冒鸡皮疙瘩，脑袋里不停地有小虫爬来爬去。

怎么了？怎么回事？

我感觉大脑出现了混乱。

于是我一边有意识地深呼吸，一边徐徐环视周围陈列的玩偶。它们似乎个个儿都在看着我……老妇人依旧没有回来。这时我突然想起几十分钟前和她的对话，其中的某句话现在想来似有蹊跷。那句话究竟是……

啊，脑子果然乱了——不是，是混沌不堪。

深吸了一口气，我又朝鸣看去。

由于灯光的作用，一瞬间我看到坐在沙发上的她仿佛只是一个黑色的影子。顿时，在教室里初遇她时的印象再次复苏——那个虚虚实实、只有飘忽轮廓的影子……

"你想问我的，恐怕不止这些吧？"鸣说。

"啊，那些……"

"不问了吗？"

面对抛来的这个直球，我一时不知该如何应付。目光落在她胸前校服上佩戴的闪光姓名牌上，那张脏兮兮、皱巴巴的浅紫色底纸上用黑色墨水写着"见崎"二字……

我紧紧地闭上眼睛，然后突然睁开，想以此来平复心情。

"转校来了这里之后，就感觉有些事情匪夷所思。所以……因此，那个……"

"我都说了，让你小心为妙。"鸣用指尖滑过眼罩的边缘，轻叹一声道，"都说了让你不要靠近我……但是现在，说不定已经晚了。"

"晚了？什么晚了？"

"你还是什么都不知道啊，榊原。"

鸣又叹了口气，从靠着的沙发上坐直身子。

"有这么一个传言。"

伴着降低了几度的语调，鸣开始了叙述。

"是关于二十六年前的夜见北中学初三（3）班的。这，你还未曾听过吧？"

6

"二十六年前，在夜见北的初三年级里有一名学生。那名学生从初一年级的时候起就一直是班里的优等生。她学习好，体育也强，还有绘画和音乐方面的才能……但她又不是那种令人讨厌的优等生，无论对谁都非常友好，容易相处……所以无论老师还是同学，都很喜欢她。"

鸣凝视着半空中的某一点，向我娓娓道来。我则侧耳恭听。

"可是，就在她升上初三年级、教室改成（3）班之后的新学期里，那名优等生却在刚过完十五岁生日后不久突然死了。有人说是和家人一起乘坐的飞机出了事故，当然还有一些其他的说法，不是飞机而是交通事故啦、家里着火啦，等等。

"总之，当时这一噩耗震惊了班上的每一位同学。他们纷纷哀痛地说'你骗人！''我不相信！'……但其中有一位同学突然叫了起来。"

说到这儿，鸣迅速地看了我一眼。而我不知应当作何反应，只是沉默不语。

"他叫道：'她根本就没死！'"

鸣静静地继续说道。

"'你们看，现在她不正在那儿吗？'他指着她曾用过的课桌喊，'你们看哪，她就在那里！她还活着，好端端地在那儿呢……'

"如此一来，同学们一个接一个地站了出来，赞同道：'是真的！她还没有死，她还活着！就坐在那儿！……'这一连锁反应最后竟扩展到了整个班级……

"对于班上优等生的突然离去，他们谁都不愿意相信，不愿意接受。当然这种心情也不是不能理解，但是，问题是，在这之后它还一直持续着。"

"它？"自鸣开始讲述后，我第一次开口问道，"它指的是……"

"从那天之后，全班同学仍旧当她还活着，据说连班主任老师也予以配合。不过正像大伙儿说的那样，她确实没死。至少在这间教室里，作为班集体的一员她依然活着。今后她还要同大家一起学习，一起迎来毕业的那天呢……"

一起努力让余下的一年生活多姿多彩！

鸣叙述二十六年前的往事的时候，不知为何，和她的话重叠着，我仿佛听到了第一天来校时把我介绍给全班同学的久保寺老师的声音。

一起努力在明年三月……

"后来，初三（3）班的同学们就这样度过了余下的初中生活。那个死去的学生的课桌椅被原封不动地保留了下来，大伙儿时不时地上前摸摸它，和坐在那儿的她说说话，一起游戏打闹，一起放学回家……当然，这一切全都是假装的。到了毕业典礼的时候，在校长的安排下，还特意为她准备了个座位……"

"当真确有其事？"我忍不住问道，"不是谣传啊、传说之类的？"

鸣没有理会，继续淡淡地说道：

"毕业典礼后，大伙儿一起在教室里拍了张集体照留念，全班同学和班主任老师都参加了。可是，几天后，当照片冲出来，大家都惊讶地发现……"

说到这儿，鸣稍稍停顿了一下。

"在这张集体照的一角，出现了本不该出现的那名同学的身影。她那张如同死人般苍白的脸，正在和大伙儿一起笑……"

啊，果然是传说。说不定还是夜见北的"七大怪事"之一。说到怪事，这个的情节绝对堪称跌宕起伏啊。

我这么想着，却没能够轻松地付之一笑，想要勉强挤出笑容，两颊竟微微抽搐。

鸣始终没有任何表情。

只见她目光呆滞，双唇紧闭，肩头轻微地上下颤抖……好一会儿，她终于小声地添上一句：

"那个人，那名死去的学生，名叫 Misaki。"

我震惊得如遭雷击。

"Misaki？"我不禁放开喉咙大声喊道，"那个是……她的姓？她的名？她是男孩？还是女孩？"

"我不知道。"

是真不知道吗？还是明明知道故意不说？鸣歪着脑袋，脸上没有表情，我读不出来答案。

"也有人说不是 Misaki，而是 Masaki，但只是少数派这么说。我也觉得应该不是 Masaki，而是 Misaki。"

二十六年前。

我在心里回味着鸣刚才的话。

二十六年前，在夜见北的初三（3）班里有个名叫 Misaki 的优等生……

等等！

等一下！

突然间，我灵光一闪。

二十六年前，弄不好正是母亲……十五年前去世的母亲理津子读初中的时候！说不定……

对于我心里产生的这些微妙变化，不知道鸣有没有察觉。只见她再次靠回沙发背上，仍旧用刚才的语气继续道：

"这个故事还没完呢。"

"还没完？"

"更准确地说，刚才我所讲的只是一个开始。"

正在这时——

突然从放在沙发上的书包里响起了一阵电子音乐。是手机铃声。哦，对了，我忘记把它调成振动。

"啊，不好意思。"

我慌忙把手伸进书包，拽出手机一看，屏幕上显示的是"夜见山外祖父母家"。没办法忽视这通电话，我只得接了起来。

"喂？是恒一吗？"

电话那头果然是外祖母的声音。

"你在哪里啊？都已经这么晚了……"

"对不起，外婆。我从学校回来的路上东逛西逛的……嗯，我马上就回来……身体？嗯，挺好的，您不用担心。"

手忙脚乱地挂上电话后，店内停了许久的弦乐居然又响了起来。我不可思议地回过头，发现那位老妇人不知什么时候又回到了入口旁的桌子后头，正看着我。可惜她戴的镜片颜色太深，我依旧看不到她的眼睛。

"真是讨厌的机器。"

鸣盯着我手里的手机，厌烦地皱着眉。

"无论到哪儿都和人联系在一起，都会被人抓住。"

说着，她从沙发上站起来，一声不吭地朝角落的楼梯走去。怎么回事？难不成她又要去刚才的地下室……

要去追她吗？可是，万一追过去后不见了她的踪影……哎，我这是在想什么呢……不可能不可能，绝对不可能！所以……不，等等……正在我踌躇之际……

"我们差不多要关门了！"老妇人用含糊不清地声音说道，"今天就请回吧。"

1

5月25日（周一）	第一节　英语
	第二节　社会
	第三节　数学
5月26日（周二）	第一节　理科
	第二节　语文

一周后，当我在教室的告示栏里看到这张贴出的日程表时，才后知后觉："哦，是这样啊。"

五月下旬，一般说来是学校举行期中考试的日子。看来下周的周一、周二两天考的是这五门啊。

在搬家、住院、转校等一系列变动的纷纷扰扰下，我反倒对这再寻常不过的考试麻木了。我暗笑道。

从第一天入校至今已有两周，最初的紧张感开始慢慢消退，但完全融入新集体似乎尚需时日。尽管我结交了几位可以胡扯打趣的朋友，也已渐渐习惯了这所学校特有的节奏和秩序，尽管我认为自己可以这样相安无事地待到明年三月……

却有那么一件事，让我无论如何都无法释怀。

见崎鸣，以及围绕着她的那个形状不明的疑团。如果说这所学校的日常生活是一段缓缓流淌、稳健悦耳的旋律，那她则是夹杂在其中唯一的、不间断回响的不和谐音符⋯⋯

"期中考试一结束，马上就是升学指导周了。"

勒使河原一边挠着褐色的头发，一边发牢骚：

"就连和老师正儿八经地讨论这个话题，我都嫌烦哪。"

一旁的风见听了，立马接着他的话：

"没事没事，近些年我们学校的高中升学率超过百分之九十五呢。所以你放心吧，就连你也能上高中。"

"喂喂，你这算是安慰我吗？"

"我是想安慰你呀。"

"明摆着是瞧不起人好不好？"

"都说没有了！"

"唉，算了算了，反正我和你的这段'孽缘'也就到毕业为止了。请多保重。"

说着，勒使河原便朝这位从小一块儿长大的优等生永别似的挥挥手，随即看着我：

"榊，你打算怎样？是回东京吗？"

"嗯。而且明年春天，爸爸也从印度回来了。"

"是去读那儿的私立高中吗？"风见问。

"大概吧。"

"真叫人羡慕啊，大学教授家的小少爷。我要是也能上东京读高中就好了。"

勒使河原开着他一贯的玩笑，语气率直，不含讥讽，听了也不会叫人不快。

"反正，榊，你靠你老爸过硬的人际关系，直通车一路开到大学啊。"

"才没那回事儿呢。"

我下意识地否定道，但他的这番胡乱猜测并非完全是无稽之谈。

我在东京就读的Ｋ××中学，校长和父亲曾是同一所大学、同一间研究室的学长学弟，而且关系十分密切。因为有这方面的关系，所以在这次转校时，以我明年会回东京为前提，对我给予了特殊照顾。也就是说，即便在这儿的公立学校读上一年，中考时也能以"Ｋ××初中直升Ｋ××高中"的内部升学资格参加考试。

当然这件事从一开始我就没打算公开，因为无论谁听了，想必都不会觉得愉快。

五月二十日，周三，放学后。

第六节一下课，我们几个就结伴出了教室，并肩走在走廊里。外面从早上起一直在下雨。

"对了，我们学校的毕业旅行一般都会怎么搞？"我问。

"那个啊，"勅使河原皱了皱眉道，"去年已经去过了，是去东京。我第一次爬了东京塔，还去了台场的炮台呢。榊，你爬过东京塔吗？"

没有。

"你说去年，但毕业旅行一般不是初三才去吗？"

"夜见北的毕业旅行历来都是在初二下学期，很早以前才是初三。"

"很早以前？"

"啊……嗯。我说得对吧，风见？"

"嗯嗯，好像是这样的。"

两人的反应显得有些犹疑。于是，我装作大大咧咧的样儿问：

"怎么就变成初二了呢？"

"我哪知道啊！这么老早的事。"

勅使河原突然粗暴地答道。

"是不是因为发生了什么？"

"可能是考虑到在大家开始紧张考试前去旅行比较好。"

风见说着，停下脚步，摘下眼镜擦了擦。

"哦，原来公立学校也这样啊。"

我跟着风见一道停下了，侧身靠在走廊的窗上向外眺望。这里是三楼。窗外的雨已变成不细看就看不出的毛毛雨，校园里来来往往的学生大多没有打伞。

我并不讨厌雨。

突然想起了鸣不知何时说过的话。

最喜欢隆冬时的冰雨了，马上就要结成雪的那种。

昨天、今天，都没有见到她。周一的时候她是来过学校，但没能找到和她正经说话的机会。是不是我过分在意上周和她在御先町的玩偶画廊店里偶遇的事了？还有当时她说过的每一句话，她的每一个表情、每一个动作……

关于那个二十六年前的 Misaki 传说，她说"这只是一个开始"，尽管我认为它不过属于"七大怪事"之流，但仍对此耿耿于怀。

"故事还没完呢"，那么之后又会是怎样的怪谈呢？说起来，勅使河原在上上周的美术课后好像也说过类似"被诅咒的（3）班"之类的话。

"啊，对了。"于是我又装作大大咧咧的样儿向他们试探道，"你们知道有关二十六年前初三（3）班的传说吗？"

话音刚落，只见风见和勅使河原两人顿时慌张起来，脸色刷地一下变白了。

"那……那个……榊，你……你不是完全不信这一类事的吗？"

"在哪儿……听谁说的？"

我稍加考虑，决定先不说鸣的名字。

"我也不知道怎么的就听人说了。"

"那你都听说了些什么？"风见一脸严肃地逼问道，"那个传说，你听到哪一部分为止？"

"哪一部分为止……大概就是个开头吧。"见他们对这话题如此敏感，我不免有些乱了阵脚，"二十六年前的初三（3）班里有一名优等生，后来突然死了……就这些吧。"

"只有最初的那一年啊。"

风见小声嘀咕了一句，瞥了勅使河原一眼。而勅使河原像犯了愁似的嘟着嘴。

"怎么啦？三个人都板着脸。"

这时，碰巧经过的三神老师走了过来。紧挨在她身边的是樱木由香里，看起来两人刚才像是在商量着什么。

"啊，那个，我们……"

在这种场合，我还是没有习惯与三神老师面对面地交谈。但见风见一个箭步跨到老师面前，仿佛是为了制止一时语塞的我而压低声音说道：

"那个，开始的那年，榊原已经听人说了……但好像听说的只有那些。"

"是嘛。"

三神老师慢慢点点头，微微侧过脑袋。在我看来，此时她的这个反应多少让人摸不着头脑。就连在一旁听到我们对话的樱木也像风见和勅使河原一样露出了慌张的神色。

"真棘手啊……"

三神老师没看我，一副从未见过的忧虑表情。随后她用我几乎听不到的声音小声自语道：

"不太清楚，但是……尽量悄悄地……现在……总之先看看……"

2

"外婆，二十六年前的事儿您还记得吗？"

这天放学一到家，我便冲着外祖母问道。

当时，她和外祖父两人正坐在檐廊的藤椅上，悠闲地望着雨后的院子。刚打完"你回来啦"的招呼，就冷不丁地被外孙问了这么一句，外婆"啊？"地眨眨眼。

"这么久远的事儿啊。二十六年前？"

"嗯，就是妈妈和我现在一样大的时候，也就是在夜见北读初三的那一年。"

"理津子读初三……"

外祖母托着脸颊，靠在藤椅的扶手上。

"啊，想起来了。她当时的班主任是一位年轻英俊的男老师……教的是社会，好像还是什么剧社的指导老师，对工作又热情，又为学生着想……"

外祖母眯起双眼凝视远方，不急不缓地吐出这些话。一旁的外祖父则机械地上下摇晃着脑袋。

"那您还记得妈妈是几班吗？初三的时候。"

"班级啊，让我想想。"

说着，外祖母侧目望向外祖父，对不停摇晃脑袋的他小声叹了口气道：

"初三的话，是啊，（2）班或者（3）班吧……啊，对了，是（3）班。"

尽管心里早有准备，但在听到这个答案的一瞬间，我还是产生了一种不可名状的奇妙感觉。不是认同，不是惊讶，当然也谈不上恐惧，而是觉得仿佛脚下突然出现了一个巨大的、深不见底的黑洞。

"是初三（3）班，没错吧？"

"这个，外婆就不确定喽。"

应着外祖母的话，外祖父恰到好处地点了下头。

"那么毕业相册之类的，家里还有吗？"

"这儿没有。就算有，也应该在阳介那儿吧。这孩子，出嫁的时候把大部分东西都带走了。"

"是嘛。"

不知父亲如今是否还将这些物品保留在身边？至少我从来没见他拿出来给我看过。

"那么，外婆，"我继续问道，"二十六年前，妈妈在初三（3）班的时候，班上有没有同学因为什么意外事故而去世的？"

"事故？班上同学吗……"

外祖母再次看向外祖父，随后不置可否地望着院子，好一会儿才呼出一口气自言自语道：

"这么说来，好像还真有一位。虽然记不得是什么事故了，但可惜了那个孩子啊，多好的孩子啊……"

"名字呢？"我不禁加强了语气，"那个孩子的名字，是不是叫

Misaki？"

"这……"

外祖母又不置可否地将视线转向了院子。

"Misaki……Misaki。"外祖父用沙哑的声音嘀咕道。

"早安！早安！"

之前一直在笼子里老老实实的九官鸟小怜，此时突然发出了尖锐的叫声，把我吓了一大跳。

"早安！小怜！早安……"

"可能怜子记得更清楚吧。"外祖母说，"但那会儿怜子也只有三四岁。"

考虑到姐妹俩的年龄差，还真是如此。这时，外祖母忽然一副豁然开朗的表情，大幅点头道：

"啊，想起来了、想起来了！当时理津子要中考，而怜子还脱不开手。啊，那一年可真够呛，而你外公却一直在工作，一点儿忙也帮不上。"

"我说得对吧，老头子。"外祖母说着，朝嘴唇像抽紧的荷包袋似的外祖父瞪了一眼。

"为什么？为什么？"

小怜又高声叫了起来。

"为什么？怜子，为什么？"

3

待怜子阿姨到家时，夜已经深了。她说在外头吃了晚饭，但从她充血的醉眼和浑身的酒味来看，似乎还喝了不少酒。

"下周的期中考试，恒一，你肯定胜券在握了吧。"

一屁股坐在沙发上，怜子阿姨似乎才注意到我也在客厅，于是张口问了一句，发音听上去有些奇怪。虽不至于酩酊大醉，但至少我还是头一次见她醉成这样。

"才没那回事儿呢。"我苦于应答，只好如实相告，"我可是一直都好好学习，一点儿也没偷懒啊。"

"哦，那方才真是失敬、失敬！"

怜子随即"哈哈"低笑两声，一口气喝干了外祖母递来的凉白开。看着她那副样子，我不禁……

想起了死去的母亲，或许她也曾经这样喝过酒、醉成这样过。这么一想，忽然觉得胸腔里怦怦的，似乎被什么东西抽紧了……

"啊——今天累死我了！"

怜子阿姨靠在沙发上伸了个大大的懒腰，眼神倦怠地看着我："大人也有大人的烦恼啊！喝酒应酬、人情纠葛，而且……"

"你没事吧，怜子？"

外祖母见状，担心地朝她走去。

"不大见你这样啊。"

"今晚我先去睡了，洗澡等明早起来后再说吧……晚安。"

说着，怜子阿姨摇摇晃晃地从沙发上站起来。见她要走，我急忙决意叫住了她，因为二十六年前的那件事，我无论如何都想快些知道答案。

"你应该也知道吧，怜子阿姨，关于二十六年前的那件事儿。"

已站起身来的她又"咚"地坐回了沙发。

"嗯，从很早以前就开始流传了。"

"是'七大怪事'之一吗？"

"和那是两码事。"

"怜子阿姨，你也是进了初中才知道的吗？"

"嗯。不是从谁谁谁的嘴里听来的，而是大家都在说。"

"那么我妈妈初三的时候就在那个（3）班的事儿，你又是怎么知道的？"

"后来吧。"

怜子阿姨拨弄着刘海，慢慢抬头望向天花板。

"是后来听理津子姐说的。"

"那传说的后来又是什么？"

我乘机追问。谁知怜子阿姨竟突然住了口，表情僵硬，过了好一会儿才压低声音说：

"后来的部分你就不知道了吧，恒一？"

"但你知道吧，怜子阿姨？"

"……"

"怜子……"

"这种传说往往都被添油加醋了。"

忽闻一声叹息，我回过头，只见客厅里的外祖母双手掩面坐在椅子上。是不愿看见，也不愿听见我们的对话吧？

"所以目前，恒一你还是别把这事儿太放心上了。"

说着，怜子阿姨又站了起来伸了伸背，双眼直视着我，恢复了一贯冷静的语调。

"任何事情都有一个了解它的时机。一旦错过了，有些事情还是不知为妙，至少在下个合适的时机到来之前，不知为妙。"

4

第二天是周四，从早上起一直没见鸣的影子。

眼看着就要考试了……行吗，她？

说实话，我还真不了解鸣的学习水平。说起来，我还从未见过她在课堂上被老师点名站起来朗读课文、回答问题呢。等一等，在讨论这些问题之前，她会不会就已经因长期缺课、出勤率不足而失去考试资格了呢？

我想把这些担心当面传达给她，但又觉得她一定会当场扔回来一句"这和你没关系吧"。

我也想和她直接联系，但自从转校来了之后，我尚未拿到类似班级通讯录的东西，所以也无从查找她的住址、电话。当然倘若真想的话，也应该不是什么难事……

住址，应该在那家玩偶店，不，是玩偶画廊的附近。所以她才会像那天一样，时不时地去画廊里看看玩偶——嗯，一定是这样，没错。

不知道她父母是怎样的人？

不知道她有没有要好的朋友？

还有那只眼罩下的左眼，究竟是什么时候、因为什么事情才变成那样的呢？不过看起来她似乎原本身体就不好，嗯，没错，所以才一直不上体育课，还时常不来学校……啊，不对不对，还是……

诸如此类。

我为她感到烦躁不安。班上为她感到如此烦躁不安的似乎只有我一人。唉，算了，反正这也不是第一次了。

在这份持续的不安中……

午休结束后，因为下午第一节是美术课，我们正朝0号楼的美术室走去。路上我不经意地一回头，竟在校舍的屋顶意外瞥见了她的身影。

此情此景，同上上周我第一天到校、在操场树荫下见习体育课时完全一致。围了一圈的楼顶铁栅栏后孤零零地站着一个人影……

于是和一起走的蒙克迷望月简单地打了声招呼之后，我又立马跑回了刚走出的钢筋建筑物——C号楼——以冲刺般的速度奔上楼梯，毫不犹豫地推开了通往屋顶的那扇奶油色铁门。

正在这时——

这天碰巧放进校服内兜的手机突然"呜呜"地振了起来。是谁啊？偏偏在这种时候，在这种……

冲过铁门，我一边用视线搜寻着呜，一边摸出手机靠在耳边。打来电话的是勒使河原。

"你没事吧？"

"啊？什么啊，没头没脑的。"

"我是觉得不太好才打电话给你的。赤泽那家伙现在可是相当地焦急，眼看着就快发作了。"

"啊？怎么回事？为什么赤泽她……"

"我说榊……"

嗞嗞嗞……突然手机里响起了沙尘暴般的杂音，盖过了勒使河原的声音。与此同时，此刻屋顶也呼啸着刮来一阵强风。

"你听着，我是不会说你什么的。"

在风声与杂音的两面夹击下，我勉强能听清勒使河原的声音。

"你听着，榊，不要再接近不存在的人了，那样不好。"

什么啊。

这家伙究竟在说什么啊。

"还有……你听得见吗？喂，榊？"

"嗯。"

"还有啊，昨天说过的那件二十六年前的事……还记得吧？"

"嗯，当然。"

"后来我找他们商量了下，决定到下个月再告诉你。所以，总之这个月你就……"

嗞嗞嗞、嘎嘎嘎嘎嘎……杂音变得更响了，突然"啪"的一声，电话断了。

这究竟是怎么回事？我莫名其妙，一肚子的无名火让我按下了手机关机键，把它放回了兜里，好让对方再也打不进来。随后，在狂风呼啸的屋顶，我把角角落落都找了个遍。

可是，无论哪儿，都没见任何人。

5

第二天，鸣又若无其事地出现在了教室里。

不过这天我没能和她说上话。倒不是因为昨天勒使河原的那通电话令我心存芥蒂——至少我不这么认为——而是她的沉默寡言仿佛拒人于千里之外。

与勒使河原之间也是，自那通电话之后就再没说过一句话。我倒是迫切地想找他问个明白，他却反而有意避开似的。真是的，这到底是怎么了嘛？

明天是本月第四个周六，按照学校惯例应该是放假……尽管已在市立医院预约了复诊，但考虑到身体没出现太大变化，还是先取消，延后一周吧。外婆应该也不会有什么意见，因为下周一开始就是期中考，从某种程度上说，现在没有比备考更重要的事了。虽然我觉得胜券在握，但是对待此种考试，我还是相当谨慎小心——不，是颇为认真的。

所以，我克制住想再去御先町玩偶画廊一探究竟的念头，决定关在家里哪儿也不去。就是在这样一个周末的晚上……

手机竟接到了两通电话。

第一通来自遥远的印度。

一上来就不停抱怨"这印度还真热"的父亲阳介主要是来询问"后来身体还好吗"。当我告诉他不久就要期中考试了，父亲不假思索地说了句"随便考考就行了"。真不知父亲究竟是知道还是不知道，以他儿子的性格，听了这句话是绝不会"随便考考"的……

打来第二通电话的人，多少出乎我的意料。是市立医院的护士水野。

"最近还好吗？"

她刚出声，我便听出是谁了，同时紧张起来。

"前几天——说来已有两个星期了，你应该还记得吧，就是四月底在医院里过世的那个女孩……"

"嗯，当然。"

"我之后一直想着这件事儿，后来又找人确认了一下。果然她叫Misaki，不是Masaki，而是Misaki。"

"那么Misaki是她的姓还是……"

"不是姓，是名。"

原来不是"见崎"啊，那……

"汉字怎么写？"

"是未来的未，加口字旁一个关——未咲 ①。"

"未咲……"

"听说她姓藤冈。"

是藤冈未咲啊……

我不由得陷入了思考。

为什么这个藤冈未咲会是见崎鸣的"另半个我"？

"榊原，你急着打听关于这孩子的事儿，到底是为什么？"水野问道，"我们可是约好了哪天要告诉我的呀。"

"呃……那个……"

"不过你现在不说也没关系，但今后哪天可一定要说啊。"

"嗯……好。"

"对了，恐怖少年，最近在读些什么？"

水野突然跳到了这个话题上，令我有些措手不及。我一边"啊……这个"地应付着，一边将视线落在了手边的书上。

"呃，是口袋本的《洛夫克拉夫特全集》第二卷。"

"喔——"电话那头又发出了中年男人般的怪声。

"又是这么阴沉的东西啊……学校不是快要期中考试了吗？"

"嗯，在学习的间隙看。"

我这么答道，但从时间分配的比例上看，却是在阅读的间隙穿插学习。

"真不赖嘛，恐怖少年。"

水野的语气中带着赞许。

---

① 在日语中读作"Misaki"，同"见崎"的日语读音。

"真该让我家弟弟跟你好好学学。他呀，不管对什么书都没兴趣，脑子里成天想着篮球。我们姐弟之间平常也没什么话说。"

"原来你还有个弟弟啊。"

"是两个。那个爱打篮球的，和榊原你一个年纪。"

"哦，是嘛。"

"另一个今年高二，是个爱好体育的肌肉男。除了漫画之外根本不看别的，是不是很有问题？"

"呃……"

要真说起来，我倒是觉得周末独自一人待在房里看克苏鲁神话的十五岁少年更像是有问题……

经她这么一说，我忽然想到——

班里好像是有一名男生姓水野，高高的个子，晒得黝黑的皮肤，一看便知是经常运动的类型。我虽没和他说过一句话，但他说不定正是水野的弟弟。

在这个小小的城市里，即便遇上此等巧合，也没什么值得大惊小怪的吧。

"对了，水野姐姐……你的初中也是在夜见北读的吗？"忽然想到一件事，我忙问。

"我念的是南中，"水野说，"因为我家恰好在两所学校的中间，所以按照大小年，有时划入北中，有时划入南中。你看，我和大弟弟是南中，而小弟弟就是北中了……"

原来如此。

这样一来，水野自然不会知道二十六前 Misaki 的传言。

我定下心来，两人围绕着共同爱好，不痛不痒地结束了电话。

6

五月二十六日，周二。

第一学期的期中考试进行到第二天。

从前夜起，一直淅淅沥沥地下着连绵的小雨，这雨和之前的不太一样，可能是梅雨吧（我还是第一次见到）。夜见北不要求学生进校后换鞋，除了体育馆外的其他校舍，都能穿着来校时的鞋自由走动。因此，在这样的雨天，无论走廊还是教室地板上都沾满了一个个湿漉漉的鞋印。

第二节，最后一门语文考试的监考老师是班主任久保寺。

试卷发完后，随着一声宣布考试开始的指令，整个教室里顿时鸦雀无声。在一片活动铅笔疾书的声音中，偶然冒出一两下小声的咳嗽或低沉的叹气。看来即便在不同学校，考试时的气氛都是一样的。

开考后大约三十分钟，突然有一名学生起身离开了教室。从声音和感觉上来判断，我条件反射般地望向靠窗的位子——鸣已经不在了。啊，她又早早地交卷退场了吗？

经历一番思想斗争之后，我也毅然将答卷扣在桌上站了起来。刚要悄悄离开教室，"都做好了吗，榊原同学？"我突然被久保寺老师叫住了。于是我小声答道：

"嗯，所以……"

"还有时间，再把答案检查检查吧。"

"啊，不用了。"

顿时，教室里响起一片小声的议论。我继续说道：

"我有信心。可以离开了吗？"

说完，我瞥了一眼刚才鸣走出去的门。久保寺老师一时语塞，随后垂下眼帘道：

"好吧。中途退场是你的自由。但先别回去，在外面安静地等一会儿，考试结束后我们还有个临时班会。"

教室里变得比刚才更嘈杂了。同学们不时投向我的目光让我很不好受。

他们一定觉得我狂妄自大、爱出风头。若真是这样，那我也没办法……

可是，为什么？有一处令我百思不得其解。

明明是同样的情况，为什么对我是如此反应，对鸣却视若无睹呢？这太不正常了，不是吗？就好像她真的……

出了教室，我看见鸣正站在走廊的窗边。窗开着，有星星点点的小雨不间断地飘进来。而鸣似乎毫不在意，呆呆地望向窗外。

"每次你的速度都很快啊。"我一边朝她走去一边说道。

"是吗？"鸣头也不回地说。

"你看，昨天也好今天也好，五门考试你都在考到一半的时候交卷离场。"

"所以最后一门你也交卷来陪我了？"

"不是……因为我的语文还挺好。"

"哦？你很擅长回答那种问题啊。"

"那种是哪种？"

"比如在多少字以内概括中心、作者的意图是什么之类的。"

"啊，差不多吧。"

"我就不行了，那种问题我答不好，也不喜欢。但像数学啊、理科啊，我就强些，因为只有一个明确的答案。"

哦，是这样啊。我觉得自己理解了她话里的意思。

"那今天的考试，你难不成随便写了点儿就出来了？"

"嗯。"

"那……不要紧吗？"

"不要紧。"

"可是……"

话说到一半，我想了一想，还是决定不再继续这个话题了。

于是，在我的提议下，我们转移到了紧挨教室东侧的楼梯前，即东楼梯，鸣也打开了那儿的窗子。顿时，夹杂着雨点的风扑面而来，吹乱了娃娃头乌黑的头发。

"那个女孩名叫藤冈未咲，对吧，就是那天在医院里过世的人。"

想来想去，我还是将周末从水野那儿听来的消息说了出来。只见鸣依旧望着窗外，但肩膀微微颤抖了一下。

"哎，为什么那个女孩是……"

"藤冈未咲。"鸣静静地开口道，"未咲是我的……姐妹。以前我们离得更近，连得更紧。"

"连得更紧？"

我听得一知半解——这就是称她为"另半个我"的原因？

"还有上上周你说的那个。"我又换了个话题，"关于二十六年前初三（3）班的……那个传说的后来，究竟怎么样了？"

"你没问过别人吗？"鸣突然反问道，在我犹豫着该如何回答时，她回过头看着我，"还是谁都不肯告诉你？"

"啊……嗯。"

"不过这也是没办法的事。"

说到这儿，她又闭上嘴，转向了窗外。

看这情形，即便再追问下去，她也不会告诉我。"任何事情都有一个了解的时机。"此时我忽然想起了怜子阿姨这句意味深长的话。

"还有……呃，那个。"

我又像那天在玩偶画廊里一样用力地深呼吸，随后一边往鸣的身旁靠近一边问道：

"那个，其实以前我就想问了，自从我转校到了这里，就一直觉得……"

她的肩膀又微微颤抖起来。

"不知道为什么，班级同学也好，老师也好，为什么把你……"

还没听我把话说完，鸣就轻声低语道：

"因为，我是不存在的人。"

你听着，榊，不要再接近不存在的人了。

"什么……"

我不停地深呼吸。

那样不好。

"可是，那……"

"在大家的眼里，没有我，有的只是你，榊原……如果这样理解呢？"

说着，鸣又慢慢转向了我，没戴眼罩的右眼闪烁着淡淡的笑。不知道为什么，我却从这笑里看到了一丝孤独——可能是心理作用吧。

"不……怎么可能？"

难道我现在闭上眼、三秒钟后再睁开的时候，眼前的她会消失了不成？一念及此，我慌忙扭头向窗外望去。

"怎么可能……"

就是在这一刻，我忽然听到身后的楼梯有跑步上来的脚步声。

7

脚步声听起来异常焦急、慌张，与正在进行考试的教学楼十分不协调。"怎么了？"还没等我回过神来，一个身穿深蓝色运动衫的人出现在了眼前。

是教体育的宫本老师。尽管我在体育课上一直在旁边休息，但至少老师的长相和名字还是知道的。

见到我，宫本老师试图说些什么，但最终什么也没说，直接朝（3）班教室跑去了。只见他推开门，冲里面喊了句"久保寺老师"。

"久保寺老师，您来一下……"

过了一会儿，监考的语文老师从教室里探出头来。

"什么事？"

"是这样的……"体育老师一边喘着粗气，一边上下耸动着肩膀。以我和鸣所在的位置，勉强可以听到一些。

"就在刚才，接到一个电话……"

能听到的只有这些了。因为说到这儿时，宫本老师一下子压低了声音。

但从这个角度观察久保寺老师的反应是没问题的。只见他听了电话的内容后，表情瞬间凝固了，失语了几秒钟，郑重地说了句"我知道了"，便回了教室。宫本老师则对着天花板继续用力耸着肩膀。

不一会儿。

刚合上的教室门"砰"的一声被大力推开了，一名学生从里面冲了出来。

是女生班长樱木由香里，只见她右手提着书包，神色慌乱。

和门口的宫本老师简单说了几句，樱木从教室外的伞架上一把抽出自己的伞——是一把米黄色的弹簧伞——随后跌跌撞撞地跑了起来……

一开始，她朝着东楼梯而来，可跑到楼梯前看见窗边的我们，一刹那，不知为何，她浑身仿佛僵住了一般，突然一动不动了。

紧接着，她又立马转身，朝反方向跑去了。从她一瘸一拐的姿势来看，那条因跌倒受伤的右腿还没彻底痊愈。

顺着东西方向延伸的走廊上，不一会儿，她的背影就从我的视野里消失了。之后应该沿着教学楼另一侧的西楼梯下去了。

"她怎么了？"

我转向鸣。

"是什么让她……"

鸣没有任何反应，只是脸色煞白地伫立在窗边。于是我又问体育老师：

"呃，老师，您刚才和樱木说了什么？"

"啊？嗯。"

宫本老师紧锁双眉，瞪着我似的说：

"她的家人遇到了意外。刚才接到医院的紧急电话，让她马上……"

话还没说完，只听到一记沉闷的声响，随后是一声短促而尖锐的惨叫声，回荡在走廊上。

怎么了？

我忽然感到强烈的不安。

那声音是怎么了？

来不及多想，我立即沿着刚才樱木由香里经过的路线狂奔而去。

顺着西楼梯一口气下到二楼，仍然没有她的影子。就在我刚要从二楼跑向一楼时——

眼前突然跳出的一幕令我毛骨悚然。

只见在湿滑的混凝土楼梯下，即二楼与一楼之间的平台上撑着一把伞。是米黄色的弹簧伞！是樱木由香里刚才抽出的那把伞！而覆盖在撑开的伞面上的，正是樱木！

"这……这……"

她的头部恰好位于伞的中央位置，两腿还留在最后两三级台阶上，双手则分别伸向斜前方，书包则掉落在平台的一角。

什么?!

究竟发生了什么?!

我一时无法理解，但同时作出了大致的猜想。

得知了家人的意外后，惊慌失措的她从教室里飞奔出去。下到一二楼之间的这段楼梯上时，一不小心脚底打滑，手中握着的弹簧伞顺势甩了出去。落地时由于冲击力的作用，伞被弹开了，而伞尖的金属部件恰巧指向了樱木，于是……

失去平衡的她由于惯性一头栽了下去，竟不偏不倚刚巧落在那上面。她整个人仿佛一道划过的抛物线，速度之快，连避让、遮挡的工夫都没有。

俯在伞上的樱木已经纹丝不动了。触目惊心的红色正在不断蔓延，侵蚀着米黄色的伞面。那是血！大量的血……

"樱……樱木……"

我发出的呼唤声在不停地颤抖，踏在台阶上的腿也在不住地哆嗦。

战战兢兢地走到平台后，我这才看清⋯⋯

伞的尖端刺破了樱木由香里的喉咙，深深地扎在里面，大量的鲜血从那里不断涌出。

"这⋯⋯"

目睹了这一幕，我忍不住连忙移开视线。

"怎么会⋯⋯"

只听见"啪"的一声，樱木的身体随即摔在了地上。原本以奇迹般的，不，是以恶魔般的巧合支撑她体重的伞柄突然被压断了。

"喂——"

这时，一个声音从上面传来。

"怎么啦？没事吧？"

是宫本老师。在他身后还有几名刚从附近教室跑出来的其他老师。

"不得了！快叫救护车！"宫本老师一边跑下楼梯一边喊道，"再去通知一下医务室⋯⋯哎呀，真惨哪。怎么会这样⋯⋯喂，你没事吧？"

见他问我，我想点头说"没事"，可发出的竟然是"呜呜"声。此时，胸口突然感到一阵疼痛。啊，这种疼痛莫非又是⋯⋯

"对⋯⋯对不起。"

我两手紧捂胸膛，靠在墙上。

"我突然觉得⋯⋯不舒服。"

"这里交给我！你去厕所吧。"

宫本老师十有八九是误会我想吐了。

就在我一摇三晃地向上爬楼梯时，突然在二楼的走廊上看见了鸣。只见她站在老师们身后，正目不转睛地俯视着楼下的一切。

从未见过她如此苍白的脸色，从未见过她睁得如此大的眼睛，两片微微开启的嘴唇宛如"夜见的黄昏下，空洞的苍之眸"地下室里黑色棺材中的玩偶那般，像是要诉说什么……

是什么？

你究竟想说什么……

几秒钟后，当我站在二楼的走廊上时，她却不在了。

8

樱木由香里的家人所遭遇的意外其实是她母亲三枝子乘坐的汽车出了意外。当时手握方向盘的是樱木的姨妈，她母亲则坐在副驾驶座上。车祸原因尚未明朗，但据说这辆车是在沿着夜见山河堤坝的双车道上行驶的过程中，突然撞上了路旁的行道树。

车辆受损严重，两人被送到医院时已生命垂危，特别是她母亲，更是命垂一线，才紧急联系了学校。

当宫本老师将这一情况转告久保寺老师后，久保寺老师便马上让樱木赶去医院，并告诉她可以改日重考。

最后，她母亲因医治无效，于当日夜里被宣告死亡。而姨妈则勉强保住了性命，但后来听说她在事故后的一周多里一直处于无意识状态。

至于那天在 C 号楼西楼梯处遭遇令人难以置信的惨剧的樱木由香里本人，则在救护车前往医院的途中因失血和休克停止了呼吸。这也是后来才听说的，在这起惨剧发生的两天前，她刚刚过完十五岁生日。

于是……

樱木由香里和她母亲三枝子成了今年，一九九八年，夜见山北中学初三（3）班的"五月死者"。

插叙　I

听说初三（3）班有人死了！

嗯，还引起了不小的骚乱呢。

听说是在C号楼的楼梯那儿滑了一跤，摔到了要害部位……

不对不对，你说得不对。

不对？怎么个不对法？

是从楼梯上摔下来的时候被伞尖刺穿了喉咙。

啊……

还有人说扎到的不是喉咙而是眼睛呢。

啊……真的吗？

不管怎么说，总之，现场惨不忍睹。据说凡是目击的都被封口了呢。

那个死掉的人，是不是他们班的女生班长？

好像是的。

我还听说，就在同一天，那个人的妈妈也因交通事故去世了。

嗯，这个我也听说了。

哎，依你看，这会不会就是那个，**那个"诅咒"惹的祸**呀？

那个……莫非你也知道？

但我只稍微听过一点儿，具体的就不知道了……

那个"被诅咒的初三（3）班"啊！

嗯嗯，有没有可能？

不过这件事情是不能随便乱说的，否则就会有不幸发生。

但在私底下可传开了。**二十六年前，那个班里有个名叫 Misaki 的优等生突然死了……**

嗯。

对了，你说今年会不会是那年？

可能吧。

哎呀，你说明年我万一被分到了（3）班可怎么办呀？

你现在担心也无济于事啊。

可是……

要不趁初二转校得了？

嗯。

其实你也不必过分紧张，**听说并不是每年都会发生的，去年就没有。**

前年呢？是"发生年"吧？

看来咒语也爱耍脾气，没个准头儿啊。

一旦开始，班里每个月都会有不好的事情发生吧？

嗯。

都会有人死吧？

嗯，每月一个或一个以上，和班级相关的人……

不仅是学生吗？

听说家里人也很危险呢，特别是同胞兄弟。但离得远的亲戚就不会有事了。

咦……你知道的还真多！

这些都是前段时间剑道社的一位学长告诉我的。他名叫前岛，是（3）班的。不过他似乎并不相信这些，才会偷偷告诉我这个局外人吧。

可就算他不信，事实是真有人死了……

他说这纯属巧合，纯属意外，和诅咒什么的根本无关。

是嘛。

我也不太清楚。但是，嗯，我觉得还是不要接近那个班级为好。

哦？为什么？

你想啊，万一被卷进去岂不糟糕？其实刚才那些话我是不该跟你说的，说了之后说不定真会有什么不幸发生。你说，万一到时候……

哎呀，你快别说了。

嗯，也是，这种话还是不说了……

第六章　六月　Ⅰ

1

"好，暂时不需要担心了。"

年过四十的主治医师以一贯轻松的口吻诊断道：

"从今天的检查结果来看，肺部状态良好。你不觉得痛了吧？"

"嗯。"

"所以可以放心地回学校上课了。"

尽管医生说得干脆、肯定，仍不能消除我心中的疑虑。

于是我怀着将信将疑的心情，当着医生的面做了几次深呼吸。嗯，确实，已经没了任何异样感。一周前还不时感到的那些轻微憋气、胸痛等症状，在这两三天里完全消失了。

"那么体育课呢……"

"剧烈运动还不行。至少再观察一个月。"

"哦。"

"以防万一，这周末你再来一趟。要是没什么问题，下下一次就一个月之后再来。"

我点点头，抬头瞥了一眼门诊室墙上的月历。从昨天起就进入六月了，这周末，周六……是六号啊。

一周前的今天，也就是期中考试的第二天，目睹樱木由香里那起悲惨事故后所感到的胸痛，不出我所料，果然是由肺部引起的。第二天，我立即去市立医院做了检查，结果是"轻度气胸"这么一个令人不那么愉快的结论，"所幸程度不严重"。

"仅仅是开了一个极小的孔，属于轻度气胸，好在周围组织及时产生了粘连，使得漏孔闭合，病情没进一步恶化，避免了更大程度的漏气。"医生解释道，"照此情况看，不需要做什么特别的治疗，在家静养一段时间就好。"

于是按照医生的吩咐，这一周，我一直都待在家里没去上学。对于那起事故的后续情况，几乎一无所知。

硬要说的话，也只有樱木与遇上交通事故的母亲在同一天去世了；母女俩的葬礼在只有亲人参加的情况下悄悄举行；班上同学得知噩耗后个个呆若木鸡——也就只有这些了。

自那起事故后，我便失去了见崎鸣的消息。其实不是完全没有打听的途径，只是我不想借此来了解她以及其他一些事情，总觉得似有不妥，心中胆怯不安。

因为手头没有班级通讯录，所以能够直接取得联系、问问情况的同学，除了之前留有手机号的勅使河原，别无他人。上周我试着打过几通电话给他，但不知为何他一次也没接过。可能是看到来电显示后故意不接的，我想。

外祖母听说了这起事故后，反复感叹"太恐怖了""太可怜了"，但和事故相比，我的健康状况似乎更让她挂心。外祖父则无论外祖母说什么都机械地上下点着头，也不知他究竟听懂了没有。怜子阿姨非常担心我的精神状况，没与我深入讨论其他问题，我也没主动找她谈。九官鸟小怜则依旧精神抖擞地高叫着。远在印度的父亲这段时间没来过电话，我也不愿去打扰他。

周围这么多人，唯一能够与之畅快交谈的，竟然只有市立医院的水野护士。樱木死后的第三天，也就是我去医院后的第二天下午，她给我打来了一通电话。

"你的肺没事吧？"

一上来就单刀直入地切入话题。

"听说你目击了一起惨剧的现场，连身体都起反应了。"

"你已经知道了？那起事故……"

"是从弟弟那儿听来的。啊，就是那个爱打篮球的小弟，水野猛，也是在北中，和你一个班。"

果然不出我所料。

"榊原，昨天你向学校请假来医院了吧？"

"嗯。"

"不至于要住院吧？"

"谢谢关心。似乎能自行挺过去。"

"下一次来医院是什么时候？"

"下周二上午。"

"复诊结束后，我们见个面吧？"

"啊？"

为什么……还没等我把话说完，水野继续说道：

"我心里有很多事情想当面问问你……不知道它们之间是否有联系、有怎样的联系，包括上次那件事也是。"

那件事……是指我为何千方百计地打听四月底死在医院里的女孩的事吗？

"这段时间就在家中静养吗？"

"是。"

"别有什么事情想不开啊，如果万一又严重到需要住院，这一次我一定会全心全意照顾你的。"

"啊……好。那就先谢谢了。"

我嘴上这么说，心里却祈祷千万别发生那样的事。

"那下周二我们在医院见吧。我会再给你打电话。"

估计水野是出于对我的体谅，在这通电话里自始至终没提一句我们共同的爱好，就连"恐怖少年"这一外号也避开了——我悬着的一颗心终于放下了。

就在两天前，目睹了那场骇人听闻的惨剧后，我的情绪至今仍没有平复。

漫延在伞面的那片触目惊心的红色、被金属伞尖刺穿喉咙的樱木由香里、汩汩涌出的鲜血……这些场景都一一烙在眼底，挥之不去；伞柄折断后她摔在地上的沉闷声、宫本老师的呼喊声、救护车的鸣笛声、同学们的哀号啜泣声……这些声音都一一回荡在耳边，萦绕不休。

尽管大脑一再清醒地告诉自己，真实与虚幻是两码事，但至少目前我还是无法去接触那些恐怖小说和惊悚电影——这恐怕是我此时此刻最真切的心情了。

2

同一周前一样，又下着雨。今年和往年相比似乎更早进入梅雨季。我婉谢了外祖母开车接送的好意，独自一人来到了医院。

与水野约好的碰头时间是在我复诊结束之后。昨天夜里她刚好值夜班，今晨下了班就在医院的休息室内等我，让我结束后给她打电话。

在门诊大厅里拨通了水野的手机，我一边欣赏着雨景一边等待着她。

夜见山的雨比东京的更黏稠——我心里想着。

但从空气中污染物含量的角度来考虑，不是应该恰恰相反吗？由此看来，这可能只是错觉。

又或许是"黏稠"这个词用得不贴切。应该说，雨更偏中性，更有质感。

无论是建筑物和水泥路也好，来往交织的行人也好，近处的草木和远处的群山也好……打湿它们的雨，似乎原本就拥有不同的颜色和成分。噢，我绝对没有说雨不纯之意。

且看地上积起的水坑——

该如何形容才好呢？和东京见过的相比，颜色更复杂、更深沉。莫非这并不是因为雨水本身，而是水坑中所映之物的差异，抑或是我此刻的心境所致？

"让你久等了！"

突然从边上冒出一个声音。只见水野身着一件浅蓝色衬衣，外加黑色灯芯绒夹克。这还是我第一次见她不穿白色护士服。

"检查结果怎么说？"

"看来不需要劳水野姐姐费心了。"

"哎呀，那太遗憾了。"

"医生说我明天就能回学校。"

"是嘛，太好了！"

水野灿烂地笑道，伸手从夹克口袋里摸出手机瞅了一眼。

"现在稍稍有些早，要不我们找个地方一起吃午饭？"

"可你不是刚值完夜班吗？"我向她表示了关心，"现在就去会不会太累了……"

"没事没事，反正我明天休息，而且还年轻呢，对吧？那边的餐馆你觉得怎么样？"

"行，听你的。"

于是水野便去把自己的车开来。她的车与外祖母驾驶的粗犷黑色成鲜明对比，是一辆可爱的绿色小轿车。

3

这家餐馆在东京也有连锁店，但入座后感觉桌椅比东京店铺里的更宽敞舒适。点完单，水野双手捂着嘴打了个大大的呵欠。

"看来你还是睡眠不足啊。"

"啊？啊，果然是熬了一夜。"

"真不好意思，你看我还把你……"

"说什么呢！是我提出要和你见面的，没事，别放在心上。"

不一会儿，服务员端来了三明治和咖啡。只见水野往咖啡里加足糖，喝了几口，吃了一片鸡蛋三明治，随后看着我说：

"我先和平时不怎么聊天的弟弟水野猛聊了聊，想从他那儿了解些情况。似乎他，也就是榊原你所在的班级，有个什么秘密。"

"秘密？"

"嗯。可惜他没跟我详细说，我也不知道该怎么问、问些什么，但总觉得班里有秘密。不知榊原你知不知道？"

"秘密吗？"我垂下眼帘，缓缓地摇头，"其实我也不太清楚，但我能肯定的是，班里确实隐藏着什么。只是我刚转校来不久，现在好像还没人愿意告诉我。"

"上周，那个在学校里死掉的孩子是叫樱木吧，女生班长？"

"嗯。"

"我听说了事故，就是你目睹的事。她是从楼梯上摔下来，运气不好，被伞尖刺穿了喉咙吧？”

“嗯，是的。”

“你知道吗，他说这些的时候，显得特别害怕。”

“害怕？你弟弟吗？”

因班级同学的意外之死而感到震惊，当然是人之常情。可是害怕？这又是怎么回事？

“为什么？”

“这不是他亲口说的，只是给我的一种感觉，他似乎认为上周的事故并不是一般的事故。”

“不是事故？”

我皱起了眉。

不是事故，难道是自杀？他杀？怎么会呢，两者都没有可能啊。

但若不是自杀、他杀，也不是“一般的事故”的话，又会是……

“他有没有说到底在害怕什么？”

“没有。”

水野一脸茫然、忧虑。

“具体的，他什么也没说。”

说起来，榊原，你信不信幽灵啊、鬼魂啊之类的？

转校后第一天来学校时勅使河原问我的话，此刻突然浮现在脑海里。

即普遍的超常现象？

这是当时风见的问题。

当然，无论是幽灵、鬼魂也好，普遍的超常现象也罢……这类东西我是一概不信的，今后也不会相信。虽然夜见北的“七大怪事”每一件都不同寻常，但毕竟只是学校这一特定场所无伤大雅的谈资罢了。至于那个二十六年前的传言，料想它的结局也不过是……

可是，如果上周樱木由香里的死当真不是"一般的事故"？

我不禁回忆起事发当时的情况。

那天，得知母亲遇上交通事故的消息后，樱木立即从教室里飞奔出来，从伞架上抽出伞，起初是朝着离教室最近的东楼梯跌跌撞撞跑去的。可是，她的脚步在楼梯前见到站在窗边的我们那一瞬间停下了，紧接着立刻转身，跑向了相反方向——西楼梯。

假如……我设想道。

假如当时，她一如初衷跑下东楼梯的话……

那样的话，是不是就不会发生那起事故？

跑过长长的走廊，一鼓作气冲下西楼梯，楼梯潮湿得正好令她脚底打滑……正是因为这些因素的叠加，才导致了那起让人难以置信的事故，所以……

为什么当时樱木会采取那样的举动？为什么在看到我们——我和鸣——之后就……

"你有没有听过见崎鸣这个名字？"

我没有理会服务员端来的热狗，而是喝了一口冰咖啡，润了润嗓，问水野。

"Misaki？"

她果然对这名字有所反应。想必四月底在医院过世的女孩未咲的名字此刻正在她脑海里浮现。

"Misaki Mei……是谁？"

"是我们夜见北初三（3）班的女生。你没听弟弟提过吗？"

水野随即鼓起一边的腮帮子说道：

"所以说嘛，我们姐弟俩平时都不怎么说话……那人怎么了？"

"还记得我答应你今后将缘由都告诉你吗？其实，那件事和这个叫见崎鸣的人有关。"

只见水野眨着微凸的大眼睛，"哦……哦……"地点着头。于是我便简明扼要、条理清晰地把整件事情向她说明了一番。

"哦……哦。"

水野抱着双臂边听边点头，随后又吃了一片鸡蛋三明治，说道："就是你以前提过的那个戴眼罩的女孩啊。嗯，看来榊原你喜欢那个鸣啊。"

"啊？"

喂！喂……说什么呢，姐姐！

"才不是呢！"我认真起来，连忙否认道，"我只是……一直都想不明白，她在班上感觉一直很古怪。"

"原来你喜欢她这一点啊？"

"都说了不是！"

"知道了知道了！我都知道了，让我换个角度整理下。"

"……"

"四月下旬的那天，好像是二十七号，对吧？在医院死去的女孩是鸣的姐妹藤冈未咲。所以鸣非常伤心，带着一个不知道是什么的东西，为了再见未咲一面而去了太平间。是这么回事吧？"

"嗯。"

"然后呢？你说鸣在班上怎么个古怪法？"

"呃……"

该怎么说好呢，我犯难了。

"呃……嗯，我觉得她本来就是个性格孤僻的人，但是，怎么说呢……刚开始我以为是班上同学在欺负她，但后来又觉得不像。倒不如说是他们都怕她。"

"怕她？"

"这个说法好像也不确切……"

从第一天来到夜见北至今，那些看到的、听到的此时都在脑海里像放电影一般浮现。

"比方说一个叫勅使河原的同学，有一天突然给我打电话说：'不要再接近不存在的人了。'"

"不存在的人？"

"她自己也说，大家的眼里没有她……"

水野又抱起胳膊，长长地"嗯"了一声。我继续说道：

"就在她说了这话之后，上周的那起事故发生了。"

"嗯。一般想来，这只是纯粹的巧合。两者之间没任何联系，不是吗？"

"一般想来，确实如此。"

只是……

"还有一件让我一直挂心的事儿，是关于二十六年前的传说……"

接着，我便把 Misaki 的传说告诉了水野。她听的时候没搭腔，只沉默着。

"这件事你之前听说过吗？"

"还真是第一次。我当年念的是南中嘛。"

"你弟弟肯定知道。"

"会吗？"

"这两者之间有怎样的关联，我还毫无头绪，但我觉得它们之间一定存在着某种联系……"

"是嘛。"

水野一口喝下了杯中剩余的咖啡。我又说道：

"在那之后我就没去学校，也不知道班上现在怎样了。关于这些，你从弟弟那儿……没听到些什么吗？"

"怎么越说越恐怖了……不吃热狗吗？"

"啊……不，吃的。"

我还真有些饿了。看着我大口咬热狗的样儿，水野说道：

"那我就试探着问问吧，二十六年前的事也好，鸣的事也好。只是我们姐弟俩的关系算不上太亲密，所以能问到什么程度就不好说了。榊原，你明天要去学校吧？"

"嗯。"

时隔一周，重返校园啊……

这么一想，竟不由得紧张起来。与此同时……

不知道鸣现在怎么样了。

忽觉胸口隐隐作痛。是一种与肺部破裂时不一样的痛。

"要是我有什么消息，就再给你打电话。最近还会来医院吗？"

"嗯，这周六。"

"周六……六月六号啊。对了，你看不看《凶兆》？"

"小学的时候在电视上看过。"

"虽然我不认为我们这儿住着德密恩……"水野又露出了她喜爱恐怖故事的本性，一脸坏笑道，"但我们还是小心谨慎为好，特别是对于那些一般不会发生的事故。"

4

从餐馆出来，雨已经停了，云缝间可以依稀窥见雨后的蓝天。

我接受了水野开车送我回家的提议，坐上了副驾驶座。路上经过一条熟悉的街道，便连忙要求她把我放下。原来这里已是御先町的玩偶画廊——"夜见的黄昏下，空洞的苍之眸"——附近了。

"你不是住在古池町附近吗？还有一段路呢。"

面对水野的疑惑，我谎称"关在家里久了，想出来走走"，便下了车。

不一会儿就找到了"夜见的黄昏下"。

此时，入口旁的户外楼梯平台上站着一位身穿金黄色衣裳的中年女性，我碰巧与她四目相对——她大概就是楼上玩偶工作室里的人吧？我想，不由得朝她点了点头。她却未作任何回应，只是静静地向楼上走去。

于是我仔仔细细地收好折伞，放进包里，随后推开了门。

"当啷——"门口生锈的风铃响声依旧。

"欢迎光临！"

那位白发老妇人仍坐在入口旁的桌子后，用同样的声音迎接着我。午后的店内——不，还是说馆内吧——仍如之前，幽暗胜黄昏。

"哦，是位年轻的小伙子啊，不常见不常见。"

连说的话也同之前一模一样。

"是初中生吗？学校今天放假吗？那就半价吧。"

"哦。"

我从兜里取出零钱包的时候，老妇人又说道：

"待会儿你慢慢参观好了，反正没有别的客人……"

于是我迈步走进馆内，同时眼前泛起一阵晕眩。

馆内播放的忧郁弦乐、各处陈列的美丽又怪异的玩偶、墙上装饰的梦幻风景画……这一切都同之前的毫无二致，身在其中，仿佛跌入了一个不可思议的"轮回梦境"。我在沙发上搁下书包。

一边代替不能呼吸的玩偶们深呼吸，一边像被一根看不见的丝线牵引着一般，朝通往地下室的楼梯走去。

在地窖般的地下室里，冷飕飕的空气、四处散落的玩偶（的各个部件），都一如之前的记忆。墙上西洋式壁龛里立着的没有右臂的少女也好，用薄翼遮住下半张脸的少年也好，身体相连的双胞胎也好……以及在地下室的最深处摆放的黑色棺材也好，里头收纳的几乎与见崎鸣一模一样的玩偶也好，都与上次来时丝毫不差。

唯一不同的，是不再感到那种头晕和阴冷。于是在看不见的丝线的牵引下，我又来到了位于最深处的棺材前。

创作这个玩偶的人叫 Kirika，雾中的果实，雾果。记得鸣当时是这么说的。我屏住呼吸，凝神注视着这个比鸣更面如白蜡、似要诉说什么的玩偶……

就在这时，发生了一件让人难以置信的事。

只见从收纳玩偶的这个黑色棺材的阴影里，慢慢地、悄然无声地……

莫非又是？

我突然感到一阵轻微的头晕。

待会儿你慢慢参观好了。

刚才那位老妇人的话又回响在耳边。

反正没有别的客人……

啊，对了。

上次来的时候，那位老妇人确实也这么说过，"反正也没有别的客人"。那天我还觉得这话里有些蹊跷：没有别的客人……可是……

可是，为什么？

只见从黑色棺材的阴影里，慢慢地、悄然无声地……

为什么？

她——见崎鸣——出现了。

一条藏青色短裙配一件白色短袖衬衫，这身夏季校服的打扮在地下室里显得有些单薄。也许是我不懂得欣赏，只觉得她的脸色看起来比平时更白了。

"真巧，又在这里遇上了。"

鸣微微一笑，说道。

这……真的是巧合吗？我不知该如何回答。

"今天又为什么会来这里？"鸣问道。

"从医院回来的路上碰巧经过附近。"

我说，接着反问道：

"那你呢？今天没去学校？"

"啊，我随便的……今天碰巧没去。"

说完，她又微微笑了。

"你的身体没事吧，榊原？"

"嗯，估计用不着再住院了。对了，那次之后，就是樱木的事故之后，班里的情况怎样？"

鸣随即"啊"地降低了声音，这样回答道：

"大家……都很害怕呢。"

害怕……刚才水野也这么说。

他说这些的时候，显得特别害怕。

"害怕……为什么？"

"因为他们觉得已经开始了。"

"开始了？什么开始了？"

鸣倏地移开了视线，一副犹豫的神情。

"我……"

几秒钟的沉默后，她终于开口道：

"我内心，或许之前一直处于半信半疑的状态。先是发生了那样的事，五月时榊原你又来了学校。虽然那时我那样对你说，但心里并不是百分之百相信的……在心里的某个角落是抱有怀疑的，可是……"

说到这儿，她突然停下，视线重新转向我，充满疑问似的眯起右眼。而我则侧着脑袋，听得一头雾水。鸣继续道：

"可是，好像还是发生了。现在我可以百分之百地确定。"

"……"

"因为它已经开始了，所以……"

鸣又冲我眯起了眼睛，似乎在问："你怎么想？"而我除了继续侧着脑袋，别无其他回应。

"看来事到如今你还是什么都不知道啊。"

鸣嘴里嘀咕着，静静地背过身去。

"索性就这样什么都不知道也好。一旦知道，弄不好……"

"等一下！"我忍不住开口道，"你说是这么说，可是我……"

我不想一无所知下去了。什么"开始了"，什么"抱有怀疑"，什么"还是发生了"……请不要再用这些话令我想入非非了。

"以你现在的身体状况能去学校吗？"

鸣背对着我问。

"啊……嗯，明天吧。"

"是嘛。要是你去学校，我还是不要现身为好。"

"啊？那是为什么……"

"你要小心。"鸣突然回过头来说道，"也不要和别人提起在这儿遇到我。"

说着，她又背身过去，悄无声息地走到黑色棺材后消失了。我惊呆了，直愣愣地杵在那里。

"喂，见崎？"

过了半晌才试着小声与她搭话。

"呃，那个，为什么……"

迈出去的腿稍稍有些不听使唤。紧接着，便感到一阵说不出的晕眩。

是不是有一种像被吸走了的感觉？

从自己的身体里，各种东西被吸走了？

这是上次在这里碰到鸣时她说过的话，此刻在我昏昏沉沉的脑袋里如咒语般涌现。

玩偶是空洞的，身体也好，心灵也好，都是空洞的……是空的。

那是一种与死相通的空洞。

我张开双腿使劲儿站稳，努力保持平衡。

与死相通的……

我诚惶诚恐地向棺材后面窥去。但是那里……

却没有鸣的影子。

也没有其他任何人的影子。

只有墙壁上挂着的暗红色帘布在空调风的作用下微微摆动。我突然感到一股隆冬般的寒气，不禁浑身战栗。

5

"为什么？为什么？"

九官鸟小怜依旧精神抖擞地重复着这个问题。

为什么？为什么？我还想问为什么呢！我瞪着笼中的小怜，心里直发牢骚，而它丝毫不显消沉。

"为什么？怜子，为什么？早安！早安……"

这天吃过晚饭，我来到一楼信号较好的檐廊处，想给身在印度的父亲打电话。可是对方的手机似乎关机了，试了三次都没通。也许父亲现在正忙于日落前的收尾工作。

唉，算了。我打消了通话的念头。

即便将上周发生的事故、身体再度出现状况等事情告诉父亲，他也爱莫能助。倘若真有能帮上忙的，也就是问问他关于已故的母亲初中时代的事了，但这究竟与现在发生的事有怎样的关联？甚至退一步讲，到底有没有关联？说实话，我心里一点儿把握也没有。

当然，我也想过问问有没有母亲留下的当时的照片，但毕业照这种东西，学校肯定存有备份。对了，不如去 0 号楼的第二图书馆看看……

于是我离开檐廊，瞄了一眼客厅，只见怜子阿姨居然在客厅里看电视。电视里播放的是搞笑类娱乐节目。这并不像她喜欢的风格啊？我觉得奇怪，再仔细一看，半躺在沙发里的怜子阿姨双目紧闭，一动不动——什么呀，原来是睡着了。

从空调吹出来的冷气让客厅的温度有些偏低。喂……喂，在这儿睡久了是要感冒的哦！于是我暂且关闭了空调，刚要离开……

"恒一？"

忽然听见有人叫我，一回头，只见怜子阿姨慢慢睁开了眼睛。

"不知什么时候竟然睡着了……啊，不行不行。"

她木呆呆地晃悠着脑袋。正巧这时从电视里传出表演者的轰然大笑声，怜子阿姨听了立刻皱起眉，拿起遥控器"啪"地关掉电视。

"你还好吧？"

"嗯？嗯，没事。"

怜子阿姨从沙发上站起来，坐到了餐桌前的椅子上。她拿过桌上的水瓶倒了一杯，就着水吞下一粒药片。

"我有点儿头疼。"她对正望着她的我说，"不过这药一吃就好。最近常这样，真是讨厌。"

"应该是累着了，各种事情，各种压力，所以……"

"可能吧。"怜子阿姨轻叹了口气，"对了，恒一，你的身体还好吗？今天去医院了吧？"

"医生说状态稳定，没什么问题。"

"哦，不错。"

"那个，怜子阿姨。"

说着，我也走到餐桌旁，与她面对面坐下。

"之前你提到过'了解的时机'——'任何事情都有一个了解它的时机'——只是这个时机，该如何测算呢？"

我一本正经地问道。谁知怜子阿姨一脸倦容地看着我，用怀疑的口气回答道：

"我说过吗？"

我愣住了，心中忽然响起小怜那令人不快的声音："为什么？"

是故作不知还是当真不记得了？是哪个？

"呃……那就问个刚想到的问题吧。"我重整旗鼓,换了个话题问道,"怜子阿姨,你在夜见北读初三的时候,是哪个班?"

"我初三的时候?"

"嗯,还记得吗?"

怜子阿姨又倦懒地托着下巴,慢吞吞地回答:

"是……(3)班。"

"(3)班……当真?"

"嗯。"

"那么,在你那一年……呃,就是说,那个时候的初三(3)班,有没有被叫作'被诅咒的(3)班'?"

"……"

怜子阿姨仍一手托着下巴,似乎在寻找答案。过了一会儿,又同刚才一样轻轻叹了口气。

"都是十五年前的事了,不记得喽。"

暂且无论这理由成立与否。

十五年前……

我突然觉得心里一阵堵得慌。

要说十五年前……啊,对,这不就是……可那不是……

"你明天就去学校了吧?"怜子阿姨问。

"嗯,正有这打算。"

"我以前告诉过你的'夜见北注意事项',还记得吗?"

"嗯,当然,这还真要……"

"注意事项三,还记得?"

"记得。"

我当然记得,那带有迷信色彩的"一"与"二",以及对我意义重大的"四"。要说"三"的内容，好像是……

"班级决定，要绝对服从，对吧？"

"对，就是它。"

怜子阿姨悠悠地点头道。

"然后呢？"

话音刚落，只见怜子阿姨打了个长长的呵欠，随后用力甩头。

"啊……刚才说什么来着？"

明明是自己先提出的话题，这会儿反倒记不起来了。

"是'夜见北注意事项三'。"

"啊，对，对。就是说，无论哪一条注意事项都要好好遵守，也就是说啊……"

"你还好吧？"

"不行了，不行了，看来我是真的累了。不好意思啊，恒一，你看我这呵欠……"

说着，怜子阿姨握起拳头轻轻敲打着脑袋，冲我勉强一笑。而我心里既痒痒的，又无奈，挺不是滋味。

能不能把鸣的事告诉她呢？或许不是"能不能"，而是应该积极地与她聊聊——我心里时常会冒出这样的念头，却从未付诸行动。就像现在，犹豫再三，还是决定放弃。

因为我不擅长与她交谈，感觉很紧张……大部分原因在于从她身上我能见到只在照片中见过的母亲的影子——这一自我剖析，我很早就完成了，既然已找出了原因，可为什么仍觉得紧张程度在不断加剧？难道这真是我自身的问题，还是……

看来今晚还是回房间早点儿歇息吧。

打定主意后，我从椅子上站起来，不经意间嘴里小声嘟囔了句：

"为什么？"

就是这句既无意识又无深意的话⋯⋯

"别说了！"

竟招来了怜子阿姨严厉的制止，实在出乎我的意料。

"我最受不了那只破鸟！"

6

第二天，六月三日，周三。

午休的教室里没有见崎鸣。

今天的她并不像往常那样下了第四节课后离开教室，而是从一大早就没来学校。看来她真如昨天所说，不打算现身了。

隔了一周再来学校，同学们的态度，往好了说叫一般性的关心，说得再透彻些就是冷淡的、泛泛的问候。

"你是不是又住院了？"

没，是在家疗养。

"听说是和上次一样的病？叫什么自发性气胸？"

还好在它刚发作的阶段就止住了。

"那么你的身体已经没事了？"

嗯，谢谢关心。只是医生还不让参加剧烈运动，体育课也暂时不能上⋯⋯

"多保重。"

啊，嗯，谢谢。

这些人，没有一个提及樱木由香里和她母亲的死，连老师们都避而不谈。教室里，樱木的桌椅就这么空着，没有一个人为她献花……似乎大家都有意忽视她的死，超过一般程度的、没必要的忽视——我不得不这么想。

午休开始后，第一个与我说话的是风见智彦，并且是我主动叫住了正要出教室的他。

"啊……好呀。"

风见用指尖频频推着银丝边眼镜框，僵硬的脸上勉强挤出一丝笑意。

记得四月初我们第一次见面时，即他来病房探望我的时候，也是这种感觉。经过一个月的相处，还以为彼此多少融洽了些，谁料还是老样子。

当时与当下，没变的首先是"紧张"，其次应该是某种"戒备"。

"身体好了就行，我可担心你了。见你一周没来学校，还以为你又发病住院了呢。"

"我自己也担心死了。说实话，我再也不想住医院了。"

"你请假这段时间的课堂笔记，应该不需要吧？"

风见说这话时显得怯生生的。

"反正你行的。"

"虽然我在以前的学校是学过一部分，但单凭那些……也没那么行啦。"

"这么说，你还是需要笔记喽？"

"也不是，这次大概没关系。"

"是嘛，那我走了……"

尽管聊的净是些无关痛痒的东西，但风见的表情依旧僵硬。除了紧张和戒备，或许应该再加上"害怕"……

"上周的事故，你肯定受了不小的打击吧？"

我决定采取主动。

"你看，你们一同担任班长工作，一同来医院看我，现在居然发生了那样的……"

我边说，边朝樱木的座位瞥去。但风见立刻慌张起来。

"要再选一名新的女生班长。明天的班会上估计会……"

还没等把话说完，他便急匆匆地离开了我，出了教室。

"新班长啊……"

其实，我倒觉得风见和樱木两人挺合适的，不过像初中班长这种职位，能接任的肯定大有人在……

回到座位后，我仔细环视教室。六月里，大多数学生已经穿上了夏季校服。

教室里，女生们三五成群地围坐在一起吃着午饭，宛如一座座不规则分布的小岛。窗边的一角则凑着几名闲聊的男生，其中一人个子特别高，皮肤黝黑，留着一头所谓的"运动式发型"……那人应该就是水野，篮球社的水野猛。

要不要过去同他聊几句？这个念头闪过脑海。

就从水野护士的话题入手，根据谈话进程引到昨天和她见面的事儿上，然后……不，不行。水野不是说她会"试探着问问"吗？我要耐心等待她的答复才行。她已经说了，她们姐弟俩的关系不怎么样，万一我现在出面搞砸了，他一定会更加戒备，到时候反而什么都问不出来了。

我于是一如之前，怀着感激的心情吃完了外祖母亲手做的便当，独自一人来到教室外的走廊上。刚才吃饭的时候，我数次感到从窗边射来的水野弟弟窥视的目光，但或许是我过于敏感。

走着走着，我又站到了东楼梯旁的那扇窗前。

窗外，天空有阴霾。虽然没下雨，但风异常强劲。即便关着玻璃窗，也能不时听见高亢呼啸的风声。

我背过身靠在墙上，从裤兜里摸出手机，在通话记录里找出勅使河原的号码，毫不犹豫地按下了通话键。

勅使河原今天也来学校了，但从早晨起就没和我说过一句话，连目光的接触似乎都在竭力避免。午休时分，当我想起他时，他已经不在教室里了……真是的，你又不是见崎鸣！

"喂？"

铃声响了几次后，他终于接起了电话。我劈头就问：

"现在在哪儿？"

"呃……"

"不要说'呃'，现在到底在哪儿？"

"楼外……正在里院里走。"

"里院？"

我随即转身面向窗外，隔着玻璃朝地面望去。只见里院里来来往往好多学生，也不知道哪个才是他。

"我马上过来找你，你先到荷花池旁等我。"

"啊？我说榊原你……"

"待会儿见。"

我不由分说挂上了电话，随后急忙朝相约的地点跑去。

7

来到那座传说有血淋淋的手伸出来、严格说来被不是荷叶而是睡莲的圆叶覆盖的池塘边，勅使河原已经在等着我了。附近没见到脸熟的同学，看来刚才他真是一个人在里院。

"上周我几次打电话给你，你都没接嘛。"

我故作生气。

"哦，抱歉抱歉！"

勅使河原连忙夸张地双手合十，但始终没正视我。

"你每次打来的时候，刚好都不巧。我也想过给你打回去，这不，你不是身体不好嘛，于是我想了想就算了。"

明显是借口。

"那个约定，"我说，"你答应过我，等到了六月就告诉我的。"

"呃……"

"都说了不要说'呃'！"

我用严厉的目光毫不留情地瞪着眼前这个心绪不宁的褐发调皮鬼。

"我要你信守承诺，更何况当初还是你主动提出来的。二十六年前，初三（3）班有个名叫Misaki的优等生，因一场意外事故丢了性命……然后呢？"

"……"

"'那一年只是个开始'，你们说过类似的话吧？然后呢？然后初三（3）班究竟怎样了？"

"等……等等，榊。"

终于，勅使河原抬眼直视着我，

"确实，我跟你约定过，跟你说过'等到了下个月就告诉你'这样的话，让你这个月乖乖的。当时我是真想跟你说的……"

说着，勅使河原满怀忧虑地叹了口气。此时，一阵强风呼啸着从上空吹过。

"但是现在，情况变了。"他再次将视线从我身上移开，如是说道，"那个时候和现在的情况已经不一样了，所以……"

"你想说我们之间的约定不作数了？"

"嗯。"

这到底算什么意思……我简直无法接受他这样的解释，但从他眼前的样子来看，我又觉得似乎再逼问下去也是徒劳。

只是，只有一个问题，我无论如何都想问个明白，那就是……

"那时候你警告过我，'不要再接近不存在的人了'。"

勅使河原沉默点头的同时，脸上似乎还抽搐了一下。

"还说'那样不好'。勅使河原，这究竟是……"

正在这时……

不早不晚，偏偏在这关头，一阵振动从裤兜里传来。"是谁啊？"我一边琢磨，一边拽出闪烁着来电提示的手机一看，是昨天刚见过面的水野。

"喂，是榊原吗？学校现在是午休时间吧？打电话方便吗？"

电话里，水野的声音听着有些激动。

"我现在是在医院里给你打电话。"

"咦？不是说今天休息吗？"

为了不让勅使河原听见，我用左手盖住嘴巴压低了声音。

"因为有人临时请假，我就被抓来顶替了……这工作真是要命，尤其是新来的。"

发完牢骚，水野换了语调，继续说道：

"刚才我是抽空溜出来的，正在住院楼的屋顶给你打电话。"

"怎么了？是不是有什么……"

"我问过了，昨天晚上。"

"你弟弟吗？那件事？"

"对……对。然后……有一件事，我等不及想马上问问你，就打来了。"

"问我？什么事？"

"那我问了啊。"

说着，水野提高了几分声量。她确实在屋顶——至少是在室外——因为电话里可以清晰地听到高亢的风声。

"昨天你跟我提到的那个女孩鸣，见崎鸣。"水野说，"真的有那个人吗？"

"啊？"

我还以为她要问什么呢，竟然是……

"当然有了。"

"现在？在附近吗？真的有吗？"

"那倒没有，今天她从早上就没来学校。"

"那就是没有喽？"

"你到底在说什么呀？"我也不禁提高了声量，"这冷不丁的，到底是哪儿跟哪儿呀！"

"我不是说了嘛，昨晚我问弟弟了。"接着，水野加快了语速，"二十六年前的事也好，上周的事故也好，不管我怎么问，他都含含糊糊，回答得模棱两可，而且像上次那样显得很害怕，搞得我真要举双手投降了。但是，当我最后说到鸣的事……"

嗞嗞嗞……几声杂音响过，水野流畅的声音出现了裂痕。

"谁知那家伙竟然脸色突变，'你说什么？''我们班里根本没有这个人'。我从来没见过他这么认真的表情，所以我想，这个叫见崎鸣的孩子是不是真的……"

"不可能!"我察觉到勅使河原投来的疑惑目光,连忙背对他,用握着电话的右手将嘴遮住,"这不可能!"再次强调道。

"可是……他真是很认真,而且没必要撒这样的谎……"

嗞嗞嗞嗞……又是杂音,中断了水野的声音。我不顾对方听不听得到,对着话筒喊:

"见崎鸣肯定存在!"

鸣肯定存在。我与她见过这么多次面,说过这么多次话。而且昨天还见过呢,昨天还说过话呢。说她不存在,这绝对不可能!

"咦?"

这时,从杂音中突然跳出了水野的声音,听起来似乎有些不太对劲儿。

"啊……这是什么?"

"怎么了?"

嗞嗞……嘎嘎嘎嘎嘎……嗞。

"水野姐姐?你听得见吗?"

"榊原……"

水野的声音比刚才更模糊、更不连贯了。

"我刚从屋顶进了电梯,差不多该回去了……"

"哦,怪不得这信号……"

"但是,这个东西……哎呀,不好!怎么……"

嘎嘎嘎……杂音变得越来越响,完全压过了水野的声音。于是我们之间的联系再次中断。

"水野姐姐!"

我不由得用力握紧了电话。

"喂?你听得见吗?到底怎么……"

我突然停下了。因为这时耳边突然传来一声异样的轰响，一声无法用拟声词来形容的、不明所以的巨大轰响。

　　我忍不住从耳边拿开了电话。

　　到底发生了什么？

　　进了电梯后信号变差……所以呢？所以这个声音就响了？不对，在这之前水野她……

　　我战战兢兢地又将耳朵贴回听筒。这次听到的是粗暴、干脆的撞击声，仿佛是手机落在地上或出事时的声音。

　　嗞嗞嗞嗞……嘎嘎嘎嘎嘎嘎嘎……杂音越发激烈了。就在这两部电话即将失去联络的一瞬间——

　　尽管非常微弱，但我真真切切地听到了水野痛苦的呻吟声。

1

水野死了。

当晚我便得知了这条令人震惊的消息。尽管仅仅大概知道医院里出了事，但其实心里早就作好了最坏的准备。

中午时的那通电话……

当时在她身上一定发生了什么不同寻常的事，但电话中断后无论怎么打，都再也接不上了……最后我在无法确定究竟发生了什么的情况下，被焦躁不安折磨了一下午。

"水野？就是那个年轻的护士？"

听说了此事的外祖母也惊愕不已。我四月入院时，她与水野曾多次打过照面。

"她是叫水野……沙苗吧？和恒一你倒挺投缘的……两个人还聊聊读书什么的。"

"我也在医院碰见过一次。那天去看他的时候，正巧……"

怜子阿姨愁容满面地说。可能是头疼犯了，只见她晚饭后又吞了一粒昨天的药片。

"她还这么年轻……不知她弟弟现在怎么样了。"

"她还有个弟弟？"外祖母问。

"嗯，叫水野猛，碰巧和我一个班。"

"是吗?!"外祖母瞬时睁圆了眼睛，"真不得了了！前段时间你们班上不是也有个孩子出事儿死了吗？"

只见她忧心忡忡地锁着眉，太阳穴处一跳一跳的。"医院里出了事……也不知到底出了什么事。"

这个问题，没人答得上来。

此时此刻，中午电话里的那个巨大的轰响又在我耳边萦绕了。还有即将被嘈杂声淹没的、水野痛苦的呻吟声……

这该如何承受？我痛苦地闭上眼睛。

要不要现在当着大家的面把中午的事说出来？应该没有理由犹豫不决、左右摇摆的……可是我没有说。不，是不能说。这恐怕是一种形同罪恶感的情绪潜伏在心里作怪，怎么也摆脱不了。

这时，一旁沉默已久的外祖父突然开口了。只见他两手扶住血色欠佳、满是皱纹的额头，用沙哑的声音道："啊！人死以后就是葬礼。我不要葬礼，不要再有葬礼了！"

听说好像是因为友引日 ① 的缘故，水野的守灵日被放在了后天，而葬礼是在大后天的周六。周六……六月六号啊。

你看不看《凶兆》？

与水野在餐馆里的对话此时鲜活地浮现出来，这是她昨天刚说过的话，可是现在……

我们还是小心谨慎为好，特别是对于那些一般不会发生的事故。

说这话的水野，死了。

后天是守灵日，大后天是葬礼……这更像是一场梦。除了震惊，我还来不及感到悲伤。

"我不要再有葬礼了！"

---

① 在日本，依据中国黄历择凶吉的简易历法"六曜日"中被视为不宜出殡的日子。

听着外祖父缓慢地叨念，"葬礼"一词竟在我心底深处染上了一块乌黑印迹，这块印迹后来又渐渐旋转成一个黑色旋涡，同时"噜——"的一记诡异的重低音不知从哪儿汹涌而来……

我再次痛苦地闭上眼睛。这时，大脑里"啪"的一声，不知怎么停止了运转。

2

第二天，六月四日。初三（3）班的教室内，从一大早就笼罩在沉闷的空气中。

水野的弟弟猛没来学校。他缺席是因为姐姐突然死亡的流言蜚语在第二节课后已传遍了整个教室。到了第三节语文课，班主任久保寺老师便正式向大家公布了这个事实：

"水野同学的姐姐，昨天突遭不幸……"

说话时，全班陷入一片异样的寂静，仿佛每个人的呼吸都在那一刻冻结了。

偏偏在这时候，见崎鸣走进了教室。

她既没为自己的迟到道歉，也没露出不好意思的神情，只是一言不发地坐到位子上。望着她，我在悸动之余，还留心观察班上同学的反应。

他们之中，没有一人向鸣投去目光。每个人都近乎反常地将视线投向前方。连久保寺老师也是如此，既不看鸣一眼，也不叫住迟到的她，仿佛……

是的，仿佛这个叫作见崎鸣的学生从一开始就不存在、不在班里。

语文课一结束，我立马从座位上站起来跑向鸣："你来一下。"

随后我拖她至走廊，为了不让人听见，压低声音问："水野的事儿你知道了吗？"

她一副毫不知情的样子："什么事？"鸣歪过脑袋，疑惑地眨着没戴眼罩的右眼。于是我又说道：

"她死了！水野的姐姐，就在昨天。"

一瞬间，我看到她脸上闪过一丝惊愕，但很快就消失了。

"这样啊。"她用不掺杂任何感情的语气说道，"因为疾病？还是事故什么的？"

"听说是事故。"

"是嘛。"

教室门口围了几名学生。有男生也有女生，我记得他们的脸和名字，但几乎没有交谈过。中尾、前岛、赤泽、小椋、杉浦……勅使河原也在其中。自昨天午休后，我还没和他说过一句话。

然而，我注意到他们的视线不时地瞟向这里，好像正从远处围观我们。

说不定……此刻，我不得不认真思考这样一个问题：

说不定现在，在他们的眼里，真的只有我一个人……

下一节课的时候，鸣又从教室里消失了。当然，注意到这件事的除了我，没有第二人……

午休时，我走到靠窗最后一排，想好好看一看鸣的桌子。

这是一张与教室里其他桌子的式样明显不同的木制桌，附带的椅子也一样。从新旧程度上看，像是从几十年前一直使用至今……桌子也好，椅子也好，都陈旧不堪。

"为什么？"我忽然想问自己，"为什么只有鸣的桌子这么……"

我没理会周围人的目光，坐在了鸣的位子上。只见她的桌子表面伤痕累累、坑坑洼洼。倘若遇上考试写答卷，估计不垫上垫板是不行的。

除了这些伤痕，桌面上还有多处涂鸦。

它们看起来大多与桌子同样陈旧，都是很早以前留下的。有用铅笔写的，有用圆珠笔画的，还有用圆规的尖头之类刻的。既有模糊得难以辨识的，也有勉强可以识读的。

其中，有一行文字像是最近刚写上的，突然跃入了我的眼帘。

是用蓝色墨水写在桌子右侧的角落里。我虽无法从笔迹上判断，但在见到这行字的一瞬间，直觉告诉我，这出自鸣的手。

"死者"是谁?

是这样的一行字。

3

"老师到底怎么了?"忽然听见同坐一张工作台的望月优矢自言自语道，"身体这么不好吗? 不过这几天是好像没精神啊……"

第五节原本是三神老师的美术课，但现在0号楼一楼的这间美术室里没有老师的影子。

"三神老师今天请假。"

美术课一开始，代课的美术老师用事务性的语气传达了这个消息，随后布置了"各自临摹自己的手"这一极其乏味的课堂自学任务，便离开了。他刚走，抱怨声、叹息声便此起彼伏。不过，有这种反应也难免。

我打开素描簿，把自己的左手搁在桌上，仔仔细细地端详起来。

但说实话，真正想动手画的劲头几乎为零。早知如此，真应该带几本口袋书来，像金啦、昆士啦、洛夫克拉夫特啦，尽管我还没完全恢复读恐怖小说的心情。

我扭头朝喜欢蒙克的望月看去，只见他也丝毫没有画手的打算，但摊开的素描簿上并非空白一片，而是有一幅画了一半的钢笔人物画。再一看，画的竟是三神老师。

不会吧，这家伙……我差点儿失声叫出来。

真的喜欢上美术老师了？差了十几岁呢！不过，这毕竟是人家的自由。

正处于这种微妙情绪中，我忽然听见了他担心三神老师的自言自语……

"不会吧。"突然，望月转向了我，"喂……喂，榊原？"

"干……干吗？"

"你说三神老师应该不会得了什么性命交关的重病吧？"

"啊……"

我完全被说晕了，随口答道：

"不会的，她肯定没事。"

"我也这么觉得！"

望月如释重负地叹了口气。

"其实我也这么觉得。像这种倒霉事儿，不会发生在她身上的。嗯……嗯。"

"你这么担心她啊？"

"那是因为……你想啊，前段时间，樱木和她母亲死了，这次又是水野的姐姐，所以……"

"这三者之间有关系吗？"

我一把揪住了他话语间的破绽。

"先是樱木的事儿，再是水野家的事儿，假设这次三神老师身上也发生了什么，你的意思是，他们其实是有关联的，或者说是有共同点的？"

"呃……就是说……"

刚开了个头，望月就缄口不语了。接着，他逃也似的避开我的眼睛，为难地叹了口气。啊，看来连这家伙心里也藏着什么事，不愿告诉我。

于是，我决定换个方法套他的话。

"对了，美术社现在怎样？你们有几名社员了？"

"只有五个。"

望月将视线又移回我身上。

"怎么，你要加入？"

"怎么可能！"

"要是你愿意来就好了。"

"想拉人的话，别找我，试试见崎怎么样？"

我故意在话里设了个套儿。只见望月的反应与我料想的如出一辙，一番吞吞吐吐之后，什么也没说，又逃也似的移开了目光。只是这次他没叹气。

"其实见崎她画得很不错哦！"我佯装不知，继续说道，"我有一次见过她在素描簿上画的画……"

那是在……对，第二图书馆里。那天也是美术课后，我和望月还有勅使河原一起正巧路过。那个时候，她画的是……

有着球体关节、玩偶般的美丽少女。

我打算最后为她加上一双大大的翅膀。记得当时鸣是这么说的，不知现在她有没有画上。

见望月一直不看我，也不打算说话，我便不再指望了。合上素描簿，一看时间，第五节课只持续了不到三十分钟。"还是别管什么自学任务，出去走走吧。"我想。

"你去哪儿？"

见我从位子上站起来，望月忙问道。

"图书馆，第二的那个。"我故作冷淡，"有点儿东西想查查。"

4

对望月说"有点儿东西想查查"，这大致是一句实话。若要追问不包含在"大致"里的，恐怕就是对"鸣可能也在那儿"的这一小小期待。只可惜期待未能成为现实。

那间沉淀了岁月的图书馆里没有一名学生，只有那位名叫千曳的管理员老师。

"我们之前见过。"

他从位于一角的服务台后对我说。今天的他仍是一身黑衣打扮，花白的头发乱蓬蓬的，一双眼睛在土气的黑框眼镜后看着我。

"你是转校来的榊原同学吧？"

他一下子说中了我的名字。

"在初三（3）班？怎么样，我的记性不算差吧。第五节课是？"

"美术课。但今天美术老师请假休息，所以我们自习。"

我照实回答。黑衣管理员没再追问这个，而是又问：

"那你来这儿什么事？要知道这里平常少有学生来啊。"

"呃，有点儿东西想查查。"

我又照实答道，随后缓步走到管理员所在的服务台前。

"这里有没有保存以前的毕业相册？"

"哦，毕业相册啊，我们这儿一本都不缺。"

"可以看看吗？"

"当然。"

"那，它们在……"

"相册好像在那边。"管理员慢慢地站起身，举起一条胳膊，朝进门右手边紧贴墙面的书架一指，"就是那排书架。我记得好像是从里数过来的第二大格，反正就在那一片。以你的身高，估计不用梯凳就能够到。"

"哦。"

"你想看什么时候的相册？"

"呃……"我支吾了一下，"二十六年前……一九七二年的。"

"七二年？"管理员一听，立刻皱起了眉，瞪着我问，"为什么你要看那一年的？"

"因为……那个……其实……"我竭力克制住激动，尽可能用平静的语气说道，"其实我母亲正巧是那一年从这里毕业的。她很早就过世了，也没留下什么照片，所以我想那个……"

"你母亲啊……"我觉得管理员看我的目光变柔和了，"原来如此，明白了。可偏偏是七二年啊。"

后半部分的话有些像喃喃自语。

"你去找找吧，相信很快就能找到。对了，这相册是不能外借，看完记得要放回原处，知道了吗？"

"嗯。"

我花了大约两三分钟找到了相册，随后将它从书架上抽出来，放在阅读用的大桌子上，找了把椅子坐下。接着，我匀了匀略显急促的呼吸，翻开了烫印着"夜见山北初级中学"这几个银箔字的封面。

还是先找找初三（3）班在哪儿吧。不消一会儿，我便翻到了那一页。只见摊开的相册上，左页是彩色集体照，右页是分成几组拍摄的黑白照片。

看起来当年的学生人数要比现在多，一个班起码有四十几人。

集体照的背景选在校外。好像是夜见山河的河滩，或是周边什么地方。照片上，大伙儿都穿着冬季校服，虽说个个是笑脸，但总体透出一种紧张的气氛。

妈妈她在哪儿？

单看一张张的脸，似乎不是那么容易能找到。不过好在照片下方还印上了名字可供参考……

找到了！是她！

"妈妈……"

我不禁出了声。

第二排，右数第五个。

她穿着藏青色的西服上衣，当时的校服和现在完全一样，头上还戴着白色发卡……照片上的她在笑，只是这笑容中似乎也透着紧张。

这是我见到的第一张母亲初中时代的相片。相片中的母亲与其说是年轻，倒不如说是稚嫩。若去除年龄的距离，她和妹妹怜子长得还真挺像。

"找到了吗？"

管理员突然问道。

我头也不抬，只是"嗯"了一声，又将目光移回集体照下方的名字那儿。我想亲眼证实一下，那个叫作 Misaki 的名字到底有还是没有。

　　可是，怎么会有呢？

　　Misaki 是那年春天死的，也就是说，在这本毕业相册开始制作之前就已经不在世，所以这里又怎么会印上 Misaki 的名字呢？

　　"你母亲当年在几班？"

　　管理员又问。这回，他的声音比刚才离我近多了。我吃了一惊，忙回头，只见他已出了服务台，就站在我身后。

　　"呃，听说母亲初三的时候也是在（3）班。"

　　管理员"嗯？"了一声，又紧紧皱起了眉。然后，他单手撑着桌子边儿，探头望着相册问：

　　"哪个是你母亲？"

　　"这个……"

　　我指着照片说。

　　管理员推了推眼镜："哪个？哪个？"又把头凑近了些，"啊……是理津子啊。"

　　"咦？你认识她？"

　　"啊……不，还好吧。"

　　管理员含糊着离开了桌子。注意到我的目光一直追随他之后，他便轻轻挠起蓬乱的头发。

　　"理津子的儿子啊……"

　　"母亲在十五年前生了我之后很快就去世了。"

　　"是嘛，这么说……啊，原来如此。"

　　什么原来如此？我抑制住想要发问的心情，视线再次落到桌上的相册上。

第二排，右数第五个。

又看了一下母亲那张带着紧张的笑脸，随后我将和她一起拍照的同学也扫视了一遍，突然……

咦？

我注意到了一个人，不由得眨了几下眼睛。屁股刚离开椅子又重新坐了下来，想好好把这照片看仔细时……

"原来你在这里啊，榊原。"

门一下子被推开了，踏着正巧响起的第五节下课铃走进来的，是风见智彦。

"久保寺老师正在找你呢。他让你马上去他的办公室。"

5

"你就是榊原恒一？"

我从未见过面前的两个男人。提问的那人一张圆脸，年龄稍长，可能是为了安抚我紧张的情绪，说话时，声音格外温柔，但问起问题来毫不含糊。

"你认识在市立医院工作的水野沙苗小姐吧？"

"嗯。"

"你们的关系好吗？"

"我四月住院的时候受到了她的照顾，所以……"

"平时打电话吗？"

"嗯，打过几次。"

"昨天中午过后，也就是下午一点左右，你有没有用手机和她通过话？"

"有。"

被久保寺老师叫至 A 号楼办公室，等待着我的是夜见山警察署刑事科的两位便衣刑警。年长的那位是圆脸，一脸福相，而年轻的则是细长脸，尖下巴，架着一副深蓝色边框的大眼镜，活像一只蜻蜓……他们分别叫大庭和竹之内。

"我们有点儿事情想问你，刚才也得到了老师的允许，可以吧？"

一见面，年轻的竹之内就直接切入正题。语气虽谈不上粗暴，但足以显示出他认为对方不过是个半大孩子。

"下节班会课迟些来也没关系，把话好好说清楚，啊？"

久保寺老师补上一句。不一会儿，第六节上课铃响了，于是久保寺老师把这里交给了另一位男老师，匆忙离开了。

在位于办公室一角的沙发上，我和两位刑警面对面坐下了。那位受了委托的男老师作了自我介绍"我是负责生活指导的八代"后，也坐到了我身边。面对这种情况，校方当然不会放心让学生一个人出面。

"你已经知道水野沙苗小姐昨天去世的消息吧？"

大庭以格外温柔的声音继续问道。

"是的。"

"她是怎么死的，你知道吗？"

"具体就不清楚了，只知道医院里出了事。"

"哦。"

"你没看今天早晨的报纸吗？"

竹之内插进来问，我沉默着摇了摇头。说起来，外祖父母家还真没订报纸，昨晚也没人开电视……

"是电梯事故。"竹之内说。

我大概已经猜到了。教室里的窃窃私语也不时夹杂着这几个字眼。

可是，从刑警口中正式听到的一瞬间，我仍不禁后背发麻。

"住院楼的电梯突然掉下来，当时里头只有她一人。落地时的冲击使她一下子摔在地上，不巧的是，同样由于冲击而松动的顶上铁板也突然落下……"年轻的刑警说话毫不发颤，"运气不好，正对着她的头，砰的一声。"

"……"

"死因是头颅严重损伤。从现场把她救出来的时候已经没了意识，医院方面也尽了最大的努力，可惜还是没能把她救过来。"

"那……那……"我战战兢兢地问，"这起事故是不是有什么可疑之处？"

否则刑警们不会来这儿走访调查，我想。

"没有，事故就是事故，是一起非常不幸、令人悲痛的事故。"年长的刑警答道，"只是，既然医院的电梯发生了坠落事故，那就涉及事故原因、管理责任等问题，所以我们就去调查了。"

"哦。"

"在那部电梯里，我们发现了水野掉落的手机，最后的通话记录显示是榊原你的名字和号码，而且通话时间正巧是事故发生时的下午一点钟，所以我们认为你应该是最后一个与她交谈的人……"

原来是这么回事。仔细一想，确实如此。

要说这个世界上最有可能知道昨天事故情况的人，只有我，与她通话的初中生榊原恒一了。何况昨天我确实亲耳听见了。

只是，尽管我可以大致想象事故发生后的混乱场面，但不管怎么说，警察来找我的时间隔得未免太久了。

先不去想这些，在他们的催促下，我把昨天亲身经历的事一五一十地说了一遍。

先是午休时接到水野打来的电话，刚开始没什么异常，但当她从屋顶走入电梯后，情况就发生了转变。不一会儿便听到一个巨大的轰响，随后像是手机掉落在地的声音，紧接着是她发出的痛苦呻吟声，然后电话就断了……现在看来，这一切与警方刚才的描述完全吻合。

"这些事情，你还对谁说过？"

"当时我完全不知道她究竟怎么了，电话打过去也不通。"

我尽量让自己保持冷静，慢慢叙述自己之后的行为。

"但我知道她一定遇上了什么不好的事，所以我第一个想到的就是去找水野同学。"

"水野同学？"

"他叫水野猛，是水野小姐的弟弟，和我一个班。我跟他说了电话的事儿，但可能我说得语无伦次、不清不楚，他也没当真……"

你到底在说些什么啊？莫名其妙！

这便是水野弟弟当时的反应，有些生气，但更多的是困惑。

你别再跟我老姐说些不相干的话，烦到我了，你知不知道？

其后我想到的是和医院方面联系。

电话打到住院部护士站，接通后，我让水野来听电话。但事情进展得并不顺利，还没等到水野来，就听到那头突然骚乱起来……之后无论我再怎么打，都始终占线，于是我毫无办法了。

"她先是在屋顶。"大庭确认道，"然后进了电梯，不久就……是吗？原来如此。"

看着边点头边做笔记的年长刑警，我问：

"请问您知道事故的原因是什么吗？"

"这个我们还在调查。"年轻的刑警答道，"钢缆断裂导致坠落这一点是可以肯定的。不过电梯自带安全装置，这种事情一般不会发生。但话说回来，那栋楼已经建了几十年，听说还经历过几次私下扩建和改造。那部出事的电梯就位于建筑的最里层，被大家叫作老电梯，平时别说患者，连工作人员一般都不会乘坐。"

"榊原，你以前知道有这样一部电梯吗？"

"完全不知道。"

"从电梯来看，老朽了不说，也长期缺乏维护。"

"是嘛。"

"所以导致了事故。医院本是公立设施，这下子出大纰漏了。总之，这次的电梯坠落致人意外死亡事故是很少见的，对于她，我们也只能说运气实在太不好了。"

我们还是小心谨慎为好。

与水野最后一次见面时她说的话，此时又在耳边嗡嗡地响起。

特别是对于那些一般不会发生的事故。

6

第六节课持续三十多分钟后，我终于做完笔录，被警察们"放"了出来。

一出办公室，我便老老实实地朝教室赶。可到了教室一看，大吃一惊：初三（3）班的教室里居然没有一名学生。

再一看，只见课桌抽屉里还留有书包等物品。看来他们并不是因为班会提前结束而早早回家了。

这样一来，可能性只有一个：他们集体去别的地方了？

赤泽泉美

黑板正中写着这样几个大字：

赤泽泉美。

印象中，她是一个成熟、闪耀、让人过目难忘的女孩子。为人处世有自己的原则，一直被朋友们左右簇拥，是人群中的焦点……

与鸣简直是鲜明对比。

这么想着，忽然又有两件关于赤泽的事跃入脑海。

那是在我入校第一天，五月的某日，赤泽泉美正好没来学校……在那天的体育课上，因腿伤同样不能上课的樱木由香里走过来同我说话，记得当时：

不做好的话，要被赤泽骂的……

我听到她这么小声嘟囔了一句。那是什么意思？

还有勅使河原突然打来的那通电话：

我是觉得不太好才打电话给你的。

接着，他又这样说道——

赤泽那家伙现在可是相当地焦急，眼看就快发作了。

"原来是榊原啊。"

忽然听见背后有声音，我扭头望去，是班主任久保寺老师。他像跟踪我一般，也是从后门进了教室。

"和警察聊完了？"

"嗯。"

"是嘛。今天你就早点儿回去吧。"

"哦，可是……大伙儿呢？"

"班会课上，我们新选出了一位女生班长，是赤泽同学。"

"哦……"

原来黑板上的名字是这么回事儿。

"那之后大伙儿又去了哪儿呢？"

但久保寺老师无视我的问题。

"今天你就早点儿回去吧。"

他重复道。

"水野姐姐的这件事情，相信你也受了不小的打击。但还是希望你别太消沉，没事的。大家一起努力，一定可以度过这一关。"

"哦。"

"就算是为了这个目标，好吗？"

明明是在对我说话，可此时久保寺老师看着的并不是我，而是空无一人的讲台。

"请你一定要服从班级的决定，好吗？"

7

两天后，六月六日，周六，我向学校请了假，来到夕见丘的市立医院。本来还想着今天说不定能遇上水野……

想必现在，该街道的某家殡仪馆里正在举行她的葬礼。我一边想，一边走进预约的呼吸科门诊室接受复诊。听那位年过四十的主治医师用比平时更坚定的声音说"你现在已经痊愈了"之后，我又独自一人走向住院楼。

因为我想亲眼看看水野殒命的事故现场。

正如刑警所说，出事的老电梯位于这栋上了年岁、平面结构复杂的住院楼深处，很不好找。我费尽周折好不容易找到了之后，却发现电梯已经停用了，门上贴着几条黄色的路障胶带。

这部平时连工作人员都不太使用的电梯，刚参加工作不久的护士水野那天为何会走进去？是她一直都有乘坐的习惯还是真的碰巧？这一切都已无从考证。

于是我换了另一部电梯独自上了屋顶。

天空中飘着薄云，没有风，从早晨起就相当闷热。

我在空无一人的屋顶踱来踱去，耳边忽然听见有人叫我："你怎么啦，恐怖少年？"惊得我立即停下脚步。原来只是一场幻觉。我掏出手帕，擦了擦额头渗出的汗珠，还有眼里渗出的泪。

"为什么……水野姐姐……"

我轻轻唤着她的名字。死亡那空虚而又现实的重量一下子朝我压来，把胸口堵得透不过气。

我慢慢调整着呼吸，倚在围栏上，眺望夜见山的街景。记得住院时，曾和前来探望我的怜子阿姨一起从病房俯瞰这座小镇，现在，这两幅图景在我眼前慢慢重合了。

远处连绵的是西侧群山。那个叫作朝见台的地方在哪儿呢？从街道正中穿过的是夜见山河，河对岸的那片地方就是夜见北的操场了……

昨天，我一到学校就找望月优矢问了个究竟。

"第六节的班会课，你们大家都去哪儿了？"

望月的回答却含含糊糊：

"因为一些流程，开着开着就转去了 T 楼……"

"T 楼？那栋特殊教学楼？"

"那里有供学生使用的会议室。后来我们就去了那儿，说了一些事情。"

一些事情？都说了些什么事情？

"听说新一任女生班长是赤泽泉美？"

"嗯。"

"是通过投票选的吗？"

"嗯，赤泽是候选人。再加上她本来就是对策委员。"

"对策委员？"

这个职位我倒是头一次听说。

"那是什么？"

"呃……那个啊，那个就是，呃……"望月结巴了好一阵，"就是有这么一个人，当班级遇上什么麻烦的时候，专门负责出主意、想对策。风见也是兼任这个职务的……"

说这话的时候，他又含含糊糊了。见状，我故意使坏道：

"今天三神老师好像又请假没来啊。"

还故意长叹了一口气。只见望月的表情瞬间转阴了。

这家伙，到底该说他是单纯还是天真呢？真想再问他一句："你没事吧？"

其实不止三神老师，鸣昨天也没来学校。要说缺席的人，初三（3）班还有一个，那就是高林郁夫。记得在我初次到校的那天，除了赤泽泉美，这个高林也请假了。不过他是身体不太好，即便来了学校也一直不上体育课。总之，就是这么一个不声不响、感觉难以接近的人。虽说我们同为不上体育课一族，但迄今我还没怎么和他交谈过……

8

从医院出来后，我没什么心情四处闲逛，就径直回了家。

算起来，和远在印度的父亲已经两周没联系了，要不今晚或者明天打个电话给他？一来可以汇报近况，二来也能问问十五年前去世的母亲的事儿……我一边走一边想。

大约下午两点，我到了位于古池町的外祖父母家。在离家不远处刚好能看到大门的地方，突然见到了意外的一幕。

只见一名身穿夏季校服的初中男生在我家门前徘徊。时而朝窗户张望，时而低头叹息，时而仰天凝视……一副心神不定的样子。无需细看，此人便是……

"你在这儿干什么？"

听到这突如其来的声音，他吓了一大跳，应声回头，却害臊地不敢看我。

见他打算就这样默然离开，"你等等！"我又高声叫住了他。

"怎么了？你难道不是因为有事才来？"

那人正是望月优矢。

被我这么一问，他还真收住了脚步。只是任凭我怎么靠近，始终不抬头看我，扭扭捏捏却又什么都不说。于是我只得再上前一步，把脸凑到他面前。

"到底什么事呀，望月？"

终于，他开口了：

"呃，那个，我有点儿担心。而且你知道，我家就住在隔壁小区，所以，那个……"

"担心？"

我不免觉得有些好笑。

"你倒说说，你都担心些什么呀？"

"呃，这个……"望月轻轻皱起美少女般的细眉，沉下声音说道，"榊原，你今天也没来学校。"

"因为我上午约好要去医院。"

"是嘛。可是……"

"我们别在这儿站着说话，来，进屋坐吧。"

我顺势发出了邀请。

"啊？那好吧，就坐一小会儿。"

望月似乎有些哭笑不得地点了点头。

外祖母好像出门了。玄关旁的车库里不见了那辆黑色公爵牌轿车。外祖父应该随她一道吧。怜子阿姨此刻大概在偏房，但我并不愿前去打搅她。

拉着望月，我们绕进了檐廊所在的后院。我知道，檐廊的玻璃门白天一般不上锁。倘若在东京，这可太不谨慎了……不过在这里，应当说民风淳朴、悠然随性吧。

我们在檐廊上并排坐下，望月先开口说道：

"榊原，我知道你自从转来夜见北，遇上了许多不可思议的事。"

"你既然都知道，不如全告诉我吧？"

我针锋相对，望月又哼哼哈哈地结巴起来。

"你看吧。"

我侧目斜视了他一眼。

"你们联合起来串通一气，也不知究竟藏了什么惊人的秘密。"

"那个其实……"

话说到一半，望月又停下了。短暂的沉默。

"对不起，我还是说不出口。不过……"

"不过什么？"

"不过榊原，今后你也许会遇上令你感到非常不愉快的事儿。其实我不该跟你说这些的，只是我实在于心不忍。"

"什么意思？"

"前天开会，我们讨论了一些事，所以……"

"前天？是第六节的班会课吗？在你们从教室转移到会议室之后？"

"嗯。"

望月满怀歉疚地点了点头。

"当时，我们得知你在和警署的人谈话，要晚来一会儿，就决定这么做了。是赤泽他们提出一定要在你不在场的情况下讨论，还说为了防止你中途突然出现，要换一个地方。"

"哦。"

这么说来，久保寺老师当时也参与了此事。

"然后呢？"

"我只能说到这儿。"

望月无力地垂下头，叹了口气。

"只希望你今后即便遇上什么不愉快的事……多担待点儿。"

"你在说什么呀？"

"总之，就当是为了我们大家，求你了。"

"为了大家……"

这时，我脑海里突然冒出一句话，连忙说道：

"这是不是必须服从的班级决定？"

"也可以这么说。"

"嗯，究竟会是什么呢？"

我从檐廊上站起身，朝悬挂着丝丝薄云的天空踮起脚尖。此时，我倒真心希望听到小怜那句"精神！打起精神！"的鼓励，但它此刻偏偏待在九官笼里格外乖巧。

"好吧，今天我就不再逼问你了。"回头看着望月，我说道，"只是我也有一个请求。"

"什么请求？"

"我想复印一份你的班级通讯录。"

望月听后有些意外，但随后马上说道：

"你还没拿到啊，榊原。"

"嗯。"

"其实犯不着求我……"

"别说了。"我打断望月的话，"我也有我自己不便开口的理由，所以……"

望月似乎还想说些什么，正在这时，搁在他膝盖上的书包里突然响起电子铃声。望月"啊……"地叫着翻开了书包，取出一部银色的电话。

"原来你也有手机。"

"嗯，差不多，是小灵通。"

说着，他当场接起了电话。

"什么？！"

片刻过后，望月竟发出如此惊呼。

怎么了？只见他把耳朵紧贴在电话上，脸色却越变越差，终于说道："是风见打来的。"

望月压低声音，不，应该是用仿佛处于精神崩溃边缘的声音说道："高林同学死了。在他自己家……心脏病犯了……"

9

高林郁夫。

听说他从幼年起心脏就不好，上学后也总是请假多，出勤少。不过自去年开始，他的健康状况有了很大好转，但这两三天突然恶化，被突发的心脏病夺去了生命。

继因医院电梯事故而殒命的水野之后，这位我还没怎么说上话的同班同学也突然走了。于是，今年与初三（3）班有关联的"六月死者"定格为两个人。

第八章　六月　Ⅲ

1

周一，六月八日。清晨，在楼梯上，我偶遇了请假多日的三神老师。

地点是在 C 号楼东楼梯、二三层之间的平台上。我正要往上走，迎面碰到下楼来的三神老师。时间大约是八点半不到……

"啊，老师早！"

我慌忙用笨拙的声音向老师问好。三神老师停下脚步，用诧异的眼神低头看看我，又迅速移开，不自然地游移在空中。

"你……呃，时间还早啊。预备铃还没打呢……呃……"

她说的话既不像问候，也不像应答。我觉得奇怪，但又不便追问。就这样经过了让人无所适从、又有些别扭的几秒钟。

三神老师仍一言不发，从我身边擦肩而过。这时铃响了。

我忽然冒出一个疑问。

为什么在这个时间，老师会从楼梯上下来？晨会不是现在才开始吗？为什么不是朝着教室而是往离开的方向呢？

三楼的走廊上，零星站着几名男生女生。但他们全是隔壁班的学生，没有一位是我们（3）班的。

不知道今天鸣怎样，会来学校吗？还是……

我有意无意地想着，推开了教室的后门。

大吃一惊！

和上周四在办公室与夜见山警察做完笔录后被"放"回教室时令人惊讶的场景截然相反。

因为那时正值第六节课，本该坐得满满当当的教室里却空无一人，所以吃了一惊。而现在恰恰相反……刚打过早晨第一遍预备铃，教室里竟然端端正正坐满了人，整个班级几乎来齐了。

"啊……"

我不禁失声叫道。几名同学听到声音后回过头，但没作任何表示，很快将头转了回去。

只见久保寺老师站在讲台一侧，把整个讲台让给两名学生——风见智彦和新当选的女生班长赤泽泉美。

教室里鸦雀无声，但空气中确实弥漫着异样。我大惑不解，轻手轻脚地坐了下来。

"大概就是这样。还有什么……不是，都没问题了吧？"

讲台上的风见说道，声音中透着些许不安。一旁的赤泽则歪着身子叉着胳膊，夸张一点儿说，好像小混混中的大姐头。

"刚才都说了什么？"

我戳戳前排同学的背脊，小声问道。但这位名叫和久井的男孩既没有回头也没有作答。

不管怎样，现在我算是明白刚才三神老师为什么会从楼梯上下来了，因为担任副班主任的她今晨也在这个班、这个集会上露过脸，所以……

我悄悄地环视教室。

果不其然，鸣不在。除此之外，还多了两张空桌子，一张是樱木由香里的，一张是上周末猝死的高林郁夫的。

讲完话，风见和赤泽走下讲台，回到座位上。紧接着，久保寺老师又站到了讲台中央：

"尽管只有短短两个月，让我们为曾在一间教室里学习过的高林同学祈福！"

他神情严肃，像念教科书上的例句似的说道。

"今天上午十点是高林同学的告别仪式，到时候风见和赤泽两位同学会代表我们全班出席，当然我也会参加。在此期间，万一有什么事，可以找三神老师商量，明白了吗？"

教室里依旧鸦雀无声。虽然在对大家说话，可久保寺老师一直仰头盯着前方的天花板，一动不动。

"最近，接二连三地传来让人悲痛的噩耗，但我们不要沮丧，更不能放弃，相信合众人之力一定能够冲出困境，明白了吗？"

什么叫不能放弃冲出困境？什么又叫合众人之力？嗯，听得我似乎懂了又似乎没懂。

"最后……请各位同学务必服从班级决定。三神老师尽管立场特殊，但她刚才也已表态说'只要是能做到的，一定会尽力'，所以……明白了吗？"

说这第三句"明白了吗"的时候，久保寺老师才首次将目光投向底下的同学。相信此刻除了我，所有同学都和老师一样，神情严肃地点了下头。

啊，还是不懂他究竟在说什么。但现场这气氛似乎又不允许我举手提问……

之后，直到久保寺老师离开教室的这一小段时间里，他一次也没看过我。这应该不是由于我的心理作用。

2

第一节是社会课。一下课，我立即起身去找望月。

周六接到高林的死讯后，他脸色煞白，急匆匆地回家了。那些话还没来得及说明白，一直搁在我心里。

可是，听到我的叫声后，他的反应着实让人意外。

按理说，他不可能没听见我的声音，却未予理睬，反而坐立不安地东张西望一番，一路小跑溜出了教室。见他这副德行，我懒得去追了。

搞什么呀，这家伙！

我当时还只是想，难道你就这么怕别人知道你周六来过我家？

但是事情并没有就此结束。我在午休前悟出了这一点。

因为不止望月。

就比如前排的和久井。在第二节课开始前，我又戳戳他的背，"喂，喂"地叫他，可他还是没把头转过来。

干吗呀这是……我噘起了嘴。

和久井一直患有哮喘，偶尔会在上课时见他拿出便携式喷雾器。同为呼吸道疾病患者，我对他一向抱有特殊的亲切感……这是干什么呀，何必对我如此冷淡？

我有些不高兴。但其实这只不过是众多事例中的一个罢了。

今天，班里没有一个人来跟我说话。即便我主动开口，他们不是像和久井这般不搭理我，就是像望月那样闷不吭声拔腿就跑。他们之中，包括风见、勒使河原，还有几位之前挺谈得来的朋友……

午休时，我试着给勒使河原打电话，听到的却是"您拨打的电

197

话已关机"。随后，我又接连打了两次，可每次都是电子音。我也想找望月来好好谈谈，可他一听是我，又像第一节课后那样跑开了。

就这样……

这天，我没和班上的任何人说过话……岂止如此，连上课时被老师点名的机会都没有，除了一个人自言自语，几乎没出过声儿，即便出了声儿也没人理睬。

于是……

我不得不重新作一番梳理和思考。

包括五月初刚入学时就感到的那一个又一个围绕着鸣的谜团，也包括这一个月来那些让人似懂非懂的话。它们背后的含义是什么？围绕着它们的"现实"又是什么？……

3

一切问题的焦点，无需多言，都集中在鸣究竟存在还是不存在。

存在？不存在？

她在这个班级、在这个世界上究竟存在不存在？

刚来不久，我便注意到多个让人费解之处。倘若一一枚举，恐怕没完没了。

班级中，只有她一人与任何人都没有接触，似乎也不愿与他们接触。反过来，不仅是她，班上也没有任何人与她接近、和她交谈甚至张口叫她的名字……至少我一次也没见过。

那么大家对于我和她接触、谈论她，又如何反应呢？

比如入校第一天，我见到坐在0号楼前长椅上的鸣并和她打招呼时风见和勒使河原的反应？同一天，向不上体育课的樱木由香里提及鸣的名字时樱木的反应？隔天在第二图书馆见到鸣后毅然抛下伙伴走进去时勅使河原和望月的反应？当然，其他还有很多很多。

最后，勅使河原甚至特意打来电话。

不要再接近不存在的人了，那样不好。

之后，水野也从弟弟那儿听说：

"我们班里根本没有这个人。"我从没见过他这么认真的表情。

真有那个人吗？

不和鸣接触，也不愿和鸣接触。不仅学生，与初三（3）班相关的老师同样如此。

在这个班级里，无论哪位教师，上课前从不以点名的方式确认学生出席。这样一来，他们就能避免叫"见崎鸣"的名字了。上课时也从不见哪位老师让鸣起来朗读课文、回答问题。

体育课上，不在一旁好好休息，一个人偷偷爬上屋顶也没遭老师批评；即便上课迟到，早退，考试中途退场，几天不来学校……这一切似乎都没能引起任何老师或同学的注意……

我承认，最初在医院相遇时的场景确实起到了推波助澜的作用，尽管不敢完全相信，但也曾一度怀疑过见崎鸣不存在。

因为我是不存在的人。

不记得何时，她自己也这么说过。

大家的眼里没有我，只有你，榊原……如果这样来理解呢？

在"夜见的黄昏下……"地下室里，我也曾目睹她的突然出现与消失……

或许见崎鸣真的不存在。

或许她并不是一个实在的人，而是一个只有我能听见、看到、幽灵般的生物。

教室里，只有她的课桌式样不同、陈旧不堪；只有她胸前姓名牌的底纸特别脏，还皱巴巴的。这些事实似乎都能成为这一结论的佐证……

但是……

从现实角度来考虑，怎会有如此荒诞不稽之事？所以必须用别的解释来将这所有的事实与线索串联起来……而且我相信，肯定存在着一种解释，能够让这一切说得通。

见崎鸣是存在的，的的确确存在着。

但若周围的人长期以来一直当见崎鸣这个人不存在呢？倘若这样解释又如何？

这会不会是鸣遭受到的某种"欺负"呢？全班所有成员以对其彻底无视这样一种方式进行"欺负"。但是，记得和水野提过，说是"欺负"又有些不像。

可能是因为去年我自己经历了一场"Sakakibara 风波"，留下了不快的回忆，所以在这方面特别敏感，但我总觉得和鸣现在遭受到的、全班施加的这种"单纯欺负"完全不同。该怎么说好呢，感觉两者之间的气氛不太一样、太不一样了。

倒不如说是他们都怕她。

啊，想起来了，当时是这么跟水野说的……

不管怎样……

见崎鸣究竟存在还是不存在？

我不知道这命题孰真孰假，怎么想也得不出答案。假如我一直不采取果断行动，这个问题也许将永远悬在那里。

之前，我一直在两极论之间徘徊，不时受到周围环境及心理状态的影响，几度摇摆不定。

但是，今天，我感到自己终于亲身走到了一个答案面前。虽不敢说是全部，但感觉已了解了最核心的部分。

那便是他们对我的无视。

恐怕这种无视同样发生在鸣的身上。

抱着试一试的心态，第六节语文课上，我毅然中途离席，走出了教室。教室里瞬间掠过些许骚动，但久保寺老师并没有出声指责我的行为。啊……果然是这样。

靠着走廊的窗户，我抬头望着乌云低垂的梅雨天空，心情除了阴郁之外，竟还有一些清爽。

关于"是什么"的部分，现在我已经大致知道了。

接下来便是更大的问题："为什么？"

4

差不多在第六节课结束的同时，我又默默回到了教室。久保寺老师自然什么也没说，连瞥都没朝我瞥一眼便拂袖而去。

我走向座位要取回书包，碰巧与正在收拾东西的望月四目相对。只见他慌忙移开视线，嘴唇却微微一动。从口型看，似乎说了句"对不起"。

榊原，今后你也许会遇上令你感到非常不愉快的事儿。

我不禁想起周六见面时望月说过的话。

只希望你今后即便遇上什么不愉快的事……能够多担待点儿。

当时的他一脸认真，低着头，无力地叹了口气。

就当是为了我们大家，求你了。

为了我们大家……莫非这里头有"为什么"的答案？

来到座位旁，我将课本、笔记等一股脑儿地塞进了书包。保险起见，临走时还瞄了一眼抽屉。

突然发现了一件不属于我的东西。

是两张对折的 A4 纸。

取出来打开一看，我不由得"啊"了一声。连忙抬头看看四周，望月早已经不在教室里了。

这两张正是初三（3）班通讯录的复印件，一定是望月应了我周六的要求……

只见在第一张纸的背面，用绿色的笔迹写着两行文字，字迹相当拙劣，还十分潦草……但仍可以勉强识读。

　　对不起。
　　具体情况去问见崎。

我再度环视四周，这一次，有意识地低声"啊"了一声。

纸上确实写着"见崎"二字。班级里，终于有第三个人站出来说出了她的名字，证实了"见崎鸣"的存在。啊，这还真是第一次。

鸣果然存在，真真切切地存在于这个世界。

我有些激动、恍惚，努力克制即将从眼里溢出的泪。

我把纸翻过来，逐一确认通讯录上的名字。很快便找到了。

"见崎鸣"三个字，一清二楚地写在通讯录上，只是名字旁边以一条纵线隔开的家庭住址和电话号码被两道横杠划去了。这又是怎么回事？

尽管被划上了两道横杠，但家庭住址和电话号码还是能看得很清楚。

夜见山市御先町4—4

这就是见崎鸣的住址。

不要说"御先町"这个路名，就连"4—4"这个门牌号码我也再熟悉不过。肯定没错。

"夜见的黄昏下，空洞的苍之眸"——那间玩偶画廊原来就是鸣的家。

5

接电话的像是一位母亲。

"请问，见崎……鸣在家吗？我是她的同学，名叫榊原。"

"啊？"电话那头的声音像是吃了一惊，有些意外，"榊原？"

"嗯，榊原恒一。夜见北中学初三（3）班的……啊，您那儿是见崎家吧？"

"是啊。"

"那么鸣现在……"

"有什么事？"

"她今天没来学校，所以……要是鸣在，能不能让她来听电话？"

拿到了住址和电话，我一刻也不愿耽搁，急忙跑出教学楼，在校园里找了个人少的角落，照着通讯录上的号码拨通了手机。

那位像是母亲的稍稍犹豫了一会儿，含糊着"哦"了一声。我道了句"谢谢"，随后又过了一会儿。"哦，那你稍微等等啊。"

接下来便是漫长的等待。反复听了多遍《致爱丽丝》（不愧是连我这乐盲也知道的名曲）的彩铃后，终于……

"喂？"

耳边响起了鸣的声音。

我连忙握好手机：

"啊，我是榊原。突然打电话给你，真不好意思。"

两三秒钟的停顿过后。"什么事？"

鸣冷冷地问道。

"我想见你。"我脱口而出，"见了你，想问些事儿。"

"问我？"

"对。"我接着说道，"你家就在那儿吧？御先町的那间玩偶画廊，就是……"

"对啊，我还以为你早就知道呢。"

"一点点吧……不过刚才我拿着班级通讯录核对过了。通讯录是望月复印给我的，还让我来找你问具体情况。"

"哦。"

鸣似乎故意装出一副冷淡或者说没兴趣的样子。

我提高了声调："高林郁夫死了，你知道吗？"

"什么？"

这短促的惊讶声倒像是发自内心。看来她还不知道高林出了事。

"就在上周六下午，突发心脏病。不过听说他的心脏一直不好。"

"是嘛。"

鸣又恢复了那冷淡的语气。

"六月的第二个是因病而死啊。"

六月的第二个。那"第一个"指的就是水野喽？

"然后今天……"我继续说道，"去了学校后发现同学们的样子怪怪的。怎么说呢，仿佛大家都商量好了把我当作不存在的人。"

"把榊原你?"

"嗯，从今早我来校，一直到现在。所以我想，会不会在你身上也发生着同样的事……"

一阵沉默。

"他们决定这么做了啊。"鸣长叹了一口气，说道。

"'这么做'是什么意思?"我不由得加强了语气，"为什么……为什么大家要联合起来这样做?"

又是一阵沉默。本以为在等待了相同的时间过后，鸣就会作出回答，然而得到的依旧是沉默。于是我稍稍压低声音，小心地说:

"总之，所以我想来见你，想问问'具体情况'。"

"……"

"现在能见个面吗?"

"……"

"喂? 见崎……"

"好吧。"

鸣轻声嘟囔了一句。

"榊原，你现在在哪儿?"

"还在学校，不过我马上就出来。"

"你来我家吧。反正你知道地址。"

"嗯，好。"

"那……三十分钟后见吧。在那间地下室，好吗?"

"行。那我过来了。"

"我先去和 Mamane 婆婆说一声。快点儿啊。"

Mamane 写作"天根"二字，这是我后来才知道的。但当时一听到"婆婆",我脑中已立刻浮现出入口旁桌子后的那位老妇人。

6

就这样,我第三次来到了"夜见的黄昏下,空洞的苍之眸"。

"当啷——"门口生锈的风铃、白发老妇人的"欢迎光临",还有馆内那胜似黄昏的幽暗……一切如旧。

"鸣就在下面。"一见是我,老妇人立即说道,"快进来吧,这次不收钱。"

我环顾四周,一楼的画廊里没有其他客人。

反正也没别的客人……

对,之前两次来这里的时候,老妇人曾两次对我这么说。反正也没别的客人。

然而,然而,我竟两次在地下室里遇见了鸣。

为什么?我曾一度觉得奇怪,想不明白……甚至因此还怀疑过见崎鸣不存在。

但是答案竟然如此简单明了。

现在想来,这句话里没有任何值得奇怪的地方。老妇人并无他意,只不过如实告知罢了。

反正也没别的客人……

正是如此。

因为鸣并不是"客人",而是住在这间画廊、这个家里的人。

我蹑手蹑脚、小心翼翼地绕过陈列的玩偶,来到通往地下室的楼梯,同时有意识地替玩偶们做着深呼吸。

今天馆内播放的音乐不再是忧郁的弦乐,而是来自一位嗓音飘渺的女歌手。与歌声同样飘渺的还有歌曲的旋律。歌词既不是日文，也不是英文，好像是法文。

下午四点半刚过，我在这间如地窖般阴冷的地下展示室里见到了鸣。

她独自站在地下室中央，身穿一件宽大的黑色长袖衬衫，搭配一条黑色牛仔裤——这是我第一次见到她不穿校服的样子。

克制住莫名涌起的紧张，我冲她轻轻挥了挥手。

"好呀！"

"怎样？"她微微一笑问道，"做一个'不存在的人'感觉如何？"

"真不好受啊。"我故意噘起嘴答道，"不过……心里也算稍稍轻松了些。"

"轻松？怎么说？"

"因为我终于知道见崎鸣是存在的了。"

但是……

说这话的时候，其实心底里还是不禁闪过一丝小小的疑虑：此刻，面前的她是不是真的存在？

于是我用力眨眨眼，甩开这一念头，随后两眼直视着鸣，向她走近一步。

"记得在这儿与你第一次见面时，"我几乎在自言自语，"你说过这么一句，'我偶尔会下来，因为并不讨厌这里。'当时你刚从学校回来，手里却没拿书包……那是因为你平时就住在这楼上，这就是那句'我偶尔会下来'的意思。当时你肯定是先到了家，放下了书包，然后正巧来了兴致，便下楼到这里……"

"嗯，当然。"

鸣点点头，脸上露出淡淡的微笑。

我继续说道："那个时候我还问你，家是不是在附近，你回答'嗯，算是吧'，这……"

"因为我就住在这栋楼的三层嘛，也算是附近吧？"

嗯，确实。原来是这么回事。

"一直在门口的那位老奶奶，就是你刚才说的天根婆婆？"

"其实她是我妈妈的阿姨……也就是我的姨外婆。但是我的外婆过世得早，所以在我看来，她就像我的外婆。"鸣平静地说道，"她的眼睛怕亮光，因此最近一直戴着那副眼镜。她说，即便戴着那样的眼镜也能把人看清楚，所以不会影响干活。"

"那么刚才接电话的是你母亲？"

"嗯，她吓了一大跳呢！因为很少有学校同学给我打电话。"

"是嘛……呃，我只是随便瞎想想，你母亲会不会……"

"什么？"

"呃，你母亲会不会就是制作这些玩偶的雾果？"

"是的。"鸣毫不介意地点了点头，"'雾果'是她艺术创作时用的名字，真名就极其普通了。白天她一般关在二楼的工作室里，做做玩偶、画画油画之类，是个挺怪的人。"

"M 工作室的那个 M，该不会就是 Misaki 的首字母吧？"

"很简单吧？"

第二次来这里时，曾在户外楼梯的平台上见到过一位身穿金黄色衣服的中年女性。当时我就想到她可能是玩偶制作室里的人，现在想来，她说不定就是鸣的母亲——玩偶制作家雾果。

"你的父亲呢？"

我又问。但这次，鸣移开了视线。

"和你父亲一样。"

"也是在国外?"

"现在可能也在印度吧。反正一年里有一大半时间不在日本,剩下的一小半时间里,又有一大半在东京。"

"你父亲是做贸易的?"

"不知道。具体的就不知道了……但他好像很有钱,所以能盖起这样一栋楼,让妈妈做自己喜欢做的事。"

"哦。"

"虽说他是我父亲,但几乎不像家人——反正我也无所谓。"

笼罩在见崎鸣这个人身上的迷雾渐渐散开了,但不知为何,反而令我不知所措。

"去三楼吗?"鸣问,"还是在这儿继续聊?"

"啊,不。"

"榊原你还不习惯这里吧?"

"那倒没有,也不是那么不习惯。"

"但还差得远呢,对于这种集聚着玩偶的空洞的地方。你应该有许多事情想问我吧?"

"嗯。"

"那我们走吧。"

说着,鸣静静地转过身,朝地下室深处走去。来到那具收纳着和她一模一样的少女玩偶的黑色棺材旁,突然,她的身影隐没在黑暗中。我慢了几步,于是慌忙追了上去。

棺材后方,墙壁上挂着的暗红色帘布今天也在空调风的作用下微微摆动。

鸣回头看了我一眼,随后默默地掀开帘布,只见那里——

露出了一扇奶油色铁门。

门旁边的墙壁上，还有一粒四方形的塑料按钮。

"你之前注意到这个了吧？"

鸣一边按下按钮一边问。我皱着眉，点点头。

"上次来的时候，你不是突然在这儿消失了吗？于是我就察看了一下。"

这时，伴着轻微的马达声，铁门往左右打开了。原来这是一扇电梯门，连接着地下室与楼上。

"进来吧，榊原同学。"先行走入电梯的鸣冲我招了招手，"到楼上去慢慢聊。"

7

一张玻璃茶几，围着一套黑色皮革沙发。一张是双人座，另两张则是单人座。在其中一张单人沙发上一屁股坐下后，鸣舒了一口气，望着我说道：

"请吧，随便坐。"

"嗯。"

"喝茶吗？"

"啊，不用了。"

"我口渴了。要柠檬茶还是奶茶？"

"呃……都可以。"

乘电梯上了三楼，来到见崎住的地方。从电梯出来后，第一印象便是：这里缺乏生活气息。

不是吗？面前这间客厅兼餐厅虽然宽敞，但家具极少，各个角落都收拾得异常干净，使得放在桌子中央的电视遥控器显得非常突兀。

四周窗户紧闭，能听到空调工作的声音。尽管还是六月上旬，但冷气已开得很足。

鸣起身从厨房拿来两罐红茶，一罐放在我面前。先拉开了自己那罐的盖子，随后一屁股坐回沙发上。

"说吧。"她咕嘟咽下一口红茶，看我的眼神似乎也变得清爽，"从哪儿开始说？"

"呃……那个……"

"还是由你来问问题吧，这样说起来方便点儿。"

"你不是说过不喜欢被别人追着问吗？"

"是不喜欢，但今天例外。"

鸣用老师般的口吻说道，随后诡异地一笑。在她的带动下，我的紧张也缓解了，但马上又挺直身子，认真开口道：

"首先，我想再确认一遍：见崎鸣，你，真的存在？"

"你不会以为我是幽灵什么的吧？"

"说实话，还真不是没这么想过。"

"嘻嘻，那也是没办法的事。"鸣又诡异地笑了笑，"不过现在，你应该已经走出疑团了吧？至于存不存在这类问题，你看，我现在不是正在这儿吗？一个好好的大活人！我只有在夜见北初三（3）班的同学面前才是'不存在的人'，本来在榊原你面前也必须是这样的。"

"在我面前也是？"

"嗯，只可惜很快就失败了。这次连你也沦为了我的同类……真是伤脑筋。"

"失败""同类"……我在脑海中逐一记下这些不明白的词。

"是从什么时候开始的？"我又问道，"全班同学联合起来一起假装见崎鸣不存在，是从什么时候开始的？一直吗？"

"什么叫一直？"

"是从上了初三以后开始的？还是之前就已经这样了？"

"当然是进了初三（3）班以后啦，不过，也不是马上就是这样的。"

此时，鸣的脸上没有了笑容。

"新学期刚开始那会儿，大家都以为今年是'平安年'。但后来渐渐意识到似乎不是那么回事儿，于是四月份的时候重新统一了意见……开始的时间，准确说来是五月一号。"

"五月一号？"

"榊原，你出院后第一天来夜见北是在六号吧？"

"嗯。"

"之前那周的周五就是一号。然后中间隔了三天连休，六号那天是开始实行的第三天。"

原来开始的时间竟然这么短！这一点着实让我意外。我还以为从很早以前，至少在我来到这个城镇之前就已经发生了呢！

"是不是从第一天起就觉得许多事情很奇怪？"

"嗯。"

我用力点点头，表示赞同：

"每次只要我一跟你说话，或者一叫你的名字，风见也好，勅使河原也好……周围人的反应都会变得很奇怪，好像有什么话要说，但又没人愿意说。"

"因为情况已经变成了想说但不能说。怪他们自己作茧自缚，没有在榊原你来校前把事情解释清楚是他们最大的失误。"

"失误？"

"本来你应当同他们一起，把我视作'不存在的人'，否则就无法成立……但相信当时大家都没有意识到问题的严重性。我不是说过吗？其实我当时也不是百分之百相信的，在心里的某个角落也是抱有怀疑的……"

对，她确实曾经这么说过。

"那就是说，这并不是单纯的'欺负'？"

我接着又问。

"嗯，我觉得没有人会认为是'欺负'。"

"那，为什么你会成为目标？"

鸣"呃"地微微歪了一下脑袋。

"可能是自然发展的结果吧。反正我本来就和大家不熟，再加上名字碰巧也读作 Misaki……其实我倒真的无所谓，整个人反而轻松了呢。"

"轻松？这怎么……"

"你想说这怎么可能？"

"就是啊！不仅仅是班上同学，连老师们也加入了，大家一同无视一名学生，碰上这种事怎么可能感到轻松呢？！"

说着说着，我不自觉地提高了嗓门。鸣却没理会。

"和（3）班有关的老师都通过不同的方式受过特别的交代。"她依旧淡淡地说道，"比如，不要以点名的方式确认出席。若换作其他班级，老师都会点名，但在（3）班就不会。这是为了避免叫到我的名字。像'起立''敬礼'之类的，在（3）班也从未有过。出于同样的理由，（3）班无论哪一节课都不会按座次叫同学起来。我的名字是无论如何也不会被叫到的，即便不来上课、中途早退都不会挨批评。像值日什么的，自然也全部免除。这种默契，在老师们之间都存在。哪怕到了期中考试这种关键时刻，你也看到了，就算我草草结束、离开教室也……"

"是不是体育课也……"

"体育课也什么？"

"我一直都想不明白，既然是男女分班的体育课，为什么是（1）班和（2）班、（4）班和（5）班合在一起上，唯有（3）班是单独上的？就算整个年级的班级数正好是奇数，有一个班多出来，那为什么偏偏是中间的（3）班？"

"可能是为了不牵扯其他班级，为了让受牵连的学生人数保持在最少吧。说到体育课，班级还曾决定让'不存在的人'尽量不要参加呢。"

"班级决定吗？"

听到这个字眼，我突然想起了怜子阿姨告诫我的"夜见北注意事项三"：班级决定要绝对服从。

还有上周四，在空无一人的教室里，久保寺老师也……

请你一定要服从班级决定，好吗？

怀着沉重的心情，我长长叹了一口气，伸手取过鸣刚才拿来的罐装红茶。还很冰。拉开罐盖，一口气喝下一半。

"要是一一细数的话，我感觉似乎没完没了。"我看着鸣，说道，"概括来说，五月初开始发生在你身上的事，从今天起，也会同样发生在我身上……总之，通过今天一天的经历，我觉得自己已经大致知道是怎么一回事了。但现在的问题是，我还完全不知道为什么会发生这样的事……"

对，问题的关键是：为什么？

这不是单纯的"欺负"。不仅当事人鸣这么说，就连我也这么认为。只是……

老师竟然和学生串通一气，将班上的某个同学视作"不存在的人"——这话听起来，别说"单纯"，简直就是性质极其恶劣的"欺负"。所以刚才我才会一时冲动扯开嗓门吼："碰上这种事怎么可能感到轻松呢?!"可是……

话又说回来，不得不承认"欺负"一词的概念，确实不适合描述这个班级的行为。

因为无论是学生还是老师，他们的行为之中并不包含"欺负"一词所具有的恶意成分，既不存在对目标对象的嘲笑、蔑视，似乎也不存在通过区别对待来强化集体团结的主观意图。

与其说是"欺负"，不如说是害怕和恐惧。

我一度认为他们惧怕鸣，但事实似乎并非如此，他们怕的应该不是鸣，而是她背后某个看不见的东西……

"现在，大家都拼了命呢。"

鸣说道。

"拼命?"

"五月的时候，樱木和她母亲不是因为事故意外身亡了吗? 所以大家已经不能再将信将疑下去了……到了六月，又有两个人死去，这就说明确确实实已经开始了。"

我还是不明白。

"然后呢……不是，所以我刚才问为什么嘛。"我觉得自己快要窒息了，"究竟什么和什么有关联? 有怎样的关联? 大家以多欺少，把某人视作'不存在的人'，这种蠢事究竟是……"

"为什么? 你想问为什么吗?"

"嗯。"

从夏季校服的短袖中伸出的两条胳膊打从刚才起一直布满鸡皮疙瘩。应该不只是空调温度过低的缘故吧。

"有关二十六年前 Misaki 的传言，你还记得吗？"

鸣抬起左掌，捂在左眼眼罩上，缓缓说道。

二十六年前的……啊，果然跟那件事脱不了干系。

"当然。"我答道，并将身子探出了沙发。

鸣捂着眼罩，继续说道："初三（3）班的优等生 Misaki 死了，但同学们一直假装 Misaki 还活着……毕业那天的集体照上竟然出现了本不应该存在的 Misaki 的身影……上次我好像说到这儿吧？"

"嗯。"

"后来的部分，你听人说过吗？"

"没，谁都不愿意告诉我。"

"那好，我现在就来告诉你。"说着，鸣伸出舌尖润了润淡粉红色的嘴唇，"二十六年前的事成了导火线，之后，夜见北初三（3）班就离死更近了。"

"离死更近？"

对了，我清楚地记得，我来校第一天，鸣在 C 号楼的屋顶也说过类似的话。

这所学校，尤其是初三（3）班，距离死非常近。比其他任何一所学校的任何一个班级都要近。

"这是什么意思？"

我不解地歪过头，手不停地搓着两条胳膊。

"最初，这件事发生在二十五年前，也就是 Misaki 的同学毕业后的下一个初三（3）班。之后，虽不能说每年，但相同的事至少以两年一次的频率不断发生。"

"这件事是指……"

"你看我说得好像自己亲眼见过似的，别误会。其实这些全都是听人说的，是好多年来，通过好多人口耳相传……"

也就是说，这不过是传说喽？但又似乎不容小觑。于是我盯着鸣的嘴唇，神情严肃地点了点头。

"不同于老师之间的方式，学生之中会作特别交代，以上一届的初三（3）班传给下一届的初三（3）班这种方式，我也是因此才知道了整件事情的详细情况。虽然其他班级、年级的学生中谣言四起，但基本上，除了和初三（3）班有关的人，没人真正知道。这是一个绝不可外传的秘密，所以……"

"秘密到底是什么？"

我不停地搓着胳膊，但胳膊上的鸡皮疙瘩仍丝毫没有退去。

"二十五年前的初三（3）班里首次发生了一件不可思议的事。"

抛出这句话之后，鸣稍稍停顿了一下。我不由得屏住呼吸。

"这件事一旦发生，或者说一旦开始，在其后的每个月里，初三（3）班都必将会有至少一个人死去。这些人既包括学生本人，也涉及他们的家人；既有发生意外事故的，也有因病而死的；偶尔还会出现自杀的、因卷入某起案件而死的……所以大家都说，这肯定是受到了诅咒。"

诅咒……"被诅咒的（3）班"吗。

"这件事到底是什么事？"我再一次问道，"那件不可思议的事究竟是什么？"

"那就是……"鸣终于松开了捂着眼罩的手掌，"班级里增加了一个人。在谁都没有察觉的情况下增加的。增加了一个谁都不知道是谁的人。"

8

"增加了一个人？"我不明就里地问，"增加了谁？怎样增……"

"我不是说了嘛，没人知道是谁。"鸣面无表情地答道，"这件事最初发生在二十五年前，也就是一九七三年四月。新学期刚开学，同学们就发现班里少了一套课桌椅。按理说，课桌椅的数量是根据这一年入学的人数事先准备好的，开学后却无缘无故少了一套。"

"所以便得出增加了一名学生的结论？"

"对。但大家怎么也弄不清楚增加的那个人是谁。即便一个个问过来，可每个人都说不是自己，也查不出究竟是谁。"

"这……"我还是没能完全理解，很自然地问道，"这样的话，查查班级名册、学校记录什么的，不就知道了？"

"不行，怎么查都不行，因为名册也好，各种记录也好，全都找不出纰漏……或者说，有纰漏的、能够用来证明的部分全都变得没有纰漏了……或者说，仿佛被篡改了。能够知道的，只有少了一套课桌椅。"

"篡改？是谁这么大胆？偷偷地……"

"篡改只是打个比方，因为不仅仅是记录，连大家的记忆都被修改了。"

"啊?！"

"是不是觉得很不可思议？"

"这……嗯。"

"但都是真的。"

从鸣的表情来看，她似乎有些迟疑，不知道该如何表达。

"这一切并不是谁的所作所为，而是一种现象。某个人这么跟我解释。"

"现象……"

啊，真是的，我越听越糊涂。

篡改记录？修改记忆？这些事情究竟……

人死以后就是葬礼。

不知为何，外祖父那沙哑的声音突然在耳边响起。随即，是"噌——"的一声诡异的重低音……

我不要葬礼，不要再有葬礼了！

几乎要盖过外祖父的声音……

"刚开始，大家都以为是一不小心弄错了，补足了课桌椅之后，就没再把这事儿放在心上。不过想想也是，不知不觉间忽然增加了一名学生？这种事情怎么会发生呢！所以当时大家连这种可能性都没认真讨论。可是……"

鸣慢慢地眨了一下没戴眼罩的右眼。

"就像我刚才所说的，从四月起，每个月都会有和班级相关的人陆续死亡。这是不折不扣的事实。"

"每个月……持续了一年吗？"

"嗯。我记得一九七三年是六名学生和十名学生的家人。这个数据很不寻常吧？"

"啊。"我不得不点头，"如果当真是事实……"

一年间死了十六个人。这确实不是一个寻常数据。

鸣又慢慢眨了一下右眼，继续说道：

"其后的一年，发生了同样的事。新学期开学后少了一套课桌椅，接着每个月都有人死去……所以，知道这事儿的人都说这绝不寻常，甚至有人说这肯定是诅咒……"

诅咒……"被诅咒的（3）班"。

"是谁的诅咒？"

我问。

鸣坦然答道：

"是二十六年前去世的 Misaki。"

"为什么 Misaki 会诅咒？"我不禁又问，"Misaki 又没在班里遭到过什么不好的待遇。不是说大家还因为优等生的死而感到悲痛吗？她怎么会诅咒？"

"听来很奇怪吧？其实我也这么觉得。所以某个人说这肯定不是所谓的'诅咒'。"

"某个人是谁？"

我好奇地问。但鸣没作任何回答，而是以"然后……"试图接着往下说。

"等一等！"我制止了她，一边伸出拇指按着左侧的太阳穴，一边说道，"让我把情况稍微梳理一下。二十六年前，初三（3）班的 Misaki 死了。然后从第二年起，初三（3）班增加了一个不知道是谁的人。之后的每个月，班上的学生或他们的家人都会死去……呃，你认为这些事情之间有怎样的逻辑？为什么有人多出来就会有人死去？为什么……"

"我也不知道为什么。"鸣轻轻地摇了摇头，"我又不是研究这个问题的专家。对了，迄今为止发生的这么多事件，该怎么说好呢，从这些经验中还推导出另外一条结论，每年都会由上一届传给下一届，凡是受牵连者都知道……"

说着说着，鸣突然压低了声音。

"那个增加的人，是已经死去的死者。"

9

"啊？"我按着太阳穴的拇指不由得一用力，"这……这……是二十六年前死去的 Misaki 吗？"

"不，不是。"鸣又轻轻地摇了摇头，"不是 Misaki，而是其他的死者。"

"死者……"

教室里，鸣课桌上的那行涂鸦。

"死者"是谁？

突然诡异地闪现在脑海里。

"一切皆由二十六年前初三（3）班的那场行为引起。他们把已经过世的同班同学 Misaki 视作'没有死''还好好活着，就坐在教室里'，并且假装了长达一年的时间。结果毕业典礼那天，在教室拍的照片里真的出现了本已不在世的 Misaki 的身影……怎么样？这听起来像不像把死者重新召唤回来？"

鸣的脸上依旧波澜不惊，没有任何表情。

"也就是说……像我刚才讲的，以这件事情为导火线，夜见北初三（3）班离死更近了一步。因为这个班已经成了一个召唤、承接死者的场所。"

"召唤死者？"

"嗯。当然，用一般的道理和逻辑没法说得通，但总之，现实情况就是这样。"

说着说着，鸣的语气变成似乎在向我解开这个世界的秘密，和那天在地下室被玩偶包围时的语气一模一样。

"班上之所以会混入死者，是因为整个班离死太近。也可以反过来说，正因为死者混入了班级，所以离死更近了。不管怎样，榊原，死是空洞的，和玩偶一样，离得近了，就会被吸走，所以……"

"所以每个月都会有人死去？"

"你觉得我的这种理解怎样？其实我也是随便想想而已。"鸣说道，"离死越近，就比不处于该场所的人越容易死。"

"什么叫容易死？"

"比如说，同样是每天过日子，但更容易遇上意外事故；同样是遇上事故，但更容易受重伤；同样是受伤，但更容易死去……诸如此类。"

"哦……"

换言之，在各种场景下都容易发生风险，随后各种风险叠加在一起……最终导致死亡？

所以樱木由香里才会遇上多重偶然的不幸而最终丧命？水野在电梯意外中死亡也是……

"可是……"

我不敢相信。

也不可能相信。依常识来判断，根本不可能接受。对我来说，根本就……

说来，榊原，你信不信幽灵、鬼魂之类的？

在极度困惑中，我突然想起了这样一个场景。

即对于普遍的超常现象？

这是在我来校第一天中午，从勒使河原和风见口中唐突冒出的问题。当时他们这么做，是不是另有打算？是不是想以此作为切入口，向转校来的我解释情况？

可是当时的他们并没有就此深入下去，那是……

对了！

那是因为当时我突然看见了0号楼前坐在花坛长椅上的鸣。之后，我便抛下不知所措的两人，朝她跑去了，所以……

"呃，我有几个不明白的地方，可以问问你吗？"

我松开按着太阳穴的手指说道。

"问吧。"

鸣摸了摸左眼的眼罩。

"不过，我不是这方面的专家。我自己也有好多地方不明白。"

"嗯。"我点点头，挺直了背，"呃，首先……你刚才说增加的那个人是死者，那他是不是像幽灵一样的存在？"

"呃……"鸣把头偏向一边。

"大概和我们一般认知的幽灵不一样，因为他不仅是灵魂，还有实体。"

"实体……"

"我的意思是他有完好的肉体，是和生者没有两样的死者。"

"像僵尸那样？"

"呃……"鸣又把头偏向一边，看着我说道，"我觉得不像，因为他既不攻击人，也不吃人。"

"也是啊。"

"虽然每个月都会有人死，但并不是死者自己下手把他们害死的。何况死者也有情感，也有和身处的环境相关的记忆，而且甚至根本察觉不到自己就是死者，才会令人分辨不出来。"

"哦。那……"我顺势问出下一个问题，"要到什么时候才能知道当年混入班级的那个增加的人究竟是谁？"

"这个，听说等到毕业典礼结束后就知道了。"

"怎样知道？"

"因为那个增加的人会自行消失。随后，与其有关的记录、记忆都会一并恢复原状。"

"那么混入班里的死者都是些什么人？是和学校、班级毫无关系的人吗？"

"这……听说有类似的原则。"

"原则？"

"原则上，出现的死者都是之前在此'现象'中死去的人。既有初三（3）班的学生，也有他们的弟弟或妹妹……"

"那么二十五年前首次出现的时候又是谁？难道是前一年去世的Misaki本人？这么说来，怪不得……"

怪不得曾有同班同学指出"Misaki就在那里"。我会这么想，看来还是没能跳脱常识性思维啊。

"但由于会发生许多篡改、修改什么的，所以即便出现的是Misaki本人，大家也不会觉得奇怪。"鸣说道，"可是，我听说那一年不是她。"

"那是谁？"

"是Misaki的弟弟或是妹妹，与Misaki同时去世的……和她相差一岁，若在世的话，那年正好升初三。"

"弟弟或是妹妹……哦。"我不由得继续确认道，"也就是说，明明前一年已经去世的那个人出现在了班里，但一整年之中，大家——学生也好，老师也好——谁都没有察觉，而是作为现实接受了，对吗？"

"对，就是这个意思。"

鸣点点头，长长地舒了口气。她似乎累了，说完合上了眼睛。过了两秒、三秒……"啊，不过，"她轻声嘟囔着，微睁开右眼，"你别听我说得有鼻子有眼的，其实这些都不是很肯定。"

"为什么？"

"因为……"鸣稍稍停顿了一会儿，接着很快说道，"在这些现象发生后，当然，有许多人死了这一事实会继续存在，但听说现象本身，尤其是谁是混在班里增加的人，会从大伙儿的记忆中消失。消失的速度有快有慢，有的人立即没了印象，但多数人的记忆是渐渐变得模糊，最终……"

"完全遗忘？"

"某个人打了这样的比方。"鸣继续道，"如同河堤决口，洪水冲进街道。遗忘就像洪水最终退去时……人们都会记得洪水的的确确来过，可一旦退去，哪里曾经被水淹、淹到何种程度之类的记忆就会渐渐模糊。就是这种感觉，不是记忆被强行抹除了，而是自然而然地忘却。"

"……"

"二十五年前，对于我们来说，是出生之前的旧事了，但一般说来也并非那么久远。可是，榊原，随着当事人的记忆逐渐消退，这就成了完美的传说。"说着，鸣轻轻撇撇嘴角，又立即恢复了没有表情的表情，"我在初二结束前，只是从流言间零碎听过一点儿。等到今年寒假，确定了初三的班级后，每个（3）班的同学都被叫去参加一个'交代会'，还有几位上一届（3）班的毕业生也来了。在会上，我第一次得知这个传说的实情……"

鸣始终保持着平静、淡定的语调，但我相信，此刻在她的内心一定有许多纠结。

"听完说明，我的第一反应是这不是玩笑，不是无中生有，必须认真对待才行。心底却一直对此将信将疑。班里的其他同学既有深信不疑的，也有根本不当回事儿的……"

正在这时，电视机上方的椭圆形挂钟突然不知趣地响起了轻快的音乐声——已是下午六点了。啊，已经这么晚了。

"人在哪儿？""没事吧？"……差不多是时候接到外祖母担心的电话了。

真是讨厌的机器。

忽然想起鸣曾经说过的话。

无论到哪儿都和人联系在一起，都会被抓住。

于是我手伸进裤兜，摸索着按掉了手机电源。

"整件事情的大致情况我已经说明完了。"鸣双手托着尖尖的下巴说道，"后来的，想听吗？"

"啊，嗯……"

怎么可能不想听呢？

"你愿意告诉我？"

我再次挺直了脊背。

10

"从二十五年前起，尽管不是每一年，但这种异常现象一直都在发生，所以大伙儿自然会想些对策。"

鸣开始了"后来"的叙述。语气依旧淡淡的，但在选词造句上谨慎了起来。

"只是，像这种不可思议的、与一般常识互不相容的……或者说超常的现象，怎么能上升到校方这么正式的层面上来呢？"

"嗯，确实。"

"所以姑且限定在'被诅咒的（3）班'，在当事人中间展开了有关对策的讨论。"

"像驱邪？"

我突然想到了这种最容易想到的"对策"。

"可能也有过。"

鸣没有露出一丝笑容。

"又比如改换教室。听说以前初三（3）班都在老校舍0号楼的教室，后来换去了别的地方，因为考虑到这诅咒也许会和特定的教室有关。"

"哦。"

"但听说没效果。"

"……"

"十三年前，新校舍建成后，初三年级教室就从0号楼搬到了C号楼……当时大家都满心期待这一现象结束，可是并没有。"

"也就是说，其实和教室、校舍没关系，而是初三（3）班这个班级本身的问题？"

"对，就是这个意思。"

鸣的回答与刚才如出一辙，随后她又长长地叹了口气，闭上眼睛。

在开着空调的房间里，温度过低的冷气似乎能将她呼出的白气冻住。不经意地，我再次搓起了胳膊。

"然后，我们就要回到主题了。"鸣静静地睁开右眼，说道，"直到好像是十年前，不知是谁想出了一个颇为有效的对策。若按该对策行事，就可能逃脱灾难——每个月不会再有人死亡。"

"啊……"

说到这儿，我对于鸣即将说出的"对策"已经大致猜到，应该就是……

"既然班里增加了一个人，就将另一个人视作'不存在的人'。"

果然，我的猜测没错。

"如此一来，班里的人数就等于恢复了原样，与实际数字结清、相符了。如此便能避免一整年的'灾祸'……这是一道护身符。"

今年看样子是"平安年"，真是太好了。

开学典礼那天，课桌椅不多不少，正好三十套……

也就意味着，**没有人多出来。**

我还真松了一口气哪。

想想去年也是"平安年"。像这样连着两年平安无事，真的可能发生吗？

不是挺好嘛。

就是就是。依我看，是诅咒的效力渐渐减弱了吧。

可是……你们说这究竟是不是真的呀？什么**多出了一个人之后每个月都会有和班级相关的人死去**，我怎么不相信呢？

但是你想啊，为这件事还**专门有个"交代会"**？所以肯定不是子虚乌有。

而且前年的确有几名初三年级的学生死了，由于事故或者自杀。连学生家人也有几个……

话是这么说没错啦，只是……

连家人都会被牵扯进来啊？太恐怖了！

但听说有危险的大多是亲兄弟，范围只波及有血缘关系的二等亲以内。

二等亲——那爷爷奶奶、外公外婆也包括在里面喽？

嗯。

像叔叔伯伯、姑姑阿姨、堂表兄弟不在二等亲之内，所以是安全的。

我还听说，**只要不住在这儿就没事。**

啊，这我也听说过。

我也听过。所以我想，万一事到临头，大不了一走了之……

但是……

对一名初中生来说，你不觉得不太可行吗？

反正在我们家，即便对父母说了，他们也不会相信。

话说回来，好在今年没发生，所以什么也不需要担心。

就是，简直太棒了！

假如多出了一个人，是不是就得把班里的某个人当作"不存在的人"？

哎呀，这可真叫人讨厌。

听说到了那时候，老师也会站在我们这一边帮忙呢……

还挺复杂的嘛。

究竟谁会被当作那个"不存在的人"呢？

"候选人"是由对策委员决定的吧？为了防备可能出现的"发生年"，他们肯定在假期里就已经商量好了……

说的是啊。

我猜，大概是见崎同学。

啊，我也是这么想的！

偏偏她的名字读作 Misaki，而且家住在御先町。

我知道！是住在一家恐怖的玩偶店里。

她人也怪怪的。

看样子朋友也不多。

而且即便你主动跟她搭话，她也总是一副冷冷淡淡、不感兴趣的样子……

还老是戴着眼罩呢！听说她的左眼是假的，还是苍蓝色的。

啊？真的啊？

像她那种人，我可处不来。

我也是。

我也有点儿……

＊

喂喂，转校生的事儿你听说了吗？

哦，下周才来吧。

快四月底了，怎么半路突然杀出个程咬金？

就是……我生怕会出问题。

什么问题？

我担心这样一来会变得不太好。

怎么说？

喏，就是**那件事儿**。

那件……不会吧？！

下周，等转校生来了之后，班级人数就多出一个，课桌椅不就少了一套吗？所以……

所以，**其实今年是"发生年"**？

有传言说，弄不好还真是这样。

等等！是转校生来了之后才增加的吧？又不是从四月初开学就多出来的。

你说得没错，但是，也有可能**今年的情况与以往不同**。

哦。为什么偏偏要将那位转校生编入（3）班？

应该是学校的安排。

可是……

毕竟那件事从未公开，何况现任的校长对此事还不甚了解。

嗯。

而且……我刚才还听说那个转校生名叫 Sakakibara。

哎呀呀，这又是个不靠谱的名字。不过，不能因此就……

但说不定，他其实就是……

*

听说风见和樱木昨天去了医院。

是去探望 Sakakibara 同学吗？

嗯，探望兼侦察。

结果怎么样？

说是因为家里出了一些事情，才匆忙搬来，**以前从未在夜见山住过。**

那……

以前也不曾在夜见山待过很长时间。

这么说来……

所以，至少他不是。

你是指**他不是"死者"**？

对。**以防万一，风见还与他握了手。**

握手……这有什么说法吗？

有这么一种说法，**初次见面的时候，只要一握手就能知道对方是不是"死者"**，因为"死者"的手是冰冷的。

真的假的？

Sakakibara 同学的手不是冰冷的。

哦。那又说明什么？

是除他以外的另一个人喽。

啊……你还是认为今年会发生啊。

说不定除他以外的某个人已经混在班里了。我们不得不考虑这种可能性。

对策委员正在想办法吗？

嗯，估计要不了多久就会一起开个讨论会，在会上肯定……

啊！说实话，我还是搞不清究竟该不该相信这些。

其实大伙儿都一样，我也搞不清……不过要是真的开始了，那可不得了。

嗯……

每个月都会有人接连死去。这可不是什么跟自己没关系的闲事。

嗯，说得对。

嗯，所以我们还是要……

*

转校生榊原恒一同学将于下周的五月六日起来学校上课。

随着他的转学入校，我们今年面临的情况是史无前例的，即**"现象"开始的时间延迟了一个月**——姑且这么看，或许更为妥当……不，是更为安全吧。

可是，毕竟这次的情况特殊，所以不排除今年仍是"平安年"的可能性。但万一不是"平安年"，就一发不可收拾了。慎重起见……

……

就像我刚才介绍的那样，前年就是因为疏于采取"对策"，导致了（3）班的学生及其家人——前后共七人——不幸去世……

……

……

所以，各位同学，都明白了吗？

按照刚才的决定，**一进入五月，我们就不得不在这个班里将见崎同学视为"不存在的人"**，至少从来校到放学的这段时间里要彻底执行。都明白了吗？

老师！

什么事，樱木同学？

除了您和三神老师以外的老师知不知道这件事？

他们应该会给予适当的协助……但要注意，绝不能和除我们以外的其他老师谈论这件事。

不单是老师，和外班的同学也不能说吧？

是的。各位同学请注意，**这件事不得外传。据说一旦外传，会招来更不必要的灾难。说起来，这整件事情就是初三（3）班这个班级独自背负的一个秘密，是"私下的决定"**。是不能对外泄露的。

老师！

请说，米村同学。

对家人也不可以吗，比如父母或兄弟？

不可以。

但是……

你们听着，因为有"诅咒"这个非现实性的前提存在，所以**我们才会采取这种非常识性的"对策"来预防**。但作为学校这种公共教育机构，是绝不会公开承认这种做法的，尽管过去的确死了很多人……所以，换言之，**这些做法是我们当事人在私底下依惯例的约定，是多年沿袭下来的行为体系**。考虑到这一点，才请各位对无关人员严格保密。都明白了吧？

……

……

……

见崎同学，站在你的角度，这会是一个相当不合理的决定，让你很不好受……你能挺过去吗？

……

你愿意协助大家吗？

要是我这会儿说"不愿意"，你们会取消决定吗？

这……当然，这事儿我们断不会逼你，你有拒绝的权利。可是如果不采取"对策"，一旦今年的"灾难"开始……

啊……我知道。我知道了。

那么你是愿意协助我们了？

是的。

那么，各位同学，从五月起，这就作为"班级决定"，请大家务必服从！我们要一起努力，跨越不安和痛苦，等到明年三月，我相信每一位同学都能健健康康地顺利毕业……

*

榊原那么做，不太好吧？

啊？嗯，我也觉得不好。

老师们事先应该都已经把情况向他说明了呀？

我也这么想。不过老师也可能以为学生之间已经……

不巧赤泽今天没来学校，听说是感冒了？要是她在，肯定三下五除二，就能把这事儿解决了。

说得是啊。

你认真点儿行不行！好歹你也是对策委员之一啊。

但我没想到榊原同学居然这么快……

不管怎样，反正那家伙已经确确实实和"不存在的人"说了话。这可是万万不行的。

别再磨磨蹭蹭的。早就应该采取行动。

真是的！早知如此，当初你和樱木去医院看他的时候就该把情况全交代了。

话不能这么说，当时……的确不适合谈论这个话题。

那好，那就现在去说！

不！你等等！这恐怕也……

又怎么了？

你冷静想想，这里头也有问题，不是吗？

什么问题？

如果我们现在去找他，**就不得不提见崎的事，这样一来，不就等于我们承认她是"存在的人"**……是不是不好啊？

嗯……

我也觉得相当不妥。

要不去学校外面说？这样会不会好一点儿？

可能吧……但万一严格说起来这也属于禁止的范围呢？

像这样担心来担心去的，根本什么事都办不成嘛！

但我们还是要制止榊原，**让他别再和她接触了，得想想办法**……

我去说说看。

你打算怎么说？

还没想好。

真不靠谱。

但话再说回来，**虽然那家伙破坏了"班级决定"，可要是五月里没有一个人死，问题不就解决了？** 我们几个在这儿瞎操心，万一今年其实是如假包换的"平安年"……是不是可喜可贺呀?

是啊。

其实我心里也觉得今年应该会没事儿。

真是这样就再好不过了。

所以,五月结束前,当务之急就是要让那家伙乖乖的,别再添什么乱子了。

希望这个月能平安无事地过去。

说得是啊。

第九章　六月　Ⅳ

1

这天，当我回到位于古池町的外祖父母家，已将近晚上九点。

早就过了晚饭时间。

晚归、手机不通……这让外祖母担心到了极点，倘若再晚几十分钟到家，估计她就要打电话报警了……狠狠地训斥我一顿自然在理，但听到外孙一句发自内心的"对不起，外婆"，情绪居然很快转好了。

"这么长时间，去哪儿晃悠了？"

这个问题自然是免不了的。于是我尽量用若无其事的语气轻描淡写地说道：

"去要好的朋友家了。"

无论她再问什么，我都打算敷衍了事。

比我早归的怜子阿姨当然也十分担心我，却没有主动来找我聊聊的意思。结果这一晚，我们几乎没说上话。我也确实没心情聊天。

一个人默默地吃了饭，迅速上了二楼。走进那间书房兼卧室，一骨碌躺在了铺好的被褥上。

此刻，身体已经累得不行，头脑却异常清醒。我抬起一条胳膊压在额头上，勉强闭上眼睛，脑海里却自动回放起数小时前与见崎鸣聊天的内容……

2

将班上的某个人视作"不存在的人"。如此一来，表面上的人数不变，于是能够防止——至少是可以减轻——混进班里的那个"增加的人"即"死者"所带来的"灾祸"。这是于十年前提出、执行并取得了一定效果的"护身符"。

当初，新学期伊始，大家都以为今年会平安无事，但随着我这名转校生姗姗来迟，成为"增加的人"，全班同学便开始担心今年的现象会不会以一种异常的方式发生……结果，见崎鸣不得不担任起"不存在的人"这一角色。自五月初起，较往年晚了一个月，然后……

整件事在头脑中逐渐条理清晰，我却无法接受。即便听完鸣的大致介绍，仍然抑制不住内心的困惑。

当然，我丝毫没有躺在这里对她的话进行挑刺的打算。只是，我无法敞开胸怀去相信……

"所以，榊原你从到校第一天起，本来也应当加入，和大伙儿一道把我当作'不存在的人'。否则，护身符的效力就会减弱。可是那天中午，你突然跑来同我说话。"

鸣这么一说，我又突然回想起了那天的那个场景。

喂，喂！榊原！

你怎么啦，榊原同学？

是勒使河原与风见那不知所措的声音。当时他们两人见我迅速跑向树荫下的鸣，可能感觉不妙吧。

是的，他们一定感觉不妙，焦躁地试图制止我。然而由于事发突然，他们最终无能为力。

为什么？

记得当时鸣这样问我。

没关系吗？

这些话，以及之后她说的那些话的意思，直到现在我才明白。

你还是小心为妙。

小心为妙。说不定已经开始了。

"既然是这么重要的'决定'，为什么不早一点儿告诉我呢？"

半带着自言自语的语气，我问道。

"可能是一直没找到合适的机会。毕竟这不是什么轻轻松松便能说出口的事儿。而且，就像我刚才说的，当初大家或许都没意识到问题的严重性……"

"我在来校之前就已经在医院碰见你……后来在教室里见到你时才会大吃一惊，才会突然跑向你，和你说话。但大家都不知道这些，没料到我居然这么快就同你接触了。"

"嗯。"

"最后竟演变成唯独我一人对此事一无所知，还把你当作'存在的人'不断接触。而每一次的接触，都刺激着大家不安的神经……"

"对。"

这样一来，那天体育课上樱木由香里表现出的奇怪反应便解释得通了。说起来，当时她似乎十分在意我有没有从风见和勒使河原那里听说些什么。

其实，午休时勒使河原的确想说些什么。记得我们仨走向0号楼、聊完一些话题之后，"等一等，其实我……"他曾一度试着向我开口，只是不巧，我忽然在那时瞥见了鸣的身影……

然后……

是在第二天的美术课后。

其实我从昨天起就一直想和你说来着……

但勅使河原刚向我开口，一旁的望月就连忙制止了他。

恐怕现在已经不方便了。

这个"已经"所包含的意思，我现在能体会到了。

面对和鸣有过接触的我，再主动站出来说些"见崎鸣这位同学不存在"的话，已经不方便了吧？当时的望月一定抱有这样的顾虑。

紧接着，我看到第二图书馆里的鸣之后又试图走进去时，他们俩的反应……

喂，喂！榊！那个……

走吧，榊原！那有什么……

不止他们！

自从我转校来这里，在许多类似的场合，班上同学都一致表现出这种困惑、手足无措，背后饱含着不安与恐惧。这种恐惧的对象并不是见崎鸣，而是我和鸣的接触可能招致的、今年的"灾祸"。

3

"勅使河原曾打电话来警告我'不要再接近不存在的人了'，'那样不好'。"

这事发生在期中考试前一周。当时我为了见鸣，一口气跑上了C号楼的屋顶……

"从他的角度来说，那应该是为了阻止我进一步影响护身符的效力而不得不采取的果断措施。"

"大概吧。"

鸣轻轻地点了点头。

"那家伙，当时还许诺说等到下个月就把二十六年前的事全告诉我，进入六月之后却一点儿也没有要说的意思了，还说什么现在情况变了之类的。"

"那是因为在那之后，樱木同学死了。"

"怎么说？"

"你和我的接触，把班级好不容易作出的'决定'破坏了。于是大家纷纷担心这样一来护身符是否不再奏效。可即便不奏效，要是整个五月都没出事……"

"没出事……你是指没有人死？"

"对。要是那样的话，就说明今年确实是'平安年'，也就没必要将护身符继续下去了，所以……"

"原来如此。"

对我就不需要再有任何隐瞒，可以毫无顾虑地把整件事情和盘托出。把班上某位同学视作"不存在的人"这一滑稽的"对策"也就此终止。

可是，"樱木和她母亲的死改变了所有人对未来的期望。今年是'发生年'、'灾祸'已经开始了……这些事实被明确地摆在了眼前，所以……"

所以勅使河原才会说："但是现在，情况变了……"

……

……

就这样，在我心中纠缠已久的疙瘩、疑问，被一点点解开了。

"对了，我还有件事儿想问你。"

这是我自入校后第一次与鸣说话以来，一直难以释怀的一个小问题。

　　"就是……你的姓名牌。"

　　"啊？"

　　"姓名牌的底纸看起来特别脏，还皱巴巴的。那是为什么？"

　　"哦……你之前该不会把我当作戴着旧姓名牌的幽灵吧？"

　　一抹笑容浮现在鸣的两颊上。

　　"那是因为一场不幸的意外。"她说道，"姓名牌不小心掉进了洗衣机，我没注意，就这么洗了。之后懒得换张新的……"

　　哦，原来只是这么点儿小事啊。

　　于是我重振精神，继续下一个问题：

　　"为什么教室里唯独你的课桌这么陈旧？是不是有什么特殊的含义？"

　　"是规矩。"鸣认真地答道，"凡是被视作不存在的学生，都会被安排那样的课桌。0号楼的二楼不是空着许多教室吗？那些以前的桌椅就是从那儿搬来的。这么做，可能也是出于护身符的要求。"

　　"哦。我还注意到桌上的涂鸦。"

　　"哦？"

　　"'死者'是谁？那行字是你写的吧？"

　　"嗯。"垂下眼帘，鸣点了点头，"因为我知道自己不是'死者'，所以不禁要问班上究竟谁才是今年的'死者'。"

　　"哦……咦，不对！"话说到这儿，我脑海中突然冒出一个稍有冲突的疑问，"难道自己可以确认自己不是'死者'吗？"

　　"……"

　　"你刚才的话里，'修改记忆'甚至会波及'死者'自身，不是吗？这样一来，岂不是谁都不可能有把握地说自己不是'死者'吗？"

鸣一时语塞，没有作声，不停眨巴着右眼，似乎想隐藏她的不知所措。这样的鸣，我还是第一次见到。

"因为……"

好不容易吐出两个字，鸣却再次把嘴闭上了。

正在这时，房间的门开了，进来的是鸣的母亲，"M工作室"的玩偶制作家——雾果。

4

估计刚才雾果一直在位于二楼的工作室里工作。眼前的她穿了一条与鸣同款的黑色牛仔裤，配黑色衬衫，打扮随性、简单，头上还扎着金黄色的头巾。

作为一名女性，她个头不矮，没化妆的脸，五官端正、秀丽。要说和鸣相像，还真有那么几分，但感觉她散发出的气质比鸣更为冷峻，和电话里那个犹豫的声音判若两人。

起初，她见到我，像看到了什么稀有动物。

"他是我同学榊原，刚才打来电话的那个。"

鸣介绍后，她才"啊"了一声，换了个表情。那张如玩偶般毫无表情的脸上，瞬间晕开一抹不自然的笑。

"欢迎欢迎！不好意思啊，我这副模样就跑出来了。"

她一边说一边取下头巾。

"真的很少见这孩子带朋友来家里坐……你叫榊原，对吧？"

"啊，是的。"

"她不常跟我提学校里的事儿，你是她的同班同学还是美术社的成员？"

美术社？原来鸣加入了美术社？这么说就和望月……

"榊原也是楼下画廊的客人。他偶尔路过进来，然后喜欢上了这里……今天我们一直在谈论玩偶的话题。"

鸣面对自己的母亲，说话却如外人般毕恭毕敬。似乎并非因为我在场，而是一贯如此。

"哦，这样啊。"雾果笑得更友善了，"这样的男孩可不常见啊。你以前喜欢玩偶吗？"

"呃，差不多。"我紧张地答道，"啊，不过像这样近距离地观赏还是第一次……所以……那个……有些害怕。"

"害怕？"

"呃，我也不知道怎么说才好……"

在冷气十足的空调房间里，我竟感到浑身直冒汗，和刚才的自己截然相反。

"呃，这里的玩偶，都是雾果……啊，不是，都是您在二楼工作室里做出来的吗？"

"嗯，是啊。榊原，你喜欢哪一个？"

听她这么一问，我首先想到的是位于地下展示室深处、站在棺材里的少女玩偶。

"呃，那个……我……"

但是，我不好意思如实说，于是声音一点点轻了下去。这一幕在旁人看来一定十分滑稽。

"差不多该回家了吧，榊原。"

这时，鸣插进来道。

"啊……嗯。"

"那我去送送他。"

鸣说罢从沙发上站起来。

"榊原四月刚从东京刚搬来，对这里的路还不熟悉……"

"啊，是嘛。"

雾果顿时收起了脸上的笑容，变得和刚进屋时一样，没有表情的玩偶脸。但声音依旧保持着温和、友善。

"以后再来玩啊。"

5

夜幕下的街道上，我与鸣并排而行。她走在左侧，我走在右侧，这样我就能轻松看到她那只不是"玩偶之眼"的眼睛。

迎面吹来微暖的风，带着梅雨时节的气息。饱含的水汽本应叫人郁闷，但此刻不知为何，我的心情格外舒爽。

"你一直都是那样吗？"

我的提问打破了存在于彼此间的微妙紧张感以及持续已久的沉默。鸣淡淡地反问一句：

"你指什么？"

"和你母亲说话的时候，你一直毕恭毕敬的……好像对待外人。"

"很奇怪吗？"

"不是奇怪，只是我才知道原来母女间的对话是那样的。"

"一般的母女可能不是那样。"

她的语气变得越来越冷淡。

"只是我和那个人，一直以来都是那样。榊原，你们家呢？你们母子间的对话是怎样的？"

"我妈妈已经去世了。"

母子间对话的情景，我只能从别人那里了解。

"啊？是嘛。"

"妈妈生下我不久便过世了，我一直是和爸爸两个人生活……今年春天，爸爸突然要去海外工作一年，我才匆忙搬来这里，寄宿在古池町的外婆家。家里的成员数量一下子翻了倍……"

"是嘛。"鸣沉默着朝前走了几步，"我和我妈妈，那叫没办法。"

突然，她开口说道：

"我是那个人的玩偶，和画廊里的那些玩偶没什么两样。"

说这话时，她的语气依旧淡淡的，没有显露出特别的伤感，反倒是我稍微吃了一惊，不禁脱口而出一句："不会的！"

"不会的……你是她女儿，是个大活人呢！"

和玩偶根本不同！还没等我把这话说出口，鸣抢先说道：

"是个大活人，但不是真的。"

自然，我又忍不住困惑起来：

什么叫不是真的？

这话究竟是什么意思？我想问，但话到嘴边又咽了回去，因为感到现在不是追问这个的时候。于是我试着将话题再次引回"我们的问题"上来。

"今天你和我说的这些，你母亲都知道吗？尤其是五月以来班级里发生的事？"

"她什么都不知道。"鸣立即答道，"不是有规定说不能让家里人知道吗？何况即便没有如此规定，我也不会跟她说。"

"你是怕万一母亲知道后会生气？班上同学对你采取这种非一般的……"

"怎么说呢，也许她会担心我，但肯定不是那种会怒气冲冲跑到学校去抗议的人。"

"那你经常不去学校的事呢？像今天也没来……应该是待在家里吧？对这些，你母亲也不说什么吗？"

"这些方面，她一向采取放任的态度。放任，或者说毫不在乎。像她那种人，白天几乎把自己关在工作室里，一旦开始制作玩偶或绘画，其他就什么都不管不顾了。"

"她不担心你？"

我瞥了一眼鸣的侧脸。

"比如现在……"

"现在？为什么要担心我？"

"你看，你送第一次来家里玩的男生出门，又这么晚了……"

"不知道。不过这些事，她不太管。她有一次跟我说，因为她相信我。但到底怎样就不清楚了。也许什么事都随便我吧。"

说完，她瞥了我一眼，随后立即直视前方：

"只是，有一件事情除外。"

"一件事情？"

会是什么呢？

我再次望向鸣的侧脸。只见她"嗯"地点点头，缓缓眨了下眼睛，好像不愿说，随后突然加快了步伐。

"喂，见崎！"

我拉高了几分声调，试图叫住她。

"刚才听了你的说明，我已经能大致理解'初三（3）班的秘密'了……只是，你真的不介意吗？"

"不介意什么？"

鸣又淡淡地反问道。

"就是你，那个……为了护身符而……"

"这不是没办法的事嘛。"

鸣突然放慢了步子。

"总有人要成为'不存在的人'，只不过碰巧是我罢了。"

她说这话时，语气丝毫没有改变，我却无法接受她的回答。虽说是"没办法"，在她身上却看不到那股"为了大家"的强烈意愿，何况"自我牺牲""献身"等词本就与她的举止不相称……

"还是你本就对此无所谓？"我试着问道，"与班上同学的交往、联系，在你看来，这些本来就无所谓？"

所以能够做到如此淡然、镇定、处之泰然，即便被同学们视作"不存在的人"。

"与人的联系、与人的交往……这些我确实不擅长。"

说到这儿，鸣稍稍停顿了一下。

"怎么说呢，我有时会想，大家都在追求的这些东西是不是真的那么重要，有的时候，它会让我很不舒服……啊，要是这次不是我……"

"什么？"

"假如这次我没被选作'不存在的人'，而是别人，那我岂不就要加入大家，和大家一起把那个人当作'不存在的人'吗？与其这样，我宁愿大家把我孤立。你说对吧？"

"呃……"

我不置可否，下意识地点了点头。这时，鸣突然从我身边跑开。我慌忙追过去，只见左前方的道路旁有一座小小的儿童公园，而她正迈着滑行般的步子朝里走去。

6

空无一人的公园一角，有一片简陋的沙坑。沙坑旁，并排有两根高低不同的单杠。鸣握住其中高的那根——因是给儿童用的，实际上不高——轻快地翻身跃起，腾空而上，旋转后利索地着了地。在灰白的路灯下，身穿黑衬衫、黑牛仔裤的她宛如一个剪影在翩翩起舞。

我看得入神，连忙追着她进了公园。

倚在单杠上挺直腰板的她"唉——"地长叹了口气。我似乎从未听过这么无奈的叹息。

于是我默默地走向另一根单杠，做了同她一样的动作。鸣像早已料到了，用没戴眼罩的右眼看着我说道：

"对了，榊原，还有一件重要的事没和你说呢。"

"什么事？"

"就是：从今往后，你我就是同路人啦。"

"哦……"

确实，真是这样哦。

今天，我在学校里亲身经历了同学们之前对鸣的态度和举动。这对我来说确实是个大问题。

"你应该能猜到为什么会这样吧？"

可是……

也许是我太不中用，但说实话，当时我的脑子的确没反应过来。鸣似乎察觉到了这一点，用教导笨小孩般的口吻解释道：

"水野同学的姐姐死了，高林同学也死了，'六月死者'已经出现了两个。所以大家越来越确信今年是'发生年'，确信你和我的接触导致了护身符失效。此前将信将疑的人也不再将信将疑了……"

"……"

"那究竟怎么办才好？倘若这样放任下去，只会令'灾祸'延续，令相关的人不断死去，因为传言说'灾祸'一旦开始就不会停止。但即便如此，难道真没有办法阻止吗？即使阻止不了，能减轻也行啊。于是大家都开始思考。"

听到这儿，我不由得伸出双臂，抓住了倚靠的单杠。掌心渗出许多汗，湿漉漉的、滑滑的。鸣继续说道：

"我觉得大家应该讨论过两种方案。"

"两种？"

"嗯。一种就是从现在起，取得榊原你的合作，彻底把我变成'不存在的人'。但事到如今，这种做法可能效力不足，即使多少产生些效果，也肯定起不了决定性的作用。"

对啊！这时，我才恍然大悟。

水野死后不久，他们不是开过一场如鸣所说的讨论会吗？就在上周四，当我从警察那里回到教室后那节空无一人的班会课上。望月不是说过吗？为了在我不知情的情况下讨论，全班将地点移至了T楼的会议室。

"那么另一种方案是……"

鸣听后，静静地点了点头，接过我的话：

"将'不存在的人'增加至两人。"

"啊。"

"这样一来，就能强化护身符的效果。这个方案会是谁提出的呢……可能是对策委员赤泽吧，感觉对于这类问题她从一开始就颇为强硬……"

说到赤泽泉美，她被选为新任女生班长这件事本身似乎给班级带来了不小的影响。

"总而言之，大家讨论了今后的'对策'之后，决定这么做。所以从今天起，榊原，你我就是同路人了……"

这么想来，今早的那场班级集会应该就是为了确认执行这条"补充对策"而背着我悄悄进行的，因为上周末又传来了高林郁夫的死讯。

"可是，"我仍有不明白的地方，"这么做……又不能保证一定有效，为什么还要做呢？"

"所以我刚才说，现在大家都拼了命。"鸣加重语气道，"五月和六月，已经有四个人过世。再这样下去，说不定下一个就轮到自己或者自己的亲兄弟了。你仔细想想，这可不是什么开玩笑的事啊。"

"啊……"

确实如此。

如果每个月都必定会在与初三（3）班有关的人中随机产生"牺牲者"，那么下一个说不定是鸣，说不定是我，也说不定是刚才遇见的鸣的母亲雾果，或是我的外公外婆。弄不好还有可能是我远在印度的父亲？虽然我逐一猜测着可能性，但远没有感到鸣口中的那种真实感。

"觉得很不合理？"

鸣问。

我立即答道：

"是的。"

"那如果这样想呢？"说着，鸣起身离开单杠，转向我，顾不得按住被晚风吹乱的头发，"也许不能保证……但如果这么做有可能让'灾祸'停止，不也挺好的吗？当初我之所以接受'不存在的人'这一角色，一部分也正是出于这种想法。"

"……"

"我们所在的班级里虽然没有大家口中的密友，久保寺老师的那句'大家一起跨越困难，一起顺利毕业'也听得我浑身难受，觉得夸张、不可信……但毕竟有人死去是一件悲伤的事，就算我不感到悲伤，周围也会有其他悲伤的人，所以……"

我不知该说什么好，只能望着鸣的嘴唇。

"这次的'补充对策'到底能不能奏效，不得而知。但只要我们俩成了'不存在的人'，说不定就能阻止灾难继续发生，说不定就不再有人死，也不再有人悲伤。即使这种可能性十分小，但总还存在吧。"

鸣说这些话的时候，我忽然想起了上周六望月说过的话。

就当是为了大家，求你了。

其实，对于这种冠冕堂皇的漂亮话，我心中是不屑的，但刚才鸣的话里似乎包含了一层不简单等同于"为了大家"的意味。而且……

我还在想：假如我心甘情愿地接受被当作"不存在的人"，这样一来，那么我们——我和鸣——的关系又会变得怎样？

同为班上"不存在的人"，我岂不就能无需顾忌其他人而和她接近了？

反正对于班上的同学来说，我俩不得不做"不存在的人"。但如果换一个角度，对我俩来说，除我们以外的其他所有同学不也是

"不存在的人"吗……

这样不好吗？

带着些许困惑、些许内疚，还带着些许连我自己也说不清的心慌意乱，我这样想道。

出了公园，走上沿着夜见山河堤的小径，望见夜空中薄云后方透出一轮圆月……来到桥边，我们告别了。

"谢谢你，回去的路上小心！"我说道，"照你今天的话来看，你也应该和樱木、水野她们一样，站在死的边缘，所以……"

"那么榊原，你才要小心呢！"鸣不慌不忙地答道，随后抬起右手，用中指斜向摸了摸左眼的眼罩，"我不会有事的。"

你怎么能这么肯定？我不解地眯起眼睛。只见鸣从眼罩上挪开右手，轻盈地向我伸来。

"作为同路人，从明天起请多关照！榊原同学！"

轻轻握手时，我触碰到她的手，感觉冰冷冰冷的……我自己的身体却因这个触碰而灼烧得火热火热的。

随后，鸣转身走上了来时路。由于是背影，我看不真切，但当时她的手上似乎拿着解下了的左眼眼罩。

7

我从不知何时陷入的浅梦中一下子惊醒。

被褥旁的手机正闪烁着微弱的绿光，有节奏地振动着。

是谁啊？都这么晚了。不会是勅使河原吧？还是……

我趴卧着伸出手，一把抓过手机。

"是我。"

对方一出声，我便知道是谁了，不由得没好气地嘟囔一句：

"干吗？"

"喂喂，怎么能说'干吗'呢！"

是远在炎热异国的父亲阳介来的电话。好久没有音信的他偏偏挑这个时候打来电话。

"我知道，印度那边很热！你们现在已经是晚上了？"

"刚吃过晚饭，吃的是咖喱。你最近怎样？"

"身体倒还不错。"

父亲应该还不知道班上有同学及其家人相继去世的事。要不要告诉他呢？不过今天鸣也说……

想来想去，还是作罢。

因为这不是三言两语就能说清楚的事，而真要解释得明明白白又太花时间，何况还听说有一条"不能告诉家里人"的规矩。

索性就这样，什么都不知道为好。

上次在"夜见的黄昏下……"地下展示室里遇见鸣时，她曾这么说过。

一旦知道了，弄不好……

这句话是什么意思？

是不是"什么都不知道"的话，"死亡的风险"会降低一些之类的？算了，不去管它了。

总之，我决定在这通国际长途电话里不提太复杂、太烦琐的事，而是从另一个角度试探一下父亲。

"呃……那个……我想问你件事儿。"

"哦？是不是遇上恋爱的烦恼了？"

"什么呀！真是的，别再说这种无聊的话了！"

"呵呵，抱歉抱歉。"

"那个，你以前有没有听妈妈提起过她初中时代的事？"

"啊？"电话那一头的父亲似乎很意外，"怎么突然问起这个？"

"因为妈妈当初念的学校和我现在念的是同一所，都是夜见山北中学。爸爸，听到初三（3）班这个词，你有没有联想到什么？"

"嗯——"

父亲煞有介事、长长地"嗯"了一声，沉默了几秒。可是，得到的回答却是……

"没有。"

"没有吗？什么都没有？"

"嗯，她是和我说过初中时代的事，但现在你这么问我……说来理津子原来是在初三（3）班啊。"

唉……算了，男人五十岁之后的记忆力也就这样。

"对了，恒一。"这次，换父亲问我了，"你去那里已经有两个月，感觉怎样？一年半没去夜见山，没太大变化吧？"

"嗯？"耳朵贴着手机，我不禁纳了闷，"一年半？自从上了初中，这还是我第一次来呢。"

"哦？不……不可能……"

嗞嗞……由于杂音的干扰，父亲的声音变得不连贯起来。

哦，对，我想起来了，这间屋子本来信号就不好。于是我连忙坐起身，将耳旁的电话拿到眼前察看，只见信号强弱指示条只剩下一根。嗞嗞……嗞嗞嗞嗞嗞……杂音越来越强烈了。

"嗯……"

勉强能听到父亲断断续续的声音。

"啊……对，是这样……嗯，那是我记错了……"

听起来像是刚刚回忆起什么，但杂音使得后面的话语越来越模糊……终于，连通话本身也断了。

对着信号指示条为零的液晶屏盯了一会儿，我将手机轻轻搁在了枕边。

突然，一阵来势凶猛的寒意席卷了我的全身……不，不止是身体，连心房都跟着为之一颤。

我好怕……

懵住的我足足慢了一拍，才回过神来。

害怕、恐惧。正是由于这种感觉才会战栗吧。

一定是因为今天听了见崎鸣那一连串有关初三（3）班的话。听的时候和听后不久都不觉得有什么，但就好似运动后距离肌肉酸痛会有时间差，现在突然……

一直以来，那层包裹着事实的半透明薄纱一瞬间被揭开了。扑向我的竟然是带着现实主义色彩的恐惧……

这所学校，尤其是初三（3）班，距离死非常近。

离死更近。

倘若这样放任下去，只会令"灾祸"不断延续。

因为传言"灾祸"一旦开始了就不会停止……

假设鸣所说的全部是事实，又假设从今天起实施的"补充对策"没有奏效……

那么究竟谁会是下一个步入"死亡"的人？

会是我吗？当然有这个可能性。（……啊，我在想什么呢）

初三（3）班共有学生三十人。除了樱木和高林，还有二十八人。方便起见，若将对象只限定在班上同学，就有二十八分之一的可能性。说不定今晚我就……

目睹到的樱木的悲剧、同步听到的水野的事故⋯⋯这些都纷纷交织在一起、融合在一起，盘踞在我心中，撑开一张黑洞洞的蛛网。

突然——

教室里鸣课桌上的那行文字猛然浮现出来：

"死者"是谁？

第二部

How? . . . . Who?

第十章　六月　Ⅴ

1

第二天，我便开始了在夜见北的奇妙生活。

说没感觉到什么是不可能的。"为什么会这样?"虽然我已然了解事情的来龙去脉，但仍不时感到强烈的失落与抵触情绪。可见尽管大脑已能充分理解，感情上尚无法接受。

包括老师在内，班上的全体成员都把鸣和我视作"不存在的人"。鸣和我也顺势将我们以外的所有人看成了"不存在的人"……多么扭曲、怪异的现状啊!

然而，尽管扭曲、怪异，人总会慢慢适应所处的环境。何况在这里，规则清晰，比我在前一所学校的经历要好多了。随着日子一天天过去，心里便慢慢滋生出这样一种想法：或许这样也不赖。

就这样也不赖……是的，和几天前因搞不清"是什么"和"为什么"而焦躁不安的我比起来，确实不赖。不仅如此，从另一个角度来说也……嗯，确实不赖。

见崎鸣和我，仅属于我们两个人的孤独。

但这也是仅属于我们两个人的自由……

是否……我不禁展开了孩子气的想象。

在这个初三(3)班的教室里，是否无论鸣和我做出怎样的举动、说怎样的话，都不会有人来干预? 大家都得装作没看见、没听见?

即使鸣将头发染得五颜六色？即使我在课堂上放声高歌、在课桌上倒立？即使我们大声谈论抢劫银行的计划？即使这样，大家也能保持不闻不问吗？若我们像恋人一样相互拥抱呢……

喂喂，恒一！

在这种状况下，这类或许真有可能实现的幻想还是少想为妙！

不管怎样，从某种意义上来说，这种极其平静的状态若放在正常的校园生活中是连想都不敢想的。

当然，在这平静的背后还贴附着围绕"今年的'灾祸'是否会发生"的紧张、警戒、不安与恐惧。

就这样，自我们两个人的日子开始以来，一周多过去了。六月只剩下一小半，没有新的事件发生。

在此期间，我觉得鸣翘课、不来学校的次数明显减少了。

相应地，我翘课不来学校的次数却增加了不少。

这些本应令教育者忧心忡忡的问题，在班主任久保寺老师的眼里却不存在。他一次也不曾指责我们，当然更不会向我在夜见山的监护人即外祖父母告状。按照鸣的说法，即便到了升学指导期需要三方面谈的时候，对于"不存在的人"，学校也会安排其他老师代为执行。

副班主任三神老师倒不时面露忧色。说她不担心，那是骗人的。可这些事情，她没有办法来指责我……嗯，我觉得没有。

课程方面我倒还能跟上，出席次数自会有老师帮着调整，只要测验、考试什么的都能通过就万事大吉了吧？至于中考，反正有父亲的人脉，只要不出太大的岔子，应该也没问题……

于是我不禁开始认真地思考：成为"不存在的人"，到底有什么不好？

2

　　我和鸣同是"不存在的人"，时常会在不下雨的日子里登上 C 号楼的屋顶一起吃午饭。

　　我一直吃外祖母做的便当。鸣则基本上一边喝罐装红茶，一边嚼面包。

　　"雾果不给你做便当吗？"

　　"在她心情好的时候，偶尔会。"面对我的质疑，鸣轻快地答道，没有抱怨，也没有叹息，"一个月大概一两次吧。不过说实话，味道不怎么样。"

　　"你自己会做饭吗？"

　　"完全不会。"说这话时，鸣仍旧轻快地摇了摇头，"用保温盒加热之类的常做。大家应该都差不多吧？"

　　"我很擅长做饭哦！"

　　"哦？"

　　"我在以前的学校里还是料理研究社的成员呢。"

　　"真是个怪人。"

　　鸣倒数落起我来了。

　　"那以后你请我美美地吃一顿吧？"

　　"啊？……嗯，好，以后。"

　　我突然有点儿慌神。"以后"不知距离现在有多远？我一边回答，一边痴痴地遐想。

　　"对了，见崎，你是美术社的吧？"

　　"初一的时候是，和望月就是从那个时候熟悉起来的。"

"现在呢？"

"现在什么？"

"现在还是不是美术社的？"

"初二的时候美术社没有了……或者说，活动中止了。"

"今年四月份才重新恢复的吧？"

"嗯。所以四月的时候我还露过几次面，但到了五月就……"

因为成了"不存在的人"，所以不方便了吧。

"初一的时候，指导老师也是三神老师吗？"

鸣停顿了一会儿，瞥了我一眼，说道：

"也是三神老师，不过还有另外一位美术老师担任主要指导。但后来上了初二，那位老师就被调走了……"

所以在那一年里，美术社的活动中止了，后来随着三神老师决心独自揽下指导老师的活儿，于是又……哦，原来如此。

"说起来，你曾在这儿画过画吧？喏，就是我们第一次在这儿遇见的时候，当时你手里拿着素描簿。"

"有吗？"

"后来在第二图书馆里，你也在同一本素描簿上……那幅画完成了吗？"

"算是吧。"

画上是一位有着球体关节的美丽少女。我记得鸣当时说打算最后为她加上一双大大的翅膀。

"翅膀呢？你最后为她加上了吗？"

"加了。"

鸣垂下眼帘，话语中似乎带着伤感。

"以后给你看看吧。"

"啊，好。"

以后……吗？不知距离现在有多远的以后？

就这样，我们在琐碎的闲谈中拉拉杂杂地聊了很多。尤其是我，不用她发问就主动倒出一箩筐自家的事儿，诸如去了印度的父亲、已经去世的母亲、来夜见山之前的生活、来了之后的生活、肺部破裂住院时的生活，还有外祖父母、怜子阿姨、水野小姐等。

而鸣这边，只要不问她，她几乎只字不提自己的事儿。不但如此，即便问了，她也常常支吾打岔，甚至拒绝回答。

"你的兴趣爱好是什么？是画画吗？"

我认真地问。

"和自己画相比，我更喜欢观赏。"

"哦，这样啊。"

"其实也就是看看画册什么的，因为家里有很多。"

"会去美术展吗？"

"在这种小城镇，美术展很少。"

她说，和印象派相比，更喜欢之前的西洋画。还说，其实不怎么喜欢母亲雾果的绘画作品。

"那么，玩偶呢？"我脱口而出，"雾果做的玩偶怎么样？也不太喜欢吗？"

"难说。"她露出了为难的表情，"我不讨厌。有喜欢的部分……但是……"

我停止了追问，用爽朗的语调说道：

"以后你来东京玩吧。我们去逛美术馆，我带路。"

"嗯！以后！"

以后……

不知那将是距离现在多远的未来。此刻，我再一次痴痴地遐想。

3

"去美术社的活动室看看吧。"

六月十八日，周四。午休时，鸣这样提议道。

这天，雨从一大早就下个不停，午饭自然不能去屋顶吃了，但身为"不存在的人"，我们不方便在教室里用餐。于是第四节一下课，我和鸣就默契地起身出了教室，然后她这样提议。

反正也不是一点儿兴趣都没有的地方，于是我连着答应了两声"好的"。

美术社的活动室位于0号楼一楼西侧，原先的一间普通大小的教室一隔为二。教室的另一半被用作人文类社团的活动室，门口挂着"乡土史研究社"的牌子。

我们刚进门就听见里头传来"啊——"的一声，原来活动室里已经有人了。

坐着的是两位从未见过的女生，从姓名牌颜色来看，一个应该是初二年级，另一个是初一年级。初二年级的那人瘦瘦的脸，扎一条马尾辫；而初一年级的那人则长着一张娃娃脸，戴一副红边框眼镜。

"见崎学姐！""马尾辫"颇感意外地眨着眼，"你怎么来了？"

"今天突然来了兴致。"

鸣用一贯淡淡的口吻答道。

"我们还以为你退社了呢。"

"我只是打算休息一段时间。"

"哦，这样啊。"

戴眼镜的初一年级学生说道。

看来她们俩对初三（3）班的特殊情况一无所知（因为有"不得外传"的规定，这也实属正常），这样与鸣正常交谈便是最好的证据。

"呃，这位是……"

"马尾辫"瞅着我问道。

"是我的同学，叫榊原，也是望月的朋友。"

"哦，这样啊。"

那个初一年级学生像录音回放似的，回答同刚才一模一样，连堆砌在脸上的笑容都丝毫不改……嗯，这号人恐怕不好对付。

"他说对美术社感兴趣，我就带他来了。"

鸣适时作了说明。

"哦，这样啊。你打算入社吗？"

突然被"马尾辫"这么一问，我有些不知所措。

"不，呃……并不是为了……呃……那个……其实我……"

正结结巴巴，只见鸣迈步绕过她俩，朝里走去。于是我连忙借机跟了上去。

和我预想的一样，活动室里收拾得相当干净。

房间中央摆着两张和美术室工作台同样大小的桌子。墙的一侧是社员用的储物柜，另一侧则是高大的金属架，架子上整齐地摆放着各类画具。一旁还立着几副油画画架。

"望月真是一点儿没变啊。"

鸣走近其中一副画架说道。只见上面是一幅模仿蒙克的《呐喊》……不，严格说来不是模仿，因为画面的背景处理在细节上与原作大相径庭，而且那个双手捂住双耳的男人怎么看怎么像望月本人……

说曹操，曹操就到。

"啊，学长！"

"望月学长！"

听到刚才两位女社员的声音，我们一回头，只见望月此刻正站在门外。他见了我们，竟像见到幽灵一般，慌忙避开视线，对着两位学妹嚷：

"啊，你们！你们俩！呃……现在，出来一下，有点儿急事儿。"

"哦，这样啊。"

"今天好不容易遇见崎学姐她……"

"行了行了，快过来！"

望月几乎连拉带扯般将两人带离了活动室。

见到这一幕，鸣不禁将脸埋在画架前的《呐喊》里"嗤嗤"笑了。受她影响，我也忍不住憋着声音笑了。

因为有两个对事情一无所知（也不能告诉她们）的局外人在场，估计这种情况下，望月很难继续把我们当作"不存在的人"，才会那样匆忙且强行将她们带走吧。只是我很好奇望月会对她们俩编造出什么样的急事儿来呢？想着想着，我不免有些同情他。

离开《呐喊》，鸣又朝房间深处走去，随后从储物柜后方拖出一件东西。

整件东西被一张白布包裹，从形状上看，似乎也是一副画架。鸣小心翼翼地取下白布，只见画架上挂着一块背面朝外的十号油画布。鸣低声叹了口气，将画布翻过来。

是一幅画到一半的油画。不用问，这肯定是鸣的作品。

因为画布上画的是一位身穿黑衣的女性，一看便能认出是鸣的母亲……不过奇怪的是，人物的脸竟然裂成了两半——从头顶经前额、眉间、鼻子到嘴唇，整张脸呈 V 字形裂开。

再一看，裂开的右半张脸上带着微笑，左半张则是悲伤。因为没有对血色、皮肤的细致描绘，缺乏真实感，要说怪诞足够怪诞，要说恶俗足够恶俗……

"还好没被他们扔掉。"鸣小声嘀咕道，"要不是望月，换作赤泽是美术社成员的话，恐怕早就……"

因为是"不存在的人"的画，所以不能存在吗？

"你要把它带回去？"

我问。

"不。"

鸣轻轻摇了摇头，又把画布重新翻回去，盖好白布，物归原位。

4

从美术社活动室一出来就在走廊上遇到了三神老师。

自然，我们不得不无视她的存在，她也不得不无视我们。这些，我心里都清楚，只是在见到她的一瞬间，还是不经意地停下了脚步。

可能是这个不自然的举动引得三神老师也站住了，但她很快便从我们身上收回了目光。这时，我突然瞥见她的嘴唇微微一颤，像是要说些什么……但或许是我看错了。走廊上这么昏暗，何况不过是短短数秒之间。

下节课，周四的第五节课，就是三神老师的美术课了，但我和鸣都不打算参加。从上课的角度来说，我俩的缺席对老师、对班上同学反倒是件轻松的好事。第六节的班会课应该也是如此。

"接下来的时间，打算怎么打发？"

并排走在走廊上，我小声问鸣。

"去图书馆吧。"鸣说，"当然是第二的那个。午饭也索性在那儿吃吧。"

5

第五节上课铃响的时候，我们已站在了第二图书馆里。这里没有别的学生，连管理员千曳老师也不见踪影。

鸣在大书桌前找了把椅子坐下，看起了自己带来的书。她从书包里取出来的时候，我碰巧瞄到了书名：《孤独的人群》。好像是这个名字，至少不是我和水野常读的那类。

"这是从第一图书馆借来的。"鸣盯着翻开的书页，头也不抬地说道，"这个书名挺吸引我。"

"《孤独的人群》吗？"

"写书的人叫理斯曼，大卫·理斯曼，你听说过吗？"

"没有。"

"可能你父亲的书库里有这部作品。"

哦，原来是那方面的书啊。

"有趣吗？"

"呃……不好说。"

我撇下鸣，独自走到上次来时千曳老师指点的那排书架前，凭着记忆再次找到了那本书，一九七二的毕业相册。从书架上将它抽出来，立即回到大书桌前。

我选了一个和鸣隔开两把椅子的位置坐下，摊开相册。这一次，不是想看看母亲初中时代的模样，而是想到了一个人，需要核实一下。

翻到初三（3）班的那一页，凝神看左侧的集体照。

第二排从右数第五个，是笑中略带紧张的母亲。而在她的斜前方，即照片右侧稍稍偏离学生队伍一点儿的地方，站着一名男子。细长的身材，穿一件深蓝色夹克，单手叉在腰间，比照片上任何一名学生笑得更灿烂、更阳光……这个人，嗯，肯定错不了。

"哪个是你母亲？"

背后突然传来鸣的声音，我吓得差点儿"哇"地跳起来。啊，真是，又不是隔了好几米远，怎么会丝毫没察觉她起身过来？

"这个。"

我一边平复心情，一边指着相片说。

"哦……"鸣越过我的肩膀，把头凑向相册，一动不动地盯着照片中的母亲，"她叫理津子啊。"

她小声嘀咕道。随后，像突然领悟到什么似的点点头，拖来右面的一把椅子，浅浅地坐了小半张椅面，接着问："你母亲当初是什么原因过世的？"

"唉……"

不经意间，我叹了一口气。

"回到这里生下我，大概是在当年的夏天，七月，产后恢复得不好，加上得了感冒，病情进一步加重，于是……"

"这样啊。"

算起来，这件事情已经过去十五年了……精确地说，是十四年零十一个月。

"这个人，你应该认得吧？"

这次换我问鸣了。我偷偷看了一眼鸣的侧脸，觉得她今天左眼上戴的眼罩比平时略脏。

"这一年初三（3）班的……喏，这位班主任老师。"

我指着集体照右侧那位身穿深蓝色夹克的男子。

"和现在简直判若两人啊！"鸣说，"我还是第一次看到他当年的照片。"

啊，我想起来了。母亲当时的班主任是一位年轻、英俊的男老师……教的是社会课，好像还是什么剧社的指导老师，对工作热情，又为学生着想。

是的，外祖母曾循着往昔的记忆这样说过。而那位记忆里的班主任老师，正是照片中的这名男子。

二十六年过去了。当时只有二十六七岁的英俊小伙，现在已年过半百。

年龄相符。只是上次在这儿见到照片中的他时，我和鸣一样，没想到二十六年的时间竟可以如此改变一个人。

于是，我将目光转向照片下方的教师姓名栏进行核对。没错，上面赫然写着：

千曳辰治老师

"还有一件事能问问你吗？"我抬头望向鸣，说道，"上周在你家，你向我解释许多事情的时候曾多次提到'某个人说'，这'某个人'该不会就是……"

"你真聪明！"鸣点点头，高兴地微笑道，"就是千曳老师！"

6

我刚将那本一九七二年的毕业相册放回书架上，第二图书馆的"主人"千曳老师便出现了。

"哟，今天是两个人啊。"

确认图书馆里只有我们俩之后，他如是说道，随后径直走向服务台。他依旧一身黑衣，黑框眼镜，花白、蓬乱的头发衬得一张脸越发苍白、憔悴，和外祖母记忆中的那位"热血教师"真的已经判若两人。

"因为'不存在的人'成了两个人。"

鸣从位子上起身说道。千曳老师遂将双肘撑在服务台上。

"是啊，我也听说了。"

"您觉得这么做有用吗？"

"呃……"千曳老师似乎愣了一下，"说实话，现在还不能说，毕竟是前所未有的尝试啊。"

说完，他又将视线转向我。

"榊原，你现在已经知道事情的来龙去脉了吧？"

"嗯，只是……"

"只是？还不敢相信？"

"不……啊，是的。总觉得心里还不能完全相信。"

"嗯。"一身黑衣的管理员撑着两条胳膊，频频搔弄头发，"不过也难怪啊。倘若我站在你的立场，冷不丁地听了这么一通缘由……确实不敢相信。"

说到这儿，他插在头发里的手突然停下了，随即双眉紧皱，继续道："但这一切都是真的。这一切都是在夜见山这座城镇、这所学校里实际出现过的现象。"

现象……吗？

这不禁令我想起了上周鸣把她从"某个人"那儿听来的解释搬给我听时说过的话：

——这一切并不是谁的所作所为，而是一种"现象"。

还有这样一句类似的话：

——这肯定不是所谓的"诅咒"。

得知那神秘的"某个人"正是站在眼前的这个人时，不知为何，我突然有一种豁然开朗的感觉。身为二十六年前初三（3）班班主任的他，在二十六年后的今天，改行当了图书管理员，依旧留守在这所学校。其中的坎坷经历，我不是不能想象……

"呃……那个。"我也站起来，和鸣并肩走到服务台前，"听说千曳老师以前是教社会课的，还是剧社的指导老师，二十六年前更是初三（3）班的班主任，也由此认识我母亲……"

"是啊。上次你来看相册的时候，好像就注意到了吧？"

"啊……嗯。那个……那为什么现在，会在这里……"

"这个问题可不好回答啊！"

"对不起。"

"不用道歉。关于这个问题，你没从见崎那儿听说什么吗？"

我斜眼看看鸣。

"没有，什么都没有。"

"哦。"

千曳老师抬头看了一眼墙上的挂钟。第五节课已经开始三十多分钟了。

"周四的这个时间应该是美术课吧。下一节班会课，你们也不打算上了吗？"

我和鸣互相递了个眼色，一齐点了点头。

"我俩不在场，不是更能让大家省心吗？"

"也许是。说得没错。"

"呃……那千曳老师呢？"我突然冒出一个疑问，"老师您可以不把我们当成'不存在的人'吗？"

"别喊我老师，直接叫千曳就行了。"

"啊……哦。"

"因为我不是班级的相关者，和初三（3）班没有直接联系，算是处于安全地带的人。所以即便和你们接触，也应该不会有影响。"

啊，说得对！怪不得鸣会一个人时不时地来这间图书馆，何况还能从这个人身上获得许多消息……

"至于之前的那个问题，"千曳老师往服务台后的椅子上一坐，继续道，"我就借这个机会从头说一遍吧。反正见崎也只是零零碎碎地听过一点儿。"

7

"二十六年前的那件事，说实话，我还真不愿多提，尽管我是现在这所学校里唯一直接了解此事的人。"

二十六年前的初三（3）班。受大家欢迎的优等生 Misaki 之死。以及……

"其实当初谁都没有恶意。"千曳老师犹如咬词嚼字般低声说道，"我那时还年轻，作为一名教师，怀揣着某种理想……当时觉得这么做无伤大雅，相信学生们也一样。如今想来，真是太单纯了。总之从结果来看，这件事情成为了导火线，或者说，打开了这所学校的'死亡之门'。

"对此，我是有责任的。第二年开始的'灾祸'无论如何都无法阻止，令我感到难辞其咎。所以我选择留在这所学校，辞去教师一职，以图书管理员的身份工作……当然也是为了逃避……"

"逃避？"我不禁插嘴问道，"为什么……"

"之所以辞去教师职务，一半是出于良心的谴责，觉得自己没有资格当一名教师；另一半则是考虑到万一再当上初三（3）班的班主任，说不定就轮到自己遭遇不幸了。因为这种切实的、对'死亡'的恐惧，我逃避了。"

"老师也会受牵连吗？"

"班主任或副班主任，也算是初三（3）班这个集体中的一员嘛。只负责上课的老师就不在范围内了。"

哦，这么说来——此刻，我突然想到——怪不得望月优矢老是在意前段时间三神老师总请假的事。原来他并不是纯粹担心心仪的女教师的身体，还生怕下一轮灾难会降临在身为副班主任的她身上……

"所以我逃避了。"千曳老师反复道，"但我又不想逃离这所学校，正巧那时这间图书馆里有个空缺，我便决心留在这里。一直留在这里，在这里旁观整件事情的发展……啊，一口气说多了。"

千曳老师带着几分自嘲，撇撇嘴角，轻轻摇了摇头。趁这机会，我连忙问道："二十六年前的那位 Misaki，究竟是男生还是女生？"

"是男生。"千曳老师回答得干脆利索，"Misaki 不是他的姓，而是名，写作襟裳岬的岬。"

"那他姓什么？"

"Yomiyama。"

"啊？"

"就是夜见山，和这座小镇同名。夜见山岬便是他的全名。"

姓夜见山……哦，大概和足立区有人姓足立、武藏野市有人姓武藏野是一个道理吧。

我看看鸣，鸣也看看我，微微摇了摇头，好像在说"我也从来不知道"。

"岬是因为飞机失事还是别的什么……"

我又追问。

"是火灾。"千曳老师再次答得干脆利索，"这类话题很容易被添油加醋，传着传着便走样了。从某个时期起，大家都开始接受飞机失事的说法，实际却是火灾。五月的某天夜里，他家突然起火，房屋全被烧毁，一家人命丧黄泉，包括他父母及年仅一岁的弟弟……"

"这样啊。起火原因呢？"

"不明。不过至少可以肯定，不是有人蓄意纵火。大家曾一度怀疑是由于陨石……"

"陨石？"

"因为他家住在镇的西侧，离朝见台不远。曾有人证实在出事那天夜里见到一颗大大的流星陨落，所以大家纷纷猜测这会不会就是起火原因，不过又没听说现场真的有坠落的痕迹……所以，充其量不过是猜测。"

"哦。"

"根据我的记忆，以上便是围绕二十六年前夜见山岬死亡的全部事实。只是……"

千曳老师垂下头，声音压得更低了。

"只是，我没有信心说，这个记忆绝对准确。"

"啊？"

"说不定，在连我自己也没注意到的某个时刻，哪里发生了遗漏或者混乱。不仅仅是因为年代久远，该怎么说好呢，我觉得只要一不留神，有关这件事的记忆就模糊了，而且似乎较其他诸多记忆更容易变得模糊……我这么说，恐怕你们还是不懂吧？"

"传说化的记忆"。这几个字眼突然浮现在我脑海里。

"那么，那张传说中出现了本不应出现的岬的集体照呢？"我又问，"老师……不是，千曳您见过吗？"

"见过。"

千曳老师点点头，将视线投向天花板。

"那张毕业纪念照还是在这栋老校舍的教室里拍的，当时我也在场。几天后，学生们一片哗然，甚至还有几个人拿着问题照片冲过来找我。照片看着确实像是映出已故夜见山岬的样子。啊，说起来，理津子就是当时来找我的学生之一。"

"我妈妈？"

"要是我的记忆没错。"

"那张照片，您现在还有吗？"

"没了。"千曳老师抿了抿嘴，"当时印给过我一张，但后来扔了。目睹了之后一系列事情，说实话，我害怕了，担心会不会是因为有这东西的存在，才灾祸不断。"

"哦……"我吐出一口气，双臂稍稍起了鸡皮疙瘩，"再接着往下说。"

千曳老师随即又把头垂下。

"第二年，我转去当初一年级的班主任，所以那年在初三（3）班发生的事，比如开学初少了一套课桌椅啦、每月都有一名以上的班上同学或家人死去啦，等等，都只能从旁观者的角度来了解。刚开始听说的时候，我还没想到会和上一年的那件事有关联，只是为一连串的不幸感到痛心。

"结果那一年共有十六人丧生……等到毕业典礼结束之后，我才从初三（3）班的班主任那儿听说，在那一年间，班上似乎悄悄多了一个人，混进来一个不存在的人。毕业典礼一结束，那名学生就消失了，他才知道。"

"听说那个'不存在的人'就是前一年死去的岬的弟弟？"

"好像是啊……"千曳老师的嘴唇微微有些颤抖。他迟疑了一会儿，没有马上说话，"其实情况到底怎样，谁都说不准。你没听见崎说吗？凡是和初三（3）班的这一'现象'有关的当事人，他们的这段记忆，尤其是关于谁才是混进班上的那个'增加的人'的记忆，不能维持很久。随着时间的流逝，它会慢慢淡薄，最终完全消失。

"事实上，一个月后，当初向我说明这件事的老师已经将它忘得一干二净。而我自己也感到记忆开始变得模棱两可，幸好当时在记事簿上记过一笔……"

如河堤决口，洪水冲进街道。这种遗忘就好比洪水最终退去时的情景……

这是上周我从鸣那儿听来的"某个人"的比喻。

人们都会记得洪水的的确确来过，可一旦水退了，哪里曾经被水淹、淹到何种程度之类的记忆就会渐渐模糊。

不是记忆被强行擦除了，而是自然而然地忘却。

"在下一届的初三（3）班中，同样的'现象'又发生了，死了很多人。大家开始认识到事态的异常……然后……"

千曳老师说着，将右手插进蓬乱的头发，草草梳了两下。

"又过了两年，也就是一九七六年，我再次当上了初三（3）班的班主任。于是作为班级成员之一，我不得不经历了一遍在当时已被称作'被诅咒的（3）班'里发生的这些事……"

8

据说前一年即一九七五年是"平安年"，当时千曳老师便抱着"现象"或许不会再发生的期望，接手了一九七六级的初三（3）班。

可是，那一年是"发生年"。

结果，初三（3）班在一年间竟有学生五人、学生家属九人，共计十四人丢了性命。既有因事故而死的，也有病死、自杀、他杀的……各种死法。

"诅咒"莫非与这间教室有关？想到这一点，千曳老师一过完暑假便去找校方交涉，把教室换到了别的地方。可惜，每月的灾难依旧没有停止……等三月的毕业典礼过后，那个"不存在的人"即"死者"就消失了。

那个人究竟是谁？身为班主任的千曳老师怎么也想不起来。虽然事后通过收集各方信息，找出了那个有可能是的人，但作为亲历者，自己却无论如何也想不起来——应该说已经遗忘了。不过当时，大家还没意识到记忆会消失……

听着听着，第五节课结束了。第六节课早就开始了。

外头的雨仍在下着。这一个小时里，雨势似乎越来越猛。老图书馆那沾满灰尘的窗被风刮得"喀哒"直响，时不时还有雨点砸在玻璃上。

"三年后，我又有机会成为初三（3）班的班主任。我想过推辞，但当时的情况似乎并不允许。无奈之下，只得祈求当年是'平安年'，但最终还是没能如愿。"

千曳老师低声诉说道，我和鸣则纹丝不动地侧耳听着。

"那年，我也向学校提过一个小对策，就是将班级名称从一直以来的'（1）班''（2）班'……改成'A班''B班'……这样一来，初三（3）班就变成了初三C班——我想，如果改变了'场所'的名称，诅咒说不定就解开了……"

结果还是没有成功吧。

因为鸣已经告诉我，当时曾经讨论、实施过各种各样的"对策"，但没有一个生效。最后，好不容易找到了一个"颇为有效的对策"，那就是"既然班里增加了一个人，就将另一人视作'不存在的人'"这道护身符。

"可惜，那一年最后还是死了很多人。"

回忆往事，千曳老师长长叹了口气，抬眼窥探我俩的反应。我无言以对，只得朝他轻轻点了点头。

"那年班里'增加的人'好像是死于一九七六级（3）班的某位女生。毕业典礼一结束、一切水落石出的时候，我就立刻记下了她的名字。这样一来，事后即便关于她的记忆消失了，我也能够确认'曾经好像是这么回事'。那个时候，我还知道了'增加的人'原来就是从此前'灾祸'里丧生的人中随机产生的'死者'……"

千曳老师又长叹了一口气。

"那一年，我结束了自己的教师生涯。已经是十八年前的事了。

当时的校长虽然打死也不会在公开场合承认诅咒之类的东西，但在辞职这件事情上还是给予了一定的理解，后来我就作为图书馆管理员留在了学校。

"从那以后，我一直待在这里，并且决心在这里以旁观者的视角关注每年的'现象'。当然，偶尔也会有像你们这样的学生来和我说说话。"

说到这儿，千曳老师再次抬起眼，看了看我俩的反应，目光比刚才柔和多了。

"呃……能问您一个问题吗？"

我开口道。

"什么问题？"

"我听见崎说，在那个'增加的人'——'死者'——混进班级的那段时间里，大家的记忆和各种记录都会被修改，使得原来矛盾的、有纰漏的地方变得符合逻辑，这样就没人能觉察出谁才是'死者'……这些真的都会发生吗？"

"真的都会发生。"千曳老师的回答毫不迟疑，"只是说不出'为什么'，也没有'怎么样'，因为无论你怎么问，这都不是用一般的道理可以解释清楚的，所以我只能说它就是这么一种'现象'。"

"……"

"怎么，还是不相信？"

"但也没有再去怀疑的意思了。"

"哦。"

千曳老师慢慢摘下眼镜，把手伸进裤兜里摸索了一会儿，掏出一条皱巴巴的手帕，擦了擦镜片上的灰尘。

"这样吧……"他重新戴上眼镜，直视着我俩说道，"我给你们看样东西。或许这个方法最快捷。"

说完，他拉开了服务台另一侧的抽屉，"哐当哐当"地找了一阵，从里面取出了……

一个漆黑封面的文件夹。

9

"还是你们自己看吧。"

说着，千曳老师便将文件夹递给了我们。我伸出双手，小心翼翼地接了过来。

"里头是所有初三（3）班的名册复印件。从一九七二年到今年，总共二十七份。最上面的是最新的，按照年份依次往下排。"

听着千曳老师的说明，我翻开了封面。

果真如他所言，第一、第二页上是一九九八年，也就是今年初三（3）班的名册。最上面写着久保寺老师和三神老师即班主任和副班主任的名字，下面则是一排整齐的学生名单。

我的名字榊原恒一位于第二页的最后一行，是手写加进去的。大概由于我是后来的转校生吧。再看——

樱木由香里和高林郁夫，他俩的姓名左边分别用红笔画了个"×"。越过姓名栏和联系地址栏，在右侧的空白处，樱木那行的右侧写着"五月二十六日，校内意外事故""同日，母亲三枝子，交通事故"；高林那行的右侧写着"六月六日，病故"等字样。还有在水野猛的那一行右侧空白处写着"六月三日，姐姐沙苗，单位意外事故"。

"嗯，请你翻到前年的地方。"

因为去年据说是"平安年",所以让我翻到前年吧。我一边暗自思忖,一边按照千曳老师的吩咐,将名册翻到了一九九六年。

"相信你已经注意到了,在一排名字中凡是画有红'×'的,都是在那一年去世的人。他们的死亡日期和死因均写在了旁边空白处。如果碰上家人去世的情况,也是同样的记法。"

"嗯。"

这一年,带有"×"记号的学生姓名共有四个,而死亡家属的姓名有三个。也就是说,合计七人在那一年里……

"在第二张的最下方空白处,应该有一个用蓝笔写的名字。"

"啊,有的。"

浅仓麻美

写着的是这样一个名字。

"这个人,便是那一年的'死者'。"

千曳老师说道。

一旁的鸣听了,立即靠了过来,直盯着我手中的文件夹。她的呼吸近在咫尺,顿时令我的心怦怦直跳。

"浅仓麻美这名女生,从四月初刚开学到第二年三月毕业典礼结束,一直混在班级中,没有一个人注意到,她就是不存在的'增加的人'。"

"呃,千曳,"我问道,"这一年,一共死了七个人……这样一来,不就不符合'每月会有一个以上的人死去'了吗?"

"那是因为那一年采取了'对策'。"

"对策……"

"就是你们深有体会的护身符啊，将班上的某个人视作'不存在的人'。"

"哦，那个啊。"

"一开始它奏效了，所以上半年没有一个人死。可第二学期开学后没多久，发生了一件意想不到的事。"

"什么事？"

"担任'不存在的人'的学生，因承受不了重压和疏离，擅自违反了班级决定。'我不是不存在的人！''我就在这里！''你们承认我吧！''把我当作存在的人！'……他（或她）开始四处呼吁，令大家束手无策。"

"结果'灾祸'开始了？"

"是的。"

我听见鸣此刻微微吐出一口气。

虽然不知道当年被视作不存在的那个人是谁，但因为他（或她）的半途而废，致使另外七个人丢了性命。当时的他（或她）是如何接受这一残酷事实的？又是如何面对班上的同学、面对自己的？单是想想，我就已经不寒而栗了。

"你看，"千曳老师继续说道，"一九九六年的'死者'是写在那儿的名叫浅仓麻美的学生，这个名字在那一年的班级名册中却没有出现。其实她原本是三年前即一九九三年的（3）班学生，你翻过去一看便知道了，她因那一年的'灾祸'不幸丧生。"

我将文件夹往后翻到一九九三年。

正如千曳老师所言，一九九三年的名册上确实写有浅仓麻美的名字，旁边还用红笔做了个"×"的记号，右侧的空白处则写着"十月九日，病死"。

"现在看来，这一切原来十分符合逻辑。然而……"千曳老师从服务台后探出身子，伸出食指轻轻敲击着文件夹说道，"从前年的四月到第二年的三月这段时间里，却不是这样的。"

"不是这样的？"

"嗯。根据我的记忆，从前年四月起，一九九六年的这张班级名单上清清楚楚地写着浅仓麻美的名字。而且据我的印象，当时在一九九三年的名单上则没有她的名字，也就是消失了。当然，包括打上的'×'、她的死亡记录，都……"

"一并消失了吗？"

"嗯。"

千曳老师神情严肃地点了点头。

"所以那年'现象'发生的时候，无论怎么调查都没用。因为不仅是班级名册，学校里各行政机关的文件资料、个人日记、照片录像甚至电脑数据等，凡是有记录的地方都发生了同样的、在常识里几乎不可能发生的修改，使得因'死者'悄悄混进班级而带来的矛盾都不见了，不符合逻辑的地方都变得顺畅了。"

"不仅仅是这些记录，就连相关的人的记忆也……对吧？"

"嗯。就拿前年的事儿来说，身为旁观者的我当时对本不应存在、实际却存在着的浅仓麻美没有任何怀疑。她其实已于一九九三年十月时年十四岁的时候去世了，但这一事实似乎被大家遗忘了。家人也好，朋友也好，老师也好……被所有的人遗忘了。

"而且，身为'死者'的她，到了一九九六年仍是十四岁，再次成为（3）班一员，这一虚假现实令所有人深信不疑，也没法去怀疑，因为随着她的出现，周围的人对她的认知都会朝着符合逻辑的方向调整、修改……直到一年后的毕业典礼，'死者'消失之后，所有的记录、记忆才恢复本来的面目。然而过不了多久，那些和她亲近的人——从她的同学、家人开始——对于她以'死者'身份出现的记忆又会逐渐模糊、消逝……"

我呆呆地望着文件夹，无言以对。我知道，诸如"这岂不是天方夜谭"之类的话，说了也没意义。

"怎么会发生这种事儿呢？我刚才已经说了，其背后的原理、成因，我一概不知。只是有的时候会想，这些诸如出现在名册、记录上的增减等物理变化，或许在客观现实中并没有发生。"

"什么意思？"

鸣问道。只见千曳老师的眉宇间皱起了一个深深的"川"字。

"也就是说，问题的症结可能只在相关的人即我们这些人的心里。换言之，在我们所有人的心里，这些实际上本没有发生的物理变化发生了……"

"是不是有点儿像集体催眠？"

"啊，对，是有点儿。然后以这所学校为中心，辐射到整个夜见山市，甚至有时还会波及更远的外部世界呢……"说到这儿，千曳老师又长长地叹了口气，"不过说到底，这些也仅仅是我身为一名旁观者，多年后所作出的不负责任的猜想罢了。没有任何证据，也毫无办法核实。退一步讲，即便核实了，也不会带来什么转机。"

"……"

"……"

"反正我是举手投降喽。"千曳老师当真冲着我们举起了双手，"不过迄今为止还是知道了一件颇有价值的事，即是你们现在正在执行的'对策'，在班上选出一个'不存在的人'的'对策'。这条乍听有些怪诞的办法，大概是在十年前被人提出并开始实施的，之后

287

既有顺利制止'灾祸'的时候，也有像前年那样中途失败的时候。"

"前年……"鸣突然失声叫了起来。她又朝我靠了靠，探出头，直盯着我手中的名册："前年的初三（3）班，班主任居然是三神老师！"

"真的吗？"

听了她的话，我连忙又朝名册看去。果然，在班主任教师的位置上赫然印着三神老师的名字。

"真的。"

"什么呀，原来你们都不知道啊。"千曳老师显得有些意外。他伸出右手，用中指指尖轻轻扣着额头正中，说道："她当时挺不容易的，没想到今年又当上了（3）班的副班主任……"

10

之后，我们又从千曳老师那儿听了不少有关这个"现象"的事。

对我而言，很多信息都是首次听说，但对鸣来说，恐怕并非如此，相信很多事情她早就已经知道了。

提到我首次听说的信息，比如关于"灾祸"涉及"范围"的规律，这是由自称"旁观者"的千曳老师根据多年记录下的事实推导出来的。

"'灾祸'波及的范围似乎只包括班级成员以及他们在二等亲以内的家人。"千曳老师十分认真地说道，"二等亲以内……也就是指他们的父母、祖父母、外祖父母和亲兄弟姐妹。哦，还要看是否有血缘关系。养父母、异父异母的兄弟姐妹这类没有血缘关系的亲属，到目前为止没出现一例死亡，所以应该可以把他们视作范围以外的人。"

"血缘关系吗?"

鸣小声嘀咕了一句。

有血缘关系的父母、祖父母、外祖父母和亲兄弟姐妹。换言之,叔叔舅舅、姑姑阿姨及堂表兄弟姐妹就不在其列了。

"关于'范围',还有一个要注意的问题就是地理上的范围。刚才我也提到,这个'现象'是以这所学校、夜见山这座城镇为中心产生的,因此距离这个城镇越远,效力就越薄弱。"

"是不是离得远就安全?"

"打个通俗的比方,就好像出了手机的信号服务区。从以往的经验来看,凡是家人亲属住在其他地方的,没有一个遭遇'灾祸'。即便是家住夜见山市的,也极少有人在市外死亡。所以……"

所以事到临头,大不了从夜见山一走了之,是吗?

"呃……能问个问题吗?"我突然想起了一件事,"以前学校的毕业旅行是不是出过什么事?"

听到这个问题,果不其然,千曳老师立刻露出忧郁的神色,皱起双眉答道:

"八七惨案。"

"啊?"

"在一九八七年的毕业旅行中发生了一起重大事故。当时毕业旅行安排在初三第一学期,去的地方在外县,也就是信号服务区外,所以大家都以为这次旅行不会令(3)班学生遭遇'灾祸'。可是……"千曳老师的眉头皱得更紧了,声音也低沉了许多,"这一年,学生们按班级乘坐的巴士沿国道从夜见山出发前往机场的路上,发生了车祸。就在(3)班学生乘坐的巴士即将驶离夜见山时,对面车道上的卡车因司机疲劳驾驶突然一头撞了过来……"

我顿时心里一沉，睁大眼睛看了看身边的鸣。只见她脸上的表情没有丝毫变化，看来这件事情她早就知道了。

"结果，这起悲惨的事故导致同乘的班主任老师及六名学生共七人不幸遇难。还牵连到随后的几辆巴士，出现了多人伤亡。"

"那后来……是不是因为这件事情，毕业旅行改到了初二？"

"正是。"千曳老师皱着眉，点了点头，"不仅是毕业旅行，还有社会实践之类，凡是以年级为单位需要驱车出校门的活动，自从那件惨案以后，都不安排在初三了。"

话音刚落，图书馆内忽然响起了一阵破锣般的铃声。第六节下课了。

千曳老师随即抬头看了一眼墙上的挂钟，之后朝服务台的椅子上一坐，摘下眼镜，又用手帕擦了起来。

"今天先说到这儿吧。刚才一时兴起，忘了时间。"

"不要……呃，我还想……"

"什么，榊原？"

"那个，呃，我还想问问有关'对策'的效果。"我把双手撑在服务台上，注视着管理员那张略显苍白的脸，"刚才您不是提到把班上某人视作'不存在的人'这一'对策'始于十年前吗……所以我想问，过去这些年来，它的成功率大概是多少。"

"哦，这个问题问得实在。"说着，千曳老师靠着椅背合上了眼睛，深深吸了一口气，不紧不慢地说道，"一九八八年，也就是最初的那年是成功的。当年开学伊始，确实有'死者'混进了班里，但一年下来没有一个人死。可能是因为前一年刚刚发生了'八七惨案'，一听说有这么一个'新对策'，大家仿佛抓到了救命稻草。不管怎样，反正打那以后，'发生年'里应该采取这个'对策'的不成文规定就一年一年传了下来。

"要说从那之后至今……除去今年不算，共有五回'发生年'。刚才我已经提到，前年的那次中途失败了。在剩下的四年里，两年成功，两年失败。"

"失败的那两年都是因为被视作不存在的学生中途放弃吗?"

"不，并非如此。"千曳老师缓缓地睁开眼睛，"关于这条'对策'本身是有几条规定的，'不存在的人'只需在校内充当这一角色，出了校门，一般的接触完全没问题；虽然身在校外，但在参加学校活动的时候还是不行。只是令人头疼的是，谁也无法百分之百地肯定这每一条都是正确的，换言之，谁也不知道是哪条规定出了差错，最终导致全盘皆输……"

"怎么会这样!"

"实际情况就是这样。"千曳老师推了推眼镜，失落地说道，"迄今为止，我就此事擅自下过不少结论。例如我并不认为这是所谓的'诅咒'。虽说二十六年前岬的那件事确实成了导火线，但灾难的降临并不是他的灵魂或者怨念引起的。人之所以会死，也不是因为'死者'动手或其意念导致的。

"总之，整件事情里任何人都没有恶意或者加害之心，完全没有。硬要说有，也是人们对降临的灾祸本身的厌恶。但我相信这一点无论在什么自然灾害面前都是一样的。

"只是，事情就这么发生了。所以我说它不是'诅咒'，而说它是一种'现象'，好比台风、地震那样的自然现象，只不过它是超自然的。"

"超自然的自然现象……"

"针对'现象'所采取的这一'对策',打个比方来说吧……"千曳老师望向窗外,"就说下雨吧。为了不被雨淋湿,最好的办法当然是不外出。但非得外出的时候,我们采取的对策就是打伞。可即便打了伞,也很难保证身体一定不被淋湿。比如由于打伞的角度、走路的方式等问题,就算下雨时没有风、雨点下落的方向一致,也会有淋湿得特别厉害的时候。但比起不打伞,打伞的效果终究要强许多。"

说完,千曳老师又将目光移回到我身上,似乎在问"怎么样"。正在我不知该如何回答的时候,一旁的鸣说话了。

"也可以比作干旱和求雨吧。"

"怎么说?"

"干旱的时候为了求雨,不是会有很多祭祀类的活动吗?虽说传统的舞蹈没什么太大帮助,但像焚火送烟之类的举动,从原理上说还是有一定效果的,尽管作用于大气之后有时会下雨,有时不会。"

"嗯,差不多吧……"

"那么,千曳,"生怕再冒出一个长长的比方,我连忙插嘴道,"您觉得今年会怎样?将'不存在的人'增加至我们两个人,'灾祸'就会停止吗?"

"刚才不是说了嘛,现在还不能说。只是……"千曳老师又推了推眼镜,"从往年经验来看,几乎没有'灾祸'已然开始却中途停下的先例,所以……"

"您刚才说几乎没有?"我咬文嚼字起来,"也就是说,并不是完全没有,是吗?"

"叮铃铃——"正在这时,一阵仿佛老式电话的铃声响了。千曳老师没理会我的问题,从上衣兜里掏出一部黑色的机械——原来是手机铃声啊。

"不好意思，稍等……"

说着，千曳老师把手机贴到了耳朵旁，用我们谁也听不清的声音简短地应了几句，又将手机放回了兜里。

"今天不早了，你们下次再来吧。"

"哦，打扰了。"

"明天起我要外出一段时间，因为一些杂事不得不暂时离开夜见山。不过最迟下个月初就回来了。"

千曳老师说着说着竟露出了疲惫之色。

只见他缓缓地从椅子上站起来，伸出手要拿回我手中那本黑色文件夹时，我突然想起了一件事。

"啊，不好意思！"我急忙说道，"还有一件事情我想确认一下。"

"什么事？"

"十五年前，也就是一九八三年，那一年究竟是'发生年'还是'平安年'？"

"一九八三年吗？"

"那一年的名册应该也在这本文件夹里，所以我想……"

我刚要翻过名册，千曳老师就举起一只手制止了我。

"不用翻，榊原。"他说，"我记得很清楚，一九八三年是我担任图书管理员的第四年……那一年是'发生年'。那一年的初三（3）班……"

听到这儿，我不禁"啊"地感叹了一声。

"是嘛，我还以为不会……啊。"

"怎么了？那一年到底……哦。"话说至此，千曳老师似乎也意识到了，"是怜子吧？"

“嗯。”

一九八三年，正是现年二十九岁的怜子阿姨上初三的时候，也是她作为夜见北初三（3）班成员之一的时候……

“是不是理津子，也就是你母亲过世也是在一九八三年？”千曳老师的脸上瞬间蒙上了一层阴影，“莫非她……是在这里……”

“因为要生产，妈妈回到了夜见山的外婆家。生下我之后就留在这边调养……所以……”

“所以是在这里去世的啊。”千曳老师不无惋惜地说道，“当时的我还不知道这些事情。是嘛，原来是这样。”

是的，原来竟是这样。

十五年前，我的母亲理津子之死。

产后恢复得不好，加上风热感冒进一步加重……这些我从小听到大的关于她的死因，如今竟说不定是初三（3）班“现象”所导致的——不，不是“说不定”，而是肯定。

当然，可能一切只是单纯的巧合……作为一种可能性，这毫无疑问成立。只是此时此刻，我的内心无法这么说服自己。

第十一章　七月　I

1

六月的最后几天安然度过了。紧接着迎来了七月。

月际交替，意味着新一轮的灾难又要不可避免地降临，所以我和鸣——"不存在二人组"——奇妙的校园生活依旧延续。虽然现在的我已经没有了当初的不适应，但总觉得这份和平与宁静背后暗藏着预期不确定的暴风雨。

千曳老师果真从第二天起请了长假，六月底之前再没露面。0号楼的第二图书馆也似乎因找不到老师代班，始终大门紧闭……

事后我才知道，原来千曳老师有一位长期分居的太太，她带着孩子住在家乡札幌。而他口中所谓的"杂事"，即是被太太叫去了北海道。

更详细的情况就不得而知了，但我略做过一二猜想。他与家人之所以分居，或许并不是因为夫妻不和，而是由于他长年留在夜见北观察的这个"现象"所致。他应该是担心妻儿被卷进"灾祸"，才决定让她们住在信号服务区之外的。

算了，先不去管这些。

在此期间，我还意外得知了一件事，是鸣告诉我的。

"昨天有位学姐来了画廊。她姓立花，美术社的，前年毕业，原来也是初三（3）班的。因为喜欢玩偶，所以一有空便会来画廊里逛逛，但已有阵子没碰上她了。"

倒是第一次听她说有这么一位学姐。鸣没多理会我的惊讶，继续说道："看样子，立花学姐是听说了今年的事情，才……"

"担心你，才来看看你？"

鸣迟疑了一会儿。"我倒是觉得她本不想与这事儿有任何关联，只是一时没忍住才出现的。"她这样冷静地分析道，"可能她从望月那儿听说了，知道我是今年班里'不存在的人'。她虽然来了，作为学姐却没给我任何建议，说话畏首畏尾的……所以我决定采取主动，向她询问了。"

有关混进前年初三（3）班的"另一个人"即"死者"的问题。

鸣对学姐说出了从千曳老师文件夹里知道的那个名字浅仓麻美，并问她："你还记得有这么一个人吗？"

正如千曳老师所言。"不记得了。"她答道，还惴惴不安地添上一句，"不过后来我听别人说，的确曾经有个叫这名字的女生……"看来，关于"死者"的记忆会消失一事，果真在她身上应验了。

还有关于前年被视作不存在的学生的问题。

"他（或她）是个怎样的人？"鸣开门见山地问，"听说是因为他（或她）中途破坏了'班级决定'，才致使'灾祸'开始。那这个人又是个怎样的人呢？"

"他叫佐久间，是男生，原本是个性格温顺、不太起眼的人。"鸣用一贯淡淡的口吻，将她从这名叫立花的学姐那儿听来的事告诉我，"学姐说，这个叫佐久间的，进入第二学期后没多久便撂下'不存在的人'一角不干了。随后，紧接着的十月初，'灾祸'便降临了。十一月、十二月都相继有人死去……佐久间本人也在第二年的元旦后自杀了。"

"自杀……"

"具体我没问，但弄不好他成了一九九六年的'一月死者'……"

梅雨初歇的午后，我和鸣沿着夜见山河的堤坝，一边望着清凉的河水一边这样聊着。翘掉下午的课，不是由谁先提议，我们就这样自然地来到了校外。

到了第六节差不多快下课的时候，我们又从后门回到了校园里。可刚一进门，就飞来"喂！"的一声怒吼。

原来是教体育的宫本老师。只见他远远地瞪着我俩，估计是错把我们当成逃课离校的普通学生了。

"喂！你们俩！上课时间这是去哪……"

他一边怒气冲冲地指责我们，一边急急忙忙跑来。可跑近了之后，似乎"咦？"地一下站住了，又仔细看了看我们，便把下半句话咽了回去。

我一声不吭，微微低下了头。宫本老师则有些尴尬地避开目光，叹着气说道：

"你们也不容易啊。只是出校园不太好，还是要适可而止啊。"

2

经历了这么多事，我决定找怜子阿姨问个明白。"当年究竟怎么了"的问题一直困扰着我，不能再沉默下去了。

记得那是发生在六月最后一个周六晚上的对话。

"呃，前些天我从图书管理员千曳老师那儿听说了一些事情。"

晚饭后，顾不得一旁的外祖父母，我立即叫住了正准备抽身回偏房的怜子阿姨。

"那个……怜子阿姨，你初三的时候，也就是在初三（3）班那会儿，那一年其实是‘发生年’吧？”

“‘发生年’？”

听到这个词，神情略显呆滞的怜子阿姨眼里顿时掠过一丝警觉。

“就是班里多了一个不知道是谁的人，然后‘灾祸’频发，每个月都会有相关的人以各种方式丧生……所以被称作‘被诅咒的（3）班’。这些，怜子阿姨你应该都知道吧。”

“啊……嗯，嗯。”怜子阿姨右手捏拳，轻轻捶着脑袋，用嘶哑的声音说道，“是啊……好像是有这么回事。”

很久没和怜子阿姨这样交谈了……当然，这不免令我感觉紧张，相信当时的她也是如此。

“对不起，恒一，对不起。”怜子阿姨突然摇头，这样说道，“我也是没办法……”

此刻，看着她略显苍白的脸，我不禁回忆起在毕业相册中见到的母亲，温热的心房涌上一丝伤痛。

“我想问的是十五年前的事。”我竭力克制着自己，说道，“妈妈生下我之后，是在这里去世的……她的死究竟是不是那一年的‘灾祸’之一？”

但怜子阿姨既没有回答“是”，也没有回答“不是”，只是一味重复着：“对不起，恒一。”

记得以前，我也就十五年前的事问过怜子阿姨，就在我刚刚得知她和母亲一样在初三的时候被分在（3）班之后。

那个时候的初三（3）班有没有被叫作“被诅咒的（3）班”？

当时的她用简单的一句“十五年前的事了，不记得喽”搪塞了过去。只是……

那句话到底是故意装傻还是真的因为十五年前的记忆模糊呢？

一般想来会是前一种情形，但在这件事情上不是没有后一种情形的可能。千曳老师不是说了吗？人们和"现象"有关的记忆都不会持久，更何况人和人之间还存在差异。

"到底是不是，怜子阿姨？"我依旧穷追不舍，"你觉得到底是不是呢？"

"我不知道。"

"恒一，今天你怎么突然……"

一旁收拾餐桌的外祖母听了，忍不住停下手，瞪大眼睛问道。

外婆应该还蒙在鼓里吧……我想。即便她过去略知一二，现在有关该事的记忆也肯定消失殆尽了……

"可怜哪！"一向沉默寡言的外祖父此时突然开口了，他颤抖着消瘦的双肩，从喉咙里挤出近似呜咽的声音，"可怜哪，理津子！理津子可怜，怜子也可怜……"

"哎呀，老头子你说什么呢！"外祖母慌忙跑到外祖父身边，一边替他搓背，一边用哄孩子般的语气安慰道，"你怎么能这么想呢？来，来，老头子，我们去那边休息一会儿……来。"

听着外祖母的安慰，我不禁想起了九官鸟小怜那高亢的叫声："精神！……打起精神！"

就在外祖母搀扶着外祖父站起来颤颤悠悠地走出房间时，"那一年……"怜子阿姨突然不紧不慢地说道，"理津子姐的事，我是真没印象了。不过那一年……对，它好像到一半的时候就停下了。"

"停下了？"我不由得吃了一惊，赶忙确认道，"你是指那年的'灾祸'停下了吗？"

"嗯。"怜子阿姨不自信地点点头，又用拳头捶起脑袋。

"灾祸"一旦开始，几乎没有中途停下的先例。当初千曳老师说这话时我就想，如果"几乎没有"和"不是完全没有"同义，那么也就是说，曾有过"中途停下的先例"。

这稀有的先例莫非发生在十五年前怜子阿姨读初三的时候？

"怎么停下的？"我掩饰不住内心的兴奋，嗓门也提高了几分，"怜子阿姨，你快告诉我，当年是通过何种方法让'灾祸'停下的？"

然而，她的回答令我失望。

"不行。脑子里一团糨糊，怎么也想不起来。"只见她又捶了几下脑袋，甩甩头，"啊……对了对了！好像是那年暑假，那个什么……"

可惜直到最后，怜子阿姨还是什么也没想起来。

3

六月里，我又去了两次位于御先町的"夜见的黄昏下，空洞的苍之眸"。

第一次是去市立医院做完肺部愈后检查之后，在回程的路上。

我一个人付了钱、观看了玩偶、下到了地下展示室，但这一次并没有遇见鸣。来之前没和她打招呼，所以也不知她到底在不在家。于是我决定不惊动门口的那位老妇人——天根婆婆。欣赏了雾果的新作后，一个小时不到，就满足地离开了。

来到这里居然没遇见鸣！当时的我这样想道。

第二次是在六月的最后一天，三十号，周二的黄昏时分。起因是在放学回家的路上收到了鸣的邀请，于是就……

那天我们没上三楼的住所，也没碰见雾果，而是先在没有来客的一楼沙发上坐了一会儿。

那天也是我第一次喝到天根婆婆泡的茶，比冷藏的罐装红茶无疑美味许多。

"明天起就是七月了。"

鸣率先提起此事。我当然知道她话里有"从明天起才是一决胜负的时刻"这层意思，却故意打岔道：

"是啊，下周就要期末考了……你都准备好了吗？"

只见鸣稍有些不乐意地噘起嘴。

"这好像不是'不存在的人'应该关心的问题吧？"

"倒也是……"

"有机会，我想去趟榊原的家。"

她又冷不丁来了这么一句，着实让我手足无措。

"啊？那个……呃……你是指我在东京的家吗？"

"不是，夜见山的。"鸣一边轻轻摇着头，一边眯起右眼，"在古池町的，你外婆家。"

"哦。为什么？"

"不为什么。"

过了一会儿，在鸣的带领下，我们又来到了地下室。馆内正播放着一首忧郁的弦乐，似乎是五月份我第一次来画廊时播的同一首。

地下室里依旧沉淀着阴冷的浊气，如地窖般。周围散落着玩偶及它们身体的各个部件……身处地下室，我已没有了昔日那种强烈的、不得不代替玩偶们呼吸的冲动。难道我真的已经习惯这里了？

走到地下室最深处背靠暗红色帘布的那副黑色六边形棺材前，鸣静静地向我转过身，用自己的身体挡住了棺材里几乎和她一模一样的玩偶，随后……

她从容地摸了摸左眼的眼罩。

"以前我也在这里摘下它给你看过吧？"

"啊……嗯。"

那次我见到了她眼罩底下的左眼。彼时彼刻的情景，我怎么会忘记呢？

空洞的苍之眸。

眼罩底下是一只如玩偶般闪烁着无序光芒的苍之眸……

为什么？

为什么今天突然又……

鸣没有理会我的困惑，取下眼罩，一反平时用右手掌心遮住右眼，而是露出一只重现的苍之眸望着我。

"四岁那年，我失去了左眼。"两片朱唇轻颤着，发出清澈、淡定的声音，"我还依稀记得当年的情形——左眼得了恶性肿瘤，不得不通过手术彻底摘除……那天我一觉醒来，左眼就成了空洞洞的。"

除了呆呆地望着她的脸，我不知该如何是好。

"听大人说，刚开始为了填补这个空洞，我试过好几个普通的假眼，可都不好看……于是妈妈为我做了这只特别的眼睛，特别的'玩偶之眼'。"

空洞的苍之眸。

"其实你不必把它遮起来。"听到这里，我不由得脱口而出，"不必戴眼罩。我觉得你那只眼睛……很漂亮。"

话刚出口，不知是因为害怕还是紧张，只觉得自己的心在怦怦乱跳。再看一眼站在对面的鸣，只见她的半张脸被遮着右眼的右手挡住了，读不出表情。

我的左眼叫"玩偶之眼"。

第一次在这里遇见鸣时她说过的话又回响在我的耳边。

因为会看到一些不必要看到的东西，所以我一般把它遮起来。

这时，我心里突然涌起一阵不安的悸动。

当时的我一无所知，的确不明白她的意思……现在呢？现在至少比那时候强些吧？我想。

会看到一些不必要看到的东西。

不必要看到的东西……

究竟会看到什么？我不禁问。但与此同时，我又将这股冲动压制了下去，因为我隐约有预感——总有一天会真相大白。

"后来又听大人说，做眼睛手术的时候，我差点儿死掉。"

鸣依旧捂着右眼。

"其实当时的那种体验，我多少还记得一点儿。你相信吗？"

"呃，是不是就像所谓的濒死体验记忆？"

"当然你也可以纯粹将它理解成四岁孩子在病床上的噩梦。"说着，鸣的语气变得不同寻常地严肃起来，"其实'死'一点儿不好受。尽管我们常说某某人'死得很安详'，但根本不是那么回事。周围黑漆漆的——无论到哪儿都是黑漆漆的，无论到哪儿都是孤伶伶的一个人。"

"黑漆漆的，一个人……"

"对。不过活着也一样，你不觉得吗？"

"有吗？"

"你想啊，我就是我，始终是孤独的一个人。无论是刚生下来的时候，还是活着作为一个迈向死亡的个体的时候，对吧？"

"……"

"无论表面上看起来与他人联系得多紧密，实质上还是一个人。我也好、妈妈也好……或是榊原你也好。"稍稍停顿了一会儿，鸣又最后加上了这么一句，"还是那个人——未咲——也好。"

未咲……藤冈未咲吗?

四月底在市立医院过世的鸣的姐妹?

于是,那天在医院电梯里与鸣初次相逢的情景又鲜活地跳了出来,犹如昨日重现。

4

就这样,六月过去,七月来了。

月际交替,意味着新一轮灾难不可避免地降临,教室中弥漫着的紧张气氛也随之进一步加剧——说起来,这也难怪。

因为在六月已有水野和高林两名相关者离开了人世。随着七月到来,是否又会有人步其后尘?从这个意义上说,七月是检验增加"不存在的人"这一史无前例的"对策"究竟是否有效的试金石。

所以……

我和鸣那奇妙的校园生活,至少从表面上看,依旧毫无变化地延续着。

然而,在这份奇异的和平与宁静背后,暗藏着的却是不知何时将会来袭的暴风雨。在大家冷漠的掌心,承载的是仅属于我们两个人的孤独,也是两个人的自由……

七月的第二周安排了期末考试日程。

从六号到八号,三天时间,总共九科。这一纯粹把学生按分数排位的惯例考试既无聊又令人伤感……

从心底里感叹考试的"伤感",这在于我倒还真是头一回。其实作为"不存在的人"之一,越是到了这种场合,越应该看得开,甚至应该感到轻松舒畅才对。

之所以"伤感"，原因很清楚，那就是……

我总会情不自禁地想起发生在五月期中考试时的那件事、那场在考试最后一天突降的惨剧、那个被我目睹的恐怖现场。

相信那段令人不快的记忆多少也影响到了鸣，因为这次的期末考试，她一改往日，没有速速交卷离开教室。我也一样。

新"对策"究竟会不会奏效呢？

每每想到这里，我和鸣就不觉谨慎起来，更加注意在校的一举一动了。我们尽可能小心翼翼地抹去自己存在于班级的痕迹，而班上同学则更加彻底地无视我们。

日益膨胀的不安，已不能与五六月时相提并论。但另一方面，在不安不断扩大的同时，每个人心里也滋生出这样一个愿望：但愿这个月就这样平安度过。

可这个被称作"愿望"的东西轻薄、易碎，分秒间就可能变成一种没有根据的"臆想"。

不安、紧迫感、焦躁日益膨胀。虽然身处其中——哦，不，正因为身处其中——我有时甚至会感到一种不明缘由的乐观。

这份平安与宁静。

这份仅属于我俩的孤独与自由。

这一切，似乎只要我想就能够一直延续下去，毫无疑问地延续下去……直到明年三月的毕业典礼，就这样延续九个月。

可是，我们身处的这个现实世界并没有单纯到让这个梦想轻易实现。

平安度过了期末考试、离暑假还剩一周左右的时候，也就是七月第三周的某一天，距六月六日高林死后勉强维持了一个多月的太平日子，终于轰然崩塌了。

5

七月十三日，周一。

自从成为"不存在的人"，九成的早班会我是不去的，每次都是在第一节临上课时踩着铃声溜进教室。鸣也是如此。

然而这一天，我俩不约而同地一早就坐在了教室里。当然，我们没与任何同学说话，甚至连视线都没有交会。

我在膝盖上摊开一本文库本，饶有兴致地读着。书是我以前不曾读过的斯蒂芬·金的短篇小说集（顺便提一句，此时我正在看的是名为《绞肉机》的怪作）。自从上次近距离接触"死亡"，已过了一个多月，我那阅读欣赏这类脱离现实题材小说的心情也一点儿一点儿得到了恢复。关于这一点，连我自己也感到不可思议……

昨天，当地气象台刚刚宣告了出梅的消息。

于是今天一大早便是万里无云的好天气。强烈的阳光似乎在向人们宣告夏季的到来。从敞开的窗户吹进教室里的风清新、干爽，与上周相比，叫人心情舒畅多了。

我瞥了一眼坐在靠窗最后一排的鸣，只见她在逆光的角度下像极了一个轮廓飘忽的"影子"，与我五月份第一次来教室时见到的她一模一样……只是现在我知道她不是"影子"，而是一个现实存在的"实体"——已过去两个月了啊。

打铃后不久，教室的门开了，进来的是班主任久保寺老师。

身着一贯朴素的衬衣，举止间透着一贯的文雅怯懦，还有那一贯的……正这么呆呆地想着，突然，我发现有些不对劲。

今天的老师有好几处反常。

例如一向把领带打得整整齐齐的老师今天却没打领带；一向在晨会时只带一本点名册的老师今天却怀抱一只黑色手提包；还有那一向偏分、固定整齐的头发今天也凌乱不堪……

观察了一番站在讲台上的久保寺老师，感觉确实有些怪。他眼神空洞，目光似乎没有聚焦在任何东西上，而且……

即便从我的位置也能清楚地看到他的半边脸正在连续地抽搐。

这抽搐犹如痉挛般一下又一下……看上去好像某种病态的肌肉活动。

不知班级里除我以外还有多少人注意到了老师的不对劲，因为虽然全班都坐在座位上，教室里依旧闹闹哄哄的。

"同学们！"久保寺老师双手朝讲台一撑，开口道，"同学们，早上好！"

这句招呼也让我一听就觉得怪，因为同他的面部肌肉一样，他的声音在微微颤抖着。

这天，三神老师没在场，倒不是因为她又请假休息了，而是没规定说晨会上副班主任必须露面……

"同学们。"久保寺老师又接着说道，"今天，我不得不向诸位道歉。今天站在这里，我不得不向大家……"

随着久保寺老师的讲话，教室里渐渐安静了下来。

"我说过，大家要一起努力，争取在明年三月健康、顺利地毕业。这么说的我也是这么全力去做的。尽管五月过后发生了多起令人悲痛的事，但今后无论如何……"

虽然对象是面前的学生，但久保寺老师没看我们一眼，他那空洞的目光始终悬浮在半空中。

讲台上放的他刚刚带进来的手提包。只见久保寺老师一边说一边打开包，将右手伸了进去。

"之后的事情就要靠大家了。"

说话的语气好像在念教科书中的例句，这一点倒是完全没变。没变是没变，只是……

"是不是一旦开始，无论如何挣扎都没用？或者说，是不是有阻止它的方法？这些我都不知道。不知道，也不可能知道。其实这些对于我都已经不重要了……啊，不，作为这个班的班主任，我还是希望大家能齐心合力，不要灰心气馁，共同战胜困难，直到明年三月顺利毕业。哪怕到了现在这个时候，我依然……我……依然……"

语气还真是一点儿没变。

可说到这儿，久保寺老师突然神色大变，声音也一下子听不见了……没等我们反应过来，老师竟然从口中发出了全面崩溃般的声音——只有这么形容才恰当。

"啊——""呀——""哇——"

倘若写成文字，确实有漫画之嫌，但当时的久保寺老师顷刻间发出的确实是这种不像正常人发出的怪声。就在我们面面相觑、不知所云的时候……

老师从手提包里缓缓抽出了右手。

只见他手中握着的，是一件不宜带进中学课堂的东西。

一把闪着银色锐光的刀具，像尖头菜刀或大号水果刀——即便从我所在的位置也能清楚地看到。

可直到现在，我们还没意识到这一切究竟意味着什么。先发出那样的声音，再拿出那样的东西，久保寺老师到底要干什么……

不过，两三秒钟之后，全班同学就在一片惊愕中知晓了答案。

只见久保寺老师紧握着刀柄，向前一伸右手，随后弯过手肘，将刀刃朝向自己，口中不断迸发出那不成言语的怪声。

紧接着——

面对开始骚动不安的我们，老师大叫一声，将尖刀刺向了自己的脖子。

随即，怪声变成了尖叫。

骚乱变成了悲鸣。

喉咙被深深划开了"一"字，鲜血瞬间以骇人之势喷涌而出，直接溅在了讲台附近同学的身上。同学中既有踢倒椅子仓皇逃散者，也有吓得僵住了一动不动的。

气管似乎连同血管一起被切断了，老师的尖叫声转而失去了声音的实质，变成了痛苦的抽气声。他那握着尖刀的手和衬衫甚至面部都被自己的血染得鲜红。

但即便如此，久保寺老师依旧左手扶着讲台支撑着身体站在那里，透过满脸的血水，一双空洞的眼眸……

我感到那双空洞的眼眸正死死地盯着我，向我传递着某种东西。某种……啊，对了，是恨。

不过，那只是短暂的一瞬。

只见久保寺老师又再度抬起右手，用沾满血污的刀刃再次深深地划了下去。

鲜血喷涌不止。

他头颈的前半部分筋肉已完全被划断了，脑袋顺势骨碌一下垂到后方。颈部创面犹如一只来历不明的怪物张开的血盆大口。可即便到了这个地步，久保寺老师依旧没有松开右手，无力晃悠了一阵之后，终于……

倒下了。

瘫倒在讲台后方。

一动不动了。

事发突然，教室里顿时鸦雀无声，可紧接着，哀号声、尖叫声像冲破堤坝的洪水般瞬间爆发。而我，在这片混乱中像失去了意识控制似的，从座位上站起来，朝着能看清老师的位置前进。

只见坐在最前排的风见智彦浑身颤抖得仿佛能听到"咔哒咔哒"的响声，连眼镜片上溅落的血迹都顾不得擦就瘫软在座位上了。坐在他身旁的女生虽然站起来了，可腿一软又跌在了地上。教室里不乏伏在桌上抱头厉声尖叫的女生以及匍匐在地、低声呜咽的男生……

正在这时，前方右侧的门被一下子有力地推开，一个人冲进了教室。

是谁？我不由得吃了一惊。此人一身黑衣，头发蓬乱……正是图书管理员千曳老师。

"大家快出去！"

一眼瞥见倒在血泊中的久保寺老师，估计千曳老师认为为时已晚，于是他并没有急着跑向久保寺老师，而是大声向同学们命令道：

"别管了，快出去！快！"随后，又冲刚才进来的方向喊了一声，"三神老师！"

我应声望去，只见三神老师站在门外的走廊上一脸惊恐地朝教室里窥探。

"三神老师！情况紧急，快打电话叫警察和救护车！快！"

"好，好！"

"你们有没有人受伤？"面向蜂拥出教室的学生们，千曳老师又问道，"没有吗？身体不舒服的同学、觉得坚持不住的同学别忍着，告诉老师！我送你们去医务室……都听见了吗？"

随后，千曳老师的视线落在了我身上。

"啊，是榊原啊，你……"

"我没事。"我朝千曳老师用力点了点头，"真的没事。"

"走吧，榊原。"

这时，突然从背后响起一个声音。我一听就知道是鸣。

一回头，只见她的脸色比平时更苍白……应该是被刚才的突发事件吓到了，可是……

面对横躺在地、纹丝不动的久保寺老师，她俯视的眼神竟与在"夜见的黄昏下……"里看玩偶时的眼神极为相似……

"看来还是不行。"鸣低语道，"即便将'不存在的人'增加到两个，还是……"

"我不知道。"

"你们俩也快点儿！"

在千曳老师的催促下，我们俩离开了教室，在走廊上恰巧与先行走出教室的几名同学目光相遇了，接替樱木由香里担任女生班长的赤泽泉美也在其中。

她们虽然脸色煞白，但见到我和鸣之后，都一齐向我们投来愤怒的目光。她们虽然都没有说话，但从目光中，我们似乎能听到她们在说：

都怨你们！

6

据说当天早晨久保寺老师的举动就很反常。

在办公室的时候始终一个人沉默不语，无论谁招呼他都没有反应。脸上的表情既像在苦思冥想，又像丢了魂儿……

听千曳老师说，这天他在来学校的路上碰巧遇到了久保寺老师，随后简单地聊了几句，那时他就感觉对方有些不对劲——或者说有些危险。

聊天中，久保寺老师不断重复自己"已经累了""疲惫不堪"，还低声向千曳老师诉说"不知该怎么办才好"……

他甚至说"若是你，应该能理解我"之类的话，因为千曳老师曾在夜见北教社会课，也曾担任初三（3）班的班主任，久保寺老师自然不会不清楚这些。临别的时候，久保寺老师用几乎听不见的声音对千曳老师说了句"以后就拜托你了"。

"当时我就觉得这句话怪怪的。"事后，千曳老师如是说。

所以他放不下心，晨会的时候跑去 C 号楼三楼看看情况，结果却听到了学生们从（3）班教室发出的哀号和悲鸣……

警察和医护人员赶到的时候，久保寺老师早已断了气。他使用的那把刀具，据查是他从家里带来的专用于切肉的菜刀。

"警察前往老师家里调查的时候发现了一件更意想不到的事。"

这也是事后千曳老师告诉我们的，看来找他做问讯笔录的警察反倒被他问出了许多话。

"久保寺老师至今单身，一直和母亲两个人生活。他的母亲年岁已高，几年前更是患了脑梗塞，之后就卧床不起了。因为久保寺老师平时不太提及私事，所以几乎没有同事知道他的家庭情况……他的母亲在警察赶到的时候已经躺在床上死了。而且……"

据说是被枕头蒙住了脸窒息而死的。很明显是他杀。

死亡时间是在十二日周日晚深夜，或者说十三日周一凌晨。而压着枕头置她于死地的，按照警方判断，十有八九是久保寺老师。

"估计那就是所谓的'护理疲劳'吧。久保寺老师的精神状态长期以来被无休无止的护理、照看逼到了极限，于是作出了亲手杀死老母的决定……不过在那之后，他还是有很多选择的，比如自首、隐瞒甚至逃跑，但他最终选择第二天一早来学校，当着全班同学的面自杀。

"对于久保寺老师的这一决定，你们怎么想？认为仅仅是脱离常规的举动吗？"

"您是说，这也是由那个'现象'导致的'灾祸'？"事到如今，这句话已经很自然地从我嘴里说出了，"怪不得久保寺老师会以那种……怎么说呢，一般不常见的方式走上绝路。"

"现在看来，这种解释似乎最为妥帖，尽管没办法证明。"千曳老师显得有些无奈，挠了挠蓬乱的头发，"不过考虑到当时的事发地点和状况，没有连累一名在座的学生还真是万幸啊。"

这段对话发生在出事后第二天，周二，放学后的第二图书馆里。当时鸣也在场，可她几乎没有开口说过一句话。

"不管怎样，总之还是不行。"我随即压低了声音说道，"这次，久保寺老师和他处于范围以内的老母亲，他们俩成了'七月死者'。"

"嗯。"

"看来将'不存在的人'增加至两人这一新'对策'还是不行啊，没有效果。一旦开始了，'灾祸'果真停不下来，也无法让它停下来，对吗？"

"嗯，很遗憾，恐怕是这样……"

我有些伤感，随即将视线从微暗的屋内移向窗外，窥见的却是出梅后全无阴云的蓝天。

今年的"灾祸"没有停止。

从久保寺老师的脖颈处喷涌而出的血下一秒似乎就将吞噬整片天空。脑海里刹那间浮现的这一念头令我不寒而栗，不由得紧紧闭上了双眼。

"灾祸"仍将继续。

今后还会有人死去。

第十二章　七月　Ⅱ

1

我开始常做噩梦。

醒来之后便记不得细节了，也不知是否是同一个梦，但出场人物大致不变，有刚死不久的久保寺老师、五月从楼梯上摔死的樱木由香里、六月在医院电梯事故中死去的水野护士，等等，还有赤泽泉美、风见智彦等几位依然活着的班上同学……

梦中的久保寺老师满脸是血，一双充满憎恶的眼睛狠狠盯着我，口中控诉道：

都怨你！

樱木将深深刺入喉咙的伞尖慢慢拔了出来，随后摇摇晃晃地站起身，冲我咒骂道：

都怨你！

水野也是。只见医院那部电梯的门开了，她从里面艰难地蹭着地爬出来……说：

都怨你！

都怨你！都怨你们！这是从赤泽口中说出的毫不留情的谴责。紧接着，风见、勅使河原、望月等人也追随着一起，那三个字像雨点般冲我袭来：

都怨你、都怨你、都怨你……

别说了！

快别说了！我想大声制止，却怎么也发不出声音。

不！这不是我的错！我想大声否认，可是我……

可是我……他们说得没错——在心底的某个角落也这么认同，于是无法反驳。

是我的错。

是我转来这所学校的错。

尽管有着无可奈何，但确实是我走近了"不存在"的鸣，撕毁了预防"灾祸"的护身符，破坏了班级的"决定"。

所以……是我的错，导致今年的"灾祸"降临在他们头上。是我的错，令他们以这种惨不忍睹的方式……

在呢喃、呻吟、令人窒息的夜里，我一再惊醒。

掀开被汗水濡湿的被子，黑暗中，我独自反复做着深呼吸，真切地感到——

如果这会儿肺部再度破裂，估计就再也好不了了。

2

"唉，算了算了，都是没办法的事。我说榊原，你也别太消沉了，现在就算你再怎么自责、消沉也无济于事，你说是不是？"

久保寺老师自杀后，最先同我开口说话的要数勅使河原了。只见他一副相识之初的淘气样儿，这啊那啊的，表现得格外近乎，和几天前还彻底无视我的他简直判若两人……

我半开玩笑地调侃了他几句。

"其实我心里也不好受。你看你自始至终都被蒙在鼓里，被全班同学给'无视'了，想来也挺惨的。"勅使河原没心没肺地冲我笑笑，随即立马严肃起来，"事情的来龙去脉，你已经全部知道了吧？"

好像生怕有什么万一似的。

"听说你从第二图书馆一位叫千曳的老师那里了解了许多详细情况。那样的话，你应该能体谅我吧，榊原？"

"充分体谅。我明白。"

避开他的视线，我又小声重复了一句"我明白"。

"我一直认为这事儿无可奈何。嗯，大家肯定也想不出其他什么办法了。我一直都明白。"

将"不存在的人"增加至两个人这一尝试以失败告终。既然如此，没必要无视我和鸣了，何况即便无视也没意义。所以……

同学们对我、对鸣的态度在久保寺老师死后发生了转变。这种转变不是通过开会讨论决定的，而是一点一滴、悄无声息地进行着。

例如现在——周四午休，和勒使河原对话的时候——鸣就站在我身旁。从勒使河原的表现来看，他确实把她当作真切存在的人来对待，还时不时同她说上一两句。

不仅是勒使河原，从这周起，班上的其他同学也不再将鸣视作"不存在的人"。

不过鸣本不是善于社交的性格，如果不留意观察，还挺难发现正在她周围发生的这些微妙变化。但相信过不了多久，变化会越发明显，到时说不定能在课堂上听到老师点她的名字呢。

被众人视作"存在"的见崎鸣。

当然，这其实是本该有的状态，但奇怪的是，每每见此场景，我反而觉得别扭……

位于 C 号楼三楼的初三（3）班教室自事件发生后作为现场被即刻保护起来，禁止入内了。（3）班被立即迁往 B 号楼空着的教室

（鸣用的那套旧桌椅依然留存在C号楼）。对于空缺的班主任一职，学校决定暂时由副班主任三神老师代理。

移到B号楼的教室里，空空荡荡的。事发当日就有半数以上的学生早早离校，事后第二天、第三天，借口受事件影响提出请假的学生更是占到了多数。

"这事儿也是。"勅使河原就此评价道，"亲眼见到如此骇人的情景，怎么可能有人无动于衷？暂时不想来学校属人之常情。哪怕是我，如果还是原来的教室，肯定也毫不犹豫地回家了。"

"说起来，风见好像一直没来学校啊。"

"那家伙，从小胆子就比别人小，这次还偏偏坐在第一排……他没当场昏厥，已经很让我觉得不可思议了。"

勅使河原毫不留情地挖苦道。然而对这位从小结下"孽缘"的朋友，他更多地给予友情和关爱，因为马上从他嘴里又说出了这样的话：

"昨晚我打电话给他，听起来精神还不错，说明天就来了。"

"不知有没有人放暑假前都不打算来了？反正没几天了。"

我问。话音刚落，勅使河原立马接道："绝对有！"

这时在旁默默听着我们对话的鸣突然开口道："说不定还有人想从这里逃出去呢。"

"从这里逃出去？"勅使河原显得有些惊讶。

鸣"嗯"了一声，轻轻点头道："听说前几年趁暑假逃离夜见山的有不少呢。"

"是不是因为出了夜见山就安全？这到底是不是真的？"

"按照千曳老师的说法，可能性还挺高。"

"哦……逃出去的那些人，不就把情况告诉家里人了？"

"有这个可能。但不是有禁忌，这些事情即便对家人也不能讲吗？……伤脑筋啊。"

"嗯。"勅使河原皱皱鼻子，吐出一句"怎么办才好呢"，随后再次瞥向鸣，"说起来，见崎，你还真怪啊。自己明明是当事人，却冷静得像在谈论别人的事儿。"

"有吗？"

"莫非你……"说到这儿，勅使河原故意顿了顿，用夸张的惊讶语气继续道，"你其实就是今年'增加'的那个人？"

"我？"鸣那没戴眼罩的右眼中拂过一丝笑意，"我觉得不是啊。"

"哦，是嘛。"

"啊……不过听说那个混入班里的'增加的人'自己也不知道自己就是'死者'呢。所以说不定……"

鸣开玩笑道。记得此前在鸣家里时也说起过类似话题，当时她斩钉截铁地表示：

我知道自己不是"死者"。

那是为什么？我不禁有些疑惑。

为什么当时她能如此肯定地这么说？

"但是，说不定勅使河原你才是呢！"鸣微笑着说。

"我……我？"勅使河原惊愕得指着自己的鼻子，翻着白眼道，"不会吧……喂，喂，别瞎说啊！"

"真的'不会'吗？"

"不信你看，我这不活得好好儿的吗？既有食欲又有物欲，何况有关我死了的记忆连一丁点儿也没有。不是我说，从小到大的所有事情，我可都记得清清楚楚呢……"

见勅使河原那副慌了神的德行，我忍不住笑了。

可是，这并不能否定他就是今年"增加"的那个人的可能性。我努力让自己冷静下来，开始有意识地从现实思考：

"死者"是谁？

那行写在鸣课桌上的疑问。

3

久保寺老师的突然死亡在古池町外祖父母家自然也成了话题。

五月以来，一听说那些接连死去的人，外祖母都会略带夸张地不停念叨"太可怕了"，而这次听我叙述了久保寺老师的自杀，她却接连感叹"太可怜了"。外祖父倒和平常一样，不知他究竟明白多少，只是每每提到"死""过世"等字眼时，他都表现得非常敏感，或嘀咕"我不要葬礼了"或突然啜泣、老泪纵横……

怜子阿姨虽关切地同情我"受了不小打击吧"，但就此事一直少言寡语。这也难怪，我能理解，但……

"十五年前的那件事儿，你想起来了吗？"我总忍不住反复地问她，"怜子阿姨，你曾说过自己初三那年一度开始了的'灾祸'中途停下了，那究竟是为什么、怎么停下的呢？你想起来了吗？"

可无论我怎么问，怜子阿姨始终无精打采地侧着头。

"你说那年暑假发生过什么，对吧？到底是什么呢？"

"是什么呢？"

怜子阿姨托腮想了一会儿。

"那年暑假……"她用似是而非的口吻自言自语道，"理津子姐死了之后……啊，对了对了，我觉得一直关在家里不好，就去了夜见山的夏令营……"

"夏令营？"这个词倒是第一次听说，我不禁探出身子又问，"还有夏令营这么回事儿啊。是暑期的吗？在林间的那种？"

"没你说的那么高级啦，只是我们的班级内部活动。"

"那什么叫'夜见山的'？"

"那是……"

怜子阿姨一时答不上来。在旁一直聆听对话的外祖母此时开口道："就是夜见的山啊。"

"啊？"

"夜见山原本是山的名字。先有了山，才有了这个城镇。起名儿的时候，借了山的名字。"

哦……这么说来，街道北边确实有一座名叫夜见山的山。记得这还是怜子阿姨四月来医院探望我时说的呢。

"'夜见的山'，这里的人都这么叫吗？"

我问。外祖母仿佛说"是的"，点点头。

"年轻的时候，我和你外公还常常去爬呢。从山顶望下去，整个城镇一览无遗，风景可美了。"

"哦。"我又将视线转向怜子阿姨，"你就是去那座夜见山夏令营吧，只和初三（3）班的同学一起？"

"对。"怜子阿姨依然一副不敢肯定的表情，讷讷地说道，"我记得在夜见山脚下有一栋房子。听说房子原来的主人曾是夜见北的学生，后来将房子赠给了学校，于是学校常在那儿搞夏令营什么的。我们当时是班主任召集自愿参加的……"

"然后呢？"我急切地再次问道，"是不是在夏令营时发生了什么？"

"我觉得是这样，没错。"怜子阿姨收回了托腮的手，缓缓摇了摇头，"但我还是想不起来。我只知道确实发生过什么，但到底发生了什么，就……"

"是嘛。"

"这记性，真不中用……抱歉。"

怜子阿姨说着，苦闷地叹了口气。

"别，其实……"

不用道歉。我动了动嘴唇，没有出声。

那是一段伴随着诸多复杂感情的回忆。见怜子阿姨如此为难，我有些于心不忍。何况——

是的，暂且无论已时隔十五年，毕竟这件事还和那个"现象"有关。身为当事人的怜子阿姨，记忆会消退得如此严重，也属无奈。

所以，再继续追问下去，估计不会有任何收获。不过，我还是从刚才的话里抓到了一丝线索。

对，去找千曳老师谈谈，听听他的意见。

这么想着，我朝怜子阿姨生硬地笑了笑：

"我没事。怜子阿姨，你也不要太勉强了。"

4

十七日，周五的早晨。

昨晚我没做噩梦。可能是勅使河原那半带玩笑的安慰令我心情轻松起来，看来不得不谢他。

"你是榊原同学吧？"

早上听到有人这样叫我时，我正在上学的路上，刚走到能看见校门的地方。

声音是从前方传来的，一个不熟悉的男声。我有些意外，朝前望去，只见一位颇有几分面熟的中年男子正面带柔和的微笑向我举手。

"呃，你是……"

我慌忙在记忆里搜索，终于想起了对方的名字。

"你是大庭警官？夜见山警察署的？"

"哟，记性不赖嘛。"

水野的那场事故后，曾有两名刑警到学校办公室做笔录。而面前的男子，正是其中年长、圆脸福相的那位。

"那个……有事吗？"

"别误会，只是碰巧遇到了认识的人，打声招呼而已。"

"因为周一久保寺老师的那件事？大庭警官也是来调查的？"

我开门见山地问。圆脸刑警顿时收起了笑容。"说得没错。"点了点头，"榊原，你那天早晨也在教室里目睹了全部经过？"

"嗯。"

"肯定受打击不小吧，班主任老师突然那样……"

"嗯。"

"整件事情，我们已作为自杀事件处理了，从当时的情况来看，这毫无疑问。可问题是自杀的动机。"

"我听说，好像是老师先把卧病在床的老母亲给……"

"呵！已经传开了啊。"刑警先生略带不快地撇撇嘴，不知他是怎么想的，接着又用上次那般格外温柔的声音这样对我说道，"你的那位老师在杀死了母亲之后到来校的这段时间里，一直窝在家里磨那把自杀的刀。磨得可细致了，厨房里留下了不少痕迹。这情景，单是想想就觉得异常。"

"……"

"在事后的调查中，无论谁都说，久保寺老师平时是一个十分稳重、温和的人。这样一个人突然间竟干出了那样的事，真的很不正常吧？"

"是啊。"

究竟这名刑警想对我说什么？又想问什么？

"上个月发生在水野沙苗身上的事故，"他突然跳转了话题，"还有上上个月樱木由香里的事故，以及同一天，她的母亲因交通意外去世。"

"嗯。"

"我调查过，无论哪一起都是单纯的意外，除此之外没有其他的可能性。没有人为因素，也就是说，没有我们警方插手的余地。"

"嗯。"

"可是，该怎么说好呢，我总觉得事情怪怪的。听说上个月还有一个名叫高林的学生生病死了。这么短的时间里，同一个班级竟然有如此多的人相继去世，这难道不让人奇怪吗？你说呢？"

刑警一边说，一边试探性地盯着我。而我，只能扭头回一句"我不知道"。

"正因为我觉得匪夷所思，才四处询问打探。当然，这纯粹出于个人的好奇心。"

刑警继续道。我则继续扭着头，一言不发。

"就在我询问调查的时候，听到了这么一则不寻常的传言，说什么'初三（3）班的诅咒'。"

"……"

"榊原，相信你也听说过吧？传言夜见山北中学初三（3）班受到诅咒，诅咒'发生年'会不定期地到来，届时每月必会有与班级相关的人死去，还说今年就是诅咒'发生年'。我听了认为此乃无稽之谈，但调查后发现，在过去的年份中确实曾经有大量学生及相关者死亡的事实。"

"我……什么都不知道。"

带着否定的意味，我重重地摇了摇头。这一举动在刑警看来，恐怕会有些不自然。

"唉呀呀，我的意思不是我想怎样，这也不是我能怎样的问题，就算和同事、上司说了，也会被他们一笑了之。"刑警说，柔和的微笑又回到了他圆圆的脸上，"即使所谓的'诅咒'是真的，我们也丝毫插不上手。这就是现实。我只是，作为我个人很感兴趣，想尽可能地一辨真伪……"

我觉得自己能够体会对方的心思，于是将心中的想法如实说出。

"刑警先生，我认为这件事情您还是不要牵涉进来为好。这本不是警方介入就能怎样的事，何况弄不好，还会连累到您呢。"

"同样的忠告，我也在别的地方听到过。"圆脸刑警的微笑变成了苦笑，"说的是啊，尽管我认为可能性不大，但这个'万一'也不是完全……"

刑警话到一半没再说下去，而是将手插进兜里摸索起来，不一会儿，掏出一张皱巴巴的名片递到我手里。

"我或许帮不上什么，但如果有什么事我有可能帮忙，别客气，给我打电话。打手机好了，号码就写在这名片的背面。"

"好。"

"其实，我有一个上小学四年级的女儿。"

最后，刑警又补充了这么一段话：

"如果她照一般情况升入公立中学，十有八九就是夜见北了。我对这事儿如此在意，也有这方面的原因。考虑到将来她万一进入初三（3）班……"

"哦。"我点点头，"没事的。"

随后又说了一句很不负责任的话：

"到那时候，诅咒什么的肯定都被解除了，肯定……"

5

这天放学后，我和鸣两人来到了第二图书馆。来这里当然是为了见千曳老师。原本勅使河原和今天刚来学校的风见也想一块儿跟来，但我劝退了他们，生怕去的人多了，话题一分散，反而没什么结果。

"哎呀，是你俩哪！近来可好？"千曳老师用带着几分做作的爽朗笑声迎接我们。

"谈不上好不好的……"心中这么想的我一时语塞，接不上来，旁边的鸣插进来客套道："托您的福，我们很好。既没遇上什么事故，也没患急病。"

"听说'七月死者'出现之后，'不存在的人'游戏结束了？"

"是的。但这样一来，平衡似乎被打破了。"

"嗯，平衡……倒不如说是整体的团结。想想也是，大家这会儿都在各自发愁接下来该怎么办吧。"

说这话时，千曳老师又恢复了一贯严肃的面孔，语气中剔除了其他多余的感情。

"三神老师今天也来过这儿。"

"三神老师？"

我立即敏感地重复道。

"意外吗？"

"啊，不……"

"我的那些经历她都知道，所以特意跑来找我商量。"

"商量……是她作为（3）班的临时班主任，今后该怎么办之类的吗？"

"差不多吧。"千曳老师模棱两可地答道，随即立刻又问："你们呢？"转移了话题，"你们是不是也有什么事要找我商量？"

"嗯。"我意味深长地点点头，"有件事想向您核实一下。还有件事想请教您。"

"哦。"

"是这样的……"

接着，我把"灾祸"开始后曾中途停下的事儿对千曳老师说了。那是发生在十五年前、怜子阿姨还是初三（3）班一员时的事了。在一九八三年的暑期夏令营中似乎曾发生过什么。当然，整件事情我已提前告诉了鸣。

"一九八三……嗯，还真是那一年。"千曳老师推推眼镜，缓缓闭上眼又睁开，"那是二十五年来唯一一中途停下的啊。"

说着，他拉开服务台抽屉，取出一本黑色封面的文件夹，是那本收集历届（3）班名册的文件夹。

"你还是先来看看这个吧。"

千曳老师翻至一九八三年的那一页，递到我面前。

名单和上次见时一样，一排整齐的姓名中有几个被打上了红色的×。那是去世的学生。右侧空白处记有日期和死因。当然，还有几例是学生本人无事而家人死亡的记录——但针对怜子阿姨的姐姐理津子死亡一事，什么也没有记载。

"那年去世的人，除了我之前没掌握的理津子的情况之外，共有七人……"千曳老师探出服务台解释道，"四月两人、五月一人、六月一人、七月一人、八月两人。要是再算上理津子，七月就有两人了，合计八人。你看，从九月以后，就再没有人死，也就是说……"

"到八月停下了，是吗?"

"没错。你再看看'八月死者'的死亡日期。"

我照着千曳老师的吩咐看去，只见——死于八月的这两人皆为当时（3）班的学生，且这两人的死亡日期相同，都是"八月九日"。更巧合的是，两人的死因都为"意外事故"。

"两名学生在同一天，都因意外而……"

其中的关联显而易见。

"莫非这意外正是发生在暑期夏令营期间?"

千曳老师无言地点了点头。

"这么说来，夏令营期间发生了一起意外，导致两名学生去世。同时又因某件事，这年的'灾祸'就此停止了……"

"你看，在这页下方的空白处，我没写'死者'的姓名，对吧?"

千曳老师催促道。我一看，下面果然什么也没写。

"因为那一年我无法确定谁是'增加的人'，或者称之为'死者'。可能因'灾祸'中途停止，那个'增加的人'没等到毕业典礼就从班级里消失了。与此同时，他或她曾经存在过的痕迹也跟着消失了。面对这没有先例的突发事态，我一下子懵了，等事后意识到，再进行调查时，对相关人员的记忆已经模糊的模糊、淡忘的淡忘，没有人能说出那个'增加的人'的名字了……"

"哦……"鸣站在扶着额头陷入沉思的我身旁，开口了，"但那一年的'灾祸'到八月为止是千真万确的，对吧？"

"嗯。"

"重要的是，为什么、怎么停止的？"

"嗯。"

"而这个'为什么'至今还没弄清楚，是吗？"

"是没弄清，不过，就传言和主观猜测，我还是知道一些的。"

"传言、猜测……什么？"

我问。千曳老师似有苦恼，皱着眉，双手大力地揉乱发。

"那次夏令营，就像榊原你刚才所说，是在位于夜见山山脚、学校名下的房子里举行的。"

"那幢房子还在吗？"

"还在，叫咲谷纪念馆，不时为社团户外活动提供场地。现在估计已经很老旧了。夜见山的山腰处还有一间古老的神社。"

"神社？"

"叫夜见山神社。"

"夜见山神社……"

我嘟囔着望向鸣，只见她毫不意外地点着头。看来她早就知道这间神社的存在。

"传言说他们在夏令营期间一度集体去那间神社参拜过。好像还是班主任的主意。"

"参拜……"我有些困惑了，"难道是神佛显灵了？"

"是有这么种说法。"千曳老师淡淡地说道，"'夜见山'一词，既是二十六年前去世的岬的姓氏，'夜见'二字相传又是源于黄泉之国的'黄泉'。夜见山意为黄泉之山，建造在那里的神社不就像分隔现世与黄泉的'要塞'吗？想必当时的班主任是出于这番考虑才作此决定的。"

"因此'灾祸'停止了？"

"我不是说了吗，是有说法这么认为。"

"那么千曳老师，我们岂不是只要在'发生年'前去那间神社参拜就行了嘛！"

"啊，那年之后，确实有不少人纷纷效仿。"千曳老师依旧不紧不慢地说道，"可惜似乎没什么效果。"

"那是……"

"所以我才说嘛，这只是传言或主观猜测。至于'为什么''怎么样'之类的，还没弄清楚。"

"那参拜不就一点儿意义也没有了吗？"

"也不能这么简单地下结论。"

"怎么说？"

"比如或许有'参拜的条件'。比如要在八月上旬的盂兰盆节前后，有一定数量以上的人同去才有效之类的。"

"哦……也有道理。"

"当然，也不排除另有与之无关的其他事情的可能。"千曳老师注视着我的脸，随后又转向鸣，"其实，今天三神老师来的时候，我们也谈到了这个话题。提起十五年的'灾祸'究竟为什么、怎样停下时，我把刚才的话说了一遍，她似乎想到了许多，不时地点头、皱眉，最后还自言自语般地重复道'这样啊''原来是这样啊'……"

千曳老师略微停顿了一下。

"看样子，今年也会举行同样的夏令营。"

随后，他又看着我。

"她前年已有过一段痛苦经历，这次由于久保寺老师的死，她再次担任班主任一职，于是有了这种想抓住救命稻草的心情吧。"

我无以作答，耳边传来呜低声的叹息。千曳老师又揉了揉乱发。

"假如我想得没错，那么接下来的问题便是有多少学生参加了，对吧？"

6

"紧急通知：下月八号到十号，班级举行三天两夜的夏令营活动，地点在夜见山的……"

七月二十一日，周二。在热得犹如桑拿房的体育馆里，第一学期的结业式闭幕了。回到教室后，我们开了暑假前的最后一次班会。

正如千曳老师所料，班会上，代理班主任三神老师宣布了这样一则通知。

这天，教室里的学生不满二十人。自久保寺老师死后，不少人一直借故没来学校，还有露过一两次面之后再无音讯的。相信其中不乏有人像呜所说：在家人的理解和协助下趁早逃离了本镇。

这则突如其来的夏令营通知扰乱了班里的平静。在交头接耳的窃窃私语中，不难听到诸如"为何偏偏选在今年暑假"等困惑的议论。对不明缘由的同学来说，难怪会有如此疑问。

"大家就当它是一场重要的活动。"三神老师丝毫没有制止大伙儿议论的意思，"这是一场非常重要的活动……但并不强制，希望能来的同学尽量参加。都清楚了吗？"

话点到为止，她没作进一步的解释。

与十五年前的初三（3）班选在同一时间、同一地点举行夏令营，是期望在参拜了夜见山神社之后，今年的"灾祸"也能止步吧。虽然三神老师决定要举办夏令营，但要在教室里开诚布公，她还是有所顾忌的。

讲台前的三神老师或许因为紧张，说话时的表情十分僵硬，甚至还有几分茫然。

我怀着焦虑，竭力想揣测她心中所想所思，可是……

"活动的详细情况，我会在这几日里邮寄给大家。到时信封里会附上报名表，请愿意参加的同学于本月底之前回复。都清楚了吗？"

于是有关夏令营的话题到此结束了。虽然零星有几个人举手提问，但都未被理会……

总之，就这样，我……我们迎来了暑假。这是初中时代最后一个，不，弄不好也可能是人生的最后一个暑假。

插叙　Ⅲ

夏令营的资料，你收到了吗？

收到了，今天。

怎样？参加吗？

怎么会？怎么可能参加啊？

可三神老师不是说，是一场**非常重要的活动**嘛……

又不是什么中考特训。

资料里写有"目的：增进班级和睦"……

我真不明白为什么非要在"发生年"的暑假搞这么一个活动。**人家都怕待在夜见山，纷纷往外逃**，我们居然还要搞什么夏令营，万一发生了意外怎么办？

可是……

照我看，哪儿都别去，关在家里最安全。

是吗？

不是有句话叫"人在江湖，危机四伏"嘛。

……

为什么偏偏我们这么倒霉？真是岂有此理！好不容易盼来的暑假都过不安宁。

嗯。

要是当初那转校生没搭理见崎，说不定护身符不会失效。

也许。

我觉得对策委员也有问题，要是从一开始就把情况好好解释清楚……比如在转校生来学校之前。

嗯，可事到如今，抱怨也无济于事呀。

唉，算了算了。其实我到现在也不敢相信，居然真会有这么多人死去……

是啊，想不到竟然会变成这样……

上次说的夏令营，你收到信了吧？

啊，嗯。

什么打算？去不去啊？

呃，我觉得我还是……

不去？

啊……嗯。

喂……喂，我说班长，你不是还兼任对策委员嘛，哪有不去的道理呀？

呃，不是……只是……

该不是害怕了吧？害怕夏令营的时候突然发生什么？

没有，怎……怎么会呢……

我听说这次的夏令营，是别有用意的哦。

用意？什么意思？

就是这次的夏令营有特殊的目的。三神老师不是说过，这是一场非常重要的活动吗？我事后从榊那里听说啊，这其实是……

八月八号到十号，十五年前的夏令营也是在这时候吧。

嗯，是啊。

那我们也会去参拜夜见山神社吗？

我……是有这打算。

也是在第二天的九号？

因为好像十五年前就是在那天。

可听说十五年前的那天发生了意外……

我知道。我也看了千曳老师的邮件。不过我想，**既然要做，就应当尽可能地维持同一条件**，不是吗？

那为什么结业式那天您不像这样对大家明说呢？

啊，那是因为……其实我也没有把握。

……

这是否真是一场重要活动？今年的"灾祸"是否真会因此而停止？究竟应该对此抱多大的希望？其实我心里也没底，一直犹犹豫豫的……所以那天才只是点到为止。

现在您不再犹豫了吗？

说不清。

……

虽然说不清，但我总认为，比起坐以待毙，至少还是存在那么一种可能性的……

我想来想去，还是决定去夏令营。

你还在为这事儿烦恼啊？

因为我想，**去了之后说不定大家都能得救。**

得救？

我听说，那里不是有一间叫夜见山的神社吗？夏令营期间，我们会集体去那儿驱邪消灾。

是吗？

而且过去真有班级因此得救呢。

真的？

只是传言而已。

哦……

喂，你去不去？

都有谁去？

赤泽说她会去。因为她既是班长，又是对策委员，有责任的。

啊，还有杉浦。

杉浦真不愧是赤泽的左膀右臂啊。

中尾同学可能也会去。

他是为了赤泽吧？

就是就是。"女王陛下，请让我随您一块儿去吧。"

那个中尾，一副酸样儿。

这么说来，望月岂不是也会去？他不是三神老师的崇拜者嘛。

是啊是啊，太明显了。然后，榊原应该也……

不知见崎去不去？

还真没听说……

要是她去，我可不愿意啊。

不是已经没关系了嘛，那道**"不存在的人"**的护身符结束了。

话是没错，可我就是觉得见崎这个人不太好接近……哎，你们觉不觉得她看人的目光非常冷？

你这么不喜欢她？

不是不喜欢，而是怕……

……

……

我以前小学的时候，班上有个孩子和她非常像。

"她"？你是指见崎？

嗯。

可我记得见崎好像是独生女啊。

姓是不一样，但她的名字确实叫 Misaki。

哦……

我现在常常觉得当年的那个孩子说不定就是她……

那么她在哪儿读初中？

不知道。我五年级的时候就搬走了。

眼罩呢？她戴吗？

这……好像不戴。

我听说，见崎的左眼是在四岁的时候没有的。

是嘛，那这么看来……

1

我又开始做噩梦。

与此前的梦魇不同,这回的梦不是自责引发了"灾祸"……

"死者"是谁?

而是一个人在黑暗中反复诘问。

"死者"是谁?

伴随着疑问,梦中出现了一张张的脸:

风见、勅使河原、望月。

这些是在我转校后有过交情的人。

剑道社的前岛、水野的弟弟、前排的和久井、赤泽、杉浦、中尾……他们和她们虽与我并不熟识,但至少脸和名字能对上号。

然后就是……鸣。

其他还有很多很多初三(3)班的同学。究竟谁才是今年"增加的人"即"死者"呢?

他们和她们的脸从黑暗深处不断浮现,随后,脸的轮廓逐渐黏滞、塌陷,竟成了一摊散发着腐臭、令人毛骨悚然的物体,就像恐怖电影中常出现的那种运用特技的变脸……

然而每次最后出现的不是别人,是我自己——榊原恒一的脸。

这张只在镜中和照片中见过的我自己的脸,紧接着也毫无例外地塌陷了轮廓,变得狰狞起来……

我？

是我？

难道我在浑然不觉的情况下成了混入班级的"死者"？不会吧？

我不由得伸出双手，发狂般挠起那摊已辨不出形状的脸，口中连连发出痛苦的呻吟……随即便从梦中蓦然惊醒。这样的午夜惊魂已持续好几天了。

我，也许真是"死者"？

我开始认真思考这种可能性。

"死者"不知道自己是"死者"，因为他或她的记忆被调整、修改了，以为自己还没有死，至今依旧活着。如果是这样的话，那么我不就完全有可能是了吗？

今年四月初，教室的课桌椅原本不多不少。而进入五月，之所以会少一套，是因为我中途转学进来了。

那名意外增加的学生，正是我。如果我就是今年"增加的人"即"死者"的话……

那么，一切只是我没有意识到罢了。其实我早在去年或者前年就已经死了，只是这一事实被外祖父母、怜子阿姨、父亲、所有人遗忘了而已，各处的记录、文档都被修改得合理了而已……

不，等等！

我使劲儿摇了摇头，将手掌贴在胸前，一边确认着心脏那规律的、持续的跳动，一边努力让自己冷静下来。

记得千曳老师和鸣都说过有关"增加的人"即"死者"的基本法则——每年的"死者"都是从过往二十五年里初三（3）班的"现象"所导致的死者中随机产生的。

"灾祸"波及的范围只限班级成员和与其有血缘关系的二等亲以

内。但即便是"范围"圈定的对象，一旦出了夜见山，就不再受约束了。

和法则对照起来看，我的情况又如何呢？

要满足因"现象"而丧命这一条件，过去必须在夜见山住过，本人或二等亲以内的亲属必须在夜见北初三（3）班就读——而事实上，这些我都没有。

母亲念初三的时候，我还没来到这个世界。怜子阿姨读初三的时候，我虽在那年春天在这里出生，但怜子阿姨和我是阿姨与外甥的关系，属三等亲，也就是说在"灾祸"范围之外，虽能殃及母亲理津子，但应与我毫无干系……

何况母亲在十五年前的七月过世后，身为独子的我一直与父亲长期在东京居住，与夜见北初三（3）班无任何瓜葛。直到今年四月，才以转校生的身份第一次来到这里……

不可能！

"噌——"这时不知从哪儿冒出了一记微弱的重低音。是什么？转瞬间，脑海里闪过一丝异样的感觉，但很快消逝了。

"不可能。"我在心中默念道，"我绝不可能是'死者'。"

回想当初入院时风见和樱木来病房探望的情景，相信他们通过那席对话也确信了这一点。

他们当时提的问题好像是……

是第一次来夜见山住吗？

我在想，你以前会不会也在这里住过呢？

那有没有来了之后待过很长时间呢？

那时我就觉得这些问题好奇怪，现在想来，原来他们是想借此试探转校来的我究竟会不会是"死者"啊。

还记得临走时，风见要求与我握手。

"那也是确认的一环。"这是鸣在放暑假前告诉我的，"因为传言说，'死者'与初次见面的人握手时，手是冰冷的……不过，千曳老师曾表示，这一说法很可疑，好像是大伙儿添油加醋、恣意夸张的，几乎没有可信性。"

但倘若我就是今年的"死者"，且当场被风见和樱木发现了，他们又会如何呢？

听了我突然冒出的疑问，鸣这样答道：

"要是那样的话，等到五月你来校时，被当作'不存在的人'的就不会是我，而是你。"

"我？"

"对。把原本不应存在的'增加的人'视作'不存在的人'，这么做不是理所应当吗？而且和无视其他人相比，效果也应该好得多。"

"那这样一来，'灾祸'就不会发生了吗？"

"大概吧。"

"那……"我再次将冒出的新问题抛向她，"如果在我来校之后才知道'死者'的真实身份呢？要是立即将那人视为不存在……"

"我觉得肯定行不通。"鸣立即否定了我的想法，"'灾祸'已经开始。现在即便再怎么试图让'对策'趋于合理，都已经……"

2

七月二十五日，夜。暑假第四天，我接到了远在印度的父亲阳介打来的电话。

"儿子啊，放假了吧？过得还好吗？"

对这边情况一无所知的父亲，语气中依旧带着调侃。

"还行。"

我用一贯敷衍的语调答道。将这里发生的一切告诉父亲似乎不妥，何况即便告诉了他又能如何呢？

"对了，儿子，你知道后天是什么日子吗？"

被父亲这么一问，我不由得心头一紧，但仍故作镇定道：

"嗯，当然记得。"

"是啊！是啊……"

电话那头，父亲淡然感叹道。

后天，七月二十七日，是十五年前在这个镇上过世的母亲理津子的忌日。

"你在夜见山？"

父亲又问。

"嗯。"

"不回东京吗？"

"你是想让我一个人回去扫墓？"

"不是，我没有勉强你的意思，而且我们事先没说好。"

"其实，我是一直在犹豫该怎么办……"

母亲的遗骨并没有葬在夜见山，而是安置在位于东京的榊原家的墓地。每逢忌日，父子二人便会前往祭扫。在我的记忆里，没有一年是缺席的。

"我曾考虑过要不要一个人回去几天……"

实际上，岂止"几天"，我甚至想整个暑假都躲在东京，因为这样就能离开夜见山，至少在此期间不会有灾祸降临的危险。

可是……"我还是不回去了。"我说，"这里既是妈妈的出生地，又是她过世的地方，我想，即便不特意去东京扫墓，也……"

"嗯，对！对！"父亲即刻赞同道，"那代我向你外公外婆问声好。回头我会再打电话给他们。"

"嗯，知道了。"

之所以决定今年夏天不回东京，理由有二。其一，嗯，应该是鸣的存在吧！撇下她独自一人逃到"范围"外这种事，我无论如何做不出来。

其二就是八月的班级夏令营了。我想报名参加，觉得自己应当参与到阻止"灾祸"的行动中。这种想法虽然模糊，但日益强烈起来。

"呃，爸爸。"我忽然想到一桩事可以问问父亲，借此机会，忙开口道，"能聊些关于妈妈的事吗？"

"哦？你妈可是个大美人，看男人的眼光又好……"

"不是这些……"

前阵子在电话里向父亲说到夜见北初三（3）班的时候，他似乎什么也没回忆起来。这究竟是母亲压根儿没向父亲提过"被诅咒的（3）班"还是父亲听过之后忘了呢？无从知晓。

"你看过妈妈中学时的照片吗？"

听了我的问题，电话那头的父亲略微惊讶。

"上次你好像也问过理津子的初中什么的吧？"

"因为现在上的是同一所学校，所以……"

"我记得毕业相册是在订婚那会儿给我看的。高中的那本也是。说来你妈真是位美人哩。"

"那本相册在东京的家里吗？"

"嗯，我应该收在书库里了。"

"其他照片呢？"

"嗯？"

"除毕业相册以外的妈妈的照片，初中的，有留下来的吗？"

"扔是不会扔掉的……只是相册以外的初中照片不知还有没有。你妈不是那种会好好保存老照片的人。"

"那……"我进一步缩小问题范围，"你有没有见过一张集体照？就是妈妈在初中毕业典礼那天和全班同学一起拍的集体照？"

"……"

几秒钟的沉默。随后是"沙沙"的电波轻微干扰声。

终于，电话里响起了父亲充满疑虑的反问："我说，到底是怎么了？"

我支吾道：

"呃，没什么，听说那照片有些不寻常。呃，好像说是灵异照。"

"灵异照？"父亲的声音里泛起些许惊愕，"虽然我不知道你是从哪儿听来的，但是恒一，你不会当真了吧？你想啊，灵异照这种东西……"

"没有，那个……我是想说……"

"嗯……"突然，父亲的声音变了，"等等！等一等，恒一……哦，我想起来了，以前理津子好像是说过这么一件事儿。"

"真的吗？"

我不由得握紧了手机。

"她是怎么说的？"

"说有一张很恐怖的照片，里头有幽灵什么的。对……对，是初中时候的……"

"那你见过吗,那张照片?"

"没有。"父亲的声音低沉了下去,"我当时也就随便听听,既没让她拿出来,也没想看。对了,我记得她还说,这种东西搁在身边心里总是毛毛的,就留在娘家了。"

"外婆家?"我不禁提高了声音,"在这边吗?"

"不知道现在还找不找得到。"

"这……说得也是啊。"

问问外婆便清楚了吧。我边答边想。

母亲出嫁前用过的房间、柜子,里头或许还存有她以前的东西。其中,说不定……

"恒一,你那边最近是不是遇上了什么事?"

看来父亲还是察觉到了蛛丝马迹。

"没有没有!没事。"我立即答道,"就是挺无聊的。啊,不过我已经交到几个朋友了,下个月班里还有一场夏令营。"

"是嘛。"接着父亲用少见的骄傲语气这样说道,"你妈妈她真是个好人。我对她的感情,到现在都没稍减。所以儿子啊,你对爸爸来说……"

"啊,知道了……知道了!"

心头掠过一阵惊慌,我急忙掐断了父亲的话头。照这样下去,该不会说"儿子,我爱你"之类的吧?父亲莫不是被印度的高温热昏了头?

"那我挂了啊。"一边伸手摸向通话结束按钮,我一边轻声加了一句,"谢谢你,爸爸。"

3

接到勃使河原那通"我有话对你说""能不能马上出来一下"的电话，不巧正是在周一，母亲忌日的下午。

见我"嗯"得不干脆，勃使河原索性没头没脑地打趣道："该不会在和鸣约会吧？"这家伙，真不知该说他淘气还是机灵古怪……反正和他打交道不止一天两天了，事到如今，没什么可埋怨的。

叫我去的地方是在学校附近飞井町一家名叫"猪屋"的茶室。据他说，望月此刻也在那儿。

等见了面后再详细说。要是真和鸣约好，就把她也一块儿带上，反正这事关系到全班同学。

都说到这份上了，想不去都不行。

详细询问了茶室的所在地，我风风火火地出了门。

烈日骄阳下，坐车到了飞井町。按照勃使河原的指示，满身臭汗地摸到了目的地……路上足足花去一个小时。在面向夜见山河的道路一侧有一座时髦的建筑，风格突兀，一楼便是"猪屋"。这家店白天是茶室，到了晚上应该是酒吧。

为了尽快躲避酷暑，我一脚跨入店中。顿时，十足的冷气叫人心情舒爽。还没等我回过神来，"哟，可把你等来了，榊原。"

只见勃使河原举起手，招呼我到他们的桌子。这家伙，身穿一件扎眼的菠萝图案夏威夷衫，一看便知趣味恶俗。

坐在勃使河原对面的望月见我来了，忙害羞似的垂下眼帘。他穿一件白色 T 恤，胸前印着大大的图案，让我瞬间联想到"T 恤的呐喊"。图案是一张留着两撇胡须的男人脸，好生眼熟。

是谁呢？没容我多想……

一行掠过胡须男下巴的斜体字母进入了我的视野。

Salvador Dali[①]

嗯，没想到他也会三心二意啊。

我在望月身边坐下，大致看了看店内。和建筑外观相比，里头倒分外质朴……或者说，充满怀旧风情。播放的音乐，我虽然叫不出曲名，但确是颇具爵士风的抒情曲。嗯，是我喜欢的风格。

"欢迎光临！"

前来点单的服务员是一位二十五岁上下的姑娘。一身调酒师装扮，加一头顺直的长发，和店内的气氛融合得恰到好处。

"你也是优矢的朋友吧？"

说着，她友好地颔首致意。

"我弟弟平时给你添麻烦了。"

"嗯？"

"我是他姐姐。初次见面。"

"哦，你好！我叫……"

"榊原，对吧？我知道，优矢一直提起你。喝点儿什么？"

"来一杯冰红茶。加柠檬的那种。"

"好，稍等啊。"

事后我才知道，眼前这位年长我们十多岁的姑娘与望月确实是姐弟，同父异母的姐弟。她叫知香，是望月父亲已过世的前妻的女

———————————

① 萨尔瓦多·达利，西班牙超现实主义画家，版画家。

儿，几年前结婚后，随了夫家猪濑的姓。

"猪屋"这家店，原本是由她丈夫猪濑经营的，现在则改为白天由知香打理、晚上由猪濑打理这样的分工方式。

"离学校近，又有朋友的这层关系，所以我一有空便上这儿来。你知道吗，来了之后，还真的经常碰见望月呢……是吧？"

应着劝使河原的话，望月小声"嗯"了一下。

"接下来进入正题了。"劝使河原直了直弓着的背，"望月，还是由你来说吧。"

"嗯。"望月喝了口玻璃杯中的水，润润唇，吐一口气道，"我和知香，和姐姐，虽不是同一母亲所生，但毕竟是血脉相连的姐弟……所以，这次的事，很有可能会把姐姐牵涉进来。"

"'这次的事'是指初三（3）班的'灾祸'吗？"

我求证道。只见望月深深地点了下头，继续道：

"所以我，这件事情我无论如何也做不到瞒着姐姐……"

"于是你对她说了？"

"嗯。"

"还说得很详细吧？"

劝使河原说。

"嗯，很详细。"

"知香她……"劝使河原说着，侧目瞄了一眼她所站的吧台，"知香她也是夜见北毕业的。初三的时候虽不在（3）班，但（3）班的那些动静她有所耳闻。所以望月说的话，她从一开始就认真接受了。"

"因为已经死了好几个人，所以姐姐非常担心我和同学。"

望月说着说着，双颊竟渐渐泛起了红晕。哦，原来这家伙对年长女性有兴趣，源头是在这里啊。

"可是，现在这件事情，再怎么担心都没用。因为'灾祸'一旦开始，是不会停下的。所以我们已经……"

"这些情况以及下个月去夏令营的事，望月都对他姐姐讲了。"

"哦。"

"然而……"勅使河原再次直起背，"一个意想不到的新情报，从知香姐那儿得知了。"

4

松永克巳。

"新情报"的透露者。

他是夜见山北中学一九八三届的毕业生，与怜子阿姨同届。不仅如此，初三的时候还是同学，也就是说，他也曾是（3）班的一员。

从当地高中毕业后，松永去了东京的大学。大学毕业后就职于某大型银行，然而没几年便辞职不干了。之后回到夜见山老家，帮衬家业。

就是这么一个人，碰巧是"猪屋"的常客。

"他一周要来好几回呢。我早就知道他是夜见北的校友，同在（3）班这件事倒是这个月初刚刚听说……"

知香后来对我一一解释道。

"听了优矢的一番话，我便下定决心去问他，'你们班上当年有没有增加一个人？''你知道吗？'他当时喝了不少酒，一听这话顿时吃了一惊……"

对知香的问话，他既没答"是"，也没答"不是"，而是在吧台前突然用双手抱头，过了一会儿才断断续续地自言自语道：

"那年的'诅咒'，在那之后……

"我……不是我的错……

"不是错……

"是我……把大家……

"救了出来。得救了……

"所以……我想说出来……

"我觉得不能不说……

"留了下来……

"把它……悄悄地……

"教室里……悄悄地……"

他的声音含糊，仿佛舌头不听使唤。

之后，醉得不省人事的他什么也没说，一摇三晃地出了店门。

"他说的是什么？到底是什么意思？"

我不禁问道。

"不太清楚。"知香无奈地侧过头，"刚才我说的事儿大约发生在一周前。后来松永又来过几次店里。每次来我都问他，那人却仿佛什么都不记得了。"

"连自己说过的话都……？"

"是的。不管我怎么问，他都一脸茫然，'不知道''不知道'。"

"……"

"要说十五年前发生在初三（3）班的'诅咒'以及由此引发的接二连三的'灾祸'，他倒都还记得，但一说到谁才是那年'增加的人'、那年的'灾祸'如何停止等关键问题就……"

"会不会是他刻意隐瞒?"

"我觉得不像。"知香再次侧过头,"倒像是那天夜里醉得太厉害,依稀记起了什么似的。"

与当年"死者"有关的记忆,自某个时间点起,会从当事人的脑海里淡化、消失。在这位名叫松永的学长身上,这一点确实得到了印证。

然而十五年后的今天,大脑在酒精的作用下,由于某个契机,记忆的残片再度复苏了。谁又能断言这样的事不可能发生呢?至少我是这么怀疑的。

"怎么样?听了之后,有什么想法?"勅使河原看着我道,"很有想法,对吧?"

接着,他又看看望月。

望月垂下了眼睛。我咬着冰红茶的吸管吐出一个字:"有。"

于是勅使河原点点头,更加得意道:"我觉得吧,搞搞夏令营、参拜参拜神社,没什么不好,只是在去之前的这段时间里,与其每天提心吊胆……是吧?"

"'是'什么?"

"从刚才知香的话里,你大概能听出来松永他到底想说什么。"

"想说什么?"

"他不是说了吗?'得救了',是自己把大家'救了出来'。然后为了告诉大家,就把'它'留了下来。"

"悄悄地留在教室里?"

"嗯,悄悄地留了下来。也就是说,藏了起来。虽然不知道'它'为何物,但毫无疑问,肯定与'诅咒'有关……怎么样?让人浮想联翩吧?"

"嗯。"

"我说的对吧? 对吧?"然后,勒使河原又一本正经道,"我提议,把它找出来!"

"什么?!"

我不由得叫出了声,随即侧目窥探望月的反应。只见他低着头,蜷缩着身子。于是我又看向勒使河原,小心翼翼地问:

"找出来? 呃……谁去找?"

"我们喽。"

勒使河原一副理所当然的样子。真不知他是不是认真的。

"我和榊,还有望月你。这情报本来就是你从知香那儿听来的。"

望月听了依旧缩成一团儿,"唉——"地长叹了一口气。

"我还想拖上风见,只是那家伙除了正经还是正经,遇上这种事儿,十有八九会做缩头乌龟。对了,榊,你要不叫上鸣?"

我不悦地努努嘴,瞟了勒使河原一眼。

"行了,你就饶了我吧。"

5

虽然我嘴上那么说……

一个多小时后,我出现在御先町"夜见的黄昏下,空洞的苍之眸"玩偶画廊前。刚才一出"猪屋",和勒使河原他们道过别,我便忍不住往见崎鸣家打了电话。

接电话的是雾果。她的声音和一个半月前我第一次打去时一样,意外中略带着惊讶。我报上名字,"啊,是榊原啊。"她马上将电话给了女儿。

"我现在在学校附近。"我尽可能装作若无其事地说道,"接下来能去你家吗?"

鸣什么都没问,立刻同意了。

"行,还是在画廊的地下室见。我估计那儿没什么客人。"

"知道了。"

在天根婆婆那儿免交了入馆费,我径直下到地下室。鸣已经到了。只见她站在地下室深处那副黑色棺材旁,同棺材里那个几乎与她一模一样的玩偶并立。

她身着一件素色T恤,搭配细长牛仔裤,很有型。T恤的颜色和棺材中玩偶的裹身薄裙一致,是互相呼应的青白色……

"嘿……"我举起手,向她靠近。走着走着,忽然想起一个由来已久、却始终没有得到答案的问题。

"我说,那个玩偶。"我不由得指着棺材道,"怎么看都像是以你为原型的。记得我们第一次在这儿见面的时候,你说'只是一半'什么的,意思是……"

"应该不到一半吧。"

鸣开口道。哦,对!当时她确实是这么说的。

但我只是一半。

也许不是一半,连一半都不到。

"它是……"鸣的视线渐渐转向棺材,"她是十三年前,妈妈生下的孩子。"

"雾果吗?这么说,是你妹妹?"

可是,鸣不是没有姐姐妹妹吗?

"十三年前,她生了个孩子,但生下来的时候已经死了,连名字都来不及取。"

"哦……"

你有亲姐姐或亲妹妹吗?

记得以前我这么问她的时候,鸣分明默默地摇头。那是为何?我想一探究竟,但又觉得她一定会辩解说"因为问的是现在"之类的。

"其实这玩偶虽然外表是以我为原型,却是那个人怀着对死去孩子的满腔母爱做出来的。所以我只是一半,又或许连一半都不到。"

因为我是那个人的玩偶。

我忽然想起鸣曾这样评价自己和雾果的关系,而且……

是大活人,但不是真的。

我顿觉大脑里混乱不堪,一时不知说什么好。只见鸣静静地离开棺材旁。

"不说这个了。你找我有什么事?"轻轻松松转移了话题,"那么着急地打电话来,出什么大事了?"

"吓到你了?"

"一点点。"

"其实刚才我和勅使河原、望月他们在一起,在望月姐姐经营的茶室里。"

"是嘛。"

"然后……呃,有件事情我还是想告诉你一声。"

果然去找鸣了吧?不知怎地,勅使河原那张诡异的笑脸此时突然浮现出来……我一边在心里暗暗瞪他,一边把刚才在"猪屋"听到的"新情报"一五一十地告诉了鸣。

听完,鸣沉默了片刻,问道:"找出来?去哪儿找?"

"老校舍。"我答道，"就在0号楼的教室，以前初三（3）班的那间。你不是说过那张'不存在的人'专用的旧课桌就是从那儿搬来的吗？"

"嗯。可那栋校舍的二楼，原则上是禁止进入的呀。"

"不是正在放暑假嘛……我们想趁着这当口没人，偷偷溜进去。就是不知道能不能找到。"

"嗯。"鸣轻叹一口气，捋了捋耳侧的头发，"你们不去找千曳老师吗？要是他知道了，一定会……"

"啊，其实我也觉得应该这么干，只是勅使河原那家伙，怎么说好呢，仿佛有了某种冲动的探险劲头似的，非要我们几个单干不可，说什么也不肯让步。"

"哦。"鸣淡淡地应了一句，没有多说。应该不会没兴趣吧……我揣摩着她的心思，试探道：

"那你……见崎，你会来吗？"

"老校舍的探险？"鸣轻轻一笑，"探险寻宝还是交给你们三位男生吧，再说，这种事情不适合太多人去，不是吗？"

"难道你不想知道教室里究竟藏了什么吗？"

"想啊。"鸣答得十分干脆，"所以，要是你们找到了，一定要告诉我啊。"

"嗯，那肯定……"

"还有，明天起，我要外出一阵子。"

"外出？"

"因为我爸爸回来了。"鸣的表情不经意间黯淡下来，"所以，要和爸爸妈妈一起去别墅住一阵子。尽管我没什么兴趣，但年年如此，也就不好说不去了。"

"别墅在哪儿？"

"海边。开车大约三个小时。"

"也就是在夜见山市外？"

"当然，夜见山市里没海嘛。"

"你该不会想从这儿逃出去吧？"

鸣听了果断地摇摇头："一周后我便回来。"

"那……"

"'灾祸'的事，我没对家人讲。回来后，我打算去夏令营。"

"哦。"

之后，我又絮絮叨叨地说了不少自己的近况，鸣大都默默听着，时不时眯起右眼。

"隔了一阵子，你又怀疑起自己是不是'死者'了？"待我说完，鸣张口问道，"有多怀疑？"

"挺怀疑的。而且一旦开始，就没完没了。"

"现在，疑问消除了吗？"

"嗯，暂时吧。"

见我含糊地点头，鸣从容地转过身，没等我反应过来，她已经悄无声息地消失在那副黑色棺材后。

什么？我着急了，忙向她追去。是要乘里头的电梯上楼吗？

然而正当我打算绕到棺材后头去时，突然"啊！"地叫了起来。刚才我竟然一点儿没察觉，棺材后头已经变了样。

那副棺材原本紧挨着悬挂的暗红色帘布，而现在往前挪了不少，在与帘布之间腾出的那块空隙里……

又有一副棺材杵在那儿。

同样的大小、同样的形状……只有颜色不同。不是黑色，而是红色，与前面的那副黑色棺材仿佛背靠背似的立在一起。

"听说现在工作室里正在制作的玩偶将来会摆在这里头。"

是鸣的声音。而这声音正是从她所谓的"里头"传出来的。

在红色棺材与帘布之间略微留有空隙。于是我小心翼翼地向前一步，右肩抵着空调风下摇曳的帘布，拧过身，朝红色棺材中窥探。

是鸣。

如黑色棺材里的玩偶那样，鸣站在棺材里。由于棺材的尺寸比她小了一圈，只见她不得不屈着膝盖，缩着肩膀……

"你不是'死者'。"

鸣说。

她的脸距离探头进来的我的脸只有短短不到几十厘米。不知何时摘下了眼罩，露出了那只埋在眼窝中的"玩偶之眼"，闪烁着无序的光芒，直视着我。

"放心吧。"

喃喃的低语中透出一份坚定。眼前的鸣似乎变得不像鸣了。

"榊原，你不是'死者'。"

"啊，那个……呃……"

我惶恐地向后退，试图拉开与她咫尺的距离。如此一来，背脊突然撞到一样硬硬的东西，原来是藏在帘布后的电梯铁门。

"你妈妈的照片找到了吗？"置身于棺材中的鸣问，"就是毕业典礼后的那张灵异集体照，你不是说可能在外婆家吗？后来找到了吗？"

"呃，还没……"

我已经拜托外祖母帮我找了。

"要是找到了，可以让我看看吗？"

"啊，嗯，当然。"

"好。"

说着，鸣终于从棺材中出来，走到地下室中央。而我依旧笨手笨脚地追在她后面。

"拿着这个。"鸣转身递给我一件东西，"有事就拨这个号码。"

递给我的是一张名片大小的卡片，上面印有这间画廊的导游图。鸣口中的"号码"，是用铅笔写在卡片背面的号码。

"这个是……"我接过卡片，望着那排数字，"电话号码？手机号码？"

"嗯。"

"你的手机？"

"嗯。"

"原来你有手机啊！你还说它是讨厌的机器。"

"说讨厌是真的。"鸣有些尴尬地皱起眉，"一天二十四小时都通过信号与外界联通，想想就觉得厌恶。其实我本来不想要的。"

我目不转睛地看着鸣。

"本来，这种机器我是不想要的……"她重复道，表情更加阴郁了，"给我配手机的人，是她。"

"她……你指雾果？"

鸣轻轻地点点头："那个人有时会陷入极度的不安……所以，我迄今为止的通话对象只有她一个，从没和别人通过话。"

"这样啊。"

不知怎么，我突然产生了一种奇妙的心理，于是再次看了看卡片上的手机号码。鸣一边用眼罩重新遮住"玩偶之眼"，一边轻叹一口气。

"寻宝和照片的事儿，有消息就通知我，直接打那个号码。"

6

我上小学前，在懵懂的年纪看过一部名叫《惊情四百年》的电影。这部早在我出生前就由英国汉默公司制作完成的名作是我记忆里的第一部恐怖电影。自那以后，我便看了不少热衷于此的父亲收集来的吸血鬼系列电影，应该说，是被父亲拖着看了不少。

记得当时年幼的我一直抱有这样一个疑问：

为什么主人公到达吸血鬼城后没多久，天就黑了？

虽说吸血鬼是恐怖的怪物，但它的弱点很多。首当其冲的，就是怕阳光。所以若换作白天，对付它简直轻而易举，然而应战的主人公为何偏偏选在日暮时分向吸血鬼城进发？

这一原因，现在已经十二分地知晓。那当然是为了"让故事情节更加紧张"……

于是乎，有意思的是，当我与勒使河原、望月三人潜入0号楼二楼的计划逐渐成形时，我最先注意到的便是时间。

尽管不必荒谬地等到夜半三更再行动，但诸如"行动到一半，天就黑了"的情况我是想极力避免的。"又不是去击退吸血鬼"，这或许是我个人的某种强迫症吧。

然而勒使河原却认为"大中午的有些那个"，一大早偷偷摸摸的也"感觉不太好"。

这其实不单是个人感觉的问题，暑假里，三名初三年级男生在校园里瞎转悠，若不选好时间，确实易惹人注意……

最后，考虑到三人的空闲时间，综合共同意见，将行动定在了七月三十日下午三点。因为日落要到七点前后，所以应该不至于找到一半就天黑吧。

这件事情，我自始至终没告诉千曳老师，对外祖母和怜子阿姨也没有讲。或许是受了勅使河原的影响，不知何时起，我也被那股"暑假神秘探险"的劲头带动了。

行动当天，我们先在位于0号楼一楼西侧的美术室集合。美术社社员望月事先替我们开了门。

为了尽量不引起注意，三人都穿了校服。即便撞上老师问起来，就说是美术社开会，然后溜之大吉……

就这样，下午三点过后。

我们一行三人按照计划向0号楼二楼进发了。

大楼东西两侧的楼梯口拉了根绳子，绳子中央垂下一块厚纸板，上面写着四个大字："禁止入内"。

确定周围没有人之后，我们依次从绳子下方钻了过去。然后踮起脚尖，蹑手蹑脚地走上了平时无人涉足的楼梯。

"这栋老校舍里有没有'夜见北七大怪事'？"路上，我半开玩笑地问勅使河原，"比如楼梯的级数时而多时而少之类的，应该不会没有吧？"

"我哪儿知道！"勅使河原粗暴地答道，"'七大怪事'这种东西，我压根儿没兴趣。"

"咦，这就怪了，当初你和风见一起带我逛校园的时候不是聊得挺欢的吗？"

"啊，那个是……其实当时我们在想该怎么把初三（3）班的这一特殊情况告诉你，才努力渲染的。"

"哦，这么说，原来你也不信喽？"

"你是指幽灵、鬼魂？"

"嗯。"

"那种东西怎么可能有？根本不可能存在，这是我的真心话。当然，初三（3）班的这事儿除外……"

"那么诺查丹玛斯的预言呢？我记得你说自己基本都信。"

"就那个，哪会信！"

"唉呀，唉呀。"

"我真信的话，现在就不会忙这忙那的了。"

"说得也是。"

"要说0号楼里最有名的'七大怪事'……"说着说着，望月忽然插进来，"要属'第二图书馆的秘密'了。"

"第二？那里有什么秘密？"

"据说在那间屋子里，有时能微弱地听到人的呻吟声。你听到过吗，榊原？"

"没有，怎么会？"

"传说在那间图书馆下面封印着一间地下室，里面藏有许多许多记载着这所学校和街道秘密的古书，都是绝对不能公开的秘密。为了守护这些古书，从很久以前，那里就关着一位老图书管理员……"

"你是想说那老家伙至今还活着，呻吟声便是他发出的吗？还是想说那其实是他的幽灵的声音？"勅使河原嗤嗤地笑道，"作为怪事，倒还是蛮不错的编排……但是，和现在发生在我们班上的'灾祸'相比，简直是小巫见大巫，对吧？"

"确实。"

我们来到了二楼走廊。

从北侧一排窗户射入的阳光使走廊比我们想象得亮堂许多。随处可见的污迹和破损的墙面透露出这里确已多年无人问津。地上积聚的尘埃混合着淤积不散的空气特有的臭味，让整条走廊弥漫着浓厚的"废弃"味道。

当年，在这条走廊上，初三（3）班的教室是……

从西数过来的第三间，这是勅使河原从风见那儿问来的。据说兼任对策委员的风见曾在五月初和赤泽她们一起，去那里搬过"不存在的人"专用的旧课桌椅。

门没有上锁。于是我们几个终于战战兢兢地踏入了教室。

室内比走廊上更加昏暗。

一排污迹斑斑的米黄色窗帘遮住了朝南的窗户，这便是昏暗的原因。这间教室已经十多年无人使用，然而窗帘未被取下，依旧留在那儿，这是为什么……算了，这种事情还是别追究了。

电灯的镇流器似乎坏了，怎么按都不亮。把窗帘拉开应该会亮堂不少，但考虑到若被谁看见了，又要编排成新的"七大怪事"，就作罢了。

于是乎……

在拉上窗帘的昏暗教室里，我们仨开始了"寻宝"行动。

由于事前预计到此类情况的发生，我们每人准备了一只小型手电筒。我还戴了一副工作手套。望月则用手帕捂住口鼻，抵挡飞扬的灰尘。

我们先分头检查了三十来套课桌椅。在逐一排查的过程中，分散的思绪将我带到了二十六年前。

二十六年前，在这间教室里，由于同学们不愿承认夜见山岬这已经死了的人的死，在一年左右的时间里，一直将他当作还活着的人来对待……

这件事便成了导火线，引发了无穷无尽、匪夷所思的"现象"。有多少相关者坠入了"死亡"？这间十四年前的初三（3）班教室又目睹了多少人……

或许，有像久保寺老师那样在这间教室里突然暴死者；或许，有从这间教室的窗户坠落而亡者；又或许，有在课堂上突发急病猝死者……

想着想着，我甚至感到自己快被吸到死亡的边缘。不要！

"不要！不要！"

慌乱中，我不禁出了声，于是停下手上的活儿，深深吸了一口气。吸入的尘埃呛得我不住咳嗽，但多少令我回过神来。

总之，当下应该集中精神"寻宝"。对！

松永克巳这位一九八三届的毕业生，如果当年真的在这间教室里"把它悄悄地"藏了起来的话……

那么他藏匿的地方会在哪儿呢？

搜了一阵课桌椅，我渐渐感到"应该不是这里"，因为对于"藏"来说，这里也太容易找了。

所以，应该在别的什么地方……

不是那么明显但总有一天会被发现的地方，应该是他的首选。

所以，一定不会是谁都找不到的地方，否则不就和他"想说出来"的初衷背道而驰了吗？

这么一想，就应当排除地板下、墙壁里、天花板上之类，那么剩下的便是……

我环顾四周，直觉告诉我"就是那儿"的，是教室后方学生用的储物柜。

说到这储物柜，并不是人们一般印象中柜门紧闭、上了锁的那种，而是一个个边长约四五十厘米的四方形木制敞口柜，上下左右地排列着，更像是架子。

于是我放弃搜查课桌，走到储物柜前。勒使河原和望月似乎看出了我的心思，不一会儿也聚了过来。

"你觉得会在这里面？"

面对望月的疑问，我轻轻摇了摇头："先找找看吧。柜子深处、死角什么的，可能会有。"

"嗯。那开始吧……"

然而这番努力仍以徒劳告终。我们找遍了所有的柜子，连一个疑似的东西都没有找到。

"接下来，有可能会藏着的地方是……"

我再一次环视昏暗的教室。这一回，终于发现了它。

"缩"在教室一角的清洁用具橱。

和储物柜一样，这个橱也是木制的旧橱，高约两米。不知道会不会在那里面？那里面不是一般没人注意吗……

于是我连忙跑向前，拉着漆黑的铁把手打开了细长的橱门。几把扫帚、簸箕、铁桶、长柄拖把……陈旧的清洁用具依旧保持着十几年前的样子，杂七杂八地堆在里面。

我毫不犹豫地拨开这些用具，一头钻进了狭小的橱里。随后，将手电筒的光柱往头顶一照……

"有了！"

一见到它，我不禁兴奋地失声叫起来。

"是什么？榊，有了什么？"

勒使河原跑过来问。

"在这里……"

我一边说一边踮起脚尖，伸手朝它碰去。

只见在我钻入的清洁用具橱内的橱顶上，用一块黑色胶布固定着某样东西。

"这里有件东西。会是什么呢？"

胶布仔仔细细地贴了里三层外三层。我不得不将手电筒咬在口中，腾出双手，试图将它从顶部剥下来。

好不容易……

好不容易剥下来，我从橱里出来。虽不是什么大运动量的活儿，但也已气喘吁吁，满脸是汗。

"那是什么？"

"就是……就是贴在橱顶的。要不是像刚才那样钻进去，根本发现不了。"

"是啊。"

"到底是个什么东西呢？"

从橱顶剥下来的这个东西本身也被胶布一圈一圈缠得严严实实，只是这胶布不是黑色，而是褐色——若除去胶布的体积，应该还没口袋书大……

我走到附近的桌旁，将它放在桌上。不用说，现在应当做的就是把这一圈一圈的胶布撕下来。

"啊，等等！"这时，勅使河原突然叫道，"胶布上有字！"

"是吗？"

我克制急躁的心情，重新拿起手电筒，借着光亮定睛一看……啊，果然。

只见在褐色胶布的表面确实有几个用红色记号笔写的字。刚才剥黑色胶布的时候没损伤到字迹，大概是这一面朝向橱顶的缘故。

致将来班上

受到匪夷所思的"灾祸"折磨的

学弟学妹们……

上面这么写道。字迹相当不好看，还十分潦草。

"就是它！"勒使河原打了个响指道，"这段话想必也是松永前辈留下的。"

之后，我们几个便投入机械的撕胶布劳动中。别看撕胶布这活儿，真要小心翼翼地将它从裹着的某件东西上撕下来，不是那么容易的。经过几分钟的努力，那件东西终于现出了原形。

一盒外表极其普通、时长六十分钟的 TDK 磁带。

7

当我们拿着找到的磁带溜出二楼回到美术室时，已过了下午五点。"没想到时间过得这么快啊。"这是我真实的感慨。

"这儿有录音机吗？"

勒使河原问望月。

"没有。"望月说。

勒使河原挠挠沾满灰尘的褐色头发。

"这玩意儿必须听啊，可为啥偏偏是磁带呢？"

"因为十五年前还没有 MD 吧。"

"是啊，话是没错。但我家好像没有能播放这东西的机器。"

"我家有！"

望月说。

"榊原，你家呢？"

"不清楚……"

我从东京带来的音响设备只有一台仅供播放的便携式 MD 机。外祖父母家除了电视机之外，似乎也不再有能听音乐的家电了。怜子阿姨的工作室里虽然不是没可能有一台录音机……

"行！望月，我们还是去你家吧？"

勒使河原说。望月刚要点头，突然急忙改成了摇头。

"等等！快看这儿，看！"

他小心翼翼地双手拿起磁带，示意我们。

"看，在这儿。仔细看，磁带头上断了，看见了吗？"

"啊……"

"真的呀。"

"估计是刚才撕胶布时不小心扯断的。"

"嗯。"

"不会吧！"

"这样就没法儿放了呀。"

"这……这……"

"真是的！他当初干吗不放进磁带盒里啊！"

勒使河原臭着脸，满是不高兴，又胡乱挠起头发来。窗边的树上，嘶鸣不已的秋蝉此刻似乎更吵了，叫人心烦。

"这可怎么办啊？"

面对勒使河原的失落，望月满不在乎地说道："我觉得修一修应该就能听了。"

"嗯？你会修？"

"试试嘛，没啥不行的。"

"这样啊，那好，磁带的事就交给你了。"

"你真的能行吗？"

我再度确认道。望月自信地点头："修修看吧。只是可能会花些时间。"

于是我们出了美术室，三人并肩朝校门外走去。

随着夕阳逼近，西边的天空染上了朱红。娇艳欲滴的色泽美得仿佛只应天上有……看着看着，心中竟涌起一股莫名的悲凉，不觉眼眶泛潮。回想去年夏天时，何曾料到一年后的自己会身陷此等"冒险"的涡旋中……

正在这时……

我们等候的车站旁突然由远及近响起了尖锐的鸣笛。好像是救护车和警车的信号笛声交错在一起。

"可能是发生了什么事故。"

"大概吧。"

"我们几个也要小心啊。"

"是啊。"

几句简单的交谈过后，便是沉默。

8

翌日，三十一号上午。我得知了这条消息：

小椋敦志（十九岁，无业）死了。

自当地高中毕业后，小椋敦志一直没找到固定的工作，整日待在家里闭门不出。可以说，正是现今所谓"宅族"问题人群中的一个。

七月三十日，下午五点二十分。

附近结束作业的大型工地用车操作失误，一头撞入了小椋敦志的家，殃及他所处的二楼房间。房间面朝道路方向，几乎被撞成了欲吞噬车体般的模样。敦志头骨骨折，身负重伤，于三十一日凌晨在医院不治身亡。

然而问题在于小椋这个姓上。

在夜见山北中学初三（3）班有一名同样姓小椋的女生……是的，也就是说，遭遇这场不幸事故而死的小椋敦志是她的亲哥哥，也是继久保寺老师及其母亲之后的第三名"七月死者"。

　　呃……我……我叫松永克巳。

　　我是夜见山北中学一九八三届初三（3）班的学生……将于明年三月毕业。

　　现在是八月二十日晚十一点多，离暑假结束还有十来天。我现在在自己的房间里，独自一个人对着录音机。

　　录完，我打算将这盘磁带藏在教室的某个地方。

　　等到将来……虽不知是多远的将来，如果有人能找到这盘磁带，那么……不知现在正在听这盘磁带的你，哦，不，说不定是你们，你们会不会是未来初三（3）班的学生，也就是我的后辈？……今年你们班上是不是也正经历着与我……我们同样的遭遇，正在为降临班上的这场匪夷所思的"灾祸"而感到恐惧？……

　　算了。

　　这种事情没什么好猜的。猜了又怎么样？

　　呃……对了，**我之所以决定录下这盘磁带，主要原因有两个。**

　　一是我……**好比我自己的"罪的告白"**……嗯，没错，是这样。

　　我不愿把自己犯下的事憋在心里，想找个人说说，才……对，是的，现在无论我怎么对身边的人讲，他们似乎都不明白，不愿搭理我，好像把整件事情忘得一干二净……正是这么一种状态，所以我想，至少……

　　另一个原因是**想给未来的后辈，也就是你们一个忠告**……或者说**建议。这**……

这件事情非常重要。

下面我所说的一切，你们信也好，不信也罢，归根结底是你们的自由……但是我希望你们相信，因为我在这里绝不会撒谎……

混进初三（3）班的"增加的人"以及由此引发的"灾祸"……有人将其称为"诅咒"，也有人站出来否认这种说法，不管怎么说，**为了终结这样的事应该怎么办？这个问题……**

其实，就是……

啊，不，整件事情还是从头说起的好。嗯，对，从头说起。

……

……

班上办了一场夏令营。

从八月八日起的三天两夜暑期夏令营，地点位于夜见山山脚一个名叫咲谷纪念馆的地方……

说起怎么会办夏令营，全靠班主任古贺老师的提议，说夏令营的时候去参拜神社什么的。

古贺老师说，夜见山自古被称为"夜见的山"，半山腰处有一间古老的神社，名叫夜见山神社。如果大家前去那里诚心参拜，那么"诅咒"之类的一定会不攻自破……其实说白了，就是临时抱抱佛脚。

有传言说，当时的古贺老师为这件事情伤透了脑筋，最后从某个巫婆那里得到了这条建议……到底是真是假就不清楚了。

反正，我去了。

包括我在内，参加的同学共有二十人。大伙儿大多抱着半信半疑的态度。夏令营的第二天，也就是八月九日……啊，那天碰巧是长崎被投下原子弹的纪念日。唉，扯远了、扯远了……夏令营的第二天，我们在老师的连拖带拉下爬上山，前往神社参拜了。

真是一间破落的神社。

尽管是以小镇的名字命名的，但不知为何，久疏管理，看起来像是被整个世界遗弃了……

所以，参拜结束后，我们顺便把整间神社打扫了一番……是的，当时每个人心里都在想，这样一来，或许"诅咒"真的解除了。老师也自信满满地说"已经没事了"……

然而……**还是不行。**

想仅靠这么做来解决问题，实在太天真了。

就在我们离开神社回去的路上，原本一直晴好的天，突然风起云涌，不一会儿就下起了雨……而且是滂沱的雷雨。学生和老师们全都慌了神，逃也似的急忙往前赶。于是，悲剧发生了。现在说这些已经晚了，一切都无法重新开始。

最先遭殃的，是一位名叫浜口的男生。

"遭殃"是指他被雷击中了。那个傻瓜，那天居然被他料到要下雨，还带了伞。于是他打着伞，在雷电齐鸣的山路上，自顾自一个劲儿地往前冲……

结果他被雷劈中了。

当时我因为走在前面，没有亲眼看到那一幕，但听到了震耳欲聋的雷声。我还是第一次这么近距离地听见雷声。

浜口他……应该是当场毙命。只见他浑身焦黑，还"嘶嘶"地冒着白烟。在场的所有人都陷入了恐慌。

老师一度想站出来制止混乱，但此时此刻场面已一发不可收拾。大伙儿都顾不得浜口了，几乎所有的学生都争先恐后地到处乱窜……我心里也一阵阵发毛，只想着尽快下山，于是在雨中发了疯似的跑着。就在这时……第二位牺牲者出现了。

她叫星川。

这一回，不是被雷击中，而是在恐慌逃散中，一不小心失足跌落悬崖……

由于悬崖又高又陡，大家想救也救不了，只能眼睁睁地置她于不顾……其实我们能做的顶多是为她下山呼救。

结果浜口和星川都离开了我们。他们俩成了"八月死者"。由此可见，神社参拜根本一点儿用处没有……

……

……

……

……

可是，**问题的关键是在那之后。**

之后，当大伙儿好不容易下了山，没多久，那件事情发生了。

那件事情就是……就是……我……

第十四章　八月　I

1

"拍张照吧?"

望月优矢略带羞涩地说。他从背包侧面的口袋里取出一台小型照相机晃了晃。

"拍张纪念照吧? 初中最后一次暑假了……来吧?"

"我来给你们拍吧。"

三神老师应道,朝望月走去。

"啊,不行不行! 老师也要一块儿照的!"望月慌忙摇摇头,"大家快去那儿排好。对……对。来,老师也快进来。"

按照望月的指示,我们在那儿——夏令营营地门前——一字排开了。队伍以一根黑色石柱为中心左右散开,石柱上嵌着一块青铜板,上面刻着五个大字:"咲谷纪念馆"。

"好,我要拍喽!"望月架起相机说,"大家还是先把行李往边上放一放。榊原、见崎,你们再靠近些。老师也再过来点儿……嗯,对……对,一——二……"

"咔嚓!"

被拍下的"大家"共有五人,分别是我、鸣、三神老师,还有风见和勅使河原这对"孽缘"组合。

学生们都身穿夏季校服——男生是白色半袖翻领衬衣,女生是短袖白衬衫。因为是在校外,没有人别姓名牌。三神老师似乎是为了配合学生，也穿了一件白衬衫，外面还披了一件褐色薄外套。

从环绕着纪念馆的树林里不时传来蝉鸣。鸣声清爽、悠扬，不同于秋蝉、蚱蝉的嘈杂声，更像是在繁华街道里鲜有耳闻的夜蝉声。从小在东京市中心长大的我第一次听到这蝉声时，还以为是什么鸟的叫声呢。

"行了，望月，你也来一张吧。"勅使河原说，"我来帮你拍。"

"啊，可是……"

"别可是可是的了。来，来，快过去老师身边站好。"

"呃，那好吧……"

将相机交给勅使河原，望月一路小跑，站到了三神老师边上。勅使河原用手臂擦擦额头上的汗，抬起相机。

"要拍喽！"

高高举起另一只手，紧接着便是按下快门的声音。

"嗯，再来一张。喂，我说望月，离老师太远了，再靠近一点儿。还有榊和见崎也是。风见你就别动了……嗯，感觉真不错。"

什么叫"感觉真不错"啊！算了，无所谓。

"拍了哦！准备！茄——子！"

拍照时，笑脸的口令似乎从来都是"茄子"，没有变过。唉，其实无所谓了。只是此时此刻，这些个"无所谓"不知怎么地，竟让人感到如此舒畅。

八月八日，周六。黄昏的这一刻就这样沉浸在"无所谓"中，徜徉在和平里。

我们一行先是乘坐公交车来到了位于城北郊外的夜见山山脚下。从终点站下车后，又徒步爬坡。在这段时间里，参加的学生无不东走走西看看……

但这只是表面上的和平。

相信每个人心里都有这样的意识。

其实每个人都抱着巨大的恐惧和强烈的不安，只不过彼此心照不宣。

不宜轻易提及，一旦说出口，这个恐惧、不安之物说不定立即会变成现实——每个人都处于这样的心理状态。不过，在此等情形下，也是正常的，而且……

每个人都清楚地知道：

"表面的和平"不会一直持续下去，也不可能持续下去……

2

建于山麓林中的咲谷纪念馆出人意料地是一幢充满古典风情的欧式建筑，原是由夜见北校友、也是当地名流咲谷氏作为自己公司的设施之一建造的，几十年前捐给了母校。建筑也因此冠名为咲谷纪念馆。

"说实话，现在学校还真是拿它两难。"这是千曳老师在介绍完基本情况后补充的，"建筑的维护管理费不可小觑，相比之下，近几年来的使用率却不高。而且，作为学校，又不适合出面将它变卖……"

当初愿意来参加这次夏令营的学生确实屈指可数。不过，这也难怪。尽管老师动员说"是一场重要的活动"，但除此以外没有进一步明确活动的具体目的，大家难免会产生犹豫。去参加夏令营，既不能远离当地，和整日关在家中相比又危险得多。相信多数学生是这么考虑的。

然而，就在这当口，"宅族"的小椋敦志于上月末以那样的方式离开了人世。

即便闭门不出也不见得安全。印证了这一事实后，不少学生又开始重新考虑了。加上"去了夏令营，全班都有救"的流言渐渐扩散，尽管已经过了报名截止日期，也仍有不少学生要求参加……

最后，参加者增至十四人。九名男生，五名女生，出席率达百分之五十。若再算上领队的三神老师，这次的三天两夜咲谷纪念馆夏令营，总共有十五人参加。

集合地点在学校正门。集合后，三神老师这样宣布道：

"明天我们一块儿去爬夜见山。然后，到半山腰的神社祈求全班平安无事。"

学生们反应各异。三神老师宣布时，声音也缺乏力度。至少我这么感觉。相信不止我，勅使河原和望月应该也这么认为。还有鸣，恐怕也是如此。

十五年前的初三（3）班以同样的日程举行了夏令营，也于八月九日前往夜见山神社参拜。有当时的原委、始末我已经一清二楚，三神老师对那件事情——归途中有两名学生意外死亡——也了然于胸。

所以在作出这个决定之前，她应该经历了一番相当激烈的内心斗争。但现实逼迫她不得不抓住救命稻草，哪怕只存在一丁点儿的可能性……嗯，一定是这样的。

咲谷纪念馆里住着一对管理员夫妇。两人均已是花甲之年，自称姓沼田。

丈夫沼田矮个儿，精瘦，秃发的黝黑前额上，弯弯曲曲地爬着不少皱纹，凹陷于眼眶里的眼白大得叫人不敢多看，是一个沉默寡言、简慢冷淡的人。而与之形成鲜明对比的是，妻子沼田身材高大、丰满，说话爽朗、亲切，走路稳健、气派，一见到我们，便热情得让人有些招架不住……

不知十五年前夏令营时，他们夫妇俩在不在这儿？

这个问题突然在我脑海里闪现，但现在不是问的时候。

这幢欧式二层建筑是木结构，墙壁和地面涂有沙浆。整幢纪念馆北侧依山，朝南而建，大致呈"コ"形。

纪念馆里保留了原有的员工度假所特点，有宽敞的大堂和餐厅，还配备有相当数量的卧室。卧室里基本都有两张床，虽然年岁已久，但无论装潢和设备都达到了普通宾馆的要求。尽管厕所和浴室是共用的，但至少每间屋子里都装了空调。

从房间数量上算，即便一人一间也绰绰有余了。然而考虑到安全性，三神老师仍要求我们两人一间，于是……

我和望月优矢成了同屋。

3

"那盘磁带，你带了吗？"

刚进屋放下行李，等不及喘口气，我便问望月。只见他表情紧张，"嗯"地点了头：

"还带了一台小型录音机。因为我家没有便携式的，这还是特意问知香借的呢。"

"那你把情况都告诉知香了？"

"磁带里的内容我可什么都没说。她问了，但我不想说。"

"是嘛。"

我一骨碌倒在床上，将头枕在交叉的手心里，不禁回忆起四天前的事。八月四日那天下午，我和勃使河原两人来到望月家。

"磁带修好了。"前一天晚上，望月发来消息，于是我们约在第二天集合，一起听。

我想起此前和鸣的约定，便给她的手机号拨了电话，但打了几次都没通。事后才知道当时她仍在海边别墅，那儿的信号不好，接收不到。

于是，我们三人窝在望月的房间里听了磁带。

磁带的声音状况很不好，全是杂音。调大音量后，情况更糟糕了，我们只得凑近喇叭，竖起耳朵，仔细地辨别录音内容。

"呃……我……我叫松永克巳。"

声音是从自我介绍开始的，随后讲述了十五年前夜见山夏令营以及归途中发生的两起意外。片刻停顿后，"可是……"声音继续道：

"问题的关键在那之后。

"之后大伙儿好不容易下了山，没多久，那件事情就发生了。

"那件事情就是……就是……我……"

之后，他——十五年前的松永克巳——所叙述的，正如他自己所言，是"罪的告白"，也是留给十五年后身为后辈的我们的"忠告"和"建议"。

"下山后，我们回到营地寻求帮助……混乱中，一场不大不小的冲突发生了。"

松永继续道：

"是什么引起这场冲突的呢？说实话，我已经记不得了。当时的我也和其他人一样惊恐万分……所以那件事情究竟是如何发生的，我真想不起来……

"反正……

"反正地点是在营地外的树林中。在那里，我和某位男生起了争执。不久，争执升级成推搡和扭打。

"回想起来，我和那家伙从来就气场不合。怎么说呢，他无论遇上什么事都是一副事不关己的样子，所以我老看他不顺眼，一见他就来气……总之就是这么一个人。

"想必当时也是如此。发生了那么大的意外，两名同学不幸遭难，而他却像个没事人儿似的，冷淡得很，于是我来气了……树林里的那场纠纷应该是我挑起的。

"那家伙叫……"

接着，松永说出了"那家伙"即"某位男生"的名字。我是这么推测的，因为偏偏在这个节骨眼儿上，磁带的杂音异常大，使得名字部分怎么也听不出来。之后的录音也是，不知怎么，只要他一提到"那家伙"的名字，杂音便嘈杂得似乎要将其吞没……我们最终也没能知道他叫什么名字。

所以，若将这段录音内容用文字书写，那位男生的姓名就只好用"■■"代替了。

"反正我们就在那儿打了起来……当我意识到的时候，那家伙已经不动弹了。"

说到这儿，声音略显低沉，还微微颤抖。

"大概是扭打的时候，我猛地一用力将他掀翻在地……啊！具体细节我真记不得了！

"那家伙已经不动了。

"他身边横着一根粗壮的树干……我喂、喂地唤他，他也不回答。于是我走近一看，只见一根树枝深深扎入了他的后脑，血流一地。

"从当时的状况看，估计是我将他掀倒的时候，他撞上了树干，不巧，突出的树枝正对头部……

"■■……死了。

"我试着搭他的脉，也将耳朵贴在他的胸前……没错，他真的死了。是我……是我……杀死了他。

"顿时，我害怕极了，头也不回地逃进自己的房间。

"杀死■■的事，我对谁也没讲……坦白说，当时我甚至期望尸体被发现后能被当作意外。

"后来，那天，雨一直很大。我们在营地的时间还剩下最后一晚。其间，有父母特意赶来接孩子，我也被前来侦讯的警察这啊那啊地问了不少……但我始终……关于■■的事没提一个字，也不敢提。

"那一晚，我几乎没合眼。想到■■的尸体被发现后势必又是一场大骚乱，心里就七上八下，挺不是味儿的……

"……

"然而，没想到的是，到了第二天一早，一切仍旧风平浪静。

"一名学生不见了，这么大的事，难道没人注意到吗？然而，无论是老师还是同学，大家似乎都没发现，一切如常……

"于是我压抑着心中的恐惧，又偷偷跑了回去，跑向■■的尸体躺着的树林里去看。谁料……"

声音突然停下了。一声低沉的叹气伴着轻微的杂音传出。

"谁料……居然不见了！尸体不见了！消失得无影无踪！大概是下雨的关系，连血迹也一丁点儿没留下！

"我大吃一惊，脑子里全乱了……再也憋不住，四处问别人有没有见到■■、他在哪儿、是不是回家了。

"但大家听了，都奇怪地看着我。老师也好，同学也好，都奇怪地问：'■■是谁？''我不认识他。'

"这一下我可真慌了。他们告诉我，来参加这次夏令营的学生只有十九人，根本不是二十人。也就是说，在他们看来，这位叫■■的学生从一开始就不存在……

"当时我感觉自己快疯了。但后来我突然想到，其实……

"其实，那个被我杀死的人……■■他就是今年混进班里的'死者'！"

A面的录音到这里戛然而止。

我们听得倒吸一口冷气，一句话也说不出来。望月将剩余的部分倒带，翻至了B面。

"这就是我'罪的告白'。"

十五年前的松永克巳再次重复道：

"同时，也是我给未来后辈们的建议。"

喇叭里播放的声音掺杂着噪声，我们又不得不将耳朵贴近。

"我当时的的确确把■■……杀死了。这是事实，不会改变。所以我决定以这种方式留下'告白'，以宽慰自己的良心……

"然而另一方面，讽刺的是，我所犯下的罪同时成了救赎。救赎……明白吗？是对全班同学的救赎。

"尽管事发偶然，但毕竟是我杀死了■■——这件事情从结果来看，竟然拯救了大家。由于混入班级的那个'增加的人'死了，这年的'灾祸'也就此停止。虽然自事发只过了短短不到十天，但我敢确信，这是真的，证据便是……

"谁也不记得■■了。

　　"从我杀死■■的第二天起，老师也好，同学也好，父母也好，至少在我所认识的初三（3）班相关者中，没有一个人记得自今年四月起班上曾有一位名叫■■的男生。所有人都忘了，记忆仿佛被重置了。

　　"也许是原来不存在的'死者'归于'死'之后，事物恢复了原本的逻辑——世界的秩序正常了。于是以相关者的记忆为首，此前发生的许多改变都恢复了原貌。

　　"只有和■■的'死'密切相关的我，在这'复原'的大背景下，依旧保留着对■■的记忆。但是，这恐怕也只是时间的问题。

　　"顺便提一句，那位名叫■■的人其实是两年前，即一九八一年初三（3）班某位学生的亲弟弟，而■■正是由于那一年的"灾祸"离开了人世。除我以外的所有人，他们对于■■的记忆，都返回真正的现实……

　　"相信渐渐地，我也会把■■的事淡忘。

　　"就算还能记得四月里班上增加了一个人、每月都会有相关者死去等基本事实，但诸如那个人就是■■、他是被我杀死的、今年的'灾祸'到此停止了，诸如此类，迟早也会从我的记忆中消退。

　　"……

　　"所以我决心留下这盘磁带。之所以选择藏在教室的某个角落，是生怕自己有朝一日连磁带本身存在的意义都不记得了……

　　……

　　"所以，趁现在记忆尚且清晰的时候，我把自己的经历录下来……把这些事实传达给将来可能和我们遇上同样处境的后辈们，把如何才能让'灾祸'停止的建议……

懂了吗？懂了吧。"

松永最后加重了语气，这样说道：

"让'死者'归于'死'。只有这样，当年的秩序才能恢复。

"听好了。

"让'死者'归于'死'。和我的做法一样，将'增加的人'杀死。这才是阻止已经开始了的'灾祸'的唯一方法……"

4

"你跟见崎说过了吧，磁带的事？"

这回，换望月问我了。

"大致讲了讲。"我躺在床上答道，"前天我们碰了面，然后她说想亲耳听听。这不，我就让你今天把磁带和录音机都带来。"

"哦，对。"

望月在另一张床的床沿坐下，两手托着腮。房间里没开空调，窗户大开。吹入的风比城镇上的清凉许多，更比东京夏日的清凉。

"其他呢？"

望月继续问。

"其他什么？"

"磁带的事，还有没有跟其他人讲过？"

"我想想……好像跟怜子阿姨提过一些。"

我顺口这么说道。

"怜子……哦，"望月收回一只托腮的手点点头，"全告诉她了？"

"一点点而已。"我慢慢坐起身，"听说她也参加了十五年前的夏令营。所以我想问问第二天从神社回来的路上，是不是真的有两名学生意外死亡了。"

"结果呢？"

"她说事情的细枝末节记不得了，但听到'回去的山路上有两名学生死'时，多少还有些印象。回想当时的情形，仍能感到那种震惊和恐惧……"

怎么办？当时的她一脸苦恼地喃喃着，我该怎么办……

看着这样的怜子阿姨，我……

"没说别的吗？"

"还问了她有没有一位叫松永的同班同学，她说好像有。但问到除了那两名死亡的学生之外有没有下落不明的人时，就说不知道了。"

"和磁带里讲的一致啊。"

"是啊。"

"就说了这些？"

"嗯。"

阻止已经开始了的"灾祸"的方法，就是找出那个"增加的人"即"死者"，然后杀死他，让他归于"死"——这些话，当时我怎么也说不出口。

"还跟其他人讲了吗？"

"没了。"

"我也对谁都没说。勅使河原应该也没讲。"

"这种事情，就算说了又能怎样？反而给大家添乱。"

"是啊。"

事后我冷静下来一想，整件事情里最恐怖的不正是由此膨胀的猜忌心吗？

只要杀死"增加的人"即"死者","灾祸"就能停止。

如果全班同学都知道了，又会发生怎样的事啊？

大家想必一定会一跃而起，奋力追查谁才是班上"增加的人"，即使客观上并无任何可供查明的方法。结果，假如在没有确凿证据的前提下，执意将某人认定为"增加的人"……

我不敢继续往下想。

有一种极度不祥的……令人生畏的预感。

所以，我们几个打算至少目前这件事情还是埋在心里、不要声张的好。至于鸣，则是例外。

"我说榊原，"望月一边东张西望地打量着屋子，一边问道，"你觉得他也来夏令营了吗？那个'增加的人'？"

"不知道。"

"我心里老惦记着。只要一想到'增加的人'或许就在我们之中，就……"

"大家都一样。"说着，我深深吸了一口气，"现在做不到不去想。其实勅使河原也是……今天我注意到他在不停地偷偷观察同学们，仿佛在极力寻找鉴别线索似的……"

"难道真的没有可以鉴别的方法吗？"

"十五年前，松永那时候就是纯靠运气呢。"

"真的没有吗？"

"听说没有。"

我也将身子挪到床沿，和望月面对面坐下。只见这位喜欢蒙克、喜欢年长女性的美少年耸着肩膀，垂下了刚才那双东张西望的眼睛。

"不过，就算有那样的方法……就算知道了谁是'增加的人'，又怎么样？"

"什么叫又怎么样？"

"把他杀了吗？"半带自问的语气，我小声说道，"下得了手吗？"

望月一语不发，抬起的目光再次低下去。最终，他将种种烦恼化作了一声长长的叹息。我也随着他叹了口气，一头倒在床上。

把他杀了吗？

下得了手吗？

我在心里默默地问自己。

由谁来杀他？

怎么杀？

"明天真要去爬山吗？"

看着窗外，望月又问。

"没听说计划有变。"我躺着回答，"明明知道去神社参拜了也没用……"

"是啊。"

"要是天气不好，会取消吧？还是取消了好，万一像十五年前那样下雨，反而……"

"嗯。不如一起来做个祈雨娃娃吧？"

正在这时，手机铃响了。是我的电话。

于是我一骨碌爬起来，从包里翻出手机，看来电显示。

"是见崎的。"

我知会了望月，便按下通话键。信号相当差，嗞嗞嗞……嘎嘎嘎嘎嘎……在一片强烈的杂音中——"榊原？是你吗？"好不容易听见了鸣的声音，"你在哪儿？"

"和望月一起在房间里。"

"房间在哪儿？"

"二楼的头上。从玄关看是在左侧的……房间号是……呃……"

"202！"

望月小声提醒道。

"202 房间。"

"我现在去你那儿，行吗？"鸣说，"正好离吃晚饭还有一点儿时间。"

5

趁鸣还没到，望月说"想一个人到处转转"，便推门出去了。这家伙，应该是有意回避吧。

不一会儿，鸣就到了。她刚进门便直奔主题。

"那盘磁带快让我听听。"

我即刻同意了。磁带和录音机在窗边的小桌子上，还是望月临走时从包里拿出来的。

将磁带插入机器，按下播放键。

我不禁回想起前天和鸣见面时的情景。

那天一大早，我就收到了来自外祖母的好消息：母亲的照片找到了！

找到的是母亲毕业时的那张集体照，我是在父亲的提醒下拜托外祖母帮忙找的。

"在哪儿找到的？"

"偏房的壁橱里。"

所谓的偏房，是怜子阿姨用来工作、休息的屋子。为何十五年前去世的母亲的遗物会在那里呢？

"以前那儿一直是理津子的房间。和阳介结婚去东京后，留下的东西差不多都搬去了正屋……没想到在壁橱的顶柜里还有这么个盒子。喏，你看。"

说着，外祖母拿出一个陈旧、扁平的小盒子。在灰暗的淡红色盒盖一角，可以看到用黑色墨水写着名字，是手写体的罗马拼音：Ritsuko。

"里头有几张照片，其中一张应该就是你要找的……"

……

于是，按照约定，我立即给鸣打了电话。她已经从海边的别墅归来，电话很快通了。

"我现在去你那儿行吗？"

是的，鸣当时说的也是这一句。中午过后，便到了古池町。

她来我家做客，这倒真是头一回。外祖母初见她时还颇感惊讶，但很快就转成了热情的欢迎，又是端果汁，又是拿曲奇，又是送冰激凌的……谢谢你，外婆。

母亲留下的小盒子里共有四张照片。就像外祖母所说，其中一张正是传说中的集体照——

一九七三年三月十六日
与初三（3）班全体同学

照片的背面用铅笔这样写道。

三月十六日，就是那天毕业典礼吗？

手中这张退了色的七寸彩色照片，既然拍下了全体同学，那当时一定用的是自动拍摄。

照片里，学生们聚集在教室的黑板前。最前排的人双手扶膝半蹲着，二排的直立，三排的站在讲台上……二排中央是班主任，昔日年轻时的千曳老师。只见他两臂交叉于胸前，紧绷着嘴唇，好似只有眼角和两颊在微笑。

在千曳老师斜后方站着的是当时年仅十五岁的母亲理津子，和我在第二图书馆的毕业相册里见到的穿同一身校服，虽然面带微笑，但总让人觉得什么地方紧张不自然……

"是这张吗？"鸣拿过照片看起来，"是谁？榊原，你知道里面谁才是那个夜见山岬？"

"呃……那个……"我从一旁凑过去，"应该是右边的那个……"

只见在讲台的一角，孤零零地站着一名男生。他虽然同大伙儿一块笑着，但笑容中透着寂寥。耷拉的肩膀、无力下垂的双手，与其说是站着，倒不如说更像浮着、飘着……

"你看，这人看着就觉得怪。"

"是吗？"鸣的声音明显一颤，"看起来怪吗？"

"嗯。"

"怎么个怪法？"

"怎么个……这怎么说呢？"我有些为难，只好凭感觉描述道，"你看，和照片的其他部分相比，这里的图像模糊得很，周围的空间也有些扭曲、变形……就这些吧。"

"哦。颜色呢？"

"颜色？"

"有没有看到什么奇怪的颜色？"

"呃……这倒没有……"

真是一张越看越让人心里发毛的照片。要是把这张"灵异照"

拿给父亲看，不知道他会作何反应。想必会说"无聊至极"，然后一笑了之吧。

可是，无论再怎么无聊、伪科学，它毕竟是"真的"。所以……所以现在，我们才会如此……

"谢谢。"

说着，鸣将照片还给我。我这才发现，她左眼的眼罩不知何时被取下了。

只见那只"玩偶之眼"闪烁着无序光芒。鸣轻叹一声，又把眼罩戴了回去。

"其他的照片也是你母亲的吗？"

"嗯。"

我将盒子里的另外三张照片拿在手里依次翻看。这回，是鸣从旁边凑了过来。

第一张是母亲和外祖父母一起的三人合照，地点在这所房子的玄关前。看模样，应该也是初中的时候。

下一张是母亲的独照，地点大约在附近的儿童公园，母亲在攀登架上做着 V 的手势，很明显是小学时照的。

最后一张是在某室内拍的姐妹照……只见背面写着"理津子，二十岁，与怜子"的字样。考虑到两人有十一岁的差距，这时的怜子阿姨应该只有九岁。

"嗯。"鸣低语道，"果然。"

"什么果然？"

"像啊。"

"啊？"

"我说你母亲和……你阿姨。"

"哦……你觉得像？"

"这张姐妹照很难说，但你看第二、第三张，她俩都是孩子时的脸，简直一模一样吧？"

的确如鸣所言，我初次见到毕业相册中的母亲时也有同样的感觉。如果消除年龄上的差距，两人简直就像是一个模子里刻出来的。

但这也不值得奇怪，毕竟是血脉相连的姐妹俩……我在心中这样默念道，不过表面上却左右摆着头。"是吗？"一副较真的模样。

"今天，你的那位怜子阿姨在家吗？"

鸣眯起右眼问。

"好像刚才出去了。"

我答道。

"你说那间偏房是她的工作室？"

"相当于画室。我可从来没进去过。"

"原来她在家里画画啊。"

"嗯，她在美术大学的时候学的是油画，当时还参加过比赛，得过奖……本人还想以此为职业呢。"

"哦，是嘛。"

……

……

听完松永克巳的"告白"，鸣的叹气声比望月的更深、更长。猛然间，我回过神，停下了录音机。

"让'死者'归于'死'……"

喉间挤出的这些字仿佛念诵的咒语，低沉，叫人生畏。只见鸣的表情僵滞得厉害，脸色越发苍白了。

"一放到'增加的人'的名字部分，就听不清呢。"

我说。鸣无言地点了点头。

"记录的修改竟会波及这种地方？"

"大概吧。"

"既然这盘磁带里会发生这样的变化……"

我顺势将几天来窝在心里的问题问了出来，"那为什么千曳老师的文件夹里年年写的'增加的人'的姓名却没有消失、没有看不清呢？"

"不知道。"鸣侧着头想了一会儿，"或许是出于某种偶然，千曳老师的那本记录被遗漏了。"

"被遗漏了？"

"或者说幸免于难了。"

"那是什么样的偶然呢？"

"我也说不好，比方说：千曳老师身为'观察者'的立场、写记录的时间，又或许是第二图书馆那个地方……总之是由于某些因素碰巧重叠在一起，才形成了这种特例。反过来说，也有可能是因为这盘磁带本身比较特殊。"

"什么意思？"

"你想啊，这可是迄今为止唯一一次'发生年'中途停止的记录啊。说不定正是因为让'死者'归于'死'，'灾祸'停下了，磁带才会发生这样的变化。"

"哦。"

"不管怎样，对方是超自然的现象，我们除了接受'就是这么回事'以外，还能做什么……"

"……"

一阵令人不安的沉默。

鸣盯着停下来的录音机，不发一言。似乎要张口说什么，但最终什么也没说。

她怎么了？很少见她这样啊……

"能问个问题吗？"我终于憋不住开口了，"和这盘磁带没关系，是我一直想问的。"

"什么？"

"关于你的姐妹，藤冈未咲。"

对我来说，涉及这类话题实在需要相当大的勇气，然而鸣一副心不在焉的样子"哦"了一句。于是我胆子更大了。

"记得你曾在素描簿上画过一幅画，就是你说最后要为她添上翅膀的那个女孩子……"

"……"

"你还说她兼有原型和原创，那个所谓的原型莫非就是未咲？"

片刻不语后，鸣小声地"嗯"了一下。

"你和她关系好吗？"

"还行吧。"

"那她为什么……"

眼看就要说到关键，鸣突然摇起头，用"以后吧"掐断了我的问题。只见她用力捂着左眼的眼罩。

"这件事情以后再说吧。让我好好想想，行吗……"

碰巧这时，望月回来了。他一推门见到我俩，立马"嗯哼！嗯哼！"两声，装模作样地咳嗽起来。

"差不多要吃饭了，老师让大家到餐厅集合。哦，对了，管理员千曳老师也来了，说是要助三神老师一臂之力。"

6

晚上七点前。

或许是望月的祈祷奏了效，这时，外面开始淅淅沥沥下起雨来。尽管雨势不大，但愈刮愈猛的风仍使窗户被打得"劈啪"作响。

餐厅在一楼，从玄关来看，位于纪念馆的右侧一角即东北角。宽敞的屋子里约摆放着十张铺了白色桌布的方形餐桌，每桌周围摆着若干把椅子。这会儿刚到上菜时间。

"首先，各位同学……"见十四名学生全部落座后，三神老师说道，"让我们欢迎今天特意前来相助的千曳老师。想必诸位都知道，他是第二图书馆的管理员老师。千曳老师，您来给大家讲几句吧？"

站起身来的千曳老师，虽说时值盛夏，却仍穿一身黑色衣服，仍旧一头乱蓬蓬的头发。

"呃，我是千曳。"

他一边扶着眼镜的黑框，一边挨个儿打量我们。

"考虑到仅有三神老师一个人存在诸多不便，我就贸然赶来参加这次的夏令营。还望各位同学不要介意。"

与图书馆里的千曳老师相比，眼前的他明显表现得拘谨，也客套得多。可能是因为自辞去社会课教师一职以来，很久没当着这么多学生的面讲话了吧。

"其实，有关今年初三（3）班的特殊情况，我也是有所了解的。"

千曳老师突然话锋一转，提到了这个核心问题上。或许是他极力克制紧张的缘故，声音听起来格外冷淡，但富有穿透力。

在场的空气瞬时凝固了。

"听说你们明天计划集体去爬夜见山，当然我也会同行。为确保万无一失，我一定会竭尽全力，也希望各位同学能够在往返路上多加小心。只是……"说着，千曳老师瞥了一眼窗外，又看看同桌的三神老师，"天气开始不好了。要是下雨的话，三神老师，应该会取消爬山吧？"

"啊……是的。"三神老师略带忧虑地说，"这还要等明天看看情况再……"

"我知道了。"千曳老师又朝向我们，继续道，"既然是夏令营，原本打算把气氛搞得再热烈些，晚饭去野外吃吃烧烤什么的……"

说着说着，千曳老师逐渐放松下来，语气也变得随和了：

"但考虑到目前这种特殊情况，还是别太大意，至少在今晚，尽量安分些。刚才下起的这场雨，不正表明老天也有此意吗？

"最后，如果各位有任何不舒服或疑问，别犹豫，尽管来找我。都清楚了吧？"

千曳老师说完一番话，整间餐厅里的气氛显得沉重。

只听见雨点断断续续打在窗玻璃上，还有从各张桌子传出的嗡嗡声，模糊地交织在一起，透出焦虑与不安……

随着管理员沼田夫人忙活着将一道道菜摆上桌，压抑的空气里终于有了吃饭的味道。

"磁带的事，要不要跟千曳老师说一声呢？"

我悄声问鸣。

"我觉得说一声比较好。"

她一边说，一边瞄了一眼同桌的望月和勅使河原。望月不置可否地侧着脑袋，默不作答，勅使河原则噘起嘴，摇摇头。

"那是反对的意思吗？"

我问。

"也不是彻底反对。"勅使河原面色不悦地噘着嘴道,"反正我们也不能一直把它当作自己的秘密捂着。你去告诉老师,同他商量,虽说也算是一条出路……"

"就是说,其实你也想听听他的意见?不管怎样,千曳老师可是这么多年来一直观察'现象'的人啊。"

"呃,话是这样没错啦……"

"那就告诉他喽?"

"嗯。"

"好,等以后找个合适的机会,由我和见崎来说。"

"行啊。"

勅使河原依旧面容沉郁,不情愿地点了头。

"来,来,各位同学,快用餐吧……"

在沼田夫人爽朗的催促声中,我们开始了晚餐。不见餐厅里有雇用其他人的迹象,在厨房里做菜的想必是沼田先生吧。

"千曳老师今天还为大家带来了上好的肉!机会难得,我便做了烧烤风味的铁串肉。来,来,大家多吃点儿,要添饭的同学尽管开口,大家现在都是长身体的时候嘛。"

尽管如此,大伙儿似乎都没什么胃口。我也一样,虽然肚子早就饿了,饭菜看起来也可口美味,但就是没有食欲。

不知道沼田夫妇对这次夏令营的背景和目的究竟了解多少?不知道十五年前的那次夏令营他俩当时在不在场?带着这些疑问……

我的目光不由自主地追随着走回厨房的沼田夫人。正在这时,我突然注意到立在厨房门背后的沼田先生正朝着这边窥探。夫妻俩交错时好像还说了些什么,他的表情依旧那么简慢、冷淡……眼白中露出的光芒，此时甚至叫人不寒而栗。

"那老头儿，鬼鬼祟祟的。"勅使河原刚要将铁串肉送进嘴里，突然停下手，凑到我耳边低声道，"我们刚来的时候，他看我们的眼神就有问题。"

"是……吗？"

"你难道不觉得那老头好像对青少年有很深的怨恨吗？他太太那么热情亲切，一定是为了替他掩饰。"

"怨恨……什么怨恨？"

"我哪知道！"勅使河原没好气地答道，"现在社会上都说少年犯罪越来越凶残，其实年纪大的人里也有危险分子。突然哪天不正常就把自己的孙儿杀了之类的不是时有耳闻吗？"

"这……"

"所以说，对那老头儿，千万不能掉以轻心。"勅使河原喊喊喳喳说了一通，越发来劲，将铁串肉放回盘子里继续道，"像这些菜，很可能都腐败、不新鲜了，或者里头掺了安眠药，等大伙儿都昏睡过去，再把我们一个一个都剐了。"

"不至于吧？"

该不是 B 级恐怖电影看多了吧？我刚要张口，突然意识到这说的不正是我自己吗，于是又把话吞了回去。

"对了，榊。"过了一会儿，勅使河原又趴在我耳边道，"我今天一直在想，那个'增加的人'会不会就在夏令营的这群人中？如果在的话，又会是谁？"

"我看你也是。"我稍稍端正坐姿，问道，"然后呢？有头绪了？"

"这倒……"勅使河原含糊起来，表情更显得心事重重，"都说无法鉴别谁是'增加的人'……但真的一点儿办法也没有吗？哪怕一丁点儿的蛛丝马迹？你怎么想？"

"我不知道。"这真是实话，"人人都说没有办法，但这也许只是我们还不知道罢了。"

"你也这么想？"

"只是……"我盯着深深皱起眉的勒使河原的侧脸，问道，"就算我们知道了呢？"

同时，也在问自己："知道了又打算怎样？"

勒使河原的双眉皱得更紧了。"是啊。"他低叹一声，又噘起嘴，沉默不语了。

7

大多数学生差不多快吃完饭了。

"老师，我可以讲几句吗？"突然有人从座位上站起来，是第二任女生班长赤泽泉美，"都到这时候了，有些事情我想在这里说说清楚。"

一听这口气，顿觉来者不善。

与她同桌的，还有另外三名女生。换言之，来参加这次夏令营的女生，除了鸣，都集中在那桌……要说起来，这也并非偶然。

毫无疑问，见崎鸣原本在班上就被视作怪人。所以在应对"灾祸"的"对策"中，她首当其冲，成了"不存在的人"，而在她被完全孤立的五月，班级同学在某种意义上得以保持了人际关系的良好平衡。

把我也列入"不存在的人"的"新对策"实施之后，在六七月的那段时期也是如此。把切身危机抛在一边不谈，初三（3）班这个集体的平衡，仍旧是靠在人际关系中剔除我和鸣这两个异己分子来维持的。

可是久保寺老师的死宣告了"新对策"无效，同时事态发生了转变。

不再是"不存在"的见崎鸣、不能继续无视其存在的怪人见崎鸣——面对这样的她，赤泽和她的朋友们又会抱有怎样的感情，又不得不抱有怎样的感情呢？

好在那会儿暑假开始了，平衡的打破不至于在教室中显现。她们的感情也一时保持原状。

然而今天，随着这场夏令营的举办……

她们见到原本孤立无援的见崎鸣不仅与我，而且与望月和勅使河原都能轻松地交谈，吃饭时围坐在同一张桌子前。相形之下，她们自己倒像被无视了。

这种情况下，她们难免会觉得不适应，难免会觉得不痛快，难免会觉得没意思。

晚餐时，我能不时地感受到从她们那桌投来的视线。同时，那些伴随着视线的窃窃私语应该也不会是对我们的褒扬……

被征询的三神老师此刻反应迟钝得出人意料，停顿了好几拍，终于"啊……行啊"给出了答复。

"行啊。你说吧，赤泽同学。"

赤泽点点头。随即，不出所料，她怒目直视，紧接着便发出严厉的声音：

"见崎同学，有些事情我想在这里跟你说说清楚！"

我偷偷瞥了瞥鸣的侧脸，只见她面不改色，处之泰然。

"见崎同学，还有，榊原同学，你也是。"

赤泽继续道。那清晰的吐字、流畅的发音、逼人的气势，好像站在法庭上的女检察官。

"自五月以来发生了多起不幸，上个月，甚至连久保寺老师也未能幸免……尽管尚且不知这次的夏令营能否终结局面，但至少到目前为止的每一起灾祸，见崎同学，你是负有责任的。"

呜负有责任？

"为什么？"

我反驳道。

话音刚落，"榊原同学，你也负有同样的责任！"赤泽望了一眼三神老师，义正辞严地说道，"要是当初见崎同学严格服从班级决定，认真做好'不存在的人'角色，班上就不会有任何人死。而她之所以没能做到，就是因为你，榊原同学，你的缘故。所以……"

"喂，等等！"插话进来的是勅使河原，"话可不能这么说，当时榊原不是不知道嘛，这属于不可抗力。"

"哦？是吗？"赤泽单手叉腰，以"我反对！"般的语气道，"事先没把情况告诉榊原，是处理得有失妥当。榊原初次来校那日，我刚好感冒请假，也确实不凑巧……但不管怎么说，如果见崎同学她能够做到从头到尾拒绝与他接触、无视他，那么'对策'就会成功，难道不是吗？"

"这……"

"就算我坦率承认后来的'新对策'无效，但失败的源头、失败的责任依旧是在见崎同学身上！我说得不对吗？"

勅使河原一时间似乎被她的气势压倒了，不过很快反击道：

"那么现在，你到底想怎样？"

赤泽听了，与同桌的女生递了个眼色，接着又环视了一圈其他桌上的男生：

"道歉！"她说，"我们还没有从见崎同学嘴里听到一句道歉的话呢。相反，见崎同学，你自从不再是'不存在的人'，反倒表现得好像不关你事似的……"

一道锐利的目光直冲我们扎来。比起愤怒、憎恨，包含更多的是事情进展不顺利时的极度焦躁。

可是，这是多么蛮横无理啊……我这时也急了。想必鸣肯定也……于是我又忍不住向她瞥去，然而只见她依旧面不改色，或者说，压根儿没放在心上。

"就说樱木死的时候吧。"

此时冷不防开口说话的不是赤泽，而是坐她身边的杉浦。平时她总是黏在赤泽左右，好像她忠实的仆人。

"我的座位就在靠走廊的窗边，所以那天的情形我看得一清二楚，当时……"

啊！

她的话把我带回了期中考试的最后那天。当时，有鸣，有我，还有樱木由香里……

"得知母亲出事后，樱木她心急如焚，飞一般地冲出教室。一开始，她是向着东楼梯跑的，可谁知那里竟站着见崎和榊原同学，所以樱木慌忙转变方向，跑向西楼梯……"

没错，当时的情况确实如此。

"肯定是因为樱木见到'不存在'的见崎同学居然和榊原同学站在一起，顿时乱了手脚，想到正是由于他们俩，'护身符'才失去效用，从而连累母亲遭遇车祸……她才会下意识地避开，沿反方向跑去。"

"如果当时你们俩没一块儿站在那里,"接过杉浦的话头,赤泽继续道,"那么樱木她就会正常地沿东楼梯下,那起意外也就不会发生了。对吗?"

"怎么这样……"

我不禁失声嚷了起来。

"还有水野同学姐姐的事也是如此。"赤泽继续说道,"榊原同学,我后来听水野同学说,你和她原本就认识吧?不仅认识,还拿初三(3)班的许多事情去找她商量,对吧?"

"啊,那不过是……"

"可不可以这么认为,正是由于你去找上她、牵扯上她,'六月灾祸'才降临在她而不是别人的头上呢?"

"啊……"

是我的责任。

水野沙苗在那起事故中的死,原来也是我的责任。

被赤泽当面点穿后,那份已经日渐淡薄的悲痛、后悔和自责再次袭上心头。没错,或许正如赤泽所言,尽管是在毫不知情的情况下,但将无辜的水野卷入进来的人的的确确是我……

"真无聊。"这时,鸣开口了,依旧是我熟悉的、淡定冰冷的语气,"在这里争来吵去的,能解决什么问题?"

"今天在这里并不是想解决问题!"赤泽有些暴躁了,"我们所要求的是见崎你必须认识到自己的责任,向大家道歉!"

"即便道了歉,又怎样?有意义吗?"鸣静静地从椅子上站起来,目光直挺挺地回视对方,"如果有,道歉也无妨。"

"见崎!"我急忙从旁制止,"这……你怎么能道歉呢!"

即便非要道歉，那也应该由我来道歉。今年春天，我本来就不该转学来夜见北，否则也不会有那么多的……

然而，鸣无视我的话，也不等赤泽回答。"对不起，"淡淡的一句，缓缓低下头，"对不起，因为我的错……"

"不是的！"我不由自主扯开喉咙大声喊道。

几乎在同时，"别这样！"又一个响亮的声音说。是望月。

"没意思！"

这回是勒使河原。他像是真生气了，两手往桌上一叩。

"一点儿意思也没有！现在的关键不是道歉，而是把谁才是'增加的人'给……"

不，不要！不要！别说，勒使河原！我明白你的心情，可一旦在此公布……

千钧一发之际，驱散这场危机的竟是另一场骚乱。

8

"喂，怎么啦？和久井，没事吧？你……"

一声关切又焦急的询问吸引了所有人的注意。

是旁边那桌。四人席中，风见智彦也在。刚才的声音是坐在风见对面的前岛发出的，只见左侧席上的和久井的确有些不大对劲儿，他半坐着趴在桌上，额头顶着桌沿，两肩痛苦地大幅起伏。

"喂，和久井！"前岛一边喊一边揉着他的背，"你没事吧？喘不上气吗？喂！"

第一时间闻声赶来的是千曳老师。

见和久井这副模样，"哮喘？"他轻声嘀咕一句，立马回头向跟来的三神老师问道，"这名学生一直患有支气管哮喘？"

可三神老师似乎受了惊吓，一时没有出声。

"是的。"代为应答的是班长风见，"和久井同学一直有哮喘，所以把药……"

说着，风见指了指和久井伸在桌上的右手，只见他手里攥着一管便携式喷雾器。

"喷雾器……用了没效果吗？"

千曳老师焦急地问。眼前的和久井似乎更加痛苦了，根本回答不了，两肩不断上下抖动着，发出"吁——吁——"的怪声，犹如鸣笛。

我还是第一次见到教室里坐在我前排的和久井发病时的样子。在这一年间经历了两次肺部破裂的我此刻比任何人都了解呼吸困难时的痛苦，尽管气胸和哮喘有本质上的差异，但看着看着，我竟也感到快透不过气来……

千曳老师拿过喷雾器试着喷了几下，但只听到"扑——扑——"的声音。

"啊……原来是空的。"于是千曳老师忙贴到和久井耳边问，"备用药呢？有没有带来？"

和久井艰难地喘着气，勉强左右摆了摆头，应该是"没有"的意思。

"快叫救护车！"

千曳老师立即直起身大声叫道。这场景不禁叫人想起久保寺老师自杀后第一个冲进教室的也是他。

"三神老师，快！快叫救护车！"

9

几十秒钟后，我们发现纪念馆里的固定电话无法使用。闻讯从厨房赶来的沼田夫人告诉我们，从昨晚起，线路就不太正常，到了今天下午，索性根本不能用了。

"因为电话坏了，我们没法儿叫人来修。偏偏在这种时候……"

没等她说完，千曳老师就从上衣口袋里摸索着拿出了手机。

可是，"不行啊。"他一脸失望地嘟囔道，"信号……"

"打不通吗？"

我上前一步问道。

"根本没信号。"

"可我的手机刚才还能用呢。"

"那快用你的试试。"千曳老师催促道，"有时不同手机是会不一样。"

"但手机在房里。"

"快去取！"

就在这时——

"手机，我有！"

"我也有！"

两名同学自告奋勇，是勅使河原和望月。鸣在一旁没有作声，估计是和我一样落在房里了。

"多谢了。"千曳老师朝两人道，"快打120试试，叫救护车，快！"

可是……

"咦，真奇怪。明明还有一格信号，怎么连不上呢？"

"我也是……不行啊，老师。"

结果无论勅使河原的手机也好，望月的小灵通也好，都没有派上用场。

说起来，刚才和鸣打电话时也是杂音多，听着费劲。不知是山里信号普遍差还是因为……

其他学生也有带手机或小灵通的，然而同样拨不通……

这时，和久井喘得更厉害了。呼吸困难迫使他从椅子上滚到地上，蜷缩成一团儿。前岛则在一旁不停地替他揉着背。

"不好办呐。虽然嘴唇还没发紫，但这么拖下去，恐怕……"千曳老师神情凝重地撇了一下嘴，"还是由我开车送他去医院。"

他随即转向脸色煞白的三神老师：

"您看行吗？"

"啊……当然。我也一块儿去。"

"那可不行。这里的学生还需要您照顾呢。"

"说得也是……好吧。"

"到了医院，我再同他父母联系。等一切安顿好了，我就回来。对了，沼田夫人，麻烦拿几条毛毯来，我怕他路上冻着。"

"好。"

沼田夫人踢踏着跑向走廊。

在场的无论是站在桌边的还是围圈远观的……每个人的表情都一样，被不安和恐惧笼罩着。女生中甚至有人小声啜泣起来。

"没事的。"千曳老师安慰大伙儿道，"别担心，待会儿到医院就有办法了，不会出事的。和久井同学肯定会平平安安地回来，诸位先别乱，好吗？这次是慢性病发作，是老毛病了，并不是什么特别的事件，更不是意外的事故。所以大家不必恐慌，冷静一些。我走

407

之后，请各位听从三神老师的指挥……今晚就早点儿休息吧。"

说话时，千曳老师依旧神情严肃，十分镇定。大多数学生听了，都点起头来，我也不例外。可是……

骗人！

心中却这么暗暗思忖。

很明显，刚才千曳老师那番话是站不住脚的。说他"骗人"，的确言重了，应该是他为平息骚乱而迫不得已采取的权宜之计。

一直患有哮喘病的和久井偏偏在参加夏令营的时候忘了检查常用药的余量，虽不能说不可能，但确为极小概率事件。方才那番偶发的激烈争吵进一步加重了他原本就紧张、不安的情绪……导致了哮喘的发作。想打电话叫救护车，可偏偏在这时候，纪念馆里的电话坏了。想用手机，可信号居然差得连号码都无法拨通。

这一系列的偶然和不凑巧不正是初三（3）班处于"发生年"所特有的重重危机中的一个证明吗？借用鸣的话来说，不正是因为这个班级"离死很近"吗？

不一会儿……

和久井的身体被沼田夫人取来的毛毯裹了起来，被我和勒使河原等人七手八脚地抬到了纪念馆门口。千曳老师开来的车停在车道附近，是一辆满带泥点的银白色厢型小客车，虽不清楚车型，但一眼便知开了很多年。

时间已过晚上九点。

依旧是淅沥的小雨，但夜风更猛烈了。摇撼周边树林的风声好似高亢的悲鸣……

在后车座安顿好和久井，我跑向坐在驾驶座的千曳老师。

"呃……千曳老师，其实……"

我想把松永克巳所录的磁带一事告诉他，但现在似乎连这点儿时间都没有了。

"没事的，和久井同学肯定能得救。"

千曳老师自言自语道。

"呃……路上小心。"

"对了，你肺里有颗定时炸弹吧？自己也要小心！"

"嗯。"

"那我走了。我会尽量赶回来的。"

千曳老师抬手拉上了门。

这时，我才注意到不知何时站在我身后的三神老师。"您还好吧？"我关切地问。她的脸色依然煞白，看着我，"嗯"地点了点头。

"你就别担心我了……"

三神老师一边说，一边捋起打湿的头发，勉强冲我淡淡一笑。

"呃……我觉得明天的爬山，要不，还是取消吧？"

我说。

"是啊。"

三神老师发出一个含糊的声音。这时，连刚才仅有的微笑都从她脸上消失了。

10

目送千曳老师的车远去，我正要返回纪念馆。

"榊原，你等等！"

忽然有人叫住我。是鸣。

"刚才多谢了。"

我一时摸不着头脑，不禁"啊？"了一声。

"就是刚才在餐厅里，她们找我麻烦的时候。"

"哦，小事一桩嘛……"

我们站在时有小雨飘来的门廊处闲聊，周围亮着的只有一盏昏暗的廊灯……逆着光，我看不清她脸上的表情。

"刚才不仅是我，望月、勅使河原他们都……"

"谢谢。"

鸣又低声重复道，随后向我靠近一步。

"过一会儿你能来一下吗？"

我又不禁"啊？"了一声。

"反正我屋里没有同住的人。"

这次来参加的女生共有五人。两人一间，就多出一个人。不用说，那个人自然是鸣了。

"我是 223 房间，就在你房间走廊的另一头。"

"真的不要紧吗？"

"有件事，我不是答应过你'以后再说'吗？现在我想履约。"

"哦。"

"另外……"

就在这时，我突然在鸣身后瞄见了勅使河原的影子。只见他贼头贼脑地贴在大门后，津津有味地朝着这边窥视。

不知为何，我有些心虚，没等鸣把话说完，就"知道了知道了"地应了她。

"那你十点左右来，行吗？"

"行，行！"

"那回见。"

说着，鸣转身独自返回纪念馆。我则在原地磨蹭了一会儿，随后也跟了进去。果然不出所料，一进大堂，就被埋伏着的勒使河原逮住了……

　　"哟！"他"咚"地捶了我一拳："干得不错嘛，榊。我刚才可是听得清清楚楚哦，你们的'幽会之约'！"

　　"什么'幽会之约'啊，别胡说八道了。"

　　"害什么臊嘛！你放心，我会替你保守秘密的。"

　　"说够了吧？真无聊！我和她是有很正经的话题要聊。"

　　"哦？是很正经地聊两人的今后吧？"

　　见他越扯越不着边际，我不免真有些来气了。

　　"你再说！我真不理你了啊！"

　　可勒使河原依旧舞着两条手臂，"哦哟！哦哟！"地叫唤着。

　　这时，我突然察觉到，与搞笑的动作和表情不同，他的眼睛里没有一丝笑意。

第十五章　八月　Ⅱ

1

向同屋的望月大致交代了一番，我在十点前离开了房间。

这么晚了，还记得在衣兜里放入手机，应该是受之前餐厅事件的影响吧，备着以防不时之需。尽管信号很差，但毕竟傍晚时分还是和鸣通上过话的……

从 202 通往 223 的幽暗走廊上，我没有遇见一名同学。难道大伙儿都按照千曳老师的吩咐，乖乖地在房间里休息了？

来到鸣的房前，我无意间侧脸望了一眼走廊的窗外。

雨已经停了，但风依旧强劲。遮蔽夜空的薄云渐散，云隙间朦胧透出一轮月影，照出宅地周围的树林，黑漆漆的轮廓若隐若现。

忽然，我瞥见树林前即纪念馆后院的一角有一间低矮的平房。从大小看，不像是裙楼，可能是仓库或置物间。

正这么出神地想着，只见那屋子的窗户突然亮了。是有人在里头点灯了吧？

会是谁呢？无需深究，一定是沼田夫妇，不会错。这个时候，应该是去取什么需要的东西。

我离开窗边，缓缓地深吸了一口气，随后敲响了 223 的门。

不一会儿，鸣开门了，她身披一件象牙色开襟薄衫，脸色比平时更加苍白。

“请进。”

她招呼我进来，脸上并无笑容。今晚不怎么热，但屋子里的冷气开得很足。

"请吧，随便坐。"

是我第一次上她家时，她在客厅里说的同一句话。我挑了一张靠窗边小桌的椅子坐下。鸣则在床沿落了座。

"是关于 Misaki 的事，行吧？"

她开门见山，视线笔直地落向我，没有丝毫游移。我默默地点了头。

她口中的"Misaki"既不是指二十六年前的岬，也不是指自己的姓氏见崎，更不是御先町的御先。而是四月下旬那天，在夕见丘市立医院中病逝的姐妹藤冈未咲。

"自从第一次在医院里遇见你，我就一直奇怪，为什么你会乘电梯下到地下二层。"我循着记忆娓娓说道，"后来你告诉我，那天你的姐妹未咲去世了，在地下二层的太平间里有她的遗体，你是为了给她送玩偶才……可是……"

"还是不可思议？"

"嗯。"

"其中的原委有些复杂。"说着，鸣垂下了眼帘，"有些话我不愿跟人提起……"

"能告诉我吗？"

迟疑片刻，鸣垂着眼，"嗯"了一声。

2

"藤冈未咲与我是姐妹且同岁，但事情并非看起来这么简单。"

鸣稍稍抬起眼，平静地讲述道。一开始说的话依旧那么耐人寻味。我不明其意，继续侧耳恭听。她接着道：

"未咲的母亲叫美津代，我的母亲雾果本名叫有纪代。两人是同胞姐妹，也是同岁。"

"同岁？"我歪着脑袋，插嘴道，"莫非两人是双胞胎？"

"是异卵双胞胎，娘家姓天根。那位天根婆婆，听说她从未结婚①。"

就是"夜见的黄昏下……"里的老妇人天根婆婆吗？我记得鸣曾称她为姨外婆。

"虽说是异卵双生，但两人长得非常像，又是在同一环境下以同样的方式抚养长大……成年后，美津代先结了婚，丈夫姓藤冈，在一家小食品公司上班，是一位年轻而又有点儿死心眼儿的普通职员。

"有纪代则稍晚些，和见崎孝太郎也就是我父亲结婚了。父亲是一位有才干的实业家，非常有钱，一年到头四处飞，和美津代的丈夫全然相反。

"几年后，嫁入藤冈家的美津代率先生下了孩子。"

"那孩子就是未咲？"

我急忙确认道。鸣默默地点点头，随即倏地看着我。

"另外，还有一个。"

"什么？"

"生下来的是一对双胞胎。"说完，鸣又垂下了视线，"又是一对异卵双生姐妹，两个女孩长得也很像。"

藤冈未咲有一位双胞胎姐妹？

---

① 按日本习俗，女子结婚后，要改姓夫家的姓氏。

我心里不禁犯嘀咕。

那人不会就是……

"另一方面，有纪代一年后也怀孕了。可是，她的孩子一生下来就没有心跳。"

"啊，我记得你说过。"

"有纪代悲痛欲绝，差点儿精神失常。但余波未平，经检查发现，她因那死胎的缘故，以后再也不能生孩子了……"

"啊。"

听到这里，我能渐渐觉察出事情的走向了。

"顺利生下双胞胎的藤冈家却因经济状况，对同时养育两个孩子深感忧虑，而见崎家想为处于低潮的有纪代做些什么。加上美津代本来就同情有纪代的遭遇……说起来，需求和供给刚好吻合。"

"需求和供给……"

"对。明白了吧？"鸣的语气没有一丝变化，"最后，他们决定将藤冈家所生的双胞胎中的一个送去见崎家做养女。"

"那么说，你……"

"被送去的人是我。从藤冈鸣改名为见崎鸣，大约是在我两岁的时候，但我已经完全不记得了。至于为何不选未咲，偏偏选我……"鸣稍作停顿，"大概是名字的关系。"

"名字？"

"假如未咲被送去见崎家，岂不是要改名为 Misaki Misaki 了吗？或许就是因为这么可笑的理由吧。"

浅桃色唇角渗出淡淡一笑。

"总之，从我还没记事起就到了见崎家，作为有纪代即雾果的独生女被抚养长大。养女这件事，我一直被蒙在鼓里。以前对美津代，我只当她是藤冈家的阿姨，未咲只是长相酷似的同龄姐妹。听说我俩的生日在同一天时，我还感叹这么巧啊，母亲们不愧是双胞胎呢。

"得知真相是在上小学五年级的时候。有一天，天根婆婆一不留神说漏了嘴，不得已将事情原原本本地告诉了我。雾果，也就是母亲，知道后惊恐万分。我猜想要不是天根婆婆，她打算瞒我一辈子吧。"

尽管说的是和自己身世相关的大事，但鸣的语气依旧不紧不缓，十分平稳，脸上几乎没有任何表情。我不知该作何表示，只好接着往下听。

"对那个人来说，我不过是她死去的孩子的替身。对父亲来说也是。尽管他们比一般的父母都疼我，得眼病的时候也替我东奔西跑，还特意做了这只义眼……我虽然感激他们，但是……"

因为我就是那个人的玩偶。

"但是替身毕竟是替身，那个人在我身上见到的始终是她死去孩子的影子。"

是个大活人，但不是真的。

"她整日关在工作室里制作各式各样的玩偶，也是因为放不下对自己孩子的无尽思念。得知身世的真相后，我也明白了那个人毕竟是养母，不是我的亲生母亲……"

见鸣停下，我忙插问：

"然后呢？明白之后你怎么打算？"

鸣的声音微微含糊了：

"我想见她——藤冈家的母亲，还有父亲。"

此时，她的双颊隐约泛红。

"其实我一点儿也没有怨他们、责备他们当初送我去做养女的意思。只是想了解一下生下自己的人，和他们好好说说话。

"可惜那会儿藤冈家搬家了。原本我和未咲都在隔壁小学上学，家也离得近。这样一来，未咲转了学，虽说同在市内，但总是相见不易。即便如此，我还是断不了想见妈妈的念头，就去对雾果说了。谁知那个人的表情瞬间变得悲伤无比，紧接着大发雷霆……"

"她生气是因为不想让你去见亲生父母吗？"

"嗯。"

鸣点点头，耷拉下肩膀。

"我以前不是说过吗？那个人对我的生活和行为一贯采取放任态度，但只有一件事情会令她格外神经质。"

"嗯，说过。"

"那便是我去见藤冈母亲这件事。想必那个人内心极度不安，一想到对方是自己的双胞胎姐妹，就更难以自己了。给我手机，应该也是这种不安的表现吧，以为这样就能与我更紧密地联系起来。我虽然能理解她的心情，但是……"鸣的口齿又含糊起来，"但是……我依旧背着她偷偷和未咲见面，尤其当我们升入中学、双方的活动范围扩大了之后。那时她也知道了我俩其实是血脉相连的姐妹这一事实。

"我和未咲似乎真有心灵感应，每时每刻都能感应到对方，好像连在一起那般。大概是因为我们同在母亲的肚子里待过同样长的时间吧……说得肉麻些，我们就像是对方的另一半。

"这种心情，要说欢欣喜悦吧，也不全对，应该是那种'还有另半个我存在'的不可思议感。除此之外，未咲毕竟生活在亲生父母家，而我作为养女寄人篱下，加上幼年时失去了一只眼睛……心里或多或少有些别扭。"

可能是风向变了，背后的窗玻璃突然"嘎哒嘎哒"地震起来。我忽然觉得有一双眼睛正窥视着我——应该是错觉——不禁扭头朝窗外望去。

"只是好景不长……去年春天，未咲生病了。"鸣继续道，"是非常严重的肾病……可能一辈子都要靠透析来维持。另一条路，便是选择移植。"

"肾脏移植……"

"是的。最后未咲从母亲那里获得了一颗肾，为了做手术，去了东京的大医院。其实我也想把肾给她。你想，我们虽说是异卵生，但毕竟是双胞胎，体格相似，做移植不是再合适不过了吗？如果接受成人的肾脏，由于大小的差异，手术风险会很高，所以……

"然而，尽管我一再向医院请求，法律却规定十五岁以下的孩子不能作为活体器官移植的供体，只得作罢……不过，就算医院方面同意，那个人要是知道了，也一定会极力反对。"

藤冈未咲转来市立医院之前曾在别的医院接受了一场大手术，原来就是那场大手术啊——听到这里，耳边回响起曾打电话来告知我的水野小姐的声音，我不禁闭上了双眼。

"今年年初，手术非常成功。术后观察了一阵子，便转回这里的医院。转院后，她恢复得很好。我时不时偷偷溜去看她，当然这一切，雾果都是不知道的。

"我和未咲天南海北地聊了不少，但她好像最羡慕我家有很多漂亮的玩偶。于是我拿来家里玩偶的照片给她看，问她最喜欢哪款，还答应等她出院就将她最喜欢的玩偶作为礼物送给她。就是在那天……"

"就是那天你拿去太平间的那个？"

"因为我答应了她。"鸣一脸忧伤地眨着眼，"谁想到，未咲突然死了……我从没想过她会死。从做手术到术后恢复，整个过程中一直都没有任何问题，甚至快出院了。可是那么突然、那么快地就……"

是啊。

记得那天水野也说。

突然之间，病情急剧恶化，连施救的时间都没有，藤冈未咲就离开了人世。那天正是四月二十七日，周一。水野还说："她是家里的独生女，父母得知消息后心慌意乱，悲痛万分。"

积存已久的疑问终于有了答案，但一想到鸣的心情，我的胸口又不免堵得慌……正当我同泪腺作艰难斗争的时候，突然，我意识到一个重要的事实。

"其实，她不是你的堂姐妹，而是同胞姐妹喽？"我向鸣确认道，"也就是说，你和未咲是二等亲的血缘关系……"

"是的。"

"所以那个时候你才会说……"

那是在我首次来校当天在0号楼前黄色蔷薇盛开的花坛旁与鸣交谈的时候……

小心为妙。说不定已经开始了。

"你说'说不定已经开始了'？"

"你记得可真清楚啊。是的。"

"这么一来，不就已经开始了？"我盯着鸣的脸，说道，"今年的'灾祸'从四月开始？"

"大概吧。"

"为什么你当时不明说呢？"

"因为我……我……"鸣移开视线，再次不无悲伤地眨眼，"因为我不愿相信，她——未咲——的死是由'灾祸'、由这莫名其妙的诅咒所导致的，所以……

"所以当你问起我有没有亲姐妹时，我没法回答有。当你问起未咲的事时，我也只称她为姐妹，因为我不希望是我连累了她。"

我想起来了。

樱木由香里作为"五月死者"离世后，我第二次在画廊地下室里遇到鸣时她说过的话——她说自己或许一直处于半信半疑的状态。

先是发生了那样的事，五月，榊原你又来了学校，虽然那时我那样对你说，但心里并不是百分之百相信……

"那样的事"应该是指四月时未咲的死，而"那样对我说"所指的是"说不定已经开始了"这句话对我的暗示……

鸣垂下头，两手紧紧攥着身旁的床单。我一边体恤着她内心的痛苦，一边整理渐渐看清的事实：

"如果说，今年初三（3）班的'灾祸'同以往一样，都是从四月开始的，在医院病逝的藤冈未咲是第一位牺牲者即'四月死者'，那么……"

说到这儿，仿佛那股吹打窗玻璃的强风顷刻间袭入了我的体内，迅速夺走了体温……我只感到背部一阵彻骨的寒意，浑身起了鸡皮疙瘩。

鸣缓缓抬起脸，似在说"我懂"："其实我也曾想过。"

"哦？"

"五月初，榊原你出院来校后，班里少了一套课桌椅。于是大家都以为今年的'灾祸'史无前例地从五月开始。但如果未咲真是'四月死者'的话，那么大家都错了……"

"是啊。"我抱着胳膊，点头道，"也就是说，即便课桌、椅子的数量都吻合，其实早在四月，在我来夜见北之前，那个'增加的人'就已经混进班级了……"

3

"啊，怪不得！"沉默数秒后，我轻轻开口道，"怪不得我怀疑自己是不是'增加的人'时，你能那么肯定地说不是，还安慰我放心，说我不是'死者'。"

"嗯。"

"原来你早就知道'灾祸'是从四月开始的，那会儿我还没进班级，所以……"

"那只是一方面……还有更大的理由。"

不知为何，我觉得自己预感到鸣会这么说。

"是什么呢？"我追问，"什么理由？"

"是……"

话说到一半，鸣显得有些犹豫，视线定格在空中的某一点，整个人宛如玩偶，一动不动，连眼睛也不眨一下。

之后，她下定决心似的从床沿站起来，面向我，缓缓解下眼罩，露出那只方才一直被挡住的左眼。

"这只眼睛……"她用那只填充在眼窝中的"空洞的苍之眸"望着我，"是这只眼睛告诉我：你不是。"

我一时丈二和尚摸不着头脑，没能理解她的意思。但冥冥中，我似乎早有这种预感。

"怎么说？"

面对我这次的追问，鸣没有迟疑，即刻答道："我说过，这只眼睛能看到一般人看不到的东西，见到不应见到、不必要见到、不想见到的东西。"

"不应见到、不必要见到的……是什么？"

"我觉得那是……"鸣举起右手，遮住了不是"玩偶之眼"的右眼，"'死亡之色'。"

她的声音仿佛在念诵某句秘密的咒语：

"在'死亡'那一侧的颜色。"

"……"

"你能明白吧？"

我不知如何回答。

"其实，恐怕说了你也不信……但我仍想开诚布公，全部告诉你。你愿意听吗？"

我深深地点了一下头，回视那只闪烁着无序光芒的空洞的苍之眸……

"你说吧。"

4

"其实刚开始我也是懵懵懂懂、稀里糊涂的。"解下眼罩后的鸣坐回床沿，平静地说道，"那只空空如也的左眼自然是没有视力的。就算被手电筒直射，也感受不到一丁点儿的光亮。一旦闭上右眼，就什么也看不见了。接受眼球摘除手术是在我四岁的时候，也就是说，打记事起我便如此了。后来即使安装了雾果做的这只'玩偶之眼'，一段时间内也丝毫没有变化。直到有一天……

"我记得第一次大约是在小学三四年级，在父亲家某位亲戚的葬礼上。我前去向遗体告别，往灵柩里献花，不经意间瞥到遗体的脸，顿时有一种异样的感觉。原本什么都看不见的左眼，顷刻间仿佛感知到了什么……无形的、颜色似的东西。

　　"当时我大吃一惊，因为那是我的左眼第一次感受到外部世界。那真是一种难以言喻的感觉，若将左眼遮起来只用右眼看的话，那人的脸极其普通；但同时用左眼一起看时，那脸上则会蒙上一层奇特的颜色……"

　　"奇特的颜色？什么颜色？"

　　我问。

　　"不好说。"鸣缓缓地摇头答道，"是单用右眼从未见过……也绝对看不见的颜色，诸如红啊、蓝啊、黄啊这些已知的颜色名都无法描述，或者说，哪一种都不贴切，仿佛是一种……在这个世界上不存在的颜色。"

　　"用颜料怎么都调不出来吗？"

　　"嗯。"

　　"那为何称它为'死亡之色'？"

　　"当初，我自然也不知道……"鸣仰起头，望着天花板，叹了一口气，"这件事情，无论我对谁说，他们都不当真，去医院检查也没发现任何异常，所以大人们都说是我的心理作用。我也曾试图那么想……可是自那场葬礼后，我总能时不时地看见那种颜色，而且……"鸣又望向我，"经过数年，我终于渐渐悟出这样一条规律：每当我感受到那颜色时，它的周围必定会有死。"

　　"有死……你是指每次看死人脸的时候吗？"

　　"比方说，我有一次出现在交通事故现场。被撞得变了形的驾驶室里倒着一位满脸是血的男人……他已经死了。在他的脸上，我同样能感受到葬礼上见过的那种颜色，几乎一模一样……"

"……"

"不仅限于亲眼所见，又比如，新闻里不是会出现事故、战争场面等影像或图片吗？杂志里也会刊登死者的照片。见了那些，我都能感受到。"

"同样的颜色吗？"

"怎么说呢，程度不同。"

"什么意思？"

"既有清晰的，也有模糊的，应该说是颜色的深浅吧。已死的人颜色深些，濒死或重病卧床的则浅些。"

"能感知到颜色的，看来不仅限于已死的人嘛。"

"是的。不过那些人也算处于死亡边缘了。比起一般人，他们距离死更近……当个体离死亡很近的时候，我便能感受到那淡淡的颜色，或者说色调……

"所以我不爱去大医院。有段时间，天根婆婆因肿瘤手术住院，虽然因为发现得早，没什么大碍，但那段日子里，我每逢去医院探望都特别难熬、害怕，因为整栋楼的患者身上或多或少都蒙着这'死亡之色'……

"虽然我能看到重伤、重病者身上的'死亡之色'，但这绝不是预测未来的能力。如果是后来遇上意外而死亡的人，我就一点儿也看不出征兆。所以我想，我能感受到的这种'死亡之色'大概是那人身上所拥有的死的成分。"

"……"

"去市立医院探望未咲时，说心里话，我是有些抵触情绪的，

432

因为总能时不时地感受到死的颜色。然而对于未咲，我却一次也没有感受到。所以我一直很放心，觉得她不会有事，谁料突然之间就……"

或是因为悲伤，或是因为悔恨，只见鸣咬着下唇，有一二刻没说话。过了一会儿，才继续道："你一定在想，为什么这只眼睛能看到'死亡之色'？"

"……"

"其实我也觉得很不可思议、很害怕，非常排斥。思来想去也不解其中的缘由。直到某一天，我突然想到——或许是因为玩偶的空洞。"

玩偶是空洞的。

啊……这也是那天鸣在画廊地下室里说过的话。

玩偶是空洞的，身体也好，心灵也好，都是空洞的……是空的。那是一种与死相通的空洞。

"玩偶是空洞的，是一种与死相通的空洞……所以我左眼的这只'玩偶之眼'才会映射出人的'死亡之色'。这抑或也与我在做眼睛手术时差点儿死去的经历有关系。"

眼前的鸣仿佛在偷偷向我解开这个世界的秘密……听着听着，我不禁忆起了在地下室里第一次听到她那番话时的心情。

"这些话，我从未对人提过。就连对未咲，我也始终没透露过半句，因为从那时起我已经决定，尤其是在人前，不再露出这只眼睛。"

"哦，是嘛。"

我神情严肃地点点头，头脑中理性的部分却一直在思考：鸣的这番话，我究竟应当相信几成？

"那么，幽灵之类的呢？"我一本正经地问，"你有没有见过人死后的幽灵之类的？"

"没有，一次也没有。"鸣亦认真地回答，"所以我不清楚幽灵是否真如世人所说的，以各种形式彷徨在各种地方。相反，我倒一直认为它们根本不存在。"

"那'灵异照'又如何？"

我试探性地问。

"也没有。"她毫不迟疑地答道，"像电视、杂志上介绍的那些照片，在我看来全是虚假的、伪造的。不过……"

鸣似乎觉察出了我的意图，"至于二十六年前初三（3）班的那张照片，我不是一直说想看看吗？其实是想用这只眼睛来确认。"

"哦……"

记得前天来我家看母亲留下的那张照片时，她的确摘去了左眼的眼罩。不仅如此，还问我：

颜色呢？

有没有看到什么奇怪的颜色？

"后来呢？"我紧接着问，"后来在照片里的夜见山岬身上有没有看到'死亡之色'？"

"有。"鸣即刻答道，"在形形色色所谓的'灵异照'中，感受到那种颜色还是第一次。"

望着鸣的两片朱唇，我突然想起……

我知道我不是"死者"。

那天在鸣家的三楼客厅里促膝长谈时，鸣说过的这句话。

难道自己能够辨识自己是不是"死者"吗？我忙向鸣抛出了心中的疑虑。

"这么说吧。"鸣从床沿缓缓站起身，"我这样摘去眼罩看榊原你，丝毫感受不到'死亡之色'。所以我敢说你不是'增加的人'。"

"同理，你也知道自己不是？"

"嗯。"

鸣点点头，顺手拿起刚才摘下的眼罩，正要戴回去时，忽然像改了主意似的，停了手。

"关于这只'玩偶之眼'的奇异特性，至少我大致是信服的……但内心深处多少潜伏着一些将信将疑。即便是今天，我偶尔还会自问，这一切会不会只是我想多了。

"另外——或许真是我想多了——我刚才不是说这绝不是预测未来的能力吗？但说到我自己，总觉得似乎能觉察出什么。当有死亡的危险迫近时，我似乎总能有所预警，妥善处理，最后顺利避开……所以上次临别时，你让我路上小心，我说'我不会有事'……"

啊，是的。

印象中似乎确有其事。

"倘若照你刚才所说……"

我也从椅子上站起来，之前因寒意而竖起的鸡皮疙瘩早已退去，现在反倒是阵阵冷汗从脖颈后渗出。

"你该不会已经知道了吧？"

"死者"是谁？

"只要用'玩偶之眼'一看，班上究竟谁是'增加的人'岂不早就一清二楚？"

鸣听了，既不摇头也不点头。

"但我在学校从未摘下过眼罩。即便在升上初三听说了有关'诅咒'的传闻后，即便在新学期伊始，都没有摘下过。哪怕在未咲病逝、樱木意外遇难等'灾祸'降临的时候，我仍旧没有……"

"可你明明在课桌上那样写着。"

"死者"是谁？

"只要摘下来，不就知道那个'增加的人'是谁了？"

"知道了又能怎样？依然是无济于事、平添烦恼。所以我……"

坦白讲，鸣这时所说的，我并没有草率相信。

尽管我的的确确没在学校见过她不戴眼罩，但她不会趁周围人不注意时悄悄瞄一眼吗？"死者"是谁？难道这个问题的答案她真的不想知道吗？不知道的话，心里能好受吗？

……

不过，这些毕竟已是旧话，重新提起没什么意义。问题的关键是现在。

"那么……"

我两手捂住胸口，深深吸了一口气。由于紧张过度，我甚至感到肺部又出现了那种即将破裂时的痛楚。

"那么现在呢？"

听了松永克巳藏于十五年前的磁带，今时今日，想必已经不是"知道了又能怎样"的情势吧。那么……

"你应该知道了吧？看到了吧？那个人有没有来夏令营？"

接二连三的询问逼得鸣皱起眉，似有些退缩。她迟迟不答。在一声深深的叹息后，她眼望别处，轻咬下唇……

终于，轻轻地点了点头。

"'增加的人'，来了。"

"果然。"

这时，我感到衬衫底下有一滴汗滑过皮肤落下来。

"是谁？"

"是……"

正在这时……

房门突然"砰"地响起来，打断了我们的谈话。这声音不像是叩门，而像是有人在用身体撞门……

"谁？"

话音刚落，门就被撞开了。一个人从屋外狼狈地冲进来。

"啊！"我不禁高声叫道，"勅使河原？你怎么了？"

5

勅使河原的样子相当古怪。

好像刚刚一路狂奔而来，他的呼吸异常急促，浸透了汗水的衬衫紧贴在背上，头发和脸上也全是汗……只见他脸色惨白，表情惊恐，连眼神都失去了焦点。

"你怎么了？发生了什么事？"

见我向他走来，勅使河原从喉咙里发出"呜"的一声，左右摆头，看看我，又看看鸣，对没戴眼罩的她没有表示任何诧异。

"抱……抱……抱歉。"他一边喘着气一边说道，"呃……突然跑来，是想问问两位……"

问我们？奇怪，真的很奇怪。勅使河原，你没事吧？究竟发生了什么……

"只是一个小问题……"

勅使河原极力匀着呼吸，朝屋内的窗户走去。窗户面向コ形建筑围起来的内庭方向，窗外设有可供逃生用的开放式阳台。

"呃……那个……你们认不认识风见智彦这个人？"

他走到窗前，回头问道。

"啊？"我不禁愣了一下，"怎么突然……"

"我只问你，认不认识一个叫风见的人？"

勅使河原异常严肃地重复道。

"认识啊……"我顿时有一种不祥的预感，"（3）班的男生班长啊，和你一起从小玩到大的。"

勅使河原听了，又发出了"呜呜……"的声音。

"见崎呢？你认识风见吗？"

"怎么会不认识呢？"

"啊，真的吗？是嘛。"

他无力地吐出这句话，竟然绵软地瘫坐在地，脸色更加苍白，嘴唇还在不停地颤抖。

"我说，勅使河原，你没事吧？到底发生了什么？"

面对我的询问，他慢慢摇着头："不好了。"声音犹如被踩踏后的青蛙的叫声，"大事不妙了……"

"什么不妙了？"

"我……我……可能弄错了。"

"弄错了什么？"

"我……我执意以为他就是那个'增加的人'，所以刚才……"

"他？难道是……"

风见？

"就是风见！"

"不会吧？"

"已经来不及了。"

来不及了？莫非这家伙把风见杀了？

"你开玩笑吧？"

"我干吗开这种玩笑啊！"勅使河原双手抱头，"其实这几天我一直在试探他，问了他许多小时候的事，想看看他究竟记不记得，谁知他……"

"啊……"

"风见他真的很可疑。"勅使河原呜咽着叙述道，"提到小学三年级时我们常去的河边秘密基地，他说'忘记了'。五年级时想一起骑车去看海，结果还没出市区就打道回府了，他也说'记不清了'。所以……"

"所以？"

"所以我想，这会不会就是线索呢？其实刚开始我不是百分百确定，但后来越想越觉得可疑……断定他不是风见，真正的风见已经死了，眼前的他是从这学期起混入班里的'增加的人'……"

啊！勅使河原，你错了。"增加的人"即"死者"怎么能以这种方式来鉴别？更何况小时候的经历，谁都有可能记不真切了呀！

"所以今晚，也就是刚才……我把他约了出来。"勅使河原哽咽着道出了情况，"尽管他与我同屋，但我生怕被隔壁房间的同学听见了不好，所以约他去别处，就在二楼那个角落的活动室里……

"在那里，我毅然决然地责问他：'你不是风见吧？''你就是那个混入班里的人吧？'他听了先是十分惊讶，紧接着便发起火来。我心里想，果然是他，没错。只要我按照磁带里说的，将他杀死——让他归于'死'——班上的同学就能得救了。"

"你该不会真的杀了他吧？"

我竭力克制着声量。

"一开始，我们只是扭打起来。当时我也没想一拳打死他……啊，我记不清了，反正打着打着，不知怎么，就来到了阳台……等我意识到的时候，他已经从阳台……"

"跌下去了吗？"

"嗯。"

"你推他的？"

"大概吧。"

"他死了？"

"他摔在地上，一动不动，头部还流出了血。"

"啊……"

"我见状后，突然害怕起来，身体不住地颤抖。"勅使河原单膝跪地，两手挠着沾满汗水的褐色头发，"于是，我跑到走廊，来到了这里……因为我知道你会来找见崎，所以想先问问你们。"

"望月呢？"

"那家伙靠不住。"

"可你刚才的问题究竟是什么意思？"

"就是那盘磁带啊。"勅使河原停下手，抬头望着我，布满血丝的双眼噙满泪水，泫然欲滴，"松永克巳不是说'增加的人'死了之后尸体会很快消失吗？而且除了下手的松永本人以外，其他人都会不记得他的存在吗？所以我……"

"哦，你是为了确认风见到底是不是'增加的人'啊？"

"嗯。可是你们都说认识他。"勅使河原突然颤抖起双肩，无助地问，"我是不是弄错了呀？啊？榊原，你告诉我，是不是？"

此时，我冷静地想到了两种可能性：

一是正如勅使河原所担心的，"增加的人"并非风见智彦，即勅

432

使河原"弄错了"。

二是"增加的人"确是风见智彦，但他还没有死，因为从刚才的话来分析，勅使河原并没有到阳台下方确认风见已死，所以他可能还……

"说不定他还没死。"

"啊？"

"从二楼跌落下来并非必死无疑。可能昏过去了，还有救。"

勅使河原一听，连忙摇摇晃晃地站起来，拉开阳台的门，跌跌撞撞地朝阳台扑去。我也急忙追上去。

迎面吹来一阵湿漉漉的夜风，只见从云间洒落的青白月光下……勅使河原胸口抵着被雨水打湿的阳台栏柱，伸手向斜前方一指。只见二楼位于玄关左侧的一角有一间屋子里亮着灯，那便是活动室吧。

"就在那儿，那间屋子。"勅使河原指着屋子说道。

这时我已从衣兜内掏出了手机，想拨打报警及救护电话。一旁的勅使河原似乎看出了我的心思，慌忙制止道：

"喂，榊！你不会把好朋友出卖给警方吧？"

"瞎说什么呢。"

我答道，心里却忽然想起了一位警官。

那是在水野事件调查后在上学路上遇到的大庭警官。他当时递给我一张名片，背面写着手机号码，还说"如果有什么我可以帮忙的话……"。如果联系这个人，他应当会理解吧？

于是我避开勅使河原，立刻按下了通话键。可是……接不通。

液晶屏上明明还有一格信号，可电话就是打不通。

"榊原！"忽然听到鸣在叫我，只见她站在房间里冲我猛摇头，还压低声音说，"不是风见！"

对啊！

只要她用"玩偶之眼"一看便知道风见不是。

"死者"另有其人。

"勒使河原。"我郑重地对他说道，"现在要紧的，是去确认风见是否还活着。如果还有气息，我们得赶紧救他。"

"嗯。"

勒使河原无力地应道。

看着眼前这位失魂落魄的淘气鬼，我半开玩笑地安慰道："你也别太悲观。在没搞清楚之前，千万不要以死谢罪啊。"

"啊……嗯。"

"行了，快走吧。"

6

从 223 房间出来，我们仨径直跑向一楼的玄关。可就在下了楼梯快到大堂的时候……

突然，我有一种不妙的预感。

预感？哦，不！事后冷静下来一想，并非某种超能力的感知。

气氛？嗯，对，是一种气氛，一种不妙的、可疑的气氛。事后回忆，这气氛应当是在我下了楼梯后，因为不经意间瞥见某件东西而觉察出来的……

当时，勒使河原和鸣已经头也不回跑去玄关了，只有我忍不住停下脚步。

深夜时分，关闭了主要照明设施的走廊一侧……

有一扇门，微微敞着一条几厘米宽的缝。所谓"某件东西"便是它了。

是餐厅的门。

门缝里没有透出一丝光亮，里面比昏暗的走廊更黑……我趴在门缝间，朝伸手不见五指的餐厅里张望。不知为何，我突然感到，"气氛"的源头就在里面。

我没把那两人叫来，而是选择独自进去闯闯。于是，我伸手握向了门把手。

一种黏滑的触感。

是汗吗？不，不是汗，这不是汗，而是……

我松开把手，将掌心凑到眼前凝神细看。黑暗中，能依稀辨认出那不是汗，而是某种黑乎乎的东西，又稠又黏，弄脏了大半个掌心。那是……

血？

是血吗？如果是，怎么会有血呢？

事情进展到这里，我本可以就此退缩，回头去追那两人。但是我没有。思量片刻后，我毅然推开门，跨入了餐厅。由于没开灯，餐厅里黑得什么都看不见，我只得双手摸着墙，一步、两步，慢慢往前挪。可是，没走几步……

突然——

"啊！"

我感到脚踝不知道被什么人一把抓住了，顿时吓得失声尖叫起来。

"啊！"

是谁？

我下意识地朝后退。

借着从对面窗户悄悄潜入的月光以及渐渐适应了黑暗的眼睛，我看到一个物体，一个人倒在地上。

"你……你……"刚才受到的突然惊吓令我的声音颤抖了，"你是谁？怎么会在这里……"

只见地上的人身着夏季校服，下半身是裤子，应该是男生。

他整个人卧倒在地，由于看不见脸，辨不清是谁。他的右手直挺挺地伸向前方。刚才就是这只手抓住了我的脚踝吧。

"你没事吧？"我走回他身边，伸手搭在他的肩膀上，"喂，你还好吗？刚才这里发生了……"

听了我的呼唤，他的身体微微动了一下。于是我忙握住他伸出的右手。

黏滑，和刚才的门把手是同样的触感。

"你受伤了？"

我问。他从鼻腔里发出"呜呜"的呻吟声。

我试图将他扶起，可是……

"不行。"从他嘴里发出的声音微弱得犹如蚊子叫，"已经……不行了。"

"说什么不行啊！"

我这才注意到，他背部的白衬衫上也有一大片黑乎乎、湿漉漉的血迹。

"你……你被人刺伤了吗？"

说着，我也趴下来，将脸贴在地上，朝他的脸看去。昏暗的光线，加上面部的血污，十分不好认，但终于……

"你是前岛啊。"

就是晚餐后不停为哮喘发作的和久井揉背的前岛，错不了。

"怎么会弄成这样？"我凑到他耳边问，"是谁把你刺伤了？"

伴随着痛苦的呻吟和喘息，前岛几次张开口，但都发不出声音，最后他终于拼上了所有的力气："厨……厨房……"

"厨房？厨房怎么了？"

"管理……管……理……人……"

"管理人？"我摇摇前岛的肩膀，"沼田吗？然后呢？"

可是，前岛不再回答了，只见刚才还睁着的眼睛闭上了。

昏过去了？还是……死了？

我顾不得仔细确认，连忙爬起身。借着微弱的月光，一边同内心的恐惧激烈对抗着，一边朝餐厅里的厨房走去。

那老头儿，鬼鬼祟祟的吧。

数小时前在这间餐厅里吃饭时勒使河原说过的话，在我耳边响了起来。

我们一来，他看我们的眼神就有问题。

啊……难道是？

突然哪天不正常，就把自己的孙儿杀了之类的，不是时有耳闻吗？

难道真是他？

所以说，对那老头儿，千万不能掉以轻心。

来到厨房门前，我又莫名地感到了那种不妙的气氛。这回靠的不是眼睛，而是听觉和嗅觉……

我听到，在这扇门的背后有某种异样的声音。

我闻到，从这扇门的背后飘来某股异样的味道。

我的内心不断告诫自己不要开门，别打开门，但手依旧朝门把手伸了过去。

一触到金属制的门把手，掌心便感受到了热度，虽不至于被烫伤，但也足以叫人心生疑窦……

于是，我毫不犹豫地转动门把，用足力气，一脚踹开门。

声音和味道的真相在那一瞬间揭晓——是火。

屋内着火了。

随着门被踢开，强烈的热气和烟雾向我扑来。我赶紧抬起手臂捂住口鼻。烈烈火光中，我忽然看见地上躺着一个人。

那人头朝外、脚朝内倒在地上。眼看周围的火快烧着衣服了，也纹丝不动，估计是死了。只见那人的面部和脖颈处深深扎着好多根东西，那应该是直接的死因……如果我没看错，那些东西正是今晚吃肉时用过的铁钎。

火势越来越猛，尽管手边有灭火器，但似乎已无法控制火势。

我逃回前岛身边，冲着倒地的他大吼一声：

"前岛！不得了了，着火了！喂！再不逃就要被烧死了！"

7

前岛还活着。在我的呼喊下，他稍稍动了动身子。

考虑到他身负重伤，又流了许多血，我决不能把他一个人撇在这儿。于是，我一边鼓励他振作，一边用力将他抱起，艰难地挪到走廊上。这时，火势已从厨房蔓延到了餐厅。

为了能稍稍拖延时间，我关上了餐厅的门。这时……

"怎么了，榊原？"

大堂里，忽听有人叫我，是鸣。估计刚才没见着我，她便沿途寻回来了。

"你在那儿干……咦？"她忽然收住脚步，"那是谁？他怎么了？"

"他受了重伤。"我大声嚷道，"另外，厨房着火了！"

"着……着火？"

"管理员沼田也死在里面了，是被人杀死的！我相信那把火也是犯人放的……"

说着说着，我忽然想起——今夜十点，去鸣房间的途中，我曾无意间从窗户瞥到后庭仓库里的灯亮着。当时还以为是管理员去取什么需要的东西，现在看来，那或许是犯人在偷灯油之类的为行凶纵火作准备吧。

"那人是前岛吧？他怎么了？"

"他刚才倒在餐厅的地板上，背部还被人用刀刺伤了。我觉得这一定是同一凶手所为。"

"伤得厉害吗？"

"流了好多血。"

鸣跑来帮忙。我们分别从两侧架起前岛，朝大堂走去。快到玄关时，鸣又问：

"你一个人能行吗？"

"应该吧。不过，若再不尽快救他……"

"是啊。"

"对了，勅使河原呢？风见他怎么样？"

"风见没事。由于刚才一直下雨，地面的泥土变松软了。虽然脚崴得厉害，但头部没什么大碍，意识也恢复了……"

"太好了。"

于是我再次将绵软无力的前岛抱在怀里，朝玄关走去。这时，鸣来了个一百八十度大转身。

"你这是要去哪儿？"

"把灾情通知大家。"

说得是啊！可现在返回二楼的话……

太危险了！火灾当然是一方面，另一方面，那个持刀杀人的凶手说不定还潜藏在馆中的某个角落……

"等等，见崎！"

我想阻止她，可这时她已跑上了楼梯。要不要追呢？但一想到手里还抱着不能动弹的前岛，我便作罢了。

在玄关外的门廊处碰巧遇到勅使河原朝纪念馆走来，只见他扶着的风见浑身沾满了泥巴，走起路来右腿一瘸一拐的，脸上的眼镜也不见了，估计是跌落时遗失了。

"别进去！快离开这儿！"

我冲他们大声喊。勅使河原先是一愣，随即看着我。

"那是谁？前岛吗？榊，你……"

"着火了！"我叫道，"厨房起了火，已经无法控制！可能有人蓄意放火！"

"啊，真的吗？"

"前岛也遭袭击，受了重伤。"

"不会吧？"

"再不逃，火就烧过来了！"

"哦，知道了。"

于是，勅使河原扶着风见，我抱着前岛，双双离开门廊，跌跌撞撞朝通往前庭的小路走去。

突然听到背后一声巨响。回头只见餐厅所在的一楼右侧的窗户全碎了，火焰顺势喷出，在强风的帮衬下，"呼呼"地沿着纪念馆外墙蔓延。

这时，刺耳的警铃声从纪念馆内传了出来，应该是火灾自动感应装置启动了。

我一方面担忧鸣的安危，另一方面又不忍心将重伤的前岛丢下。而勒使河原也要照顾不能独自行走的风见，不方便拜托他。

总之，还是先将前岛送去安全的地方再说。

于是我催促着勒使河原，拼命朝前赶。在这当口，不时有学生察觉到了火情，从玄关及两侧的出入口飞奔而出……

不断增强、蔓延的火势令大家感到恐慌。只见从我们身旁争先恐后跑过的学生中既有穿运动衫 T 恤的，也有穿睡衣睡裤的，还有连拖鞋也来不及换就冲出来的……

渐渐地，我感到身体开始不听使唤。滚滚浓烟和热浪不断从背后向我袭来，还有窗玻璃遭火舌舐舐后的破碎声。我有些急了："再不快一点儿……"

然而前岛的身体似乎更沉了。

"振作些！坚持住！"

可这一次，怀里的前岛一动也没动。

……

正在这时，我忽然听到一声尖叫。

尽管火灾现场充斥着各种叫声，但刚才的那一声明显不同：高亢、尖锐、歇斯底里。

叫声来自斜上方。

一抬头，只见纪念馆二楼的阳台上有两条人影。

从身高和发型来看，其中一人是赤泽泉美，刚才的尖叫声想必就是她发出的。另一人是……

"不要!"

又是赤泽的尖叫声。

我战栗着睁大了眼睛,只见阳台上那另一个人高高举起右手,手中握着的,与刺向前岛的恐怕是同一把尖刀……

"不要!"赤泽喊道,"救命啊!"

袭击者与被袭击者,两条影子在阳台上扭作一团。这时,纪念馆里发出一声震耳欲聋的巨响。同时,一条炫目的火柱从里面冲出来……

爆炸?

是爆炸。

也许是厨房内的燃气引发的,我记得厨房角落里好像摆着几瓶液化气罐。

热风席卷着燃尽的尘埃,劈头盖脑地冲我扑来。我下意识地抽出手护住脸。失去了支撑的前岛"扑通"一声倒在地上,我又慌忙弯腰去扶他。

手忙脚乱中,我仍不忘瞄一眼二楼的阳台。方才还扭打在一起的两个人像是从阳台跌落了,不见踪影。

我单膝跪地,拉起前岛的手臂:

"喂,没事吧?再坚持一下!"

我想再度将他抱起,但发现此时的前岛已没了任何反应。我试着稍稍收回力道,只见前岛的身体像泄了气的塑料玩具,瘫了。

"前岛……前岛?"我一边呼唤着他的名字,一边搭了搭脉,确认呼吸和心跳,"啊,前岛……"

他死了。

8

我被强烈的徒劳感、无力感裹挟了一阵子。

呜?

我心中突然涌起了担忧。

她没事吧?

我想返回去找她,可纪念馆的玄关已被熊熊烈火吞噬。

不知道她去二楼通知了灾情后有没有平安脱险?

有,肯定有!我不断地告诉自己。

万一没有,我又怎能原谅当初没有劝阻她的自己?

经过刚才的爆炸,火势更强了,整栋纪念馆似乎都处在熊熊燃烧的烈火中,再傻站着不走,恐怕就有危险了。于是,向前岛轻轻道别后,我刚要抬脚转身,突然——眼前出现了令人难以置信的一幕。

刚才与赤泽扭打的那个人此刻从阳台下的树丛后冒了出来。

只见那人的脸、头发、手臂……浑身上下沾满了混合着泥土和灰尘的血,连身上衣服的颜色都无法辨别。

莫非刚才两人真的从阳台上跌落……那个人还捡回了一条命?那么赤泽呢……死了?还是被害了?

正想着,只见那个人拖着一条腿,拧着肩,整个人歪斜着直冲我走来。背后建筑物里冒出的滚滚浓烟、周围跳窜的红色火焰把那个人衬托得犹如某种不死怪物。

我俩相距只有数米远。当我看清那个人右手里握着一把尖刀、红黑色的脸上一双眼睛瞪得又圆又亮时,不由得浑身的寒毛都竖了起来。

尽管我在恐怖小说和电影里不止一次地看过，在脑海中也不止一次地想象过，但在现实生活中从未见过如此……

如此发狂的眼睛。一双充满杀气、凶光毕露的眼睛。

而那双眼睛，此刻……

正直勾勾地看着我。

于是我拼尽全力，撒腿就跑。我知道，一旦落入那个人手里，必死无疑。

可是就在我好不容易跑出前庭、眼看快到大门的时候，胸口突然"噌"地疼了起来。我赶紧停下脚步，双手死死捂住胸口，"扑通"一声跪在地上。

疼痛一下子便收住了。

"拜托！在这紧要关头……"

我再度站起身，同时向身后望去。

只见那个人——杀人者——虽被我拉开了一定距离，但正犹如从地狱的火焰中复活的怪物，拖着一条腿，依旧不紧不慢、不依不饶地追来，向我逼近。

我吓得惊慌失措，刚要再次逃跑，脚下却一个趔趄，一头栽倒在地，重重地撞到了腰。此时也顾不得疼了，正想奋力站起身继续逃跑，却无奈地发现，腰部怎么也使不上劲儿。好不容易支撑着站起来，只见那怪物离我只剩几米之遥。更不巧的是，此刻胸口又是一阵疼痛袭来。

啊……逃不掉了。

一个绝望的念头从我脑海中闪过。

逃不掉了。在这里等待着我的是和厨房中的管理员、前岛、赤泽他们一样的命运。

"别过来!"我还在作最后的困兽之斗,"别过来……"

然而那个人、那个发了狂的杀人魔毫不理会,步伐甚至更快了,正疯狂地挥舞手中尖刀,伴随着身后的火苗和浓烟……

突然——

旁边闪出一个黑影。

谁?还没容我看清,那个黑影就朝杀人魔猛扑上去,一下子便将尖刀打落,紧接着便将杀人魔整个儿掀倒,擒拿在地……

那个黑影是……

"千曳老师?!"

我激动地叫起来。

黑影从不再动弹的杀人者身旁站起身,向我走来。

"是千曳老师!"

"刚才真危险。"一身黑衣的图书管理员说道,"我刚从医院回来就听见这里闹得慌,赶来一看,只见这人手握尖刀,似乎要伤害你……"

千曳老师推推黑框眼镜,望了一眼地上的杀人者。

"到底是什么人这么穷凶极恶?"

"那人还在厨房里杀了沼田呢。"

"沼田?"

"嗯,是沼田先生。"

"哦……"

"之后,前岛也遇刺了,还有这把火……"

"全是那人干的?"千曳老师再度将视线投向了地上的杀人者沼田夫人,"事情怎么会……"

他欲言又止，想必猜到了这或许是今年的"灾祸"所致……

"总之快离开这儿。"他向我命令道，"到宅地外去，快！"

"啊……嗯。"

"你先走一步，我还要把这个沼田夫人……"

"啊？"

"她现在只是昏过去，就这么扔着可不行啊。"

"可是……"

"不用担心我，你刚才不是看到了？尽管我看起来精瘦，但还是练过拳脚的。行了，快走吧。"

"……"

"走啊！"

"哦。"

9

在逃到宅地外的同学中，我首先见到了勅使河原。只见他倚靠在石柱上，望着咲谷纪念馆上空的烈焰发呆。对面的石柱旁则坐着风见，他双手抱着一条腿，额头枕在膝盖上，一动不动。

"喂，榊！"勅使河原见我来了，无力地挥挥手，"前岛呢？"

我没有作声。

"死了啊。"

"……"

"刚才千曳老师回来了，后来又走了。"

"我们遇上了。"我一边回答，一边在附近搜索鸣的影子，"刚才还是他救了我呢。"

"他让我们乖乖在这里，不要走开，等消防车和救护车来。"

"逃出来的，只有这些人？"

乍一看，除我以外，宅地外不过五人，而且鸣不在其中。

"见崎呢？"

"嗯？她不在吗？"勅使河原挠挠沾满污垢的褐色头发，"望月好像也不在……不过你放心，他们肯定逃到别处去了。"

但是我可做不到这么乐观。没见到鸣，我顿时坐立不安起来。于是我抛下勅使河原，又快步返回宅地中，望着熏烤着夜空的烈焰。

"见崎……鸣！"

我低沉但有力地呼唤她的名字。

随后，我把手伸进衣兜摸索起来。手机……还在，没因刚才的跌倒而损坏。从通讯录里翻出鸣的电话，我按下了通话键。

老天爷，求求您了！

我一边在心中祈祷，一边将手机靠在耳朵旁。

傍晚时，这部手机还与她的手机通过话。所以只要再来一次，一次就好……

接通吧！

求您了！哪怕一瞬也好，接通吧！

电话里响起的是"连接中"的电子音。反复多回之后，终于……

变成了呼叫音！连响四下后……

"是榊原吗？"

虽然杂音很多、很吵，但没错，是鸣的声音。

"啊，通了！"

我赶紧用空着的手掩住嘴巴和话筒，生怕自己的声音跑掉。

"见崎，你没事就好。"

"你呢？其他人呢？"

"我们都逃到了宅地大门外，但是人不齐。前岛死了，千曳老师刚才回来救了我，犯人是沼田夫人……"

意识到自己激动得胡言乱语后，我连忙停下，顿了顿，随后挑了个最要紧的问题问道：

"你在哪儿？"

"后庭。"鸣答道，"就在像仓库模样的建筑附近。"

原来在那儿啊……

"有没有受伤？"

"我没事。"停顿片刻后，鸣又说道，"但是动不了。"

"啊？"

没事，但动不了？我不明白她的意思。但与其在这里胡思乱想，不如……

"我马上来。"我说，"你别急，我马上就来！"

可是她说：

"你还是别过来比较好。"

"嗞嗞嗞……"的杂音令人相当不悦。

"为什么？"

"榊原，你还是别来了。"

"为什么？"

"我……"

杂音越发强烈，使得通话变得断断续续。我生怕漏听一句，用力将手机紧贴在耳朵上。

"我……要阻止那……"

"阻止？"

阻止？莫非她要？

脑中迅速闪现出一个不祥的猜想。不会吧？

"鸣，你该不会要……"

我提高了声音，但是在"嗞嗞嗞……嘎嘎嘎嘎……"越发强烈的杂声干扰下，我不知道对方能听到多少。

"喂，你现在旁边有人吗？"

"由我来……"

"喂？和谁在一起？"

"会后悔，所以……"

电话断了。

见崎的声音消失了。就在这盛夏之夜，经历过一番残酷"灾祸"后建立起来的连线断了的一霎那，时间过了午夜零点，进入了八月九日。

10

来不及通知任何人，我急匆匆地朝那个地点赶去。

避开燃烧的纪念馆，我从东侧通往后庭的小道一路狂奔。尽管被雨水打湿的地面黏附了火灾中的灰尘，湿滑无比，但奇迹般的是，我竟然一次也没跌倒。大约五分钟后，我到达目的地仓库。

我一边向仓库走去，一边寻找鸣的踪影。

这间仓库距离纪念馆至多不到十几米，如果因随风刮来的火星而燃烧起来也不足为奇。所幸从表面看，仓库依旧安然无恙。

"见崎！"我大声呼喊道，"你在哪儿？见崎！"

没有回答。

不过，我一边喊一边绕着仓库走到北侧时还是找到了她。她正独自背靠仓库立着。

"啊……见崎。"

尽管衬衫、短裙及头发、脸、手、脚……都沾满了灰尘，但正如她在电话中所说，没受什么大的伤害。

"见崎？"

闻声，她回头瞥了我一眼，又将视线转回原处。

顺着她的视线望去，只见距离四五米处，还有一个人。

那个人面朝下趴在地上，浑身的灰尘和污垢比鸣更多。下半身不知怎么被几根粗大的木头压着。从我这个位置看，根本辨认不出是谁，连身高和性别也看不出来。

"因为刚才爆炸的冲击，几根木头落了下来。"鸣目不转睛地盯着那人说道，她的左眼没戴眼罩，"然后那个人就动不了了……"

"还不快去救？"

鸣却默默地摇了摇头。

这时，我才注意到她手里握着东西。那是……丁字镐？只见她右手握着长柄，将红色的镐头部分杵在地上。不知这把镐是原本就搁在附近还是她从仓库里取出的。

"不能救。"鸣没看我，继续道，"因为是'增加的人'……"

其实在来时的路上，我已经有所预测：她可能正和"增加的人"在一起，但亲耳听到她这么说，仍忍不住"啊"了一声。

"真的吗？"

"因为我看到了颜色——'死亡之色'。"

"是……刚才知道的吗？"

"以前就知道了。"不知为何，她的声音忽然变得悲伤起来，"尽管我早就知道，但一直说不出口。"

真是相当悲伤的声音……

"但是，我听了那盘磁带后便想，我必须阻止。加上今夜发生了这么大的事故，所以我想，必须阻止，再不阻止的话，大家就……"

说着，鸣猛地抬起头，双手紧握住丁字镐的长柄。

"等一下！"

我条件反射般地跳到她面前制止道。

随后，我面向那个被鸣称为"死者"的人，缓步走去。因为我想亲眼看看那个人究竟是谁。

直到刚才还一直昏迷不醒、失去意识的那个人，这会儿突然扭动起来。一边痛苦地呻吟着，一边两手扶地，支撑着身子，似乎要从木头下挣脱出来，但由于体力不支，最终又倒了下去。

我慢慢朝那个人靠近，在其身旁蹲下，屏住了呼吸。

四目相对。

"啊……"她的嘴唇颤抖了，"恒一……"

"怎……"我忍不住尖叫起来，"怎么会是……"

我使劲眨眨眼，再向那人看去。没错，正是如假包换的她！

"你说这个人就是'增加的人'？"我起身转向鸣，"这个人？是真的吗？"

鸣沉默地点点头，垂下眼帘。

"这个人是……这……这……这到底是……"

"噌——"一记熟悉的重低音不知从哪儿涌出。似乎每次当我开始回忆某些事情的时候，这声音都会响起，仿佛是为了扰乱我的心、我的记忆、我的思考……

说起来，这是我第几次来这里呢？

这是我，榊原恒一，四月刚从东京来到这里时的独白。

小学时三四次，上了中学后是头一回……不对，应该是……

不对，应该是……

对了，恒一。

这是身在印度的父亲在电话中说的。

感觉怎样？一年半没见的夜见山没太大变化吧？

一年半没见的……夜见山？

为什么？为什么？

这是外祖父母家里养的九官鸟。

精神！精神……打起精神！

九官鸟那精神饱满的高亢叫声。

给它起名为"小怜"。

小怜？啊，对！那只鸟名叫小怜。

年龄嘛，"两岁"前要加上"或许"二字。听说是前年秋天在宠物店里一时冲动买下的。

前年秋天……也就是一年半前，我上初一的时候。

上了中学后，这是头一回吧……不对，应该是……

一年半没见的……夜见山。

一年半以前，我……

人死以后就是葬礼。

我不要葬礼，不要再有葬礼了！

这是开始有些老糊涂了的外祖父。

可怜哪，理津子！理津子可怜，怜子也可怜……

理津子也……怜子也……

"是啊。"我茫然所失地自言自语道，"原来如此啊。"

"噌——"抑制着脑海里不断响起的、妨碍我思考的重低音声。

老师也会受到牵连吗?

我想起来了。这是曾经和千曳老师的对话。

班主任或副班主任会,因为他们也算是初三(3)班这个集体中的一员嘛。

初三(3)班的——若是班级的一员,便可能因"灾祸"而死。那么,对,也可能会作为"增加的人"而……

但是……

"见崎,这是真的吗?"我忍不住再次向鸣确认,"真的……三神老师……怜子阿姨就是'增加的人'?"

11

"在学校的时候,我是三神老师,明白吗?"

新学校入学前夜,怜子阿姨向我传授了"夜见北注意事项"。

其中"一"和"二"的部分多少带有迷信色彩。"班级决定要绝对服从"的"三",现在想来,似乎与初三(3)班的特殊"现象"有着密不可分的联系。不过,我当时以为最有意义的,是"四"。

"公私分明。所以,在学校里千万不可以叫我怜子阿姨……"

当时我点头同意了。

十五年前去世的母亲名叫榊原理津子(婚前姓三神)。母亲有个年仅十一岁的妹妹,我的阿姨三神怜子。考虑到怜子阿姨就在我即将转入的学校担任老师,还是副班主任一职,我心里便踏实多了。但与此同时,如果太过随意,容易招来不必要的误会和麻烦,所以对她提出的"夜见北注意事项之四",我举双手赞成……

于是,我恪守戒律,在学校称她为"三神老师",在家里称她为

"怜子阿姨"，待人接物时严格地将她当作两个不同的人来对待。

怜子阿姨也是如此。在学校绝不叫我"恒一"，顶多是"转校生榊原"……很多时候，我们表现得似乎比一般师生更客气。

其实，别说班主任久保寺老师，就连班上的大部分同学从一开始就知道这个事实。比如六月时讨论"新对策"、要将我和鸣都列入"不存在的人"时，久保寺老师是这样说的：

请各位同学务必服从班级决定。三神老师尽管立场特殊，但她刚才也已表态，"只要是能做到的一定会尽力"。

三神老师的这一"特殊立场"，不用说，自然是在学校要视我为无形，而回到家后又要与我共同相处……

另外就在那两天前，望月优矢曾来到古池町，在外祖父母家门前犹犹豫豫、徘徊不定。

呃……那个……我有点儿担心。

你知道的，我家就住在隔壁小区，所以……那个……

碰巧遇上外出回来的我，望月一度变得语无伦次、闪烁其辞。其实他所"担心"的对象并不是因复诊而没去学校的我，而是在那段时间一直没来学校的三神老师，也就是怜子阿姨。

怜子阿姨从东京的美术大学毕业后，回到老家夜见山，任职于母校夜见北，担任美术教师一职。另一方面，她又将偏房作为画室，一心投入自认为"本职工作"的绘画创作……

四个月来，我在与她的距离感、亲近感的切换中度过……

樱木由香里死后、鸣接连没来学校的那几日里，其实我大可以拜托怜子阿姨给我看班级通讯录，也可以将学校里遇到的不解和疑惑直接提出来问她……但我都没有。其中可能就是这种距离感在作祟。

我也有我不便开口的理由。

我曾向望月这样表露过自己真实的内心。

"榊原！"

望着被木头压住、动弹不得的三神老师——怜子阿姨——和手举沉重丁字镐的鸣，我一时失语，呆呆地伫立着。

"榊原！你好好想想。"鸣说，"在这所学校的其他班级里，有没有副班主任老师？"

"啊？这……好像……"

"没有。"鸣干脆地说道，"不知为何，大家都没注意到，都当作理所当然的事实接受了。我其实一开始也是那样……但是想想便觉得奇怪吧？有副班主任老师的，整所学校只有初三（3）班。"

"……"

"我觉得三神老师应该是在前年她接任初三（3）班班主任的时候去世，当时不是有个叫佐久间的男生中途放弃了'不存在的人'一角吗？于是'灾祸'开始了。学校美术社的活动之所以会在这个学期前一直处于停止的状态，真正的原因是在这个学期前担任指导顾问的三神老师不在了……"

这么说来，从今年四月起，美术社的活动又得以恢复，是因为怜子阿姨以"增加的人"的身份再次接任的缘故？而有关之前的那段记忆和记录全被更改、删除了？

我拼命回忆着。

然而，"现象"所导致的记忆修改和调整恐怕对于身处这个"世界"中的我来说是无法通过一己之力复原的。不过我能做到的，是将可以把握的几个客观事实拼凑起来，从而推理出真正的真相……

也许我这次来夜见山并不是上了中学后的头一回。或许在一年半前，在初一那年的秋天，我曾来过一回。

那次……应该是来参加怜子阿姨的葬礼吧。

我不要葬礼，不要再有葬礼了！

这一推测，不正与外祖父的那句感叹相吻合吗？

可怜哪，理津子！理津子可怜，怜子也可怜……

十五年前经历了长女理津子过逝的悲痛，前年又经历了丧失幼女怜子的悲痛。两种悲痛交织在一起，萌生出了这样的感叹……

前年秋天，正是为了缓解怜子的死所带来的震惊、悲伤及膝下无子的寂寞，外祖父母才会在宠物店里一时冲动买下九官鸟。后来又将其起名为"小怜"，也是想借此寄托对亡女的思念之情。

小怜不久后便学会说"为什么"，应该是外祖父或外祖母每日坐在佛坛前与亡女间的对话，诸如"为什么？为什么啊？怜子，你为什么会死？"，而小怜则无意间将它学来了。

精神……精神……打起精神！

至于这一句，应当是外祖母面对迟迟不能从悲伤中走出来的外祖父所说的鼓励的话吧。

"你想啊，今年的'灾祸'其实是从四月开始的，但当时教室里的课桌椅一套没少……这样一来，不也解释得通了吗？"鸣暂时将举起的丁字镐放在地上，又说道，"其实，桌子在新学期伊始少了一张，没错。但少的不是教室里的，而是办公室里的。"

"啊……"

"你……你们在胡说什么呀！"

听到我们对话的三神老师——怜子阿姨——紧张起来。

"这怎么可能呢？恒一，我可是你的……"

只见怜子阿姨两肘撑地，抬头望着我，她那沾满灰尘和泥土的脸因心理和肉体的双重痛苦而变了形。

"榊原！"鸣再次举起丁字镐，"你让开！"

"见崎……"我前面望着鸣下定决心后的眼神，后面感受着怜子阿姨复杂恐惧的目光，"不行！"

我一把从鸣手中夺下丁字镐。

这把丁字镐柄长约六七十厘米，拿在手里沉得很，前端的两根铁叉尖锐无比。这种长度加上这种锋利度，一镐下去，一定能置人于死地。

"不行，你怎么能……"

"可是，榊原，再这么拖下去……"

"我明白。"我心中十分清楚自己接下去说的话意味着什么，"我明白。所以，由我来。"

这时，我听到了怜子阿姨发出的悲鸣。我缓缓转向她，从鸣的手里接过镐。

"恒……恒一，你这是要干吗？"

看着眼前的怜子阿姨。

"让'死者'归于'死'。"

说出这句话，锥心般地痛。

"这是唯一可以阻止已然开始的'灾祸'的方法，是十五年前和怜子阿姨同班的松永告诉我们的。"

"说什么呢！这……这……简直莫名其妙！快住手！"

"对不起，怜子阿姨。"

我向前一步，使出浑身的力气挥起镐。心中不断默念：只能这样，只能这样……

然而……

就在我挥起镐瞄准伏在地上的怜子阿姨的心脏位置、想一镐砸下去之际……

心里又产生了巨大的不安和疑惑。

这样行吗？

这样做行吗？

这样做真的行吗？不会错吗？

指认怜子阿姨是今年"增加的人"的证据，只有唯一的一个，那便是鸣所拥有的特殊能力——能看到"死亡之色"的"玩偶之眼"。其他的都是一些主观的推测，然而这些并不足以全盘否定我关于怜子阿姨的所有记忆。但现在，我要手刃她……

这样行吗？

信其为真、让怜子阿姨归于"死"。

这样做真的行吗？不会错吗？

倘若是鸣搞错了呢？所谓"死亡之色"不过是她的主观臆想？

倘若怜子阿姨果真不是"死者"，那么她岂不死在了我的手上？她和我只在照片中见过的母亲理津子是那么相像、令我那么地向往……或许一直以来，她对我都是十分重要的存在！

在这里，记忆和记录会修改、调整，会随着时间变模糊、消失等"现象"都是夜见山的"事实"。在这些真真假假中，我却独信见崎鸣一人所看到的"真相"，毫无保留地全盘接受，甚至付诸行动，这样做真的行吗？

我陷入了矛盾与疑惑的漩涡中，身体仿佛被钉住了，不能动弹。

这时，烈火燃烧中的纪念馆突然发出了一声轰鸣，是支撑建筑物的骨架被烧断、房梁落下来的声音。漫起的黑烟卷起大量粉尘冲我烧来。再这么烧下去，恐怕连站在这里也危险了。

所以……

我不能再犹豫下去了。

这样行吗？

这样做真的行吗？

我回头看着鸣。

只见她依旧站在刚才的位置，寸步不移，笔直地注视着我。

随后，她微启双唇。

尽管听不见声音，但可以从她唇齿的移动中读出："相信我。"

我……

紧紧地闭上眼，深深吸了一口气。

我……

睁开眼，我再次转向怜子阿姨。尽管她混乱、惊慌、恐惧、绝望地望着我，尽管我能从她脸上见到母亲的模样。

但是，我……要相信鸣！

相信鸣！

我咬着牙，作出这个决定。

我要相信鸣！

斩断犹豫后，我再次挥起了镐（怜子阿姨……），再也听不见怜子阿姨呼喊着"不要！"的悲鸣声了（再见了……怜子阿姨）。

我使尽全身的力气，一镐砸下去（再见了……妈妈）。当镐尖刺破皮肉、直达心脏的时候，我突然感到胸中一阵前所未有的激烈疼痛，犹如闪电般贯穿了我的胸膛。此刻脑海中浮现的，是第三次气胸发作时凹瘪变形的肺的影像。

松开紧握丁子镐的手，我捂住胸膛，瘫倒在地。呼吸困难令我的意识渐渐淡薄了，但我仍能感到从眼眶中溢出的热泪。这应该不只是因为疼痛吧。

尾 声

且让我将事后明确的事实一一道来。

一九九八年八月九日凌晨，消防车赶到的时候，咲谷纪念馆已几乎化作了一团灰烬。现场共发现六具尸体，他们是：

● 沼田谦作……管理员。于馆内厨房。

● 前岛学……男性学生。于前庭。

● 赤泽泉美……女性学生。于前庭。

● 米村茂树……男性学生。于前庭。

● 杉浦多佳子……女性学生。于馆内、东侧。亦可能于221室（与赤泽同屋）。

● 中尾顺太……男性学生。于馆内、东侧。亦可能于二楼走廊。

经司法解剖后发现，六人之中无一人因火灾而死。

管理员沼田先生因颈部等多处被扎入餐用铁钎致死，后又遭遇火灾焚烧。其他五名学生中，前岛、米村、杉浦、中尾四人，均因被利器多处刺伤、失血过多而死。赤泽则因从二楼阳台跌落后颈椎骨折而死。

据现场情况及目击证人所作证词，杀害六人的凶手，是与沼田谦作同为咲谷纪念馆管理员的沼田峰子。将沼田先生杀害后，在厨房里点燃灯油纵火的行为，亦系峰子所为。不过在她被千曳老师制服、移交给警方之前，已咬舌自尽。

至于那一夜，沼田峰子何以犯下一系列的罪行，她的动机为何，精神是否正常等，均不明。

*

八月八日晚餐后，因哮喘病发作被千曳老师送往医院的和久井终无大碍。当问起他为何那日没检查药剂的余量时，他本人也表示不可思议。

而因同伴误会遭无妄之灾的风见，除崴到右腿之外，并没受到太大伤害。因跌落时擦伤而引发的头部出血，后经检查也未见任何异常。至于他与勅使河原事后怎么和好，我尚不清楚，但他俩该不会因此又吵上了一架吧？

*

再来说说我自己。

那一夜引起剧烈疼痛的原因，果然不出所料，是左侧肺部发生了气胸，而且情况较上两次严重许多。虽不至于当场完全失去知觉，但持续疼痛和呼吸困难使我无暇顾及自己是怎么获救、怎么来到医院的了。

症状稳定下来后，我才发现自己躺在夕见丘市立医院，并且住在几个月前住过的同一栋住院楼里。

外祖母和主治医生经过一番商量，建议接受外科手术，从而彻底根治，杜绝复发。与身在印度的父亲取得联系、得到同意，第二天我就被抬进了手术室。

与以往不同，现在肺部手术的主流是胸腔镜下手术，即在身体数处各开一个直径约一厘米的小孔，之后插入内视镜等专用仪器，在体外操作就可以了。和过去的开胸手术相比，患者的负担减小了很多，术后恢复也更快。

我的手术十分顺利。术后恢复也的确很快，一周后便收到了出院通知书。

＊

鸣和望月两人约好同来探望我，是在我出院的三天前，八月十五日。

"说来啊，"望月道，"沼田夫人那天怎么会突然做出那样的举动呢？吃饭的时候明明还好好的，一点儿也看不出来……"

那一夜所发生的事，在病房里成了中心话题。望月那晚得知火灾后，即刻从纪念馆西侧的安全出口跑了出去。我在去找鸣的路上不巧和他错过，他那时正好去宅地外避难去了。

"警方说，因为当事人死了，所以很多事情无法查证。"

就在前天，我刚接受了夜见山署大庭警官的问话，也从他那里得知了事件的一些详细始末。

"那个人是咬舌自尽的吧。"望月皱起眉头，"但那也不至于会要人命啊。"

"听说是残留在口腔里的舌头堵住了气管窒息而死的，和沼田先生的死因一样。"

"哦……"

"最终'八月死者'有七个人啊。"

听了鸣这淡淡的一句，我不禁问道："七个人？沼田夫妇也算进去吗？"

"这是千曳老师经调查后得知的，原来沼田夫妇是高林同学的外祖父母。"

"啊，高林……"

就是六月因突发心脏病而死去的高林郁夫。

"如果是外祖父母，算是二等亲以内的亲属，所以那两人其实也是范围内的相关者。顺便提一句，沼田夫妇是在十年前才成为那儿的管理员的，十五年前的夏令营里应该是别人。"

"哦。"

我一边隔着睡衣摸着手术留下的伤口，一边叹了口气。

"当然，这一切都是巧合。"鸣也叹了一口气，"和任何人的任何意志无关。"

"这是千曳老师说的吧？"

"正因为是千曳老师，才这么说。"

"说来，"望月看着我，"榊原你能顺利康复就好了。听说你做手术，我可担心了。"

"没事，小手术而已。"

我故作满不在乎的表情，但望月的眼眶还是渐渐红了。

"可是我一想到今年的'灾祸'，想到手术万一失败，就……"

"你真好。不过你放心，今年的'灾祸'已经停止了。"

"真的吗？"

望月疑惑地看着我和鸣。

"刚才见崎也这么说……可是……"

"因为我想，说不定那个'增加的人'在那夜的火灾中死了。"

"见崎也这么说。是真的吗？"

望月眨眨湿润的眼睛，抱起双臂。

"会是那五个学生中的谁呢？啊，不对！松永克巳在磁带里说，只要'增加的人'一死，有关他的存在就会立即消失。嗯……"

"所以恐怕'增加的人'是一个我们怎么也想不起来的人。"我尽量克制住自己内心的悲伤，停顿片刻，又问望月，"那天的夏令营，共有多少人来参加？"

"呃……十四人。算上千曳老师的话，十五人。"

"所以原本肯定是十六个人，只不过现在谁都不记得了。"

谁都……是的，除了和她的死有密切关系的我和鸣，谁都……

望月也好，勅使河原也好，千曳老师也好……谁都不记得曾在今年四月担任副班主任兼美术教师的三神老师存在过的事，在久保寺老师死后出任"代理班主任"策划夏令营的事。

告诉我这些的，是鸣。手术前一天，我硬拖着身体走出病房，用医院里的绿色电话给她家打去……

"大家都不记得三神老师了。"接过雾果的电话，鸣顾不得问候，开门见山地说道，"三神老师是在去年秋天去世的。"

"去年秋天……"

"是的。在那名叫佐久间的学生中途放弃'不存在的人'一角后，十月，一名学生死了……紧接着便是三神老师。听说她是在夜见山河里溺水身亡的。榊原，你想起来了吗？"

"夜见山河……"

"十月下旬的某天，突降大雨，水位猛涨，第二天，便在下游发现了老师的遗体。至于是投河自尽还是意外事故就不知道了……"

"……"

"尽管我也没能想起来，但事实就是如此。所以前年因'灾祸'死去的相关者，不是七人，而是八人。大家的记忆都恢复了本来面目，各种记录和数据也都改了回来。你如果看班级通讯录就会发现，'副班主任　三神怜子'一栏的记录消失了。"

"啊，果真是……"

这是"增加的人"就是怜子阿姨的最好证明。

"他们还说，在久保寺老师死后担任代理班主任的是千曳老师。这次夏令营的策划、领队，也是由千曳老师一人负责……"

"那么美术社呢？"我问，"从今年四月起再度活动的美术社，大家怎么说？"

"事实是在三神老师去世后，共同担任顾问指导的另一位老师也于第二年被调走了。后来新上任的美术老师不愿干，美术社的活动便就此中止了。然而从今年春天起，那位老师又接受了社团顾问的工作……"

"……"

类似的变化还同样发生在外祖母身上。来医院探望我时，她从未问起身为夏令营领队的女儿的安危，反倒说"要是这时候怜子还活着"之类的。

"那孩子就是那样，一直把恒一你当自己的孩子般看待。"外祖母说，"还说什么要是阳介父亲当得不称职，她就把你接过来自己养。其实你们也只是小时候偶尔见过几次而已。"

不知在怜子住过的偏房里如今又发生了哪些变化？

至少在这四个月里，她曾在这条街上、这个家里生活过的痕迹会逐一消失吧……

"等你出院后，我们一起去给怜子扫墓吧。"

面对外祖母的目光，我无言以对。

"要是恒一你能一块儿来的话，那孩子也会高兴的。"

……

*

那天，望月留下鸣，先回去了。临走时，"啊，对了。"他从包里取出一件东西。

"这个，差点儿忘了给你。见崎，你的那份，我回头再印给你。"

说着，他便将八月八日黄昏时分我们在咲谷纪念馆门前合影的纪念照塞到了我手里。

"见崎，你是从什么时候知道的?"望月离开后，我问鸣，"三神老师，怜子阿姨就是'增加的人'这件事，你是从什么时候……"

"什么时候呢?"鸣摸了摸额头，"我忘了。"

"为什么当时不告诉我?"

我认真起来。

"因为我觉得说了也没用……直到听了那盘磁带。而且……"鸣将放在额头上的手移动到眼罩上，"我觉得对你，我说不出口。三神老师与你已过世的母亲长得如此相像……对你来说，一定是个很特殊的人。"

"啊，可是……"

"可是? 可是，找到那盘磁带后，便知道了阻止'灾祸'的方法，所以……"

所以……她也一定为此苦恼过吧。

阻止"灾祸"的方法便是让"增加的人"归于"死"。而那个"增加的人"是谁，自己看得清清楚楚。怎么办? 该怎么办才好?

所以她才会要求亲耳听听松永克巳留下的磁带来确认内容，亲眼看看二十六年前的那张集体照来确认夜见山岬所带的"死亡之色"。她就是这样独自思索、独自判断，甚至还想独自来终结这一切……

"对了，前段时间我从医院给你打过电话。"我稍稍转换了一下话题，"怎么你的手机完全不通啊。"

"啊，因为我在那件事之后便将手机扔进河里了。"鸣满不在乎地说道，"对雾果则说是发生火灾的时候慌乱中掉了。"

"为什么要扔了啊？"

"手机方便是方便，但毕竟是讨厌的机器。人和人之间不需要一直连得这么紧吧？"说着，鸣淡淡一笑，与四月底在这栋楼电梯里初遇她时的印象一模一样，"但没多久，她又给我买了一部新的。"

"既然你有了新手机，我可以偶尔打给你吗？"

"可以，不过只能偶尔哦！"

鸣又淡淡笑了起来。

将来的哪天，我们一起去东京的美术馆吧。我想张口说，但又咽了回去。

将来……不知道那会是距离现在多久的将来？一念及此，我便有些隐隐的不安。

将来……将来我和鸣肯定还能再见的。即便来年春天我离开了这座城镇，即便现在我们没有任何约定，即便内心感受到的这份联系中断了……将来，一定还能再见！

*

随后，我们一起看望月送来的照片。

照片共有两张。一张是望月拍的，另一张则是勅使河原拍的。在照片右下角排列着一串显示拍摄日期的数字。

无论哪张照片，都拍到了五人。

以咲谷纪念馆的门柱为中心，第一张从右起，依次为我和鸣、风见和勅使河原，然后是三神老师——怜子阿姨。第二张则是勅使河原换成了望月。只见他在勅使河原的指示下，和"心仪的三神老师"挨得可近乎了……

"怜子阿姨也被拍出来了啊。"看着第二张照片，我说，"但望月好像看不到怜子阿姨啊？"

鸣"嗯"地点点头。

"颜色呢？"我问，"怜子阿姨的颜色，怎样？"

鸣摘下眼罩，看了看照片，然后平静地答道：

"是'死亡之色'。"

"是嘛。"

我缓缓从病床上站起，推开了窗。虽然外面烈日当头，但不知为何，吹进来的风令人备感凉爽。

"我们也会渐渐遗忘吧。"我回头看着鸣，说道，"无论是夏令营当晚发生的事还是与三神怜子相处的点点滴滴，都会遗忘吧，如望月那般……"

甚至包括我亲手令她归于"死"这件事也……

"就算像十五年前的松永那样，趁还记得将事实录下来、写下来，但关键的部分还是会消失，好像那盘磁带一样……"

"或许吧。"鸣重新戴回眼罩，轻轻地点了点头，"你似乎不想忘？想一直记得？"

"怎么说呢？"

还是忘了好。如果能让残留在胸口的这种不同于肺部破裂时的痛彻底消失，还是忘了好……只是……

我又转向窗外，手中依旧握着那两张照片。看着照片，我呆呆地想：几天、几个月甚至几年后，当我的记忆里有关"增加的人"的所有信息都消失了的时候……

那个时候……

我在这张照片上多出来的空白里又能看到些什么、感到些什么？

迎面扑来的风吹乱了我的头发。啊，真清凉！

盛夏的最后一阵风。

心里突然浮现出这么一句话。我的十五岁的夏天就要结束了。

后　记

　　本书的创作始于二〇〇六年春天。自月刊《野性时代》同年七月号连载至完结，前后历时近三年。

　　在此期间，或许是岁月不饶人，公事、私事上接连遭遇种种令人不快的变动，无论干什么，动辄气力减退，心绪消沉。然而即便如此，在夜见山这一虚构的小城里上演的剧目依旧保持着热烈和张力——这也是为什么当我与恒一、鸣他们及在那小城里生活的年轻朋友们分别时，心中略感失落和寂寥。

　　连载结束后，我又于今年七月下旬至八月中旬开始了对通篇的润色工作。这段时间恰巧与故事高潮的发生时间——他们的暑假——重叠，于是不经意地，我也在《替身》中度过了难忘的夏天。

　　"替身"这个题目，是我从两部长期挚爱的佳片——托马斯·泰伦原作、罗伯特·马利根执导的《死亡游戏》（原题 The Other，1972）和亚历桑德罗·阿曼巴执导的《小岛惊魂》（原题 The Others，2001）中萌生灵感而得。尽管乍看并不相同，但在我心里，的确想写出一部与它们同系列的作品。

　　正如上述作品那般，从类别上分，小说《替身》也属于"恐怖小说"的范畴。只是在我看来，《替身》还具有某种神秘的阴谋，也是一部"谜小说"。

　　以下内容或许能吊起尚未翻阅此书的人的胃口。这部"谜小说"大致分为第一部分和第二部分，在各个部分的起始处各设有两个疑问。尤其是排在第四的"Who?"，相信一定会出乎大多数读者的意料。答案皆在篇末，敬请赏阅。

最后，虽然《替身》写成了耗纸一千余张的长篇，但各方面与起初执笔时相比，都完成得更好。我希望能将这部小说送入更多读者手中。

在长期连载的过程中，承蒙关照的角川书店诸位编辑也历经几番调任，包括《野性时代》历任负责人——金子亚规子、青山真优和足立雄一。制作单行本时，首任负责人金子小姐和连载开始时《野性时代》主编堀内大示等都倾力相助。在此向诸位表示感谢。

另外，也向十几年来担任编辑、此次为促成《替身》出版而鼎力相助的三浦玲香献上我无尽的谢意，谢谢！

绫辻行人
二〇〇九年初秋